늘 건강하세요!

중증외상센터

GOLDEN HOUR

골든 아워

한산이가
지음

중증외상센터
GOLDEN HOUR
골든 아워 I

몬스터

차례

기적이 필요한 곳에

보건복지부 국정감사 대비 결산 회의.

달리 말하면 보건복지부 장관 및 수뇌부들과 서울 유수의 병원장 또는 이사장들이 1년에 한 번 하는 회의다. 무조건 '상급 의료기관' 등급을 유지해야 하고, 더 나아가 높은 순위를 기록해야 하는 각 병원장에게는 가장 중요한 회의라고 할 수 있다. 그 자리에서 보건복지부 장관 최필두는 미간에 잡힌 주름을 좀처럼 펴지 못하고 있었다. 며칠 전부터 모든 언론사가 마치 약속이라도 한 것처럼 쏟아내고 있는 기사들 때문이었다.

'말로만 중증외상센터 지원, 아직도 환자는 죽어간다'

'중증외상 볼 수 있는 의사 수가 부족해서 생긴 문제'

'외상 전문의 육성 어떻게 할 것인가'

'보건복지부 장관에게 묻는다, 사태를 해결할 의지가 있는가'

최필두는 어지러이 놓여 있던 신문 중 하나를 집어 들었다.

"제가 작년에 장관직 임명되면서 걸었던 약속 하나가 바로 중증외상센터 바로잡기였습니다."

듣기만 해도 심기가 불편함을 단박에 알 수 있는 목소리. 자연히 이 자리에 모인 모든 원장의 어깨가 움츠러들었다. 지난 1년 동안 대한민국의 중증외상센터에 이렇다 할 발전이 없었다는 사실은 굳이 떠들고 말고 할 문제도 아니었으니까.

"최조은 원장님."

최조은. 국립대학교인 '한국대학교' 병원의 원장이자 대한민국을 대표하는 외과 의사. 그런 그가 최필두의 서릿발과도 같은 부름에 몸을 부르르 떨었다.

"네, 장관님."

"올해 한국대병원이 지원받은 액수, 모두 얼마죠?"

"그……."

뒤에 서 있던 비서가 머뭇거리는 최조은을 대신해 입을 열었다.

"모두 해서 217억 3천만 원입니다."

"그중 중증외상팀 가동 명목으로 받아간 게 얼마죠?"

"100억입니다."

"그래서 그만큼 좋아졌습니까?"

"실적 보고서에 따르면……."

"읽어봤죠. 무려 세 번이나. 그런데 중증외상 환자 받는 수도 그렇고, 살려내는 수도 그렇고. 딱히 변화가 없던데요?"

최필두 장관은 최조은 원장을 잡아먹기라도 할 것처럼 노려보았다. 이에 최조은은 어깨를 움츠리다 못해 상체를 거의 절반 정도로 접었고, 나머지 원장들도 고개를 숙였다. 지원금을 받은 병원 중 이렇다 할 성과를 낸 병원은 전혀 없었기 때문이었다. 최필두는 잔뜩 주눅이 든 원장들의 모습에서 머지않아 있을 국정감사에서의 자신의 모습을 떠올리기라도 한 듯 울적한 표정을 지어 보였다.

"저도 압니다. 돈만으로 되는 건 아니라는 거. 하지만 이 자리에 모인 여러분이 누굽니까? 우리나라 최고의 병원 원장님들 아니십니까? 그런데 1년간 아무 변화도 보이질 못해요?"

장관의 호통에 즉각 답을 할 수 있는 사람은 아무도 없었다. 다만 어깨를 접고 있던 최조은 원장만이 쥐꼬리만 한 용기를 내어 손을 들 따름이었다.

"말씀해보십쇼. 최조은 원장님."

"네, 장관님. 말씀드리기 외람되지만……. 지금 우리나라에 외상 전문의라고 부를 수 있는 사람은 딱 한 분이십니다. 그런데…… 그 분은 혼자서 일하시다가 며칠 전 쓰러지셨지요."

"알고 있습니다. 그게 언론들이 난리 치는 이유니까요."

최필두는 책상 위에 놓인 신문의 머리기사 중 일부를 훑겨보았다.

'외롭게 싸우던 영웅, 결국 쓰러지다'

너무나도 비장한 제목 하나가 눈에 띄었다.

"이런 상황에서 저희가 어떻게 외상 전문의를 키워낼 수 있겠습니까. 사명감 가진 친구들이야 많죠. 그런데 그 친구들 외상팀에 가도 가르칠 수 있는 사람이 없습니다. 시행착오 겪고, 환자 죽고 그러다보면 있던 사명감도 다 흩어져서 사표 씁니다."

"흠."

최조은 원장의 말은 상당히 일리가 있는 말이었다. 최필두 장관으로서는 십분 공감하고 있는 말이기도 했고. 하지만 이대로 두고 볼 수만은 없는 것 또한 사실이었다.

"아니, 최조은 원장님. 한국대학교 병원에 명의가 얼마나 많은데……. 원장님도 당장 외과 의사 아니십니까? 센터에 가서 솔선수범해보시죠?"

"저요? 저는 항문외과 출신인데 무슨 외상을 봅니까, 장관님. 저라고 다른 교수님들께 부탁 안 드려봤겠습니까……. 그런데 평생 위만 자른 교수님, 평생 간만 자른 교수님들뿐입니다. 외상만 보신 분은 없단 말씀입니다."

최조은 원장의 말에 다른 원장들도 무언으로 긍정해댔다. 세차게 고개를 끄덕이고 있단 말이었다.

"에이."

최필두 장관은 뭐라 할 말을 찾지 못해 신음만 흘려댔다. 그 또한 오래도록 대학 병원에 몸을 담고 있던 의사였던 만큼, 대한민국 의료계의 현실을 아주 잘 알고 있었기 때문이다. 지난 수십 년 동안 없던 외상 전문의를 갑자기 만들라는 건 말도 안 되는 얘기라 할 수 있었다. 물론 홀로 외롭게 최전선에 있던 사람에게 조금 더 빨리, 더 많은 지원을 해 줬더라면 이보다 상황이 나았을 테지만.

'이미 엎질러진 물이지.'

최필두 장관의 낯빛은 시시각각 어두워지고 있었다. 국감장에 나가 탈탈 털릴 생각을 하니 벌써 토할 것 같은 기분이 들었기 때문이다.

'문제는 이게 올해만 이럴 게 아니라는 건데.'

아마 매년 되풀이될 터였다. 이건 개선될 문제가 아니었으니까.

'왜 그때 입을 털어서는…….'

급기야 최필두는 자기 인생에서 가장 행복했던 순간을 후회하기 시작했다. 대통령에게 장관 임명장을 받던 그 순간, 최필두는 흥분과 감격을 못 이기고 돌이킬 수 없는 말을 했더랬다.

'이 땅에 더는 무력한 죽음이 없도록 하겠습니다! 중증외상센터의 활성화를 위해 힘쓰겠습니다!'

그때만 해도 언론에서는 최필두의 발언을 주목하고 격려했었다. 여론 반응도 좋았고. 심지어 그날 밤 최필두는 청와대로부터 걸려온 전화도 받았다. 첫날부터 임명한 보람이 있게 해줘서 고맙다고. 그게 이젠 부메랑이 되어 돌아오게 된 셈이었다. 그것도 아주 큰 송곳까지 박아서.

"저, 장관님?"

그때 누군가 최필두 장관을 불렀다. 누가 봐도 사색에 잠긴 모습이 완연했기 때문에, 사실 시기적절한 부름은 아니었다. 용기를 낸 사람이 누군가, 하고 돌아보니 칠성병원 병원장 오성흠이었다. 주요 병원 중 유일하게 중증외상팀을 운영하고 있지 않아 평소 최필두가 아주 탐탁지 않아 하는 인물이라고 할 수 있었다.

"왜 그러십니까?"

그렇다보니 자연스럽게 튀어 나가는 말이 곱지 못했다. 오성흠은 최필두의 까칠한 반응에도 불구하고 전혀 기죽지 않은 기색으로 말을 이어나갔다.

"제가 아주 우수한 외상 전문의를 한 명 알고 있습니다."

오성흠의 말은 아주 흥미로웠기 때문에 최필두는 의자에 기대었던 등을 '탁' 하고 떼어냈다. 평소라면 오성흠에게 절대 보이지 않을 반응이었다.

"그래요? 쓰러지신 분 말고?"

"네. 그분보다 더 젊고, 실력도 좋습니다."

사명감 있는 또라이의 등장

"이런 젠장. 오늘 뭔 날인가……?"

한국대학교 병원 응급실은 원래도 바쁘기로 소문난 곳이었다. 대한민국 최고 학부에 속한 병원인 데다가, 최근 정부로부터 응급 의료 개선을 위한다는 명목으로 이런저런 지원금을 받은 탓이었다. 그런데 오늘은 그 정도가 조금 심했다. 무려 4년 동안이나 이 응급실에서 일해 온 레지던트조차 어이가 없을 정도로.

"신환(새로운 환자)입니다! 스탭 운드(Stab wound: 찔린 상처), 좌측 복부입니다!"

그런 레지던트를 비웃기라도 하듯 파란 옷을 입은 이송 요원이 구급 대원과 함께 환자 하나를 데리고 들어왔다. 창백한 얼굴, 이마에 난 식은땀, 감긴 눈, 그리고 잔뜩 젖어 숫제 핏덩이가 돼버린 거즈.

"이런 시발."

보기만 해도 상태가 무척 안 좋아 보이는 환자였다. 레지던트는 욕설과 함께 환자에게로 따라붙었다.

"뭐, 어떻게 다친 거예요?"

그의 말에 구급 대원이 대꾸했다.

"술집 앞에서 발견되어서 원인은 불명입니다. 새벽에 출근하던 행인이 발견하고 신고했습니다."

"원인 불명이라……."

"근처에 과도 하나가 떨어져 있었는데 아마 그게 원인이 아닐까 합니다."

"그거 좀 볼 수 있나요?"

칼의 형태와 크기를 보면 대강 상처의 정도를 추측해볼 수 있다. 하지만 상해에 쓰인 무기를 의사가 직접 볼 수 있는 경우는 거의 없다고 보면 되었다.

"신고받고 출동한 경찰에서 가져갔습니다."

증거물이기도 하니까.

"그럼 사진은?"

"여기 있습니다."

물론 노련한 구급 대원의 경우에는 미리 사진을 찍어놓기도 했다. 레지던트는 그 사진을 보곤 탄식을 터뜨렸다.

"이건 과도가 아니라 사시미잖아요……."

"아, 제가 과도라고 했나요? 사시미라는 말이 입에 잘 안 붙어서."

"혈압은 얼마예요?"

"수축기가 60…… 입니다."

"이런 망할. 알겠습니다."

수축기 혈압이 60이라는 건 곧 혈압이 잡히지 않게 될 수도 있다는 의미였다. 그래서 레지던트는 급한 대로 환자를 처치실로 끌고 들어갔다.

"야, 인턴! 다 이쪽으로 따라붙어!"

그러곤 인턴들을 불러 모았다. 자신이 중심 정맥관을 삽입하는 동안 이런저런 술기(의학적 목적으로 환자 몸에 시행하는 처치의 일환)들을 시킬 생각이었다. 심전도나 동맥혈 검사 같은 것들. 물론 지금 당장 확인해볼 여유가 있지는 않았지만. 그래도 처음 검사를 쫙 긁어보는 게 얼마나 중요한 일인지 정도는 알고 있었다.

“아, 그리고…… 중증외상팀 연락 좀 해줘요!”

레지던트는 우측 쇄골하 정맥에 중심 정맥관을 잡기 위해 소독하면서 소리쳤다. 그러자 간호사 중 하나가 고개를 끄덕이고는 스테이션으로 달려갔다. 1년 전 원장의 지시로 중증외상팀이라는 것이 생겼다는 사실이 떠올랐기 때문이었다. 그 중증외상팀이라는 게 정확히 뭘 하고 있는지, 어떤 효용이 있는지는 의문이긴 했지만.

“네, 일반 외과 양재원입니다.”

외과 의사들이 대개 그러하듯 오늘 당직표에 이름이 올라가 있던 선생도 즉시 전화를 받았다. 수술실에 있는 상황만 아니라면 외래 중일지라도 울리는 전화를 받는 게 습관이 됐기 때문이다. 응급상황이란 응급실에서만 일어나는 게 아니었으니까.

“아, 양재원 선생님. 여기 응급실이에요.”

“아, 네…….”

응급실이라는 말에 수화기 너머의 목소리가 급격하게 어두워졌다. 중환자실이나 병실에서 온 전화라면 아마 이런 반응을 보이진 않았을 터였다. 거기 있는 환자들은 자기 환자이거나 최소한 외과 환자일 가능성이 컸으니. 하지만 응급실은 어쩐지 남의 일을 대신 해주는 느낌이 강했다.

“오늘 중증외상팀 당직이시죠?”

“네, 뭐…….”

“좌측 상복부 자상 환자 있어서 연락 드렸어요. 지금 혈압이 낮아서 중심 정맥관 삽입하고 있어요.”

“나머지 랩(Lab: 혈액 검사)은요?”

"이제 나가서 아직은……."

"알겠어요. 일단 안 좋다는 거죠? 내려갈게요."

"네, 감사합니다."

전화를 끊음과 동시에 간호사가 가슴을 쓸어내렸다. 상대가 무골호인으로 유명한 양재원이라 다행이었다. 깐깐한 사람이었다면 아마 지금쯤 별 소용도 없고, 의미도 없는 욕을 날려대고 있을 것이었다. 검사 결과도 나오지 않았는데 뭐 하러 전화했냐고. 어차피 내려와야 할 몸인 주제에.

"좀 어떠냐?"

양재원은 병동이 아니라 응급실 근처를 지나고 있던 모양이었다. 전화 끊은 지 불과 1분도 되지 않았는데 처치실 안까지 들어온 것을 보면 알 수 있었다. 내내 짜증만 내고 있던 레지던트가 겨우 짜낸 듯한 미소를 지으며 답했다. 양재원은 레지던트가 아니라 일반외과 펠로우였기 때문이다. 군대까지 다녀온 몸이니 레지던트 4년 차보다 무려 3년은 더 위였다.

"이제 막 중심 정맥관 넣고…… 수액 들이붓고 있습니다."

"혈액형은?"

"검사 나갔으니까 곧 나올 겁니다."

"혈압은…… 거의 안 잡히네?"

"네."

"어디를 어떻게 찔렀길래 이래……."

양재원은 고개를 갸웃거리며 상처 부위를 살폈다. 노티 받았던 대로 좌측 상복부에 입은 자상이었다. 길이는 대략 5cm, 깊이는 불명.

"일단 CT부터 찍자. 상처 부위를 알아야 뭘 하지."

"네, 선생님. 일단 삽관도 할까요? 호흡이 좀 불안해서."

"어. 그래라. 삽관하고, CT 찍자."

둘이 이러쿵저러쿵 대화를 나누고 있는데, 처치실 문이 다시 한 번 열렸다. 드르륵. 아주 요란한 소리를 내면서였다.

"뭐야?"

자연스럽게도 둘의 시선이 문 쪽을 향했다. 보통 인턴이나 간호사 같으면 조심조심 다니기 때문에 이렇게 소리를 내진 않았을 거다. 그 자리엔 양복을 입은, 처음 보는 사내가 서 있었다. 떡 벌어진 어깨 하며 하얀 얼굴에 치렁치렁한 머리카락까지. 어떻게 봐도 의사는 아니었다.

"보호자분, 여기 들어오시면 안 됩니다."

일단 레지던트가 손을 휘이휘이 저었다. 별 대수롭지도 않다는 얼굴이었다. 응급실에서 일하다보면 별별 사람을 다 보기 마련 아니겠는가? 그중에는 지금 저 사내처럼 제 갈 곳 못 찾고 아무 데나 들쑤시고 다니는 사람도 많았다.

"아니, 아니지. CT부터 찍으면 안 되지."

"에?"

하지만 이렇게 훈수를 두는 사람은 처음이었다. 정신을 차리고보니 사내는 어느새 양재원 옆에 나란히 서서 환자를 내려다보고 있었다.

"이게 무슨 짓입니까? 시큐리티 부를까요?"

보다 못한 재원이 성질을 냈다. 자타 공인 외과 천사인 그가 이런 반응을 보일 정도니, 지금 사내의 태도가 얼마나 말이 안 되는지 알 수 있었다.

"시큐리티는 내가 불러야 할 거 같은데."

"그게 무슨 소립니까?"

"아주 멍청한 의사 둘이 환자 하나 골로 보내고 있으니까."

"뭔 개……."

사내는 급기야 욕을 해대려는 재원을 저만치 밀쳐둔 채, 환자의 윗도리를 쭉 찢어버렸다. 꽤 두꺼운 맨투맨 티셔츠였는데도 무슨 휴지처럼 쭉 찢어져버렸다. 그러고보니 와이셔츠 안에 감춰져 있는 사내의 팔뚝이 예사롭지 않았다. 흉악해 보이는 문신이 사납게 새겨져 있었다.

'이거 설마 깡패였나.'

재원은 선배들이 전설처럼 떠들어대던 썰 하나를 떠올렸다. 자기 당직 때 조폭이 칼에 찔려 왔는데, 그 사람 치료할 때 실패하면 죽인다느니 하는 협박을 받아가며 봉합한 적이 있었다고.

'와, 오늘 진짜 재수 옴 붙었네.'

한창 회진 준비하다가 불려 내려온 것도 억울한데, 그 환자가 하필 조폭이었다니. 재원이 막 얻어맞는 상상에 이르렀을 때쯤, 사내가 그를 돌아보았다. 예상과는 달리 꽤 부드러운 표정이었다. 입에서 나온 말은 전혀 부드럽지 않았지만.

"자, 두 돌팔이 선생님들?"

"도, 돌팔이라뇨. 말씀이 너무……."

"조용히 하시고. 여기 환자분 가슴이나 좀 봅시다."

"뭔 가슴을……. 다친 건 배인데."

재원은 투덜거리며 환자의 가슴을 들여다보았다. 그러곤 눈이 휘둥그레졌다. 환자의 가슴에 시퍼런 멍이 들어 있었기 때문이다. 사내는 그 멍을 가리키면서 재차 말을 이었다.

"좌측 상복부……. 비장이 물론 중요한 장기지. 하지만 찌르고 들어간 방향을 보면 기껏해야 껍질이나 다쳤을 거야. 근데 혈압은 개판에 의식도 없지. 그런데도 별거 아닌 배 상처나 후벼 파고 있으니……. 이제 뭐가 원인인지 감이 좀 잡히시나, 두 돌팔이 선생님들?"

"시, 심낭 압전!"

"이야, 역시 펠로우가 조금 낫네. 그럼 뭘 해야 하지?"

"처, 천자! 여기 초음파랑 스파이날 니들(Spinal Needle: 좁고 깊은 곳에 사용하는 바늘) 준비해 주세요! 흉부외과 콜도 해주시고!"

재원은 '사내가 어떻게 이토록 정확한 진단을 내릴 수 있었을까' 또는 '자신이 펠로우라는 사실을 어떻게 알고 있을까'에 대한 의문은 품을 정신도 없었다. 환자의 혈압이 잡히지 않는 게 저혈량성 쇼크가 아니라 심낭 압전에 의한 것이란 생각 때문에 거의 공황에 사로잡혀버렸으니까. 그리고 그 공황은 곧 배가 되어 돌아왔다.

"저, 선생님. 흉부외과 의사들이 지금 전원 수술실에 있어서……. 응급실 오려면 최소 두 시간은 기다려야 한다고 합니다."

인턴이 이렇게 말했기 때문이다.

"아니……! 심낭 압전이라고 말했어?"

"그쪽은 심장 파열이라고 화를 내시더라고요……."

양재원의 호통에 인턴이 기어들어가는 목소리로 대꾸했다.

"심장 파열……."

심낭 압전도 응급이긴 하지만 심장 파열은 그보다 더한 응급이었다. 재원으로서는 도저히 흉부외과 의사를 욕할 수 없는 처지가 되어버린 셈이었다.

"선생님, 아까 말씀하신 물품 준비되었습니다."

때마침 간호사가 응급실 한쪽에 비치되어 있던 포터블 초음파 기기와 주사기를 들고 들어왔다. 재원은 그 초음파 기기가 켜지는 것을 보면서도 황망한 표정만 짓고 있을 따름이었다. 단 한 번도 직접 사용해본 적이 없었기 때문이다.

"어……. 선생님! 혈압이 떨어집니다!"

안 좋은 일은 늘 겹쳐서 일어난다고 했던가. 레지던트가 삽관을 마치자마자 외쳤다. 그의 말대로 혈압이 잡히지 않고 있었다. 심낭압전으로 인해 심장이 제대로 뛰지 못하게 된 것이 분명했다.

"이런 젠장."

이렇게 된 이상 뭐라도 해야 했다. 누가 뭐래도 재원은 이 자리에서만큼은 제일 지위가 높은 의사인 데다가, 그나마 경험도 많았으니까. 그래서 재원은 울며 겨자 먹기로 주사기를 집어 들었다. 그리고 천천히 환자의 심장을 향해 가져갔다. 그러자 사내가 비웃는 듯한 어조로 입을 열었다.

"되게 창의적이란 얘기 많이 들을 거 같아."

"네?"

"기상천외한 방법으로 사람을 죽이려 드네."

"아까부터……. 자꾸 시비 거시는데, 대체 누굽니까?"

"나?"

"네."

사내는 마치 대단히 재미난 말이라도 들었다는 듯 씨익 웃었다.

"백강혁."

"백강혁……?"

재원은 어디서 많이 들어본 이름이라 고개를 갸웃거렸다. 강혁은 그런 재원을 저만치 밀치면서 말을 이었다.

"오늘부터 이 병원 중증외상팀 교수야. 비켜봐. 그렇게 찌르면 환자 돼져. 아, 비키라고!"

강혁은 엉거주춤하고 서 있는 재원에게 다시 한번 고함을 쳤다. 재원은 그제야 화들짝 놀라며 잽싸게 옆으로 빠져나갔다. 강혁은 그런 재원을 보며 고개를 가로저었다.

“굼뜨긴. 잘 봐. 외상 외과 한다는 놈이 심낭 천자도 못 해서 어떻게 하겠다는 거야.”

“저, 전……. 항문 전공인데요…….”

강혁의 힐난에 재원이 한껏 억울하다는 눈으로 말했다. 거짓말은 아니었다. 요즘 같은 세상에 어떤 미친놈이 외상 외과를 세부 분과로 신청하겠는가. 중증외상팀이 있던 병원도 죄다 없애거나 축소하는 판인데.

설령 운 좋게 있는 병원에 취직되었다 해도 고난은 끝나지 않았다. 어차피 구색 맞추기 용으로 만들어둔 팀이라 눈칫밥이나 먹으면서 중증외상 환자를 보는 척이나 해야 했으니까. 그에 비하면 항문외과는 이름만 좀 그럴 뿐 전망은 좋았다. 치질이란 현대인들이 숙명처럼 지니고 사는 병이었기 때문이었다.

“항문? 근데 왜 응급실에 내려와 있어.”

“제가 팀 당직이라서요. 일반 외과, 신경외과, 흉부외과에서 돌아가면서 한 명씩 당직이에요.”

“돌아가면서라. 허, 참.”

강혁은 어처구니가 없다는 듯 혀를 끌끌 찼다. 그렇게 계속 떠들어대면서도 왼손으로는 초음파 프로브를 잡아 정확히 심낭을 가리키고 있었다. 심낭엔 강혁이 말했던 것처럼 짙은 피가 한가득 들어차 있었다. 그 피로 인해 눌린 심장이 애처로울 만큼이나 힘겹게 뛰는 중이었다.

“야, 항문.”

"양재원입니다, 양재원."

"난 쓸 만한 사람만 이름으로 불러. 그러니까 넌 '항문'이다. 알았어?"

"어……."

아무리 그래도 그렇지 사람 보고 항문이 뭐란 말인가. 재원은 처음으로 자신이 택한 전공에 회의를 느끼기 시작했다.

"항문, 일단 내려온 김에 이거나 잘 봐라."

"아, 네……."

"뭐, 항문 하는 놈이 보여준다고 뭘 알까 싶긴 한데……."

"제 세부 전공 무시하지 말아주세요."

"너 무시하는 건데?"

"아."

재원은 아무래도 눈앞의 강혁과 대화를 이어나가봐야 기분만 잡치게 될 거란 강한 예감에 사로잡혔다. 해서 아무 말도 하지 않고 보기만 하려 했는데, 그만 탄성을 지르고 말았다. 강혁이 왼손으로는 초음파 프로브를 잡고 오른손에 들고 있던 두꺼운 바늘을 환자 몸에 대고 그대로 찔러 들어가고 있었기 때문이었다.

"아."

어찌나 신속하고 정확한지 재원은 전문의 시험공부 할 때 읽고 잊어버렸던 심낭 천자 내용까지 떠올릴 수 있었다. 강혁은 어느새 바늘을 심낭 안쪽까지 찌른 후 입을 열었다.

"심낭을 찌를 땐 아까 네가 하던 것처럼 바늘을 수직으로 세우면 안 돼. 그럼 심낭도 뚫리겠지만 십중팔구 심장이 뚫린다고. 뭐 네가 나처럼 훌륭한 손재주를 가지고 있으면 예외겠지만……. 발발 떠는 꼴을 보니 아닌 거 같아서 하는 말이야."

강혁은 그렇게 말하면서 자신이 찌르고 들어간 지점을 가리켰다.

"자이포이드 프로세스(Xyphoid Process: 명치 끝에 만져지는 뼈) 좌측으로 45도……."

"그래, 항문. 딱 이렇게 찌르면 된다고."

그냥 곱게 가르쳐줘도 될 것 같은데 사사건건 시비였다. 하지만 재원은 기분 나쁜지도 모르고 있었다. 강혁이 들고 있던 주사기 안쪽으로 탁한 피가 줄줄 차오르고 있었으니까. 그와 동시에 심낭에 들어차 있던 피가 줄어들고, 압력이 낮아지자 심장이 다시 제대로 뛰기 시작했다.

"혀, 혈압 돌아옵니다……."

여태 기관 삽관 후 숨을 짜넣고 있던 레지던트가 활력 징후를 확인하고는 말했다. 안도의 한숨이 섞여 있어, 듣는 사람까지 마음이 편안해지는 목소리였다. 하지만 강혁의 표정은 별반 변화가 없었다. 응당 일어나야 할 일이 일어났을 뿐이라는 것 같았다.

"야, 항문."

그는 기뻐하는 대신 재원을 불렀다. 재원은 항문이라는 부름에 대답해야 하나 말아야 하나 고민이 들었다. 하지만 그는 그 고민을 그리 길게 이어나갈 수 없었다. 강혁의 차가운 눈빛이 마치 재원을 도려내기라도 할 듯한 기세로 쏘아보고 있었으니까.

"네, 네."

"적응은 빨라서 좋네. 그래, 이제 다음엔 뭐해야 하지?"

"다음, 다음……."

재원은 마치 교수에게 기습 질문을 받은 학생이라도 되는 것처럼 우물쭈물했다. 분명 강혁은 오늘 처음 보는 사람임에도 불구하고 어딘지 사람을 주눅 들게 만드는 힘이 있었다. 아까 제멋대로 난

입해 난리를 피울 때, 간호사들과 인턴도 입 하나 벙긋하지 못한 데에는 다 이유가 있는 법이다.

"다음은 죽일 거야? 시간 끌어서?"

강혁은 질문을 던진 지 불과 10초 만에 말을 이었다. 연신 활력징후를 살피고 있는 것으로 보아 여차하면 자신이 하고자 했던 일을 진행할 생각인 듯했다.

"C, CT요! 이제 호흡, 혈압 안정되었으니까……. 좌측 상복부 부상 정도를 판정하기 위해 CT를 찍습니다!"

"흐음……."

"맞죠? 그래서 그런 표정 짓고 계시는 거죠?"

"아니. 이게 전문의가 맞나 의심이 돼서."

"의심이라뇨……. 제가 전문의 시험 1등인데."

"그렇게 말하니 더더욱 의심이 가는군."

강혁은 고개를 절레절레 젓고는 레지던트를 바라보았다.

"힉."

아무 말도 하지 않은 채 그냥 보기만 했을 뿐인데 레지던트는 숨을 들이켰다. 강혁이 그냥 좀 무섭다는 '교수의 눈빛' 정도만 하고 있었대도 이런 반응까지는 보이지 않았을 터였다. 응급의학과 4년 차 레지던트 정도면 정말이지 모든 일에 무덤덤해질 정도로 많은 일을 겪었을 테니까. 하지만 강혁의 눈빛은 그런 4년 차 레지던트로서도 처음 보는 종류였다.

"지금 혈압 어때?"

"어……. 65에 40입니다. 어?"

"다시 내려가지?"

"네……. 이게 왜……."

"승압제 쓰지 말고, 피 부어. 이제 혈액형 나왔을 거야."

"아, 네."

그렇지 않아도 심장 어딘가에 상처가 나서 심낭에 피가 찼던 상황이 아닌가. 혈압이 떨어진다고 함부로 승압제를 써 대다가는 또다시 심낭 압전을 만들 따름이었다. 다행히 레지던트는 산전수전 다 겪어본 몸이라 삽질하는 대신 응급실에 비치된 응급 보관소에서 알맞은 혈액형을 타다가 쏟아붓기 시작했다. 그러자 막 55 밑으로 떨어지려 하던 혈압이 유지되었다. 강혁은 다소 여유로워진 표정으로 재원을 돌아보았다.

"이래도 CT야?"

"아, 아닙니다."

"그럼 이제 뭐 해야 해."

"아……."

재원은 정말 미칠 지경이었다. 그가 알고 있는 상식선에서는 뭐가 어찌 되었든 CT는 찍어야만 했다. 환자 상태를 정확히 알아야 치료 계획을 세우고 실제 치료도 할 수 있을 테니까. 그런데 그가 CT를 찍어야 한다고 할 때마다 강혁은 고개를 저어댔고, 자신도 계속해서 강혁의 판단이 옳았다는 생각만 들었다.

'설마……. 이젠 CT겠지.'

일단 심낭 압전도 잡았고, 피도 달았고. 그렇다면 이제 배가 얼마나 다쳤는지 확인하고 수술방으로 들어가야 하지 않겠는가.

"CT…… 를 찍습니다."

"야, 항문."

"네?"

"너 뭐 CT 못 찍어서 죽은 적 있냐? 왜 그렇게 CT를 못 찍어서 안달이지?"

"수술 전에 CT를 찍는 건 상식이니까요."

"상식? 뭔 상식이 그래."

"아니……. 당연한 거 아닙니까?"

재원은 억울하다는 듯 말했다. 그를 비롯해 이 처치실 안에 들어와 있던 의사들 또한 비슷한 생각이었다. CT가 없는 병원이거나 길바닥이면야 조금 다르겠지만. 여긴 한국대학교 병원이 아닌가. 멀쩡히 잘 있는 자원을 활용하지 않는 건 멍청한 짓이란 생각이 들었다. 하지만 아쉽게도 강혁은 이번에도 재원에게 합격점을 주지 않았다.

"항문. 너 이 환자 상처 봐봐."

"네? 아, 네."

재원은 이제 핏덩이가 되다시피 한 거즈를 치웠다. 그러자 사시미에 찔린 자상이 모습을 드러냈다.

"그거 보면서 뭐 이상한 거 못 느끼겠냐?"

"어……."

재원은 긴가민가한 표정으로 상처를 들여다보았다. 아까와 비슷하게만 보였다. 길이는 5cm가량, 깊이는 불명.

"모르…… 모르겠습니다."

"어이구. 우리 항문……."

강혁은 안타깝다는 듯 혀를 '츠츠' 차고는 장갑 낀 손으로 상처의 단면을 가볍게 훑었다.

"여기 뭐 묻었어?"

"아, 아뇨."

"칼에 베인 상처를 훑었는데 뭐가 묻지 않는다. 이게 뭘 뜻하지?"

"아, 아!"

재원은 그제야 사태의 심각성을 깨달았다.

"저혈량성 쇼크!"

"그래. 심낭 압전이 좀 더 급했던 거지, 저혈량성 쇼크가 없었던 건 아냐. 생각해봐. 칼 맞은 지 얼마나 됐는지도 모를 만큼 오래된 환자인데, 피가 많이 났겠지? 그렇지? 항문?"

"네, 네! 그럼……. 피를…… 아, 들어가고 있는데."

"그런데도 이 모양이야. 이제 곧……. 그래, 피 나기 시작하지."

강혁은 아까까지만 해도 바짝 말라 있던 상처에서 쏟아져나오기 시작한 피를 가리켰다. 재원은 자신이 생각했던 것보다 훨씬 맹렬한 기세로 흘러나오는 피를 보며 기겁했다.

"이, 이런."

"비장 껍질만 다친 게 아니라 안쪽도 살짝 다친 모양이네."

"그럼 어쩌죠?"

"네가 당직이라며. 어쩔 거야. CT 찍을 거야?"

재원은 뭐라 답해야 할지 몰랐다. 이 상태로 CT를 찍으러 갔다간 환자를 잃을 게 분명했기 때문이었다. 하지만 이대로 수술실로 가는 것 또한 망설여지는 것은 마찬가지였다. CT를 통해 대략적인 상처의 범위를 알고 들어가는 것과 그렇지 않은 것은 천지 차이였으니까.

"항문, 멘탈 터졌네."

강혁은 이러지도 저러지도 못하고 있는 재원의 어깨를 두드리고는 입을 열었다. 마치 다른 사람이라도 된 것처럼 아주 진중한 목소리였다.

"응급 수술 들어간다. 좌측 상복부 자상 및 비장 부분 절제술 또는 전 절제술. 응급실 수술 팀에 연락해."

"아, 네!"

레지던트는 급히 스테이션으로 달려가 전화를 걸었다. 그가 기억하기로 오늘은 정규 수술이 다른 때보다 조금 잡혀 있는 날이었다. 그러니 마취과도 일손이 조금은 빌 터였다.

"왜."

그의 예상대로 상대가 아주 피곤한 듯한 목소리로 전화를 받았다. 보통 중증외상팀 당직은 있으나 마나 한 당직이어서 전날 당직 후에도 잡히는 경우가 있었기 때문이다.

"저, 중증외상팀 당직이셔서……."

"뭐야. 수술한대? 그냥 쏘라고 해……. 근처에 그 어디야…… 그래, 세린병원. 거기 그런 환자들이라도 보고 싶어서 환장했잖아."

"저, 그렇게 하기엔 너무 중환자라서요."

"아이, 씨……. 그럼 들어간다고? 야, 나 어제 당직이라 오늘 오후 오프야. 이제 곧 퇴근이라고."

"그럼 다른 선생님이라도……. 바로 들어가야 할 거 같습니다."

"장난치냐? 뭔 다른 선생님이야."

마취과 당직의는 어차피 들어가야 할 수술임에도 애먼 화풀이를 반복하고 있었다. 이렇게라도 하지 않으면 응급 수술에 끌려들어가게 된 억울함을 풀 길이 없는 것처럼.

"잰 뭐 해? 연애하나?"

한참 전화기 앞에서 쩔쩔매고 있는 레지던트를 물끄러미 바라보던 강혁이 성큼성큼 걸어가더니 전화기를 뺏어 들었다.

"어어."

"새꺄, 그리고 수술 잡힐 거 같으면 미리미리 전화해서 준비하게 했어야지."

워낙 순식간에 일어난 일이라 마취과 당직의는 아직도 레지던트가 전화기를 들고 있는 줄 알았다. 당연하게도 폭언도 이어지는 중이었다.

"4년 차라는 새끼가 감이 없어. 너 언제 사람 될래?"

"아, 거, 쫑알쫑알 말 많네."

"음?"

"너 안 내려오냐? 아까 얘가 하는 말 못 들었어? 응급 수술이라고! 지금 안 열면 환자 죽는다고!"

난데없는 호통에 기세등등하던 마취과 당직의의 목소리가 기어들어가기 시작했다.

"누, 누구신지……."

"그게 중요하냐? 넌 누구야. 누군데 당직이 처 자고 있다가 전화를 받아!"

"아, 아니……. 제가 어제 당직……."

"핑계 대지 말고 빨리 내려와. 내가 환자 데리고 수술방 갔는데 거기 없으면 넌 뒈진다."

"와우."

레지던트는 남몰래 엄지를 휘둘렀다. 본래 마취과는 병원에서 갑 중의 갑이 아니었던가. 잘 모르는 사람들이야 수술실이 '열려라' 하면 열리는 줄 알겠지만, 그건 정말 뭣도 모르고 하는 소리였다.

'야, 이번에 마취과 야유회 가신다니까 술이나 한 병 갖다 드려. 아, 이거 내가 정말 큰마음 먹고 산 건데……. 향도 못 맡아보고 가네.'

그래서 각 수술과는 마취과 모임이 있으면 양주 한 병 정도는 바치는 것이 일상이었다. 그런데 외과계 중에서 제일 밑바닥에 있다고 봐야 할 중증외상팀 교수가 마취과 임상 강사를 이렇게 무자비하게 까다니.

'미쳤나.'

레지던트는 그런 생각을 하고 있다가 강혁과 눈을 마주친 후 신음을 흘렸다. 아까도 무서운 얼굴이었는데, 막 화를 낸 지금은 진짜 악마가 따로 없어 보였기 때문이었다.

"뭘 보고 있어. 미쳤어? 수술방 갈 준비 안 해?"

"아, 네."

"어딜 어리바리 달려? 수술방에 기구 준비하라고 해. 오픈 하트로."

"아아. 네, 선생님."

강혁은 그렇게 레지던트까지 살뜰히 조진 후 다시 처치실로 향했다. 이제 피가 중심 정맥관을 통해 수혈되고 있었기 때문에 상처 부위에서 계속해서 피가 흘러나오는 중이었다. 재원은 그 상처 부위를 너비가 넓고 두꺼운 번 거즈로 꾹 누르고 있었다.

"흠."

강혁은 아무래도 좀 불안한지 재원이 누르고 있는 부위를 살펴보았다. 간혹 전문의랍시고 깝치지만 상처 누르는 것도 제대로 하지 못하는 애들이 많기 때문이다. 하지만 재원은 좀 달랐다.

'오, 항문. 그래도 효과적으로 아주 잘 누르고 있네.'

피 나는 부위를 누르는 방법은 크게 두 가지로 나눌 수 있다. 출혈이 그냥 절개된 단면에서 새고 있다면 단면 그 자체를 눌러야 한다. 하지만 그 단면을 먹여 살리는 혈관이 있고, 그 혈관이 보인다면 혈관을 누르는 것이 훨씬 효과적이었다. 재원은 지금 배 안쪽의 혈관을 누르는 중이었다. 피부 단면이야 그대로 누를 수밖에 없긴 했지만. 그 덕에 출혈의 양은 아주 많지 않았다.

"항문, 그대로 잘 눌러. 지금 잘하고 있어."

"네, 감……. 감사합니다."

재원은 '이런 칭찬이 과연 칭찬은 맞는 건가' 하는 생각을 하며 고개를 끄덕였다. '항문'이 붙으니까 꼭 똥 잘 참는다고 칭찬하는 듯한 느낌이었기 때문이었다.

"야! 레지던트! 수술실에는 전화했어?"

강혁은 이제 재원에게서 고개를 돌려 밖을 바라보았다. 그런 강혁을 보며 레지던트가 힘차게 고개를 끄덕였다.

"네! 지금 가시면 됩니다."

"뭘 남의 일처럼 가시면 된대. 너도 따라와!"

"네? 전 응급실 지켜야 하는데."

"지금 이 환자보다 중환자 있어?"

"아, 아뇨."

"그럼 같이 옮겨. 뭔 일 터지면 모자란 손이라도 하나 더 있는 게 나아."

강혁은 억지로 한 명 더 데려가는 주제에 묘한 돌려 까기를 한 후 환자가 실려 있는 이송용 침대를 끌어내었다.

"넌 아무것도 신경 쓰지 말고 누르고만 있어!"

"아, 네."

강혁은 어설프게 도우려는 재원을 사전 차단했다. 그러곤 4년 차 레지던트에게도 비슷한 지시를 했다.

"넌 호흡이나 신경 써! 계속 주머니 쥐어짜!"

"네네."

"활력 징후는 내가 볼 테니까. 그냥 짜기나 해. 지금처럼."

"네."

강혁은 자신이 말한 대로 활력 징후가 띄워져 있는 모니터를 뚫어지도록 쳐다보며 환자와 함께 이동하고 있었다. 한국대학교 병원은 지난해 보건복지부로부터 받은 지원금으로 응급실을 대대적으로 리모델링 한 바 있었다. 그래서 응급실 바로 옆에 수술실을 하나 보유하고 있었다. 실제로 이 수술방을 쓰는 사람이 거의 없어 세금 낭비의 증거물이란 불명예스러운 별명을 안고 있는 곳이긴 했지만. 그건 그만큼 깨끗하다는 뜻이기도 했다.

"어우, 새 건물 냄새."

강혁은 수술실 안으로 들어서면서 고개를 저어댔다. 그의 말대로 수술방 안에서는 갇혀 있던 공기 특유의 텁텁함과 새 건물 냄새가 뒤섞여 기분이 무척 나빴다. 재원과 레지던트, 둘은 분명 그렇게만 느꼈다. 하지만 강혁은 달랐다.

"미쳤나? 여기 담당 누구야!"

"저희가 돌아가면서 하긴 하는데요."

고개를 돌려보니 여태 묵묵히 자기 할 일을 해주던 간호사였다. 영 미덥지 못하던 재원보다는 오히려 이쪽이 더 낫다고 느끼던 강혁이었다. 그래서 조금은 누그러진 태도로 말을 이었다.

"수술방에 양압 안 거나? 여기가 환기가 안 되면 어쩌자는 거요?"

"아, 죄송합니다. 따로 지시가 없어서……."

"지금 중증외상팀장 누군데요?"

"원장님이 임시로……."

"어휴. 일단 지금 바로 틀어요."

세상에 그 바쁜 원장이 무려 중증외상팀의 장을 겸하고 있다니. 이건 그냥 처음부터 팀을 제대로 돌릴 생각이 없었다는 말과 같은 말이라고 보면 되었다.

위이잉.

한 가지 다행인 일은 양압 환기구의 성능은 끝내주게 좋다는 점이었다. 기계를 켜고 얼마 지나지 않아 퀴퀴한 냄새는 사라져버렸다. 그제야 강혁은 환자를 수술대 위로 옮길 것을 지시했다.

"하나, 둘, 셋."

재원을 비롯한 의료진이 환자를 수술대로 옮기자마자 드르륵 하고 수술방 문이 열렸다. 고개를 돌려 보니 눈이 벌겋고 어깨가 좀 처진 사내가 들어서고 있었다. 마취과 당직의, 황선우였다. 다들 까칠한 마취과 중에서도 유독 까칠하다고 소문이 자자했다.

"이제 왔네? 너 마취과 맞지?"

"아, 아. 네. 아까 전화하셨던……."

"그래. 원래 같으면 뒈져야 하는데, 환자 들어왔으니까. 일단 마취부터 해. 가슴 열 거니까, 개흉술에 맞춰서 해."

"아, 뭐……."

선우는 아무래도 마음에 들지 않는다는 표정이었다. 당연한 일이었다. 응급 수술을 들어가는 외과는 응당 '부탁'해야 하는 처지임에도 불구하고 이따위 강압적인 태도로 나서고 있었으니까. 게다가 얼굴도 본 적 없는 사람이 첫 만남에서.

'스카우트해 온다는 사람이 이 사람인가…….'

듣기론 어디 봉사 단체에서 데려온다고 했었는데. 헛소문이었던 모양이었다. 그런 데서 오는 사람이 이렇게 성격이 더러울 리는 없을 테니.

"뭘 그렇게 우물쭈물하고 있어? 설마 개흉 마취 안 해본 거야?"

"해보긴 했죠."

"언제."

"레지던트 때……."

"단독으로 해본 적은 없다는 얘기로군."

"뭐 다를 게 있나요?"

그 말을 들은 강혁의 얼굴이 사정없이 일그러졌다. 개흉 수술의 마취를 하면서 다를 게 없냐니. 이건 정말 미친 소리라고 보면 되었다.

"어디 한번 걸어봐. 내가 주문하는 대로 안 움직이면 넌…… 알지?"

"알겠습니다. 일단 걸어는 드릴게요."

선우는 강혁은 쳐다보지도 않은 채 건성으로 답했다. 그러고는 환자의 입안에 들어가 있는 튜브를 확인한 후, 그대로 마취 기기를 연결했다.

"그럼 이걸……."

"야, 미쳤어?"

강혁은 선우가 들고 있던 프로포폴 병을 툭 하고 쳐서 바닥으로 떨어뜨렸다. 평소 선우를 싫어하던 레지던트나 재원이 보기에도 이건 좀 심하다 싶을 정도의 만행이었다. 당연하게도 당사자인 선우는 어처구니가 없다는 듯한 표정으로 강혁을 노려보았다. 그래봐야 금방 눈을 깔긴 했지만.

"뭐, 뭐 하는 짓입니까?"

"누가 심장 수술에. 그것도 이렇게 혈압이 불안정한데 프로포폴을 줘? 저혈압으로 죽으면 네가 책임질 거야?"

"아……."

"너 원래 어디 들어가는 애야?"

"이, 이비인후과요."

"아하."

이비인후과는 대개 수술이 짧은 편이었다. 물론 두경부암(Head and neck cancer: 머리와 목에 생기는 암) 수술 같은 경우엔 강혁도 질릴 만큼이나 길고 험한 수술을 하긴 했지만. 대개 전신 상태는 정상인 환자들을 수술하기 마련이었다. 그러니 그 방만 주야장천 들어가고 있는 마취과 의사는 이럴 수도 있었다.

'그걸 고려해도 얘는 좀 심하네.'

어쩌면 공부를 안 해도 이렇게 안 할 수가 있을까. 마음 같아서는 수술이고 나발이고 탁 때려치우고 나가고 싶었다. 병원에 온 지 불과 한 시간도 채 되지 않았음에도 불구하고 중증외상팀이 얼마나 주먹구구식으로 돌아가고 있는지 아주 잘 알게 되었으니까. 하지만 이미 환자가 수술대 위에 올라가 있었다. 강혁은 자신의 손을 탄 환자가 무력하게 죽임당하는 꼴을 두고 볼 수는 없는 위인이었다.

"에토미데이트로 해. 그게 지금은 최선이야. 심장만 볼 게 아니라, 일단 배부터 봐야 하니까."

"아……. 네. 그렇게……. 하죠."

선우는 전문의 시험 때 분명 이런 내용을 공부해봤다는 사실을 떠올릴 수 있었다.

'에이. 재수 없게.'

원래 같으면 곧 퇴근인데 괜히 끌려와서 이상한 놈 만나 혼까지 나고 있지 않은가. 선우는 이래저래 짜증 난다는 얼굴로 에토미데이트를 재서 환자의 수액 라인에 찔러 넣었다. 원래도 의식이 없었던 환자가 아니던가. 약까지 들어가니 곧 축 늘어져버렸다.

“좋아. 이제 너는 응급실 가서 잘 지키고. 항문, 배랑 가슴 전체 다 닦아. 드랩(Drape: 소독 천으로 수술 부위를 제외하고 덮는 행위)은 가슴하고 배를 그냥 한꺼번에 노출하고.”

“네, 선생님.”

재원은 처음 강혁을 마주했을 때와는 전혀 다른 태도로 고개를 끄덕였다. 일단 지금까지 강혁이 한 말 중 틀린 게 없었을 뿐 아니라, 방금은 마취과의 마취 약까지 정해주지 않았던가. 이런 교수는 정말이지 생전 처음이었다.

‘성질은 좀 더러워도……. 실력은 진짜인 거 같은데.’

재원이 그런 생각을 하며 갈색 베타딘 소독액으로 환자의 가슴과 배를 닦는 동안 강혁은 수술장 밖에 마련된 손 닦는 곳 앞에 섰다. 지이익. 그러곤 베타딘 솔로 손끝에서부터 팔꿈치에 이르기까지 아주 꼼꼼하게 닦아내었다. 스스로 생각하기에 완벽하다 싶을 때까지였다. 촤르륵. 무릎으로 버튼을 누르자, 차가운 물이 쏟아져 나왔다. 강혁은 갈색 베타딘 액 범벅이 된 양손을 그 물줄기에 집어넣은 채로 생각했다.

‘돈도 주고, 중증외상팀도 만들게 해준다고 해서 오기는 왔는데…….’

와보니 역시가 역시였다. 대한민국은 아직도 중증외상 환자를 제대로 된 환자로 생각하고 있지 않았다. 지금까지 그러했듯 그저 혹으로 여길 따름이었다. 웬만하면 오지 않기를 바라고. 이왕 왔으면 대강 처치해서 보내길 바라는.

‘일단 밑에 쓸 만한 놈들부터 찾아야지. 이렇게 폭탄 돌리기 하듯이 당직만 빙빙 돌면서는 절대로 팀을 꾸릴 수 없어.’

중증외상 환자에 대한 처치 및 수술 난이도는 극상에 해당했다. 그런 걸 수십 명의 의사가 하루씩 돌아가면서 당직을 서는 방식으로 하면 대체 뭘 얼마나 배울 수 있겠는가.

'항문……. 저 새낀 좀 쓸 만할 수도 있는데.'

강혁은 그리 생각하면서 수술실 안으로 들어섰다. 손끝에서부터 팔뚝으로 이어진 물줄기가 물방울이 되어 바닥으로 떨어지고 있었다.

"항문, 넌 내 반대편에 서고. 이쪽도 레지던트 때는 다 해봤지?"

강혁은 어느새 메스를 쥐고 환자의 우측에 서 있었다. 재원은 당연하게도 강혁의 반대편, 그러니까 좌측에 서 있었다.

"네. 해봤습니다."

"비장 절제술도?"

"보조는……."

"아, 항문이지, 참. 그래……. 손상 도구는 사시미였고. 길이는 5cm. 깊이는 대략 10cm 이상."

"깊이가 보이십니까?"

"아까 피 나는 거 보면 대강 알지. 이건 경험을 통해 알게 되는 거라, 그냥은 몰라."

"아, 네……."

재원은 아주 태연하게 경험 운운하고 있는 강혁을 힐끔 바라보았다. 아무리 봐도 자신과 나이 차이가 많이 날 것 같지가 않았다. 솔직히 아까 정장 입고 있을 땐 그저 또래로만 보였으니까.

"아무튼……. 이제 절개해야지. 좌우로 당겨."

"네."

재원은 강혁의 말에 따라 길게 난 상처를 좌우로 벌렸다. 눌려 있었기 때문에 피가 그나마 덜 나고 있었는데, 당기니까 줄줄 새어 나오기 시작했다. 하지만 지금은 그저 틀어막고만 있을 때는 아니었다. 이젠 상처를 열고 실제로 피 나는 곳을 잡아야 할 때였다.

지이이익. 강혁은 길게 난 상처의 위, 아래에 2cm씩 절개를 더 넣었다.

"이제 전기칼."

"네."

강혁의 말에 간호사가 전기칼을 들려주었다. 강혁은 잘 작동하는지 확인한 후, 방금 자신이 절개한 틈새로 전기칼을 들이밀었다.

타다다다닥. 강혁이 전기칼을 작동하며 절개를 이어나가자 하얀 연기와 함께 절개면이 끊기듯 잘려 나갔다.

쉬이익. 재원은 꽤 센스 있는 편에 속하는 레지던트였던 모양이다. 연기가 미처 강혁의 코에 닿기 전에 모조리 석션해 내고 있는 것을 보면.

"항문."

"네?"

"이렇게 하면 이름 불러줄 수도 있겠다."

"아, 네……."

재원은 당연한 걸 해주겠다고 하면서 생색을 내는 강혁에게 뭐라 답해줘야 할지 알 수가 없었다.

'내 이름이 양재원인데 항문으로 부르는 걸 사과부터 해야 하는 거 아닌가……' 하는 생각이 들었지만, 재원은 이 짧은 생각 하나도 제대로 이어나가기가 어려웠다. 강혁의 손놀림이 점점 더 빨라지기 시작했기 때문이다. 보조를 맞추는 것이 점차 어려워지고 있었다.

"항문, 이제 복막 걸어서 당겨."

"네."

"아니, 아니! 위 말고 아래쪽!"

"아, 네."

"그렇게 말고……. 너는 피 나는 곳이 안 보이니?"

강혁은 그리 말하면서 상처 안쪽을 가리켰다. 재원이 보기엔 그저 검붉은 핏덩이뿐이었다. 하지만 강혁은 뭔가 다른 거라도 보이는지 있는 대로 성질을 내고 있었다.

"아니, 됐다. 안 보이면 말아. 이거나 걸어서 좌우로 당겨."

"네."

"그래……. 지금 그 정도로. 더 당길 필요는 없어. 왜곡돼서 혈관 숨을 거 같아."

강혁은 그리 말하면서 재원이 내려놓았던 석션을 집어 들었다. 반대편 손으로는 핀셋을 이용해 거즈를 집고 있었다. 그는 석션으로는 이미 흘러나온 피를 빨아들이고, 거즈로 단면을 눌러 닦으면서 차츰차츰 더 깊은 곳을 향해 들어갔다.

'대체 뭐가 보이냐는 거야…….'

재원은 그런 강혁의 기구 끝을 뚫어지도록 바라보았다. 진짜 뭐가 보이는가 해서였다. 하지만 별 보람이 없었다. 그저 눈을 깜빡이지 않은 탓에 눈만 시릴 뿐이었다.

"여기 있네."

하지만 강혁은 핏덩이 사이에서 핀셋을 이용해 무언가를 톡 하고 집어냈다. 그러자 거짓말처럼 계속해서 흘러나오고 있던 핏물이 '훅' 하고 줄어들었다. 체감상 새어 나오는 핏물이 거의 70~80%는 줄어든 기분이었다.

"어?"

"뭐가 어야. 너 피 안 잡아봤어?"

"잡아…… 봤습니다."

외과 의사치고 복강 내 출혈 안 잡아본 사람이 어디 있겠는가. 물론 어느 정도의 출혈을 잡아봤는가에 대한 차이야 당연히 있긴 하겠지만. 어찌 되었든 재원도 한국대학교 병원에서 외과를 수료한 인재 중의 인재였다. 때문에 이런 질문을 받는 것은 기분이 나쁜 듯한 표정을 짓고 있었다.

"근데……. 이게 안 보여?"

"아까부터 뭐가 보이냐는 건지……."

"흠."

강혁은 자신이 집어둔 핀셋 끝을 바라보았다. 핀셋에 잡혀서 단면이 눌린 혈관이 눈에 들어왔다.

'역시 이런 건 보통 사람 눈에는 보이지 않나.'

강혁은 그리 생각하며 석션을 내려놓았다. 그러곤 손바닥을 내밀었다.

"켈리 줘요."

"네, 선생님."

강혁은 간호사가 건네준 켈리를 이용해 조금 전까지 핀셋으로 잡고 있던 혈관을 물었다.

지익. 강혁이 켈리를 살짝 당기자, 비로소 숨어 있던 혈관의 단면이 모습을 드러냈다. 강혁은 그 혈관을 가만히 들여다보더니 이내 고개를 끄덕였다.

"역시 비장 동맥 줄기 중 하나네. 이게 잘렸으니까 피가 그렇게 나지."

"아……."

"항문, 넌 뭘 좋다고 감탄하고 앉았어. 이거 안 묶냐? 나 계속 들고 있어?"

"아, 네네. 저 실 좀 주세요."

재원은 바로 제 실수를 인정하고 간호사에게 손을 내밀었다. 간호사는 강혁이 켈리를 찾는 그 순간부터 이미 실크로 된 실이 물린 기구를 준비해 둔 참이었다. 덕분에 바로 건네줄 수 있었다.

"여기 있습니다."

"네. 교수님, 바로 타이(Tie: 묶기)하겠습니다."

"어, 해봐."

"네."

재원은 신중한 표정으로 실로 강혁이 들고 있는 켈리를 빙 두른 채 타이를 시작했다.

톡, 톡, 톡. 속도도 빠르고 정확했으며, 무엇보다 단단한 타이였다. 강혁은 꽤 만족한다는 듯한 표정으로 고개를 끄덕였다.

"이야, 항문. 잘하네?"

"네 뭐……. 감사합니다."

"음……. 머리보다는 아무래도 몸 쓰는 걸 좀 더 하는 타입이구나, 너."

"아뇨……. 저 1등이라니까요……."

"아무튼, 수술하는데 누가 이렇게 떠드냐?"

"네?"

재원은 '지금 말 시킨 게 누군데 이런 소리를 하나' 하는 표정으로 강혁을 바라보았다. 하지만 이미 강혁은 그를 보고 있지 않았다. 벌어진 상처 안쪽을 다시 후벼 파고 있을 따름이었다.

"피가 아까보다 좀 더 스며 나오는데. 마취과!"

"에?"

"혈압 얼마지?"

"아……. 90. 아니 95입니다."

강혁의 물음에 뒤쪽에 숨어서 카톡이나 하고 있던 선우가 부리나케 답했다.

"95. 이 환자 저혈량 쇼크에 아직 피 완전히 못 잡았는데 그 정도면…… 너 승압제 썼냐?"

강혁은 상처에서 눈을 떼고 선우 쪽을 노려보았다. 눈에서 불이 나는 듯했기 때문에 선우는 황급히 고개를 숙여야만 했다.

"아까……. 혈압이 낮길래……."

"얼마나."

"60……."

"그렇다고 승압제를 써? 심낭 압전 있어서 천자까지 한 환자를?"

"그……."

선우는 뭐라 할 말을 찾지 못했다. 아무리 생각해도 자신의 잘못이 명백했기 때문이다.

'아, 좀 편하게 가보려고 승압제 썼더니……. 그걸 또 잡아내네.'

출혈량으로 혈압의 변화를 알아내다니. 미친놈이 아닌가 하는 생각이 들었다. 그리고 그 미친놈은 잔뜩 화가 난 상태였다.

"너 이름 뭐냐?"

"음……."

"됐어. 말 안 해도 돼. 어차피 여기 있는 사람들이 다 알겠지. 지금 전화해서 다른 마취과 의사 불러. 그 사람 오면, 넌 나가."

"아, 그건 좀……."

"닥쳐. 난 제 한 몸 편해지자고 환자한테 해 되는 짓 하는 새끼는 의사라고 생각 안 하거든. 수술실에 의사 아닌 놈이 있으면 되겠어? 빨리 전화해서 다른 사람 불러. 그리고 항문."

강혁은 서릿발 같은 눈빛으로 재원을 돌아보았다. 덕분에 재원은 별 잘못한 것도 없으면서 움찔거렸다.

"네, 네."

"저 새끼 사고 쳐서 시간 확 없어졌으니까. 속도 낼 거야. 정신 바짝 차리고 부지런히 따라와."

"아, 네."

"봉합 기구 줘요. 바늘은 2번으로. 비장 부분 절제술 대신 봉합으로 출혈 틀어막습니다."

"엇. 네."

강혁은 당황한 기색이 역력한 간호사에게 봉합 기구를 넘겨받았다. 2번 바늘은 복부 살가죽을 봉합할 때나 쓰는 아주 굵고 커다란 바늘이었기 때문이었다. 이걸 배 안에다 사용하는 경우는 상당히 드문 경우라고 보면 되었다. 일단 좁은 수술 부위 내에서 쓰기가 어려웠다.

푹. 하지만 강혁은 그런 생각에 반박이라도 하듯이 망설임 하나 느껴지지 않는 손길로 봉합 기구를 움직였다.

푹. 강혁의 손이 유려하게 움직임에 따라, 바늘은 근처 피가 나고 있는 비장을 어김없이 뚫고 들어갔다.

'이게……. 이래서 되는 건가?'

처음엔 그저 무의미한 손놀림처럼만 보였다. 아니 오히려 환자의 회복을 방해할 것만 같았다. 바늘이 뚫고 지나갈수록 구멍이 난 부위에서 피가 주르륵 흘러나왔으니까.

푹. 하지만 강혁이 세 번가량을 찔렀을 때는 재원도 강혁이 뭘 하고 있는 것인지 알 수 있었다.

'아예 비장 모양을 우그러뜨리면서 피를 막는 거구나……. 누르면 피는 멈추니까…….'

비장은 사실 제거해도 생존할 수는 있었다. 몇몇 감염에 취약해지긴 하지만. 거기에 봉합이 굉장히 까다로운 장기였다. 오래되고 쓸모없어진 혈액 세포를 죽이는 곳이라 피를 아주 많이 함유하고 있기 때문이다. 그래서 외과 의사들이 수술하다가 제일 빨리 포기하는 장기에 속했다. 덕분에 재원은 이런 방식으로 비장을 살려내는 것은 처음 보는 일이었다.

"뭘 보고만 있어. 실 안 잘라?"

"아, 네. 컷."

"좋아. 이제 피는 다 잡았고. 너 피부 닫을 수 있지?"

"물론입니다."

"그럼 그거 닫아. 난 위로 가서 가슴 열고 있을 테니까."

"혼…… 혼자서요?"

"넌 칼질 둘이서 하니?"

"아뇨. 그건 아니지만……."

그래도 보조도 없이 가슴을 연다니. 이건 거의 미친 소리나 다름없었다. 해서 재원은 최대한 빨리 닫고 올라가기 위해 봉합 기구 쥔 손을 부리나케 놀려대기 시작했다. 강혁은 그런 재원을 뒤로하고 환자의 가슴 쪽으로 올라갔다. 고개를 돌려 보니 선우가 똥 씹은 표정으로 인수인계를 하고 있었다.

"그러니까…… 심낭 압전이 있었고, 복부 자상으로 저혈량성 쇼크가 있었다는 거죠?"

"그래. 몇 번을 말해야 알아? 암튼, 그렇고. 승압제 한 번 들어갔어.”

“네? 승압제요? 심낭 압전…… 있었는데요?”

“새꺄, 필요하니까 썼지. 네가 펠로우냐? 레지던트 새끼가 어디서 주제넘게.”

“죄, 죄송합니다.”

새로 내려온 마취과 의사는 선우보다 나이가 많아 보였지만 직급은 훨씬 아래인 모양이었다. 아무 이유도 없이 혼나고 있는 것을 보면. 이것 역시 강혁이 보기엔 마음에 안 드는 일이긴 했지만 적어도 환자와 관계있는 일은 아니었다. 그래서 그냥 두기로 했다. 게다가 이것저것 신경 쓰고 있기에는 갈 길이 너무 급했다.

“자, 메스. 가슴 엽니다.”

지이익. 강혁은 메스로 환자의 가슴골을 따라 그대로 살가죽을 그었다. 가슴골은 살가죽이 아주 얇은 곳이었기 때문에 단숨에 뼈가 닿는 곳까지 그을 수 있었다.

“흠.”

강혁은 갈라진 틈새로 드러난 새하얀 뼈를 확인하고는 메스를 내려놓았다.

“전기칼.”

“여기 있습니다.”

“칼끝, 뭉툭한 거로.”

“아, 네. 교체하겠습니다.”

강혁은 간호사가 칼끝을 보다 뭉툭한 팁으로 교체하는 사이 자신이 만들어놓은 절개 틈새를 손가락으로 슥 훑었다. 옆에서 보기엔 별 의미 없어 보이는 짓에 불과할 테지만. 강혁은 이제 어디를 어떻게 가르고 들어가는 것이 더 좋을지 명확하게 판단할 수 있었다.

"여기, 다 됐습니다."

"좋아."

강혁은 칼끝이 뭉툭한 전기칼을 아까 만들어놓은 절개면 사이로 집어넣었다. 타다닥 하며 타는 소리와 함께 절개면이 더 넓어졌다. 어차피 안쪽으로는 단단한 뼈가 자리하고 있지 않은가. 이럴 땐 괜히 얇고 뾰족한 팁을 이용해 가르는 것보다 이렇게 한 번에 태우는 것이 훨씬 빠르고 편했다.

"됐고……. 야, 항문."

"네."

이제 재원은 항문이라는 호칭에 완전히 적응한 지 오래였다. 답하는 데 1초의 망설임도 느껴지지 않았다.

"얼마나 남았지?"

"이제…… 3분의 1 정도 했습니다."

"흠. 좀 더 서둘러. 가슴 가르고 나면, 보조가 필요하니까."

"네, 네. 근데 정말 혼자서……."

"넌 네 일이나 신경 써. 난 무조건 할 수 있어."

"네……."

재원은 아무래도 믿지 못하겠다는 표정이었다. 하지만 뭐 어쩌겠는가. 저 혼자 가슴뼈를 가르겠다는데. 해서 일단 하던 일에나 집중하기로 마음먹었다.

타다다닥. 강혁은 다시 전기칼을 이용해 절개면을 조금 더 넓히고 있었다. 가슴골 쪽은 이미 완료가 되었던 터라, 이젠 가슴골 위쪽을 가르는 중이었다.

타다다다닥. 이쪽은 아래에 뼈가 없어서 어느 순간 밑으로 빈 공간이 휼러덩 하고 나왔다. 이때 경험이 부족하거나, 수술 시 부주의

한 집도의라면 아래 조직에 상처를 내는 수도 있었다. 하지만 강혁은 아까부터 아래쪽을 훤히 보고 있었던 것처럼 아주 절묘한 시점에 전기칼의 스위치에서 손을 떼어냈다. 그러곤 검지를 절개 틈새로 집어넣어 안쪽의 공간을 확인하는 동시에 넓혔다.

투두두둑. 워낙 완벽하게 절개했던 덕에 살가죽과 아래 조직 사이를 이어주던 결체 조직은 매우 쉽게 제거되었다.

"됐어. 철판."

"네, 선생님."

강혁은 간호사에게 얇은 철판 하나를 건네받았다. 그러곤 방금 자신이 손가락을 집어넣었던 곳으로 쑥 하고 밀어넣었다. 철판은 정확히 가슴골 뼈와 그 아래 있는 조직 사이에 자리했다.

"이제 톱."

"네. rpm은 어떻게 맞출까요?"

"25,000."

"네."

강혁은 전기톱을 받아 들자마자 발판을 밟아 작동부터 시켜보았다.

위이이잉. 강혁은 동그란 톱이 돌아가면서 나는 섬뜩한 소리가 마음에 들었는지 씨익 웃었다.

"안 쓰는 수술방이라고 들었는데, 제품은 좋은 걸 들여놨네."

간호사도 재원도 '소리만 듣고 그걸 어찌 아느냐'라는 듯한 표정이었다. 하지만 굳이 입 밖에 내진 않았다. 적어도 수술실 안에서는 집도의가 왕이었으니까. 게다가 재원은 수술실 밖이라 해도 눈앞에 있는 강혁에게 감히 거스를 수 있을 것 같진 않았다.

"자, 그럼 가슴뼈 절개합니다."

"네."

강혁의 말에 마취과 의사가 답했다. 그러곤 마취 심도를 조금 더 올렸다. 이렇게 하면 혈압이 조금 더 떨어지겠지만, 어쩔 수 없었다. 뼈를 가르는 통증은 무의식중에서도 어마어마할 테니까. 그 때문에 혈압이 올라가거나 심장 박동 수가 올라가면 지금 환자처럼 심낭 압전 등 심장에 이상이 있는 사람에게는 치명적일 수 있었다.

"흠."

강혁은 그런 마취과 의사의 움직임에 고개를 끄덕이면서 톱을 가슴골 뼈 위에 갖다대었다. 보통 두 손으로 잡기 마련인데, 강혁은 그저 한 손으로만 쥐고 있었다. 다른 한 손은 가슴골 뼈 밑으로 들어가 있는 철판을 쥐고 있었다.

"여기 물만 좀 뿌려줘."

"아, 네."

보조를 서던 간호사는 생리 식염수가 가득 든 큼지막한 주사기를 집어 들었다.

"좋아. 내가 시작하면 계속 뿌려."

"뼛가루 쌓여도…… 계속해서 뿌리나요?"

제아무리 전기톱이라고 해도, 날에 다이아몬드가 달려 있다고 해도 두꺼운 성인 남자의 가슴골 뼈를 두부 자르듯 할 수는 없었다. 애초에 그렇게 자를 수 있도록 만들지도 않았다. 그렇게까지 날카롭고, 절삭력이 좋게 만들었다가는 밑에 있는 구조물이 다칠 수 있으니까. 그렇기에 필연적으로 물에 젖은 뼛가루가 쌓이기 마련이었는데, 시야를 굉장히 방해했다. 그래서 가슴골 뼈를 자르는 과정은 톱을 돌리다가 안 보이면 멈추고 가루를 치운 다음 다시 돌려야 하는 힘든 작업의 연속이었다.

"흉부외과 수술방에 있었나? 그런 걸 알게?"

"네. 5년 정도……."

"훌륭하네. 어쩐지 보조가 좋더라니. 그런데 나는 필요 없어. 그냥 계속 뿌리면 돼."

"아, 네. 알겠습니다."

강혁은 말을 마침과 동시에 발판을 밟아 톱을 돌렸다.

위이이잉. 아까와 정확히 같은 소리를 내며 톱이 돌아가기 시작했다. 강혁은 그 톱을 천천히 가슴골 뼈 쪽으로 밀어넣었다.

가가가가가각. 톱날이 단단한 가슴골 뼈를 갈아 들어가면서 내는 소름 끼치는 소리가 사방에 울려 퍼졌다.

"물 뿌려!"

"네!"

강혁이 호통을 치자 간호사가 세차게 생리 식염수를 뿌렸다. 이 행위에는 두 가지 의미가 있었는데, 하나는 그나마 쌓이는 뼛가루의 양을 줄이는 것이었다. 그리고 또 하나는 톱질에서 발생하는 어마어마한 마찰열을 없애기 위함이었다. 물을 뿌리지 않고 그냥 톱질하다 보면 뼈가 타버리는데, 그럼 나중에 뼈가 잘 이어 붙지 않았다.

가가가가가각. 강혁은 한 손으로도 흔들림 없이 전기톱을 잡고 있었다. 천천히, 그리고 아주 정확하게 일직선을 긋고 있었다. 사람 뼈라는 게 아무래도 어느 한 곳은 더 단단하기도 하고, 어느 한 곳은 더 무르기 마련이지 않겠는가. 때문에 톱날이 미세하게 틀어지는 정도는 늘 있는 일이라고 할 수 있었다. 하지만 강혁의 톱질에는 그러한 것이 전혀 없었다. 마치 기계가 긋는 듯한 그런 느낌이었다.

가가가가각. 아무래도 시행착오가 전혀 없는 톱질이다보니, 천천히 긋는 것 같은데도 절대적인 시간은 적게 걸렸다.

“절개 끝. 야, 항문.”

“네, 네.”

“봉합은? 끝났어?”

“아, 아직입니다. 거의 다 되긴 했는데…….”

“손이 느린 편이구나, 너.”

“아뇨, 그렇진 않은데…….”

재원은 진심으로 억울하다는 표정을 지어 보였다. 일반인들에게는 조금 이상하게 들릴지 모르겠지만, 일반 외과에서 가장 인기 있는 세부 전공은 다름 아닌 항문외과였다. 다른 세부 전공과는 달리 응급이 거의 없다시피 했고, 대학 병원 밖으로 나가도 배운 것을 그대로 써먹을 수 있었기 때문이다. 게다가 환자까지 많으니 수입 면에서도 괜찮지 않은가. 그건 곧 항문외과에 들어가기 어려워졌다는 뜻이고, 자연히 외과에서 가장 우수한 사람들이 들어가는 분과가 되었다. 즉 재원은 시험만 잘 본 게 아니라 실력도 꽤 좋은 외과 의사란 얘기였다.

‘내가 봉합은 꽤 빠른 편인데…….’

재원은 이미 훤하니 열려 있는 가슴을 보며 어처구니가 없다는 듯한 표정을 지었다.

‘저게 뭐야. 빨라도 너무 빠르잖아.’

심지어 정확하기까지 했다. 보통 가슴골 밑에 대는 철판에 작은 흠집이라도 남기 마련이거늘. 이번에 강혁이 대어놓은 철판은 그저 새것이었다. 단 한 번도 톱날이 철판에 닿지 않았다는 얘기다.

‘흉부외과 출신…… 인가?’

재원이 이런저런 생각을 하면서 봉합을 해나가는 동안 강혁은 갈라놓은 가슴골 뼈를 좌우로 쫙 벌렸다. 그러곤 아이언 인턴(Iron intern: 절단면을 벌리고 고정하는 기구)을 이용하여 고정했다. 그러자 펄떡거리고 있는 심장이 한눈에 들어왔다.

"다행이군. 피가 아직 그렇게 많이 차지 않았네."

강혁은 펄떡대는 심장에 손바닥을 가져다 대고는 중얼거렸다. 아무래도 심낭 압전이 생길 정도의 상처가 있었던 데다가, 승압제까지 맞은 탓에 어느 정도는 피가 다시 차올라 있었다. 다만 강혁이 너무 빨리 움직인 덕에 그게 심장을 누르고 있진 못했다.

"항문, 이제 슬슬 올라와."

"네. 다 끝났습니다."

"대충대충 한 건 아니지? 네 살 아니라고."

"아, 아닙니다."

"이따 보면 알겠지. 아무튼, 이 핀셋 잡아."

강혁은 핀셋으로 귀신같이 심장 외막을 집은 채 재원을 돌아보았다. 재원은 부리나케 강혁의 맞은편에 선 후 그 핀셋을 받아 들었다.

"이거 놓치지 마. 그럼 귀찮아지니까."

"네."

"너 심낭 압전 있던 환자의 경우 뭔 수술을 하는지는 알고 있지?"

"어……. 네. 알고는 있습니다. 보는 건 처음이지만."

"그럼 좀 낫겠네. 딱 잡아."

"네."

강혁은 그렇게 핀셋을 재원에게 맡긴 후 메스를 집어 들었다. 그러곤 외막에 살포시 절개를 넣으면서 마취과를 돌아보았다.

"마취과, 이제……. 음."

"네?"

“아냐. 심장 박동 수, 일부러 줄인 거야?”

“네. 심장에 절개 들어갈 것 같아서요.”

“흠……. 이름이 뭐지?”

“박경원입니다.”

“잘했어.”

강혁은 짤막한 칭찬을 남기고는 계속해서 메스를 움직였다. 대단히 부주의해 보이는 움직임이었다. 아무리 심장 박동 수가 줄어들었다고는 해도, 심장은 끊임없이 뛰고 있는데 거기에 대고 칼질이라니. 재원은 보고 있는 것만으로도 오금이 다 저렸다.

“자, 이제 핀셋 더 당겨.”

“아, 네.”

하지만 결과물은 거짓말처럼 완벽하기만 했다. 어느새 심장의 외막이 깨끗하게 벗겨져 있었고, 안쪽에는 전혀 상처가 나지 않았다. 아니, 더 정확히 말하면 원래 있던 상처만이 남아 있었다. 강혁은 심장 한가운데쯤 나 있는 상처를 가리켰다. 지금도 쫄쫄 피가 새어 나오고 있었다.

“근육이 살짝 찢겼네. 좀만 더 세게 맞았으면 심낭 압전이 아니라 심장 파열로 왔겠어.”

그는 그리 말하면서 상처를 봉합해주었다. 그러자 피가 멎어버렸다.

“됐어. 이제 닫자.”

“와…….”

“왜.”

“아뇨. 이게 원래 이렇게 빨리 끝나는 수술인가 싶어서요.”

재원은 수술 시작한 지 이제 겨우 한 시간 반 정도밖에 안 되었다는 것을 상기했다.

"그게 불만이냐?"

"아뇨, 아닙니다."

"왜 하나 마나 한 소리를 해. 아이언 인턴 빼고, 가슴골 뼈 딱 잡아."

"네."

"드릴이랑 철사도 주고."

"네, 선생님."

강혁은 간호사에게 드릴을 건네받은 후 좌우로 벌어진 가슴골 뼈 각각에 구멍을 숭숭 뚫었다. 그러곤 철사를 봉합실 삼아서 꽉 묶어버렸다. 그러자 한껏 벌어져 있던 가슴골 뼈가 단단히 닫혔다. 거의 죽음이 확실했던 환자가 살아났다는 뜻이었다. 그런데 강혁의 표정이 조금 이상했다.

"왜…… 그러십니까?"

"내가 뭔가 중요한 걸 까먹은 것 같아서."

"네? 설마!"

사람 살리는 노예가 돼라

재원은 사색이 되어 수술 부위를 내려다보았다. 보조를 서던 간호사도 마찬가지였다. 이제 닫혀버린 가슴 안에 혹시 두고 나온 기구가 있나 싶어서였다. 하지만 강혁은 그런 종류의 실수를 저지르는 사람은 아니었다.

"아, 맞다."

"뭐, 뭡니까."

"나 오늘 교수 취임식 있는데."

"언젠데요?"

"10분 전에 시작했을걸."

"그, 그러면 이러고 있을 때가 아니지 않습니까?"

양재원은 마치 자기가 늦기라도 한 것처럼 호들갑을 떨었다. 출근하자마자 받았던 단체 문자가 생각났기 때문이었다.

'전 의국원께 알려드립니다. AM 8:30까지 대강당으로 모여주세요. 신임 교원 임명식이 있습니다. 보건복지부 장관님과 원장단이 참석하는 자리이니만큼 절대로 늦지 마시길 바랍니다.'

앞의 문장이야 무시할 수 있었다. 사실 외과 의사에게 진료가 아닌 다른 잡일들은 별거 아니었으니까. 그거 좀 빠졌다고 뭐라고 하는 교수들도 없었고. 하지만 마지막 문장은 어떠한가.

'보건복지부 장관이 오는 자리라니.'

대체 왜 일개 교수 임명식에 장관까지 오는 것인지는 이해가 잘

가지 않았다. 하지만 재원이나 다른 의사들에게는 장관이 왜 오는지에 대한 이유가 아니라 장관이 온다는 그 사실 자체가 중요했다. 그런 자리에는 절대 늦어서는 안 될 터였다. 특히 주인공이라면 더더욱.

"가긴 가야지."

그런데 이놈의 백강혁은 자기가 당사자면서 이보다 태연할 수가 없었다. 재원은 목구멍까지 차올라온 욕지거리를 애써 삼킨 채 입을 열었다. 거의 애원하는 투였다.

"가, 가긴 간다뇨! 빨리 가셔야죠! 제가 안내할게요!"

"무슨 소리야. 환자 아직 안 깼어. 항문, 정신 안 차리냐?"

"아……."

그러고보니 환자는 여전히 두 눈을 감고 있었다. 목구멍에 삽관된 튜브를 통해 공기가 들락거릴 때마다 가슴이 오르내리고 있을 따름이었다.

"이 환자 깨우고 갈 거야."

"근데…… 교수님한테 전화가 안 오네요? 보통 이쯤 되면 미친 듯이 울리고 있을 텐데."

"아, 그거. 이유가 있지."

"어떤 이유요?"

"무음이거든. 난 진짜 급하면 원내 방송이 터진다고 생각하는 주의라."

"아, 네. 그러시군요."

'대체 그딴 '주의'가 어디 있단 말인가. 독선적인 것도 정도가 있지'라고 재원은 속으로 생각했다. 강혁에게 직접 내뱉는 것은 도저히 무리였기 때문이다.

"외상 외과 백강혁 교수님은 지금 즉시 대강당으로 와주시기 바랍니다. 외상 외과 백강혁 교수님은 지금 즉시 대강당으로 와주시기 바랍니다."

그때, 마치 짜고 치는 고스톱처럼 원내 방송이 시끄럽게 울렸다. 그나마 수술실 안이라 직접 울리지는 않았지만, 간이 수술실인지라 바깥에서 울리는 소리가 그대로 들려왔다.

"급한 모양인데요?"

"그런가 보네. 거기 뭐 환자라도 생겼나?"

"아니……."

그럴 리가 있겠는가. 병원 지하 대강당인데. 설사 환자가 발생했다고 해도 모인 사람들이 죄다 의사인데 대체 왜 다른 의사를 또 찾겠는가.

"그냥 그 임명식이 지연되니까……."

"그거 뭐 하러 하나 몰라."

"뭐 하러 하냐뇨……."

"왜 하는데?"

강혁은 박경원 마취과 전공의를 힐끔 바라보고는 재원을 돌아보았다. 어차피 환자를 깨우려면 시간이 꽤 걸릴 터였다. 강혁의 실력에 익숙한 사람이었다면 미리 깨울 준비를 했겠지만, 그럴 리가 없지 않은가. 평균 시간에 맞추어서 진행했다면 환자가 깨기까지 아직도 5분은 더 남아 있었다. 즉 여유가 좀 있다는 얘기였다.

"왜……. 음."

"거봐. 너도 모르겠지? 다 쓸데없는 짓이야."

"쓸데가 없어도 병원 사람들 다 모였는데요?"

"그 쓸데없는 짓에 다 모이는 병원이면 혼 좀 나야지."

“말이 왜 그렇게 됩니까.”

“오늘도 봐라. 나 없었으면, 이 환자 살았을 것 같아, 아니면 죽었을 것 같아?”

강혁의 물음에 재원은 잠시 입을 다물어야만 했다. 강혁 없이 자신과 응급의학과 레지던트 둘이서만 수술했다면 ‘반드시’라는 단어를 붙여도 좋을 확률로 죽었을 것이 뻔했기 때문이다. 더 무서운 사실은 설사 그렇게 환자가 죽었더라도 아무도 신경을 쓰지 않았을 것이란 점이다.

‘지금까지는 늘 그래왔잖아…….’

여긴 누가 뭐라 해도 한국 최고의 병원, ‘한국대학교 병원’이었으니까. 그리고 당직의로 내려온 재원은 그 병원에서 정석대로 수련받은 외과 전문의였으니까. 게다가 이 환자는 중증외상 환자로 올 때부터 의식이 없지 않았는가. 누구도 이 사람의 죽음을 의심하거나 캐볼 생각도 하지 못했을 터였다.

‘하지만 살았어…….’

재원은 환자를, 아니, 환자의 몸에 붙어 있는 모니터를 돌아보았다. 활력 징후는 모두 지나칠 정도로 안정적이었다. 도저히 심낭압전과 저혈량성 쇼크가 발생했던 환자라고는 믿기지 않을 지경이었다.

‘그럼…… 그 환자들도 살 수 있었던 건가?’

재원은 지난 11개월간 자신이 항문외과 펠로우로 있으면서 중증외상 당직 때마다 ‘불가피’하게 보냈던 환자를 떠올렸다. 거기까지 생각이 미치고 나니 어딘지 모르게 서늘한 기분이 들었다.

툭툭. 그때쯤 강혁의 큰 손이 재원의 어깨를 두드렸다. 그냥 두드리는 건지 아니면 의도를 가지고 때리는 건지 헷갈릴 정도로 강한 힘이 실려 있었다.

"억."

"뭐 해, 항문. 환자 깼잖아."

"아, 그럼 이제 나갈까요?"

"넌 정말 기본이 안 됐구나?"

"네?"

"너 이 사람 의식 깬 거 본 적 있어?"

"아."

그러고보니 단 한 번도 본 적이 없었다. 실려 올 때부터 지금까지 쭉 의식은 없었으니까.

"마취과 선생, 심도 너무 낮추지는 마. 아직 튜브는 유지할 거야."

"아, 네."

튜브를 목에 박은 채로 환자를 완전히 깨우면 튜브로 인한 불편감을 온전히 느낄 수밖에 없었다. 그러면 사람은 본능적으로 발작하게 되고, 혈압이 오를 수밖에 없다. 출혈을 막는 수술을 해놨는데 혈압이 올라서 좋을 일이 하나라도 있겠는가. 그러니 딱 의식만 깰 정도로 심도를 유지하는 것이 중요했다.

"환자분 내 말 들립니까?"

"……."

환자는 여전히 눈을 감고 있었다. 그러자 강혁은 환자의 승모근을 꽉 움켜쥐었다. 아무 데나 막 쥐는 게 아니라, 근육이 뼈에 붙는 부위를 비틀고 있었다. 그렇게 하면 별다른 손상은 없지만 어마어마한 통증을 느낄 수 있었다.

"환자분, 내 말 들리면 눈 떠요. 안 뜨면 또 비틀 겁니다."

이게 협박인지, 진료인지 헷갈리는 말이 튀어나왔다. 다행히 효과는 확실해서 환자는 곧 눈을 떴다. 그러곤 뭔가 말을 하려고 애를 썼다. 하지만 아무 소용없었다. 목구멍에는 튜브가 들어가 있었으니까. 강혁은 강제로 입이 틀어막힌 환자를 내려다보며 말을 이었다.

"환자분, 여긴 병원입니다. 알겠으면 눈을 두 번 깜빡이세요."

"좋습니다. 잘했어요. 칼에 배를 찔리고 가슴을 맞았습니다. 기억납니까? 알겠으면 눈을 한 번 깜빡이세요."

"네, 잘하고 있습니다. 이제 중환자실로 갈 거라 다시 재울 겁니다. 나중에 다시 봅시다."

강혁은 그 말을 끝으로 입을 다물었다. 그러자 경원은 낮춰두었던 마취 심도를 다시 훅하고 올려버렸다. 곧 환자가 힘겹게 뜨고 있던 눈이 스르륵 감겼다. 그와 함께 눈에 고여 있던 눈물이 또르르 흘렀다. 그 모습을 본 강혁은 만족스럽다는 듯 허허 웃었다.

"항문, 봤지? 이거까지는 해야 대강 할 일을 마친 거야."

"아, 네……. 그렇군요."

"이제 네가 못 찍어서 환장했던 복부 CT 찍고 중환자실로 보내. 거기서 심장내과 컨설트 내서 심 초음파 한번 보고. 항생제는……."

"레보플록사신(Levofloxacin), 세프트리악손(Ceftriaxone), 메트로니다졸(Metronidazole)로 커버할까요?"

"오. 그래, 영 맹탕은 아니네. 그렇게 해. 흉부 엑스레이도 계속 보고. 그럼 난 갔다 온다."

강혁은 재원에게 이것저것을 지시한 후 곧장 수술방을 빠져나갔다. 그러곤 앞에 비치된 폐기물 통에 수술복을 대신해 입었던 덧가운과 덧신, 마스크, 모자 등을 거칠게 벗어던졌다. 비록 한 시간 남짓한 수술이었다고는 해도 뒤통수의 머리카락이 심하게 눌려 있었다. 어떻게 보면 늦잠을 잔 게으른 의사가 아닌가 하는 착각이 들 정도였다. 그는 그렇게 응급실까지 빠져나와 한참을 걷다가 고개를 갸웃거렸다.

'항문한테 길이나 좀 묻고 올걸.'

한국대학교 병원은 자타공인 대한민국 최고의 병원이 아니던가. 그래서 그런지 규모도 장난이 아니었다. 처음 오는 사람은 길 잃기 딱 좋았다. 그리고 강혁은 오늘이 초행이었다. 게다가 길눈이 좀 어두운 편이었다.

'대강당이 어디야.'

잠시 고민하고 있으려니 누군가 그에게 아주 다급한 기색으로 달려왔다.

"호, 혹시 백강혁 교수님 아니십니까?"

고개를 돌려 보니 양복을 멀쑥하게 잘 차려입은 사내가 있었다. 가슴에 달린 명찰엔 '원무과 아무개'라고 적혀 있었다.

"아, 맞는데요."

"살았다. 일단 이쪽으로 오시죠!"

원무과 직원은 지금 안 뛰면 정말 죽기라도 할 것처럼 필사적으로 달렸다. 강혁은 그 뒤를 느긋하게 따랐다. 직원은 뒤를 돌아볼 때마다 복장이 터져 죽을 것 같은 얼굴이 되었지만 그렇다고 해서 강혁에게 뭐라고 하진 못했다.

'임명식 하나 하는데 무려 보건복지부 장관까지 오는 거물이야…….'

게다가 어찌 된 셈인지 다른 병원 원장도 한 명 와 있었다. 그것도 한국대학교 병원과는 숙명의 라이벌이라고 볼 수 있는 질성병원의 원장 오성흠이.

"이쪽으로 오시면 됩니다."

뭔가 되지도 않는 오해 덕분에 강혁은 싫은 소리 한번 듣지 않은 채로 무사히 대강당 앞에 도달할 수 있었다.

끼이익. 적당한 무게감이 느껴지는, 마치 영화관 문을 연상케 하는 문을 열어보니 안쪽엔 정말이지 수많은 사람이 앉아 있었다. 대개 의사들이었고, 일부 간호사들도 있었다. 개중엔 호기심 어린 눈빛으로 강혁을 바라보는 사람도 있었지만, 대개는 불만 어린 표정들이 많았다. 늦게 온 주제에 머리카락은 제멋대로 눌려 있으니 당연한 일이었다. 아마 자다 온 줄로만 생각하고 있을 터였다.

"어서 오십쇼."

최조은 원장 또한 못마땅하다는 표정이었다. 물론 강혁의 실력이야 그가 제일 잘 알고 있는 바였다. 믿기 힘든 월등한 실력의 기록들과 영상을 직접 봤으니 그럴 수밖에 없었다. 하지만 그렇다고 해서 늦어도 되는 건 아니었다.

"네, 원장님. 두 번째 보는군요."

그에 반해 강혁은 태연하기만 했다. 최조은 원장은 그게 별로 마음에 들지 않았다.

"일단 사과부터 하고 시작하는 게 좋겠습니다."

최조은 원장이 마이크를 넘겨주었다. 사람 불편하게 만드는 눈빛을 띠고서. 물론 강혁은 눈 하나 깜빡하지 않았다. 그는 전쟁터에서 이보다 더한 눈빛을 가진 사람들을 많이 봐왔다. 이제 와서 일일이 반응을 보이기에는 무던해진 지 오래였다.

"안녕하십니까, 오늘부로 외상 외과 교수를 맡게 된 백강혁입니다."

외상 외과란 말에 적지 않은 사람들이 수군거렸다. 그간 중증외상팀 당직을 돌아가며 서고 있던 과 의사들은 대개 안도의 한숨을 쉬었다. 원래 하던 일을 줄이면서 맡은 일이 아닌데다가 제일 귀찮은 업무가 추가된 꼴이라 어마어마한 부담으로 와닿았던 모양이다. 강혁은 잠시 수군거림이 가라앉기를 기다렸다가 다시 입을 열었다. 최조은 원장과 눈을 마주친 후였다.

"원장님은 제가 오늘 늦었다고 사과하라고 하는데……. 그렇게는 못 하겠네요."

"지, 지금 무슨 소릴……."

최조은 원장은 눈을 동그랗게 뜬 채 강혁을 노려보았다. 하지만 목소리를 크게 낼 수는 없었다. 마이크가 너무 가까이 있었으니까. 강혁은 그런 최조은 원장을 가볍게 무시한 채 앞쪽을 응시했다. 마치 영화 상영관처럼 경사진 바닥에 뒤쪽까지 좌석이 늘어서 있었다. 거의 모든 사람이 웅성거리고 있다고 봐도 좋았다.

"미친놈이 늦은 주제에 사과는 못 해?"

"머리는 왜 저래. 자다 온 거지?"

"아니, 원장은 왜 저런 놈을 초빙해온 거야. 무안대 출신이라며. 무안대가 뭐야. 말하기가 무안해서 무안대인가."

"몰라……. 게다가 뭔 놈의 외상 외과야. 외상 외과 전문의라는 게 있어?"

"그러니까. 나랏돈은 받았는데 뭐라도 하려니까 불러온 놈이지. 일종의 칼받이라고 보면 돼. 아마 외상센터 평가 나오면 바로 잘릴걸."

"아……. 그럼 이해는 좀 되는데……."

그중에서도 유독 날을 세우고 떠들고 있는 이들은 역시 외과 교수들이었다. 평생을 한국대학교 학부 출신, 한국대학교 교수라는 자부심으로 살아온 이들은 무안대학교 출신이 같은 의국에 들어온다는 것을 탐탁지 않게 생각했기 때문이다. 그러던 차에 태도까지 엉망이니 잘 걸렸다 싶었다.

"음."

당연하게도 강혁은 눈 하나 깜짝하지 않고 있었다. 아니, 도리어 아까보다 훨씬 당당해 보였다.

"되게 시끄럽네요. 지하라 그런가, 목소리가 울려."

그러곤 뻔뻔스럽게 입을 놀려대었다. 하지만 효과는 있어서 웅성대는 사람들이 입을 다물긴 했다. 그냥 바라보는 게 아니라 노려보는 사람들이 늘었다는 건 좀 문제긴 했지만.

"저는 7시에 여기 한국대병원에 출근했습니다."

"그런데 왜 늦어!"

외과 교수 한유림이 소리쳤다. 항문외과 담당 교수였고, 가장 인기 있는 분과 교수이니만큼 입김이 대단한 사람이었다. 하지만 강혁은 딱히 원내 정치니, 권력 구조니 하는 것에 관해서 관심이 없었다. 해서 그냥 씹고 자기 할 말만 이어나가기로 했다.

"중증외상 외과 교수로 오게 된 마당이니 응급실부터 갔습니다. 그랬더니 가관이더군요."

가관이라는 말에 또다시 웅성거림이 시작되었다. 뒤를 돌아보니 최조은 원장이 식은땀을 흘리고 있었다.

'아니……. 국경없는의사회에서 온 사람이 성격이 왜 이래…….'

보통 학번 내에서 제일 착하고 순한 사람이 빠지는 진로가 아니었던가. 근데 눈앞에 있는 이 백강혁은 '착하고 순한 사람'과는 가장 거리가 멀어 보였다. 최조은 원장이 식은땀을 미처 닦지도 못했는데 강혁이 말을 이었다.

"중증외상 환자가 왔는데 응급의학과 레지던트 하나와 외상에 관해서는 배운 적도 없어 보이는 외과 전임의 하나가 쩔쩔매고 있는데…… 꽤 놀라웠습니다. 그렇게 성의 있게 사람 죽이는 광경은 처음 봤거든요."

"배, 백 교수. 조금 언어를 순화해서……. 여기 장관님도 계시니까……."

최조은 원장은 이제 안색이 하얗게 질려 있었다. 그냥 건방진 말만 늘어놓는 게 아니라 병원의 치부를 까고 있기 때문이었다. 뒤를 돌아보니 최필두 장관이 팔짱을 낀 채 기묘한 표정으로 이쪽을 바라보고 있었다. 최조은 원장은 그 표정이 마치 '그간 받은 지원금은 똥구멍으로 처먹었냐'고 묻는 것 같아 심히 괴로웠다.

"물어보니 외상 외과가 따로 있는 게 아니라 아무것도 모르는 외과, 흉부외과, 신경외과 전임의들이 하루하루 돌아가며 당직을 서고 있더군요. 그제야 왜 그렇게 돌팔이 짓을 하게 되었는지 알았습니다. 아무튼, 사람 죽이는 걸 그냥 두고 볼 수는 없는 노릇이라 수술 하나 해주고 왔습니다. 그래서 늦었고, 그래서 사과는 못 하겠습니다. 제 취임 소감은 이상입니다. 그럼, 중환자실로 가야 해서."

강혁은 그리 말하곤 절도 있게 허리를 굽혔다. 그것만 보면 너무 예의 바른 사람처럼 보였다. 하지만 지금은 더욱더 교수들의 심기를 거스르는 효과가 있는 행동이었다.

"저, 저놈 저거."

급기야 막말하는 교수들의 목소리도 튀어나왔다. 하지만 강혁은 그들에게 눈길 하나 주지 않고 그대로 강당을 빠져나가버렸다. 난감한 사람은 최조은 원장이었다. 그렇지 않아도 별 상의 없이 보건복지부 입김에 외부 인사 꽂아넣었다고 비난받는 상황이 아니었던

가. 그런데 그 낙하산이 첫날부터 똥칠을 아주 대차게 한 셈이었다.

'이런 제길.'

최조은 원장은 애써 땀을 닦으며 조금 전까지 강혁이 쥐고 있던 마이크를 집어 들었다.

"여러 교수님들 진정 좀 하시고요."

"진정하게 생겼습니까?"

소리치는 이는 역시나 한유림 교수였다. 외과 과장까지 역임하고 있으니 어쩌면 그게 자신의 소임이라고 믿고 있는지도 몰랐다. 뭐가 어찌 되었든 외상 외과 교수 백강혁은 외과 의국에 속한 식구였으니까.

"그……."

"대체 어디서 저런 개망나니 같은 놈을 뽑아 온 겁니까?"

"그게……. 좀 더 지켜보시고 그런 말씀을 하시는 것이……."

"오늘 다 같이 보고도 그런 말이 나옵니까? 대체 어떤 놈이 추천한……."

한유림 교수는 있는 대로 성질을 부리려다가 슬며시 꼬리를 내렸다. 생각해보니 백강혁을 추천한 사람이 다른 누구도 아닌 보건복지부 장관 최필두였기 때문이었다. 역대 장관들과는 달리 의협회장 출신이었고, 따라서 의사들 사이에서 꽤 인기가 있는 편이었다. 병원 돌아가는 시스템을 알고 있었기 때문에 무작정 의사에게 희생을 강요하는 스타일이 아니었다. 그런 사람에게 대드는 것은 제아무리 한유림 교수라고 해도 무리였다.

"아무튼, 최조은 원장님."

장내의 소란이 가라앉자, 최필두 장관이 우두커니 서 있는 최조은 원장의 어깨를 두드렸다. 제아무리 정치에 관심을 두지 않는 의사들이라고는 해도 현직 보건복지부 장관의 얼굴을 모르는 사람은 거의 없었다. 그렇지 않아도 침묵이 내려앉아 있던 강당은 더욱더 조용해졌다.

"네, 네. 장관님."

"백 교수 말이 좀 거칠긴 했어도 제가 볼 때 틀린 말은 없는 듯합니다."

최 장관의 목소리는 조용한 강당 안쪽 구석구석을 향해 퍼져나갔다.

"아……. 네."

"제가 어렵게 추천해드린 사람이니만큼…… 잘 도와서 부디 내년도 국정감사에는 우리 모두 고개 좀 떳떳하게 들 수 있도록, 그렇게 해봅시다."

"네, 장관님."

"그럼 기대하겠습니다."

"네, 네."

최필두 장관은 으레 장관들이 그러하듯 일분일초가 아깝다는 듯 강당을 빠져나갔다. 황망한 얼굴로 서 있는 최조은 원장과 그런 원장을 비슷한 표정으로 쳐다보고 있는 한유림 교수, 그리고 나머지 의사들을 뒤로한 채였다. 그들 모두는 각기 다른 생각들을 이어나가고 있었지만, 그중 한 가지만큼은 공통된 생각을 품고 있었다.

'백강혁 교수 빽이 장관이구나!'

다들 터무니없는 착각을 하고 있는 가운데, 강혁은 응급실 옆에 딸린 중환자실로 향하는 중이었다. 교수 임명식에서 미처 가운을 받지 못해서 여전히 양복 차림이었다. 그 가운을 들고 있던 최조은 원장은 정신이 반쯤 나간 상태였으니, 강혁은 언제 가운을 건네받게 될지 알 수 없는 노릇이었다.

띵동. 강혁은 용케 중환자실을 찾아낸 후 인터폰 버튼을 눌렀다. 자고로 중환자실은 아무나 들락거려서는 안 되는 곳이기 때문에 직원 카드가 없으면 이런 식으로 허락을 구해야만 들어갈 수 있었다.

"응급 중환자실입니다, 누구시죠?"

곧 피곤에 찌든 간호사의 목소리가 들려왔다. 말이 응급 중환자실일 뿐 실제로는 각 병동에서 내려오는 중환자들을 다 받고 있었기 때문이다. 그냥 이름만 다를 뿐이고 여느 중환자실과 똑같았다.

"외상 외과 교수 백강혁입니다. 환자 좀 보러 왔는데."

"누구요?"

"백강혁."

"음."

간호사는 잠시 신음을 흘렸다. 이 병원에서 근무한 지 벌써 5년이 넘었는데 '외상 외과'란 이름은 처음 들었기 때문이었다. 물론 백강혁이라는 이름도 처음이었다. 그러고보니 인터폰을 통해 보이는 강혁은 가운도 없이 정장만 입고 있었다. 불현듯 머릿속을 스쳐 지나가는 기억이 있었다.

'아, 극성스러운 제약 회사 영업 사원들 중에 중환자실 안으로 들어오는 사람들도 있다고 했지…….'

그렇게 생각하고보니까 강혁은 딱 영업 사원 같은 느낌이 있었다. 의사치고는 지나치게 멀쩡해 보이는 허우대 하며 치렁치렁한 머리카락에 잘생긴 얼굴까지. 이런 교수가 있었다면 지금쯤 병원 내에 있는 모든 사람이 다 알고 있어야 했다.

"저희 병원엔 외상 외과 없는데요?"

그래서 까칠하게 답한 후 인터폰을 끊으려 했다. 강혁이 황당해 죽겠다는 표정으로 소리치지 않았다면.

"아, 환자 보러 왔다고!"

그 모습을 보고 있자니 5년 차 간호사로서 분노가 치밀어 올랐다.

"소리 지르지 마세요! 중환자실 앞에서."

"환자 보러 왔다는데 막으니까 그렇지."

"환자 누구 보러 왔는데요? 이름 말해봐요."

"이름……. 음."

강혁은 잠시 괴롭다는 표정을 지었다. 정신없이 치료나 할 줄 알았지 이름을 묻거나 알아볼 생각은 못 했기 때문이었다. 돌이켜보면 정말 이상한 일이었다. 이름도 모르는 사람 가슴을 열었다가 닫았다는 거니까.

"둘러대기라도 해봐요. 역시 모르겠죠?"

간호사는 또다시 인터폰을 끊으려 했고, 강혁은 아까보다 더 다급해졌다.

"자, 잠깐! 성격이 왜 이렇게 급해."

"급하긴요? 중환자실이 얼마나 바쁜데. 이제 그만 포기하고 가세요."

"아, 그래. 오늘 아침에 수술한 환자 하나 있잖아. 있지?"

"있긴 있는데, 왜요? 이만한 병원에 설마 응급 환자 하나 없으려고."

"그 환자 데리고 온 의사, 내가 아는데."

"이름이 뭔데요."

하지만 이름 얘기가 나오자 또다시 얼굴이 일그러졌다. 이럴 줄 알았다면 실력이고 나발이고 이름으로 불러줄 것을. 기억나는 단어는 딱 하나뿐이었다.

"그, 그…… 항문?"
"무슨 미친 소리세요?"
"아이……."
이쯤 되면 강혁도 포기하는 수밖에 없었다. 그래서 하릴없이 고개를 돌려 복도를 바라보았는데, 거기 항문이 있었다. 아니, 양재원 항문외과 전임의가 서 있었다.
"야, 항문!"
"응?"
난데없는 외침이었지만 재원은 용케 반응했다. 평생 '재원'이나, '양재'로만 불려오다가 아침에 처음으로 '항문'이란 이름으로 불린 주제에 그러했다.
"그래, 너. 너 나 알지?"
강혁은 아주 반갑다는 얼굴로 재원을 향해 걸어갔다. 그런데 이상한 일이 벌어지고 있었다. 재원이 훨씬 더 반갑다는 기색으로 강혁을 향해 달려오고 있었다.
"배, 백 교수님!"
"뭐, 뭐야."
"잘 오셨습니다! 지금 환자 발생했다고 전화가 왔는데요."
"자연스럽게 노티하지 말고."
"북한산 등산로에서 사람이 굴러떨어져서 현재 구조 중이라고 합니다. 근데 구조 대원 말로는…… 손상이 상당해서 이쪽으로 오긴 하는데 살 수 있을지 모르겠다는 식으로……."
"음."
환자 얘기가 나오자 강혁의 얼굴에서 장난기가 싹 사라졌다. 대신 냉철하고도 뻔뻔스러운 표정만 남겨졌다.

"헬기는. 떴어?"

"이제 곧 뜬다고 합니다. 지금은 현장 요원만 가 있는데, 접근이 안 된다고 합니다."

"그럼 일단 이리로 오라고 해."

"환자 없이…… 요?"

재원은 이 사람이 미쳤나 하는 얼굴로 강혁을 바라보았다. 하지만 강혁은 제정신이었다.

"환자 상태가 안 좋다며. 그럼 우리가 가서 헬기 안에서부터 처치해야지."

"농담이시죠……? 우리가 헬기를 탄다니……."

"아닌데? 빨리 짐 챙겨. 도착하면 바로 헬기 타서 그리로 출동한다."

"어……."

"아, 그리고 너 카드 좀 줘봐."

강혁은 얼빠진 얼굴로 멈춰버린 재원의 가슴팍에서 직원 카드를 낚아챘다. 그러곤 중환자실 문을 열고 안으로 들어섰다.

"야! 항문! 가서 짐 챙겨놔! 나 환자 보고 입구로 갈 테니까!"

"어……."

"야! 안 들려!"

"네, 네."

다행히 재원은 중환자실 문이 완전히 닫히기 전에 정신을 차릴 수 있었다. 강혁은 그가 다시 응급실 쪽으로 달려가는 것을 보고 나서야 계속해서 발걸음을 옮겼다.

"이어. 어떻게 들어왔대?"

그리고 그런 강혁을 막아서는 사람이 하나 있었다.

"무슨……. 아."

강혁으로서는 처음 보는 사람이었다. 하지만 목소리를 듣고보니 딱 알 수 있었다.

"아까 그 고집불통!"

"고집불통은 무슨! 여긴 의료진만 들어오는 곳이라고요! 나가요!"

"내가 의료진이라고! 외상 외과 백강혁!"

"우리 병원에 외상 외과 없다니까. 사기를 치려면 공부라도 좀 하고 치시든가."

"너, 너 이름이 뭐야."

"이름 알면 뭐. 찌르기라도 하시게?"

간호사는 꿀릴 것 하나도 없다는 듯한 얼굴로 가슴팍에 달린 명찰을 들이밀었다. 명찰에는 큼지막한 글씨로 '중증외상센터 간호사 백장미'라고 적혀 있었다.

"백장미."

"그래 백장미다, 어쩔래. 나가, 나가라고!"

강혁이 전혀 나갈 기미를 보이지 않자 장미는 물리력을 행사하기 시작했다. 하지만 사실 아무 소용이 없었다. 강혁은 남자 중에서도 대단히 건장한 체격을 지닌 사람이었고, 장미는 그렇지 못했으니까. 그렇다보니 민다기보다는 강혁의 가슴팍 근처를 두드리는 수준의 물리력 행사만이 가능할 따름이었다.

"어어. 사람 치네, 이거."

"아니, 뭔 놈의 몸이 이렇게 단단해. 뭐 둘렀나?"

강혁은 놀란 얼굴로 자신의 손을 내려다보고 있는 장미를 빠르게 지나쳤다.

"장난은 그만하고. 환자 어딨어."

"어어!"

장미는 뒤늦게 강혁을 잡으려 했지만, 강혁이 워낙 빨라 그럴 수가 없었다. 기이할 정도로 빠른 움직임에 이상할 정도로 단단한 몸, 거친 언동. 장미는 그제야 아침에 인계받았던 사안 중 하나를 떠올릴 수 있었다.

'환자가…… 조폭이라던데!'

그렇다면 이 자식은 미처 죽이지 못한 상대를 끝장내러 온 사람일 수도 있었다.

"안 돼!"

"아니, 이 간호사는 뭐가 이렇게 필사적이야. 환자 어디 있냐고!"

"죽이려고 그러죠?"

"뭔 미친……. 아, 저기 있네."

강혁은 두리번거리다가 아까 봤던 환자를 발견했다. 반가운 마음에 팔뚝을 걷으며 그에게로 달려갔다. 그 팔뚝에 새겨진 새카만 문신은 장미를 더욱 당황하게 했다.

'지, 진짜 죽는다!'

요즘 젊은 사람들이야 문신을 자유롭게 한다고는 하지만, 아직 '문신' 하면 떠오르는 사람들은 역시나 조폭 아니겠는가. 게다가 강혁의 팔뚝에 있는 문신은 딱히 이쁜 그림 같은 게 아니라 이상한 문양이었다.

"안 돼!"

그래서 장미는 두려움을 무릅쓰고 강혁을 뒤에서 꽉 잡았다. 그래봐야 변하는 것은 별로 없었다. 강혁의 키가 워낙 커서 장미의 팔은 그의 허리춤에 닿았을 뿐이니까. 그야말로 고목에 매달린 매미 같은 몰골이었다.

"뭐, 뭐 하시는 겁니까……."

그리고 이제 막 물품을 챙겨서 뛰어들어온 재원은 그 광경을 보곤 할 말을 잃었다. 함부로 말을 해대긴 했지만 그래도 실력 좋고 사명감 있는 의사라고 생각했는데 중환자실에서 간호사랑 그렇고 그런 일을 벌이고 있다니. 재원은 아까 강혁에게 도움을 청했었다는 사실이 부끄러울 지경이었다. 물론 이 자리에서 제일 당황스러운 사람은 역시 강혁이었다.

"하, 항문. 이건 오해야."

때론 오해란 말을 함으로써 그 오해가 더욱 견고해지는 경우도 있는 법이었다. 재원에게는 바로 지금이 그때였다.

"뭐가 오해예요……. 백장미 간호사……. 이제 제발 놔요. 보기 민망하니까."

"안 돼요! 절대 안 돼요!"

"무슨 로미오와 줄리엣도 아니고……."

"그런 게 아니라……. 사람 죽는다고요!"

"네. 줄리엣도 그러긴 했는데…… 대체 언제부터 이런 사이였습니까? 백 교수님 오신 게 오늘인데."

"이 사람 조폭이라고요!"

보다 못한 장미가 끌어안던 것을 멈추고 강혁의 팔뚝을 가리켰다. 워낙 팔뚝 굵기도 굵은 데다 이상한 무늬의 문신이 잔뜩 새겨져 있어 상당히 무섭긴 했다. 하지만 조폭이라니. 재원은 어리둥절한 표정을 지으며 말했다.

"조폭이라뇨? 백강혁 교수님이라고 오늘부로 외상 외과 교수로 오신 분인데……."

“에? 정말 교수가 맞아요?”

장미는 그야말로 화들짝 놀란 채 대꾸했다. 교수를 조폭으로 오인하다니. 다른 사람 같으면 정말 말도 안 되는 상황이겠지만, 재원은 어쩐지 이해되는 기분이었다. 상대가 다름 아닌 백강혁이었으니까.

“그……. 저도 처음엔 사실 좀 헷갈리긴 했는데……. 교수님 맞으세요…….”

“아, 그렇구나…….”

강혁은 연신 고개를 끄덕이고 있는 장미를 물끄러미 바라보았다. 장미는 그제야 자신이 사과해야 할 시점이라는 것을 깨달을 수 있었다.

“죄송합니다. 저는 정말…….”

“살다 살다 조폭 소리 듣는 건 진짜 처음이네.”

장미는 결코 처음은 아닐 거라 확신했지만 일단 맞장구를 쳐주었다.

“네, 죄송합니다.”

“아무튼, 지금은 급하니까 그냥 넘어가지. 할 게 많아.”

강혁은 시계를 보고는 환자를 향해 고개를 돌렸다. 조금 전까지 조폭으로 오인당하고, 애처롭게 재원을 불렀던 사람이라고는 믿기지 않을 만큼 냉철한 얼굴이었다.

“의식은 아직 재워두고 있는 거지?”

강혁의 말에 재원이 부리나케 달려와 답했다.

“네. 레미펜타닐 걸고 있습니다.”

“레미펜타닐. 그래, 잘했네. 그게 적당하지.”

중환자실 환자들에게 쓰이는 진정제의 종류는 상당히 많았다. 그 중 대표적인 것이 ‘미다졸람’이라는, 일종의 수면제였는데 안정적이고 싸서 굉장히 많이 쓰이는 편이었다. 하지만 지금 강혁 앞에 누워 있는 환자처럼 빨리빨리 의식을 확인해야 하는 환자의 경우에는 레미펜타닐이 훨씬 좋았다. 비록 가격은 좀 센 편이었지만. 혈역학적으로도 안정적이었고, 무엇보다 반감기(Half life: 농도가 절반으로 떨어지는 시간)가 짧아서 의식을 깨우기가 쉬웠다.

"혈압도 안정적이고, 상처도 괜찮고. 혈액 검사는 다시 나갔나?"

"네. 중심 정맥관 통해서 수혈 유지 중이라 30분마다 나가고 있습니다."

"너무 잦아. 한 시간 단위로 줄여. 이제 헤모글로빈 10 넘었잖아. 수액 들어가는데 10이면 실제로는 11 정도라고 보면 돼. 거의 정상이라고."

"네, 네."

"조폭 간호사는 어딨어. 듣고 있지?"

강혁의 말에 장미가 아주 곤란하다는 표정을 지었다. 멀쩡한 사람에게 '조폭 간호사'라니. 이게 할 소리란 말인가. 하지만 불만을 표하기엔 조금 전 자신이 저지른 일이 있었다.

"네, 교수님."

"그래, 조폭. 환자 잘 보고 있다가 30분 단위로 활력 징후 보고해."

"네……."

"그리고 저기 빈자리. 저거 아무한테도 내주지 마. 우리가 예약이다."

"아, 네."

둘이 대화를 나누는 사이 재원의 핸드폰이 울렸다. 개인 핸드폰이 아니라 당직 핸드폰이었다. 지금 시점에서 이게 울릴 만한 일은 딱 하나밖에 없었다.

"헬기 왔나 봅니다."

"아. 어디로 가지? 옥상?"

"아, 아뇨. 병원 테니스장으로 올 겁니다."

"테니스…… 장? 헬기 착륙장이 없어?"

"그런 게 따로 있어야 합니까?"

강혁은 재원의 얼빠진 대답을 들으며 '허허' 하고 웃었다. 그러곤 고개를 가로저으며 중얼거렸다.

"맞아, 여기 한국이지."

타타타타. 테니스장 쪽으로 향하자 어마어마한 바람이 불어왔다. 헬기가 프로펠러를 멈추지 않은 채 착륙해 있었기 때문이다. 아무래도 회전익 기체다보니 고정익보다는 이착륙이 자유롭긴 했지만, 그렇다 해도 완전히 프로펠러를 멈추었다가 다시 돌리면 시간이 어마어마하게 소요되기 때문이다.

"허리 굽히고, 고개 들어!"

"아, 네!"

"그리고 내 뒤로 따라 들어와!"

강혁은 헬기를 상당히 많이 타본 듯 매우 익숙한 동작으로 프로펠러가 돌아가는 방향을 따라 몸을 돌려 헬기 안쪽으로 뛰어들었다. 그걸 본 소방 대원들이 놀랄 정도로 능숙한 몸짓이었다.

"자, 안으로!"

강혁이 내민 손을 잡고 재원이 헬기 안으로 들어오자, 곧 헬기가 떠올랐다. 대기 중이던 소방 대원 중 한 명이 퍽 놀랍다는 눈빛을 띠며 말을 걸어왔다. 서글서글한 인상이 참 보기 좋았는데, 이름은 안중헌이라 했다.

“위에서 공문 내려온 건 1년 전인데, 이렇게 같이 출동하게 된 건 처음입니다!”

“이제 자주 가게 될 거요.”

강혁은 침착한 태도로 노이즈 캔슬링 헤드셋을 켜며 답했다. 그 모습을 보던 중헌이 눈에 이채를 띠었다.

“헬기를…… 아주 많이 타보신 것 같은데요?”

“이 정도는 보통 아닌가요?”

“보통은 저렇죠?”

중헌은 허허 웃으며 재원을 가리켰다. 재원은 몸을 잔뜩 움츠린 채로 의자에 처박혀 있었다. 두 눈을 꽉 감고 고개도 숙이고 있었다. 이해가 안 가는 건 아니었다. 헬기와 같은 회전익 기체를 처음 타면 그 흔들림과 진동이 정말 장난이라는 게 느껴지니까. 전체 기체 추락사 비율에서 헬기가 압도적으로 높은 이유 또한 어렴풋이 깨닫게 된다.

“어휴, 저, 저……. 환자 오면 이제 처치해야 하는데…….”

“여기서 바로 처치를……. 그건 저도 자신 없는데, 정말 대단하십니다.”

둘이 대화를 나누는 사이 헬기는 북한산 중턱의 사고 지점에 근접했다. 시야는 거의 최악의 상태였다. 안개가 사방으로 끼어 있어 한 치 앞도 확인이 불가했다. 기장이 뒤를 돌아보며 난색을 보였다.

“이래선……. 더 접근하면 위험하겠는데…….”

그때 현장 요원에게서 다급한 무전이 왔다.

“지금 환자에게 접근 완료했습니다! 맥이 잡히긴 하는데 희미하고, 의식은 없습니다! 가슴 쪽에 부스러지는 느낌이 있고, 주변으로 새파란 멍이 잡혀 있습니다!”

여러 문장으로 말했지만 딱 한 문장으로 요약 가능했다.

'지금 당장 뭐라도 하지 않으면 환자는 죽습니다.'

"방금 들었죠? 접근해야겠는데."

강혁은 여전히 뒤를 돌아보고 있는 기장에게 말했다. 하지만 기장은 고개를 저었다.

"그러다 다 죽어요!"

"아니, 아냐. 내가 해보지."

"뭐, 뭘요?"

"운전."

"이 사람이, 이거 미쳤나?"

기장은 조종간을 놓고, 앞으로 넘어오려는 강혁을 막아섰다. 어차피 부기장이 조종을 맡으면 되니 크게 상관은 없을 터였다. 하지만 언제나 예상을 뛰어넘는 일은 발생하기 마련이다.

툭. 강혁은 너무나도 가볍게 기장을 거꾸러뜨리고 앞으로 넘어갔다.

"얼레?"

기장은 엉거주춤한 자세로 뒷자리로 넘어온 채 뒤를 돌아보았다. 방금 무슨 일이 벌어진 것인지 잘 이해되지 않은 탓이었다.

'나를 그냥 이렇게 제압해? 나를?'

비행기 조종사들도 그렇겠지만 헬기 조종사들 또한 주로 군에서 양성했다. 육군에서는 헬기 조종사라면 20대 후반에서 30대 초반에도 준위를 달 만큼 대우를 꽤 잘해주기도 했고, 방금 뒷자리로 넘어간 기장도 준위 출신이었다. 전투 요원은 아니더라도 체력에는 자신 있는 몸이란 얘기였다. 그런데 의사한테 지다니.

"어어. 기장님!"

기장이 잠시 얼이 빠져 있는 사이 부기장 또한 너무나도 가볍게 뒤로 넘어왔다.

"이, 이게 어떻게 된……."

부기장 또한 기장과 크게 다르지 않은 표정을 하고 있었다. 기장은 그런 부기장을 잠시 바라보고 있다가 고래고래 비명을 지르기 시작했다. 둘 다 뒤로 넘어와 있다면 대체 지금 조종간은 누가 잡고 있단 말인가.

"저, 저! 미친놈이!"

당연하게도 강혁이었다.

"마, 말려!"

그제야 다른 구급 대원들도 앞다투어 강혁에게로 달려들었다. 아니, 달려들려고 했다. 하지만 소용이 없었다. 강혁이 아무렇게나 휘두른 손에 걸린 항문, 아니, 재원이 통로를 틀어막고 있었기 때문이었다.

"선생님! 비켜요!"

"당신도 한패야?"

"아, 아닙니다! 오해예요!"

재원은 뒷덜미가 꽉 잡힌 채로 허둥거렸다. 어떻게든 강혁의 손에서 벗어나기 위함이었지만 별 도움이 되진 못했다. 오히려 다른 사람들의 통행을 더 적극적으로 방해하고 있었다.

타타타타타타. 그 와중에도 헬기는 웅장한 소리를 내면서 사고 현장을 향해 날아가고 있었다. 구름처럼 형성된 안개 때문에 시야가 극히 좋지 못한 데다가, 돌풍과도 같은 바람이 들이닥친 탓에 헬기가 무척 흔들리고 있었다.

"으아아!"

덕분에 이젠 그 누구도 감히 조종석을 향해 달려들려 하지 못했다. 넘어지지 않기 위해 버티는 것만 해도 사력을 다해야 했기 때문이다.

"이런 미친 새끼!"

급기야 기장 입에서 욕설이 터져 나왔다. 하지만 아무도 그를 탓할 생각은 하지 않았다. 누구라도 소리치고 싶은 내용이었으니까. 다만 그럴 만한 여유가 없어 외치지 못했을 따름이다.

그 순간 요동치던 헬기가 어느 정도 안정을 되찾기 시작했다. 그와 동시에 강혁이 조종간을 쥔 채 뒤를 돌아보았다.

"이제 사고 지점에서 수직 10m 상공 도달했어. 여기 그냥 서 있는 건 할 수 있지?"

그 말에 방금 욕설을 내뱉었던 기장이 믿을 수 없단 표정으로 고개를 쳐들었다. 그러곤 바람 빠지는 듯한 소리를 냈다.

"엉?"

기장은 당연히 추락 사고가 발생할 거라 생각했기에 아예 밖을 보지 못하고 있었다. 아니, 꼭 기장만 콕 집어 말할 필요도 없이 모두가 그랬다. 단 한 명, 강혁을 제외하고는.

"뭘 그러고 있어요. 대기는 할 수 있죠?"

강혁은 쭉 정신을 차리고 있던 사람답게 태연한 모습으로 기장을 향해 손짓했다.

"어, 아. 그, 그래요."

기장은 혹독한 육군 헬기 조종 훈련을 거치고, 퇴역 이후에도 소방 헬기를 조종하고 있을 정도로 사명감과 경험이 풍부한 사람이었다. 그래서 재빨리 상황 파악에 들어갈 수 있었다. 이해가 안 되는 부분이 상당히 많기는 했지만.

'뭐가 어찌 된 건지는 몰라도……. 구조 요청 지점에서 수직 상공 10m가 맞아…….'

그렇다는 건 곧 불가능해 보이던 항로를 저 미친놈이 뚫고 도달했다는 소리였다.

"자, 그럼 이건 부탁 좀 드리고."

정신을 차려보니, 기장은 미친놈이 쥐고 있던 조종간을 쥐고 있었다. 한 가지 소름 끼치는 일은 조종간이 땀에 젖지도 않았다는 점이었다.

'이걸 이렇게 쉽게 올 수 있다고……?'

상식에 맞지 않는 일이었다. 하지만 이미 벌어진 마당에 뭐 어쩌겠는가. 이왕 환자를 구하러 왔고, 그게 가능하다면 따르는 것이 좋았다.

"대기하겠습니다! 바람 세기로 미루어 볼 때……, 대기 가능 시간은 대략 30분!"

기장의 외침에 강혁을 죽일 듯이 노려보던 구급 대원들의 표정 또한 달라졌다. 30분이라면 허투루 보낼 시간이 아예 없다고 보면 되었기 때문이다. 지금 당장 로프를 내려보내고, 환자를 들것에 고정해서 올려보내기에도 빠듯했다. 그래서 막 안전 장구를 차려는데, 한 명이 보이지 않았다. 아니, 두 명이 보이지 않았다.

"자, 그럼 난 먼저 내려갑니다!"

강혁과 재원이었다.

"으아아! 살려주세요! 이 미친놈이 사람 죽인다!"

산책이라도 나가듯 로프를 타고 내려가고 있는 강혁과는 달리, 그에게 매달린 채 끌려가고 있는 재원의 얼굴은 공포에 질려 있었다. 그런 둘을 내려다본 구급 대장 중헌은 고개를 절레절레 흔들었다.

"진짜 미친놈이네……."

"근데 로프 내려가는 건 완전 에프엠인데요?"

"그러니까 하는 말이지. 의사 맞아?"

짐 꾸러미보다 못한 재원을 데리고 로프를 타는데 저런 속도로 내려가다니. 게다가 엄청나게 안정적인 모습이었다. 흔들리는 헬기에서 로프를 타고 무려 10m를 내려가는데도.

"일단……. 일단 우리도 내려간다!"

중헌은 잠시 강혁을 바라보고 있다가 이내 명령을 내렸다. 그러자 이미 준비를 마치고 있던 대원들이 차례로 아래로 향했다. 그사이 강혁은 벌써 아래에 도달해 있었다.

"누, 누구신지?"

현장 요원이 강혁을 보며 물었다. 본인이 부른 것은 구급 대원인데, 내려온 사람은 정장 차림의 처음 보는 사람이니 당연한 일이었다.

"환자는?"

"아, 저, 저기요. 근데 누구신지……?"

구급 대원의 질문에 재원이 대신 답했다. 뭔가 의미가 있어 보이는 말은 아니었지만.

"으아아아!"

"어휴, 팔뿐이. 항문! 따라와! 환자 봐야지!"

"어……. 땅이네."

"그래, 땅이지. 빨리 따라와!"

"네, 네."

강혁은 재원을 달고 환자에게로 달려갔다. 현장 요원은 누군지도 모르는 사람에게 환자를 마냥 맡길 수는 없는 노릇이라 일단 재차 물었다.

“누구세요?”

“조용. 안 그래도 시끄러운데, 청진해야 해.”

강혁은 답을 해주는 대신 청진기를 착용했다. 그의 말대로 헬기가 바로 위에 떠 있었기 때문에 어마어마하게 시끄러웠다. 이 상황에서 청진하는 것이 무슨 의미가 있을까 싶을 정도로.

“야, 항문.”

“네?”

강혁은 재원의 그런 생각을 읽기라도 한 것처럼 불렀다. 재원은 도둑이 제 발 저리기라도 한 듯 몸을 움츠렸다. 하지만 강혁의 이어지는 말은 그의 예상과는 전혀 다른 종류였다.

“우측 폐 상부에서 호흡음이 없어. 그럼 뭘 해야 하지?”

“호흡음이 없다…….”

재원은 방금 죽을 고비를 넘긴 몸이긴 했지만, 필사적으로 머리를 굴리기 시작했다. 지금 진짜로 죽어가는 사람은 환자지, 재원이 아니었으니까.

“똑딱똑딱.”

강혁은 그런 재원을 보며 입으로 초침 소리를 내었다. 그렇지 않아도 마음이 급한데 그따위 소리를 들으니까 때려죽이고 싶단 생각이 들었다. 하지만 강혁의 두꺼운 팔뚝 위 선명하게 새겨진 문신을 보고 나니 분노 조절이 참 잘되었다.

‘그래, 내가 참자. 똥이 더러워서 피하지, 무서워서 피하냐…….’

재원은 눈앞의 똥이 피할 수 없는 아주 무서운 똥이란 사실을 잘 알면서도 애써 자기 합리화를 했다. 그러곤 너무 늦지 않게 입을 열었다.

"기흉. 기흉입니다."

"아예 호흡음이 없다고."

"긴장성 기흉!"

"그래, 그럼 뭘 해야 하지?"

"천자……."

"그래, 천자."

강혁은 그리 말하면서 재원 손에 들려 있던 가방을 받아 '딸깍' 소리와 함께 열었다. 이런저런 충격으로 잔뜩 흐트러져 있던 내용물이 와르르 쏟아졌다. 그중 일부는 돌바닥에 부딪힌 후, 골짜기 사이로 떨어졌다. 하지만 강혁에게 필요한 주삿바늘은 상당히 많이 남아 있었다.

"누, 누구시냐고요!"

구급 대원은 이제 주사기까지 빼 물고 있는 강혁에게 다급하게 물었다. 뭔가 오가는 대화를 보면 의사 같긴 한데, 강혁만 보면 전혀 그런 생각이 들지 않았기 때문이다.

'세상에 헬기 라펠 강하를 하고 팔뚝에 문신까지 있는 의사가 어딨겠냐고.'

다행히 강혁과는 달리 동행한 재원은 상식적인 사람이었고, 예의가 바른 사람이었다.

"아, 저희는 한국대병원 외과 의사들입니다."

"의사…… 맞죠?"

"네. 백강혁 교수님은 외상 외과 교수님이시고……. 으아아!"

재원은 계속해서 말을 이어나가려 했지만, 마무리는 비명으로 대신해야만 했다. 강혁이 그의 귀를 잡아다 비틀어버렸기 때문이었다. 별로 힘도 들이지 않은 것 같은데 너무 아팠다.

"새꺄. 환자가 앞에서 죽어가는데 어디 봐?"

"아니, 사람이 묻는 말에는 답을 해줘야죠……."

"의사는 의술로 답하면 돼."

"뭔……."

"환자나 잡고 있어. 흔들려서 폐 찌르면 재앙이야."

"아, 네네."

재원은 여전히 불만이 좀 있긴 했지만, 잠자코 강혁의 말을 따랐다. 강혁의 말마따나 흔들려서 폐를 찔렀다간 환자는 무조건 죽을 테니까. 강혁은 재원이 환자의 가슴을 꽉 잡아 고정하자마자 주삿바늘을 갈빗대 사이로 찔러넣었다.

푹. 다소 섬뜩한 소리와 함께 주사기 끝에서 바람 빠지는 소리가 들려왔다. 폐가 터지는 바람에 흉강에 가득 차 있던 공기가 빠지며 나오는 소리였다. 보통 공기가 찼던 것 때문에 의식이 나간 것이라면 지금쯤 환자는 콜록거리며 여기가 어디냐고 물어야만 했다. 하지만 환자는 여전히 말이 없었다. 뭔가 다른 이유가 더 있단 얘기였다.

"환자는 좀 어떻습니까!"

때마침 중헌을 비롯한 구급 대원들이 내려왔다. 강혁은 주삿바늘을 뽑지 않은 채로 손을 내저었다.

"안 좋아요! 일단 위로 끌어 올리고……. 상태를 봐야 해요!"

"알겠습니다! 그럼 저희가 고정하겠습니다! 이 바늘은……. 유지합니까?"

"빼면 죽어요."

"알겠습니다!"

구급 대원들은 우선 환자의 목과 허리를 고정했다. 이 부분들이 덜렁거리면 2차 손상이 생길 수밖에 없기 때문이다. 이런 프로토콜

이 미처 마련되기 전에는, 목숨은 살렸지만 하반신은 마비되어버린 환자들이 어마어마하게 많았다고 했다. 다행히 대원들은 모두 숙달된 요원들이었고, 고정과 동시에 항공 이송용 들것에 환자를 실을 수 있었다.

철커덕. 대원들은 들것 모퉁이마다 마련된 고리에 로프를 걸고 위를 향해 손짓했다. 그러자 헬기의 크레인이 요란한 소리를 내며 들것을 위로 끌어올리기 시작했다.

"웃차."

강혁은 재원을 강제로 끌고서 그 들것에 올라탔다. 재원은 당연하게도 비명을 질러댔고, 강혁은 태연하게 손을 흔들었다.

"어어!"

"우린 먼저 올라갑니다! 환자 상태를 좀 봐야 해서!"

"아으으."

재원은 멀어져가는 땅을 보며 신음을 흘렸다. 강혁은 그런 재원을 보며 혀를 끌끌 찼다.

"항문, 넌 뭔 겁이 그렇게 많냐. 겁보냐?"

재원은 뭔가가 울컥 치밀어 오르는 것을 느꼈다. 남은 생사의 고비를 연속으로 넘나드는 기분인데 겁보냐니. 애초에 이 상황에서 태연하게 헬기를 조종하고 라펠 강하를 해대는 강혁이 이상한 거 아니겠는가. 아마 길 가는 사람한테 물어보면 백이면 백 다 그렇게 말할 것이다.

"제가 겁이 많은…… 게 아니라, 교수님이 이상한 거라고요."

"뭐가 이상해."

"이, 일단 그 문신! 대체 의사가 왜 그런 문신을 새기는 겁니까?"

"아, 이거. 이건 다 이유가 있지."

강혁은 자신의 팔뚝에 새겨진 기하학적인 문양의 문신을 바라보며 중얼거렸다. 표정만 보면 뭔가 중요한 얘기라도 튀어나올 것 같은 분위기였다. 하지만 그럴 기회가 주어지진 않았다.

덜커덕. 어느새 10m가량 내려와 있던 강철 로프가 기중기에 의해 헬기 입구 근처까지 끌어올려져 있었기 때문이었다.

“뭐 하냐, 항문.”

정신을 차려보니, 강혁은 벌써 헬기 안으로 넘어가 있었다. 그 말은 곧 재원 혼자 들것 위에 서 있단 의미였다.

“으아아! 시발!”

“넌 의사답지 않게 사람이 입이 참 거칠다.”

“지금 욕이! 안 나오게! 생겼습니까!”

“나 같으면 욕하는 대신 뛰어올 거 같은데.”

강혁은 그리 말하면서 재원의 허리에 묶어둔 안전장치를 가리켰다. 그 안전장치는 헬기 내부에 있는 고리에 연결되어 있었다.

“아…….”

“내가 설마 그냥 세워뒀을까 봐? 빨리 튀어와.”

재원은 강혁을 오래 겪어보진 않았지만, 충분히 그럴 만한 사람이라 굳게 믿고 있었다. 그러던 차에 그나마 사람다운 모습을 보고 나니 난데없이 감사한 마음까지 들었다.

‘아니지, 안 돼.’

애초에 허락도 없이 사람을 매달고 헬기에서 뛰어내려간 사람이 아닌가. 깜빡 좋은 쪽으로 생각하다가 좀 더 엮이게 되면 그땐 정말 죽을 수도 있었다. 그래서 재원은 애써 입을 다물고 헬기로 넘어왔다. 그러곤 안도의 한숨을 내쉬고 있는데 강혁이 그의 어깨를 두드렸다. 사실 강도와 세기만 놓고 보면 때렸다는 표현을 써야 할 정도로 아팠다.

"윽?"

"새꺄, 너 혼자 헬기에 들어오면 다야?"

"네?"

"환자는 아직도 저기 있잖아."

강혁은 네 개의 크레인에 묶인 채 대롱대롱 매달려 있는 들것을 가리켰다. 항공 운송용 들것이었기 때문에 환자는 깨어 있더라도 자신이 어디에 있는지도 모를 거다. 어차피 의식이 없기도 했지만. 아무튼, 최대한 빨리 환자를 안으로 들여놓아야 했다. 그래야 나머지 대원들도 올라올 수 있을 테니.

"아, 어떻게 해야 하죠?"

다행히 재원은 아직 의사로서의 사명감이 빵빵하게 남아 있는 사람이었다. 그래서 재빨리 정신을 차린 후 강혁의 지시를 기다릴 수 있었다. 강혁은 이미 크레인을 수동으로 바꿔놓은 후, 들것에 연결된 다른 로프를 쥐고 있었다.

"넌 반대편에서 당겨. 어느 한쪽으로 너무 치우치면 헬기가 흔들리니까, 그건 주의해야 해."

강혁의 말에 식은땀을 흘리며 기체를 정지시키고 있던 기장이 고개를 끄덕였다. 회전익 기체는 기동성 면에서만큼은 고정익 기체보다 훨씬 뛰어난 성능을 자랑하지만, 그만큼 안성성 면에서는 취약했다. 그 때문에 작은 충격이라도 가해지면 큰 참사로 이어질 가능성이 있었다. 하지만 어쩐지 강혁이 한다면 별문제가 없을 것 같다는 생각이 들었다.

"내가 신호하면 당겨. 하나, 둘, 셋!"

"읍."

강혁의 신호에 맞춰 재원도 로프를 당겼다. 그러자 환자가 실린 들것이 천천히 입구 쪽으로 당겨지기 시작했다.

"자, 한 번 더!"

"네!"

그리고 강혁의 신호가 반복될수록 점점 더 가까워지더니, 이내 헬기 안쪽에 안착할 수 있었다.

"이게 약간 높이가 안 맞네. 당겨서 올려."

"이, 이걸요?"

"어. 그렇게 안 무거워. 한 120kg?"

"120kg……."

"빨리!"

"네, 네."

아는 사람은 다 아는 사실이겠지만 아직 대한민국에는 처음부터 의료를 목적으로 제작된 헬기는 존재하지 않았다. 원래 있던 헬기를 의료 목적으로 개조한 것이 다였는데, 이 때문에 몇 가지 아쉬운 부분이 존재할 수밖에 없었다. 강혁과 재원은 입구에 걸쳐진 항공 이송용 들것을 통째로 들어다 안으로 옮겨야만 했다. 내부 공간 또한 그리 넓지 않았기 때문에 들것 하나가 올라왔을 뿐임에도 불구하고 거의 꽉 찬 기분이 들었다.

"라펠 내립니다. 휘말리지 않게 주의하세요."

기장은 황망한 얼굴로 서 있는 재원과 벌써 환자를 살피기 시작한 강혁 모두에게 안내 사항을 전했다. 그러곤 얼마 지나지 않아 크레인에 딸려 올라왔던 로프가 바람에 휘날리며 다시 아래로 향했다. 이제 곧 밑에 내려가 있던 요원들도 저 로프에 의지해 위로 올라올 터였다.

'그럼 바로 병원으로…… 가겠지.'

재원은 그리 생각하며 털썩 주저앉았다. 시계를 보니 불과 10여 분밖에 걸리지 않았다. 그런데도 온몸의 힘이 쭉 빠지는 듯한 느낌이었다. 그간 각종 고된 일에 시달려온 외과 전문의지만, 그에게도 조금 전 10분은 아주 격렬하고 짜릿한 경험이었다.

'첫 출동인데 잘 해냈어…….'

재원은 여전히 땀에 젖은 손바닥을 내려다보았다. 그렇게 머리도 가슴도 감상에 젖으려는데 누군가 그의 얼굴에 무언가를 집어 던졌다. 돌아보니 장갑이었다.

"응?"

"이 새끼 혼자 취했네. 막 대단한 일한 것 같냐?"

던진 사람은 역시나 강혁이었다.

"지금…… 뭐 하시는 거예요?"

"뭐 하긴, 인마. 아까 올라오기 전에 내가 한 말 못 들었어?"

"뭐라고……."

아닌 게 아니라 재원은 정말 기억이 없었다. 헬기에서 강제로 끌려내려가본 사람이 있다면 아마 이해할 수 있을 터였다.

"인마, 환자가 의식이 없는데 의사가 그냥 앉아 있어?"

"아."

그러고보니 강혁은 환자를 감싼 들것을 살짝 풀어내어 상태를 살피는 중이었다. 입고 있던 정장은 헬기 주변에 불어닥친 먼지 바람에 의해 엉망이 된 채였다.

"저, 저도 돕겠습니다."

"돕는 게 아니라 원래 네가 할 일이지. 너는 의사 아니야?"

"마, 맞습니다."

"그럼 잘 보라고."

강혁은 환자의 감은 눈꺼풀을 강제로 벌린 후 펜 라이트로 눈동자를 비추었다. 그러자 한껏 확대되어 있던 동공이 축소되는 것을 확인할 수 있었다.

"후."

재원은 저도 모르게 안도의 한숨을 내쉬었다. 동공 반사가 살아 있다는 건 그만큼 뇌의 기능이 괜찮다는 얘기였기 때문이었다. 하지만 강혁은 전혀 다른 것을 보고 있는 모양이었다.

"항문, 뭘 그렇게 좋아해. 이게 좋은 징조 같아?"

"네? 반사가 있으면 좋은 거 아닌가요?"

"어휴……. 야, 다시 봐봐."

강혁은 다시 한번 불을 비춰주었다. 이번엔 아까와 같이 뚜렷한 반사가 없었다. 이미 동공이 축소되어 있었기 때문이다.

'여기서 더 뭘 보라는…… 아!'

재원은 불만 어린 표정으로 환자의 눈동자를 바라보다가 이내 입을 쩍 하고 벌렸다.

"유두부종(Papilledema: 눈 내부 시신경의 부종, 주로 뇌압 상승을 시사함)……."

"그래. 유두부종이 있잖아. 그럼 어떻게 해야 해?"

"감압술을 시행해야 합니다."

"잘 알고 있네. 머리 밀어."

강혁은 고개를 끄덕이며 수술용 가위 하나를 재원에게 들이밀었다.

"이걸로 뭘 어쩌라고요?"

"귓구멍이 막혔나. 머리카락 밀라고."

"지금 밀어도 뭐……. 할 수 있는 건 없지 않습니까? 게다가 여기서 수술용 가위로 깎으면 상처가 날지도 모릅니다."

재원은 사정없이 덜덜거리고 있는 헬기 내부를 가리켰다. 제아무리 기장이 정지 기동을 하고 있다고 해도 미세한 떨림까지 어떻게 할 수는 없었다. 만약 'EC 225' 기종과 같이 액티브 방진 시스템을 탑재한 기체라면 조금 나을 수도 있겠지만. 지금 강혁과 재원이 타고 있는 헬기는 'AW 139' 기종이었다. 평범한 소방 헬기에 비하면 그나마 자리가 넓고 간단한 응급 처치 물품이 탑재된 점이 장점이긴 했지만, 진동에서 자유롭지는 못했다.

"야, 두피에 좀 상처 나고 목숨 구하는 게 낫지. 그냥 죽을래?"

"아니 그렇게 말씀하시면야 당연히……. 설마?"

재원은 가위를 건네받은 채로 강혁을 돌아보았다.

"설마 뭐, 인마."

"여기서…… 머리 열 생각은 아니시죠?"

재원은 자기가 물으면서도 어이가 없다는 생각이 들었다. 변변한 수술대는커녕 환자는 지금 들것 위에 누워 있었다. 여기서 수술을 한다는 건 살인 행위의 다른 표현일 뿐이다. 하지만 강혁은 재원의 예상과 바람을 뒤엎었다.

"열어야지. 잘 봐. 여기서 병원까지 가려면 최소 15분. 착륙하고 수술실 잡고 하면 아무리 빨라도 또 15분. 그럼 벌써 30분이야."

"30분……."

마냥 병원만 가면 된다고 생각했던 재원은 신음을 흘렸다. 냉정하게 따져보니 너무 많은 시간이 소모될 것이 분명했기 때문이었다.

"최소한 여기서 뚜껑이라도 따야 해."

"뚜껑이라뇨……."

"닥치고 머리카락 밀어."

"교수님은요?"

"나도 같이 밀어야지. 멍청아, 혼자 이걸 언제 다 밀래?"

강혁은 환자의 풍성한 머리칼을 가리키며 또 다른 가위를 집어 들었다. 그러곤 슥슥 머리카락을 잘라나가기 시작했다. 요원들이 위로 올라온 시점은 딱 그때쯤이었다.

'이제 진짜 미쳤나.'

중헌은 간신히 올라오자마자 이러한 광경을 마주하고는 이 생각밖에 떠올릴 수 없었다. 의사 둘이서 겨우 구조해낸 환자의 머리카락을 밀고 있으니 당연한 일이었다.

"뭐, 뭐 하시는 겁니까?"

"머리카락 밀지."

"아니……. 그러니까 머리카락을 왜……? 이거 민원 들어오면 골치 아픕니다."

"수술해야 해. 그래서 미는 거니까 걱정하지 말라고."

"수술? 설마 여기서요?"

중헌은 재원처럼 지극히 상식적인 사람이었고, 그래서 상식적인 질문을 던졌다. 하지만 강혁은 그런 종류의 상식에는 딱히 관심이 없었다. 그저 어깨를 으쓱해 보일 따름이었다.

"자, 이제 다 밀었고. 넌?"

"전 아직……."

"아니, 머리카락 미는 것도 못하냐?"

"이게 흔들리니까 생각보다……."

"됐어. 나머진 내가 밀 테니까, 넌 베타딘으로 소독해."

"네, 네."

재원은 강혁의 등쌀에 떠밀려 비켜서면서 강혁이 밀어놓은 쪽을 바라보았다. 그러곤 감탄을 터뜨렸다.

'미쳤다…….'

머리카락이 1mm 길이로 균일하게 깎여 있었기 때문이다. 헬기 위에서 수술용 가위로 깎았다고 하면 아마 아무도 믿지 않을 터였다.

"뭐 해!"

"아, 지금 준비합니다."

그제야 부리나케 거즈에 베타딘 소독액을 적시는 재원. 강혁은 그런 재원이 답답해 죽겠다는 얼굴로 외쳤다. 어찌나 소리가 큰지 헬기의 요란한 소음을 뚫고 기장에게까지 전달될 지경이었다.

"그냥 들이부어! 아까보다 유두부종 더 심해졌잖아! 이러다가 환자가 아니라 시신 운반하게 생겼다고!"

"네, 네!"

'시신을 운반하게 생겼다'라는 말이 무엇을 의미하겠는가. 환자의 생명이 경각에 달렸다는 것을 뜻했다. 그리고 재원은 그러한 강혁의 뜻에 동의했다. 환자의 활력 징후가 3분 전과 또 달랐으니까.

그래서 재원은 강혁의 요청대로 베타딘을 머리에 주르륵 부어버렸다. 베타딘은 짧게 잘린 머리카락과 두피 전반을 적신 후 빠르게 건조되기 시작했다. 강혁은 그 모습을 확인함과 동시에 거즈에 베타딘을 묻혀 목을 슥 훔쳤다. 그러곤 메스를 쥐었다.

"우선 호흡부터 확보할 거야. 피부 살짝만 당겨."

"그……. 삽관은 안 하시고 바로 절개합니까?"

본래 병동 환자나 다른 일반적인 상황에서 호흡을 확보해야 할 때 제일 먼저 고려하는 방법은 방금 재원이 말한 대로 기관 삽관이었다. 기관 절개는 칼을 이용하여 절개를 넣어야 하지만, 삽관은 그냥 목구멍에 관을 집어넣기만 하면 되는 것이기 때문이다. 하지만 대부분의 술기가 그러하듯 예외는 있었다.

"항문아……. 이 환자 낙상이잖아."

"아! 그렇구나. 네. 보조하겠습니다!"

방금 강혁이 말한 대로 트라우마 환자, 특히 낙상이나 교통사고에서는 기관 삽관이 금기에 해당했다. 혹시 경추나 머리에 손상이 있을 경우 기관 삽관 과정에서 필수적으로 동반되는, 머리를 뒤로 젖히는 행위가 영구적인 손상을 줄 수 있기 때문이었다. 그러니 이때만큼은 기관 절개가 삽관보다 훨씬 안전한 시술이라고 할 수 있다.

지이익. 강혁은 별 망설임도 없이 목에 평행한 선을 그었다. 사실 기관 절개도 머리를 뒤로 젖혀야 훨씬 수월한 법인데, 강혁에게는 별문제가 되지 않는 듯했다. 외과 의사로서 간혹 이 시술을 직접 행하기도 했던 재원의 눈에는 그저 신세계였다.

'손에 초음파라도 달렸나? 어떻게 띠 근육 위로 정확하게 칼이 지나가지?'

심지어 피도 거의 나지 않았다. 헬기 위라서 전기칼은 언감생심 꿈도 꾸지 못하는 상황인데도 그러했다.

"멍하니 있지 말고 핀셋으로 잡아당겨. 보조의가 집도의보다 안 바쁘면 뭔가 잘못됐다 생각하라고."

"아, 네."

재원은 이제 웬만한 수술은 보조의로 들어가지 않고 집도를 하는 실력자였다. 하지만 강혁을 마주하고 있다보니 자신의 실력이 얼마나 우스운 것인지 알 수 있었다.

지이익. 재원이 핀셋으로 양측에 있는 띠 근육을 좌우로 벌리자마자 강혁이 메스로 중앙을 그어버렸다. 이 또한 어찌나 정확했던

지 딱 떠 근육만이 옆으로 갈라졌다. 그 아래 위치하던 갑상샘에는 어떠한 상처도 입히지 않은 채였다.

'허.'

재원 또한 레지던트 시절 갑상샘 절제술에 여러 차례 들어가본 기억이 있었다. 하지만 전부 전기칼을 이용한 접근이었고, 따라서 지금처럼 깨끗한 상태에서 갑상샘을 보는 것은 처음이었다.

"정신 차려. 응급 절개술에서는 갑상샘은 웬만하면 안 째는 게 좋아. 왜 그렇지?"

"피가 납니다."

"그래. 이건 누가 와서 갈라도 피가 날 수밖에 없는 조직이야."

갑상샘이란 말 그대로 갑상샘 호르몬을 생산하는 일종의 샘이었다. 뭔가 생산하려면 그만큼 영양분이 많이 필요하다는 뜻이었고, 영양분이 많이 필요하다는 것은 곧 피가 많이 통해야 한다는 뜻이다. 즉 갑상샘은 건드리면 건드릴수록 피가 쫄쫄 새어 나오는 기관이었다. 전기칼이나 초음파 절삭기가 아닌 그냥 메스로 자르면 어떻게 될지는 명백했다. 그래서 재원은 들고 있던 핀셋을 이용해 갑상샘의 아랫부분을 물고 위로 들어 올렸다. 그러자 강혁의 표정이 다소 너그러워졌다.

'지난 1년간은 항문만 했을 텐데, 바로 반응하네?'

이건 비단 의사로서 센스가 있을 뿐만 아니라 성의도 있다는 의미였다.

지이익. 강혁은 조금이나마 흡족해진 상황에서 다시 메스로 슥 하고 그었다. 절개는 갑상샘이 들어 올려지면서 확보된 공간에 수평으로 들어갔다. 마치 반지 여러 개를 이어다 붙인 듯한 모양의 기관지 연골 사이에 있는 막을 짼 것이다.

훅. 그와 동시에 안에 고여 있던 가래와 숨이 토해져 나왔다. 그 바람에 가래 일부가 강혁의 와이셔츠 소매에 묻었지만, 강혁은 전혀 개의치 않았다.

"항문! 거즈로 닦아!"

"네, 네!"

재원은 가래로 인해 가려진 시야를 얼른 확보했다. 그러자 강혁은 곧장 기관 삽관용 튜브를 절개 틈새로 찔러넣었다. 그러곤 튜브 끝에 달린 풍선을 짜서 바람을 넣었다.

턱. 풍선은 곧 기관지 내부를 꽉 채울 정도로 부풀어 올랐고, 튜브는 어지간한 힘이 아니고서는 빠지지 않을 정도의 강도로 고정되었다.

"아까 중헌이라고 했나요?"

강혁은 어느새 그 튜브에서 눈을 뗀 채, 대원들을 돌아보고 있었다. 대원들은 강혁의 신기에 가까운 수술에 정신이 팔렸던 참이었다. 덕분에 강혁의 갑작스러운 부름에도 즉각 응할 수 있었다.

"네. 맞습니다."

"대장님이 여기 앰부 좀 짜주시죠."

"아……. 네. 알겠습니다. 맡겨주십쇼."

대원들은 당연하게도 간단한 의료 처치에 대해서는 빠삭하다는 표현이 어울릴 만큼 잘 알고 있었다. 때문에 강혁이 강도는 어느 정도로, 분당 횟수는 어떻게 하라고 지시할 필요가 없었다. 강혁은 알아서 잘 짜고 있는 중헌을 잠시 바라보다가 이내 환자의 머리 쪽으로 자리를 옮겼다. 아까 들이부어 두었던 베타딘은 어느새 바짝 말라 있었다.

"됐네. 이제 머리 연다."

"정말 여는 거죠?"

"그래. 안 열면 죽는다니까?"

"네. 알겠습니다."

재원은 한숨을 푹하고 내쉬었다. 생각해보니 벌써 머리카락도 밀고, 기관 절개까지 다 한 마당이었다. 그것도 인정사정없이 흔들리고 있는 헬기 내부에서. 고개를 돌려 보니, 기장은 말 한마디 없이 헬기를 운전하고 있었다. 빠르게 흩어져 지나가고 있는 구름과 바깥 풍경들을 보면 이 헬기가 얼마나 빨리 움직이고 있는지 알 수 있었다. AW 139 기종은 EC 225 기종과는 달리 빨라지면 빨라질수록 진동이 더욱 심해졌다.

드드드드. 지금 강혁과 재원이 타고 있는 기체는 그러한 사실을 증명이라도 하려는 듯 진동이 아주 심했다.

'시술할 때는 몰랐는데 말이지.'

바꿔 말하면 강혁의 시술은 이렇게 심한 진동을 체감할 수 없을 만큼 완벽했다는 얘기였다. 재원이 잠시 감탄을 이어나가고 있는 사이, 강혁은 벌써 블레이드를 바꿔 끼운 메스를 쥐고 있었다. 강혁에게만 시간이 천천히 흐르기라도 하는 듯 너무 빨랐다.

"뭐 해! 두피 안 당겨?"

"아, 네!"

"너무 세게 누르지 말고! 그렇지 않아도 뇌압 올라갔는데, 환자 죽일래? 여전히 참신해, 아주?"

"죄, 죄송합니다."

강혁은 재원의 사과를 뒤로하고 곧장 메스를 그었다.

주르륵. 아무래도 두피는 사람 몸뚱어리에서 혈액 순환이 가장 잘되는 곳 중 하나였기 때문에 피가 꽤 많이 흘러나왔다. 이곳이 제대로 된 수술실 같았으면 전기칼로 태우거나, 그게 아니라면 클립으로라도 집었을 텐데. 지금은 둘 중 어느 것 하나 가능하지 않았다. 하지만 강혁은 별로 힘들어하는 기색이 없었다.

"그거, 그거 줘봐."

"마취 주사요?"

"그래. 그거. 덴탈 시린지."

"알겠습니다."

보통 일반 외과에서는 잘 쓰지 않는 기구였기 때문에 재원으로서는 아주 생소한 기분이었다. 주로 치과에서나 쓰는 마취 주사이기 때문이다. 하지만 강혁은 너무나도 익숙하게 덴탈 시린지의 주삿바늘을 방금 절개한 단면에 푹푹 찔러넣었다. 처음에는 피가 오히려 더 흘러나왔다. 그렇지 않아도 피 나는 곳을 바늘로 찔렀으니 그럴 수밖에 없었다. 하지만 시간이 조금 더 지나자 차츰 흘러나오는 피가 줄어들더니, 급기야 단면이 하얗게 변해버렸다.

"이건……."

"왜 그런 표정을 짓고 있어? 마취제에 에피네프린 섞여 있는 거 몰라?"

"알긴 아는데……."

그걸 이렇게 두피 절개에서 쓰는 것은 처음 보았다. 어찌 보면 당연한 일이었다. 재원은 극도로 발달해 있는 대한민국 의료계에서도 톱을 달리고 있는 한국대학교 병원에서만 있었으니까. 이미 다른 첨단 수단이 많은데 뭐 하러 이런 꼼수를 쓴단 말인가.

"혈관 수축제를 찔러 넣으면 혈관이 수축하지. 그럼 피는 멈추고. 이런 것에 일일이 놀라지 마. 그럴 시간이 없어."

"네, 네."

"당겨. 당겨야 절개를 더 넣지."

"네, 교수님."

재원은 진심으로 고개를 끄덕인 후 절개면을 양쪽으로 잡아당겼다. 그렇게 확보된 틈새로 강혁은 메스를 집어넣고는 슥 하고 그었다.

투두두두둑. 살가죽이 갈라질 때와는 달리 근육 결이 끊어지면서 튕기는 소리가 울려 퍼졌다. 이렇게 촘촘한 근육 조직을 벨 때는 다소 날이 튀는 경우가 있기 마련이거늘, 강혁의 메스는 전혀 영향을 받지 않는 듯 신속하게 절개를 했다. 덕분에 강혁은 시간이 얼마 지나지도 않았는데 하얀 두개골을 마주할 수 있었다.

"뼈 나왔고, 이제 뭐 해야 할 거 같냐?"

강혁은 이미 다음 스텝을 위해 메스 쥐는 법을 바꾸면서 물었다. 재원은 잠시 고민하다가 이내 답을 낼 수 있었다.

"근막을 벗겨내야죠. 근데 그건 전기칼 없이는…… 윽."

재원은 올바른 답을 제시하다가 말고 인상을 찌푸렸다. 재원뿐 아니라 근처에 있던 모두가 그랬다.

끼기기긱. 강혁이 두개골과 그걸 둘러싸고 있는 근육 사이에 날을 넣어 긁기 시작했기 때문이다. 두개골은 사람 뼈 중에서 상당한 경도를 자랑하는 부위였기 때문에 거의 손톱으로 칠판 긁는 듯한 소리가 났다.

"으……."

한 가지 다행인 것은 그 시간이 그리 길지 않았다는 점이다. 강혁의 신기에 가까운 메스질은 뼈와 근막을 분리해내는 복잡한 작업을 불과 수십 초 안에 가능하게 했다.

"좋아. 항문, 이제 근막까지 다 걸어서 당겨."

"네. 교수님. 근데 구멍은 어떻게 내죠? 여긴 드릴이 없는데……."

통상적으로 뼈를 잘라내거나 구멍을 낼 때는 전기톱이나 드릴을 쓰는 것이 원칙이었다. 아주 길게 절개를 넣을 때는 전기톱을 주로 사용했고, 지금처럼 동그랗게 구멍을 뚫어야 할 때는 드릴이 나왔다. 하지만 지금은 그 비슷한 기구도 없었다. 그러니 두개골에 구멍을 내는 것은 불가능한 상황이었다. 적어도 재원이나 다른 구급 대원들의 생각은 그랬다.

"드릴이 있어야 뼈를 뚫나?"

하지만 강혁만은 달랐다. 그는 미리 챙겨온 수술 가방에서 정말이지 생소한 기구를 꺼내 들었다. 바로 망치와 정처럼 보이는 물건이었다. 성형외과에서 주로 쓰는 본 해머였다.

"이걸로…… 머리를?"

"종알대지 말고 머리 꽉 잡아. 흔들리면 충격이 분산돼서 잘 안 되니까. 그렇지 않아도 헬기 흔들리잖아."

"어……. 네."

"그럼 친다."

강혁은 재원이 환자의 머리를 붙잡자마자 오스테오톰(Osteotome: 뼈 깎는 도구)을 뼈에 가져다댔다. 그러곤 망치를 오스테오톰의 끝에 위치시켰다.

"항문, 꽉 잡아. 흔들리면 모양 이쁘게 안 나와."

"아……. 네."

"어차피 크게 뚫을 거 아니니까, 너무 그렇게 우거지상 하지 말라고."

"네, 네."

재원은 간신히 고개를 끄덕이며 환자의 머리를 계속해서 붙잡았다. 머릿속엔 다채로운 생각들이 떠다니는 중이었다.

'머리를 연다니……. 헬기에서……. 그것도 일반 외과 의사 둘이서!'

눈앞에 있는 백강혁은 분명 일반 외과 출신이었다. 아까 궁금해진 재원이 그의 약력을 찾아봤으니 틀림없었다.

'무안대학교 의과대학 졸업 후에 칠성병원에서 외과 전공하고……. 군의관을 안 거치고 바로 국경없는의사회로 갔다고 했지.'

즉 신경외과를 수련받은 적은 없다는 말이다. 그런 주제에 드릴도 없이 머리에 구멍을 내겠다고 설치고 있는 꼴이라니. 재원으로서는 강혁이 깡이 좋은 건지, 아니면 그냥 미친 것인지 잘 분간이 되지 않았다.

"항문, 집중해."

강혁은 오스테오톰 끝을 노려보다시피 하며 이렇게 말했다.

"어, 네."

"그럼 내려친다. 절대 흔들리면 안 돼."

강혁은 벌써 몇 번이나 같은 말을 반복하고 있었다. 어찌 보면 지겨울 수도 있었지만, 어찌 보면 당연한 일이기도 했다. 지금 내리치려는 곳은 우리 몸에서 가장 중요하다고 해도 과언이 아닌 곳이었으니까.

콱. 강혁은 계속 주의를 준 것이 무색할 정도로 담담하게 망치를 내려쳤다. 그와 동시에 두개골 조각이 조금 튀어 나갔다. 너무 작아서 재원은 그 어떤 변화도 느낄 수 없었다. 하지만 강혁은 쥐고 있던 오스테오톰의 위치를 살짝 조정하고는 또 망치를 내려쳤다.

콱. 또다시 둔탁한 소리와 함께 뼛조각이 튀어나갔다. 콱. 강혁은 계속해서 오스테오톰의 위치를 조금씩 조정해가며 망치를 내려치고 있었다.

타타타타. 헬기는 기장의 고속 기동에 의해 사정없이 흔들리고 있었다. 바닥에 누워 있는 환자의 몸 역시 필연적으로 함께 흔들리고 있었다. 하지만 지금 강혁에게는 그따위 것들 모두가 별 의미가 없는 듯했다.

콱. 계속해서 망설임 하나 느껴지지 않는 손놀림이 이어졌다.

"오."

그 망치질이 스무 번을 넘어갔을 때 즈음 재원이 나지막이 탄성을 내뱉었다. 두개골에는 어느새 500원짜리 동전 크기의 동그란 구멍이 생겨 있었기 때문이다. 굳이 이렇게까지 할 필요가 있을까 싶을 정도로 완벽한 원이었다.

뽕! 강혁은 원 안쪽의 뼛조각을 핀셋으로 잡아 뺐다. 그러자 경쾌한 소리와 함께 뼛조각이 빠져나왔고, 강혁과 재원은 곧장 두개골 안쪽을 관찰할 수 있었다.

"음."

"역시 출혈이 있군."

재원은 신음을 흘렸고, 강혁은 담담하게 환자의 상태를 살폈다. 강혁의 말대로 동그란 구멍 사이로 보이는 것은 뇌가 아니라 피였다. 이른바 경막하출혈(Subdural hemorrhage: 뇌경막 안쪽의 출혈)을 시사하고 있었다.

"일단 걷어낼까요? 아무래도 이것 때문에 뇌압이 상승했던 것 같은데."

"당연하지. 거즈 줘봐."

"석션은……. 아, 여기 헬기지. 참."

재원은 바닥을 통해 전달되는 어마어마한 진동을 느끼고 고개를 끄덕였다. 그러곤 거즈를 강혁에게 건네주었다. 강혁은 우선 거즈를 이용해 피떡진 덩어리들을 제거하면서 또 다른 지시를 내렸다.

“일단 급한 대로 주사기 열 개 정도만 까. 10cc 시린지로.”

“주사기……. 알겠습니다.”

재원은 이번에도 강혁이 왜 주사기를 찾는지 알지 못했다. 하지만 그게 꼭 필요하다는 것 정도는 알 수 있었다. 수술 시작하고 지금까지 강혁이 허튼소리를 한 적은 단 한 번도 없었으니까.

재원은 잠자코 10cc 주사기를 까기 시작했다. 강혁은 그사이에도 계속 거즈를 이용해 피떡을 제거해냈다. 뇌압이 상당히 상승해 있었기 때문에 피떡을 걷어내면 또 다른 피떡이 밀려나오는 상황이었다. 제거하는 입장에서는 편한 일이었지만, 환자 상태를 생각하면 침울해지는 광경이라 할 수 있었다. 그나마도 시간이 좀 더 흐르자 피떡은커녕 아직 굳지 않은 핏물도 나오지 않게 되었다. 그러자 강혁은 붉게 물들어버린 거즈를 내려놓고 손을 내밀었다.

“이제 주사기 줘.”

“네, 여기 있습니다.”

재원은 이미 열 개의 주사기를 다 준비해놓고 있던 터라 잽싸게 그중 하나를 건네주었다. 얼굴엔 뭔지 모를 뿌듯함마저 서려 있었다. 하지만 강혁의 마음에는 그리 흡족하진 못한 모양이었다.

“야. 바늘은 어디 갔어?”

“네? 바늘이요……? 이거 석션 대신 이용하시려고 하는 거 아니에요?”

“그걸 알면서 안 주냐?”

“바늘이 있으면 위험하잖아요. 뇌…… 인데…….”

재원은 저도 모르게 환자의 뇌를 바라보았다. 저 뇌를 날카롭기 그지없는 바늘로 훑는다고 생각하니 오금이 다 저릴 지경이었다.

“안 찌르면 되잖아. 넌 그런 생각으로 배 안에 메스는 어떻게 집어넣냐?”

“어……. 그런가.”

생각해보니까 그렇긴 했다. 재원은 주삿바늘을 꽂아 다시 건네주었다. 강혁은 넘겨받은 바늘을 약 45도가량 꺾은 후 머리 쪽으로 가져갔다.

주우욱. 그러곤 아까 미처 다 닦아내지 못했던 작은 핏방울들을 조금씩 빨아들이기 시작했다.

‘뭐가 이렇게 빠르냐…….’

재원은 강혁이 핏물 빨아들이는 것을 보면서 혀를 내둘렀다. 10cc면 그래도 작지 않은 시린지이거늘 그게 벌써 반 이상 채워져 있었다. 강혁은 그렇게 10cc 시린지를 꽉 채운 후, 재차 손을 내밀었다.

“새것으로.”

“네. 여기.”

“그리고……. 너 이제 핀셋에 거즈 물고 대기해봐.”

“핀셋에 거즈를……?”

“그래. 저기 보이지?”

강혁은 여전히 핏물이 고여 있는 한쪽 구석을 가리켰다.

“아, 거의 웅덩이네요.”

재원에게는 그저 웅덩이로 보이는 모양이었다. 하지만 강혁에게는 웅덩이 안쪽에서 샘솟고 있는 새로운 핏줄기가 보였다. 같은 피라도 언제 흘러나왔느냐에 따라 색이 다른 법 아니겠는가. 물론 너무 미세한 차이라 어지간히 시간이 지나지 않으면 구분해내기 어려웠지만.

"그냥 웅덩이 아니니까, 일단 거즈 물고 대기해."

"네, 교수님."

이번에도 재원은 당장 강혁의 의중을 파악해내지는 못했다. 하지만 잠자코 하란 대로 준비했다.

'이번엔 또 뭘 하려는 걸까.'

강혁의 손가락 끝을 바라보면서 생각했다.

주우욱. 강혁은 그사이 웅덩이처럼 고인 핏물을 주사기로 빨아들이고 있었다. 묘한 방향성을 띠고 있었지만, 재원은 그것을 눈치채지 못했다. 재원이 뭔가 이상하다는 것을 알게 된 시점은 강혁이 핏물을 거의 다 제거했을 때쯤이었다. 퐁퐁 피가 솟아 나오는 찢어진 혈관이 보였다. 크기는 그리 크지 않았고, 솟아 나오는 피의 양도 아주 많지는 않았다. 아마 배 속에서 일어난 출혈이었다면 큰 문제를 일으키지 않았을 터였다. 하지만 이곳은 머리였고, 저만한 출혈이라도 방치하면 죽음에 이를 수 있었다.

"어?"

"그래, 여기가 출혈 지점이야."

"그걸 아까 어떻게……."

"다 아는 수가 있는 법이지. 거즈 물고 있지? 그걸로 저기 꽉 눌러."

"아, 네."

재원은 뭐에 홀린 듯 핀셋 끝을 혈관 쪽으로 가져갔다. 강혁은 그것을 주의 깊게 바라보다가 이내 고개를 끄덕였다.

'조심스럽군. 하지만 겁먹지는 않았어.'

사람들은 외과 의사라고 하면 대체로 거친 이미지라고 생각하기 마련이었다. 가운을 풀어헤치고 다니고, 쓰는 언어도 과격하니 아주 오해는 아니었다. 하지만 사람한테 칼을 댈 때도 그런 모습이라고 생각하면 오산이었다. 도리어 진짜 험한 수술을 하는 사람일수록 칼끝은 섬세한 법이었다.

"이렇게 누르면 될까요?"

재원은 거즈로 피나는 부위를 효과적으로 누른 채 강혁을 돌아보았다. 강혁이 보기에 누른 위치도, 누르는 강도도 모두 적당했다.

"음……. 잘했네. 항문."

"감사합니다."

"감사는 무슨. 네가 잘 누른 건데."

강혁이 전에 없이 재원을 칭찬하는 사이 헬기는 어느덧 한국대학교 병원 테니스 코트 상공에 도달해 있었다.

"이제 착륙합니다! 모두 자리에 앉든지, 아니면 뭐라도 잡으세요!"

기장의 안내 방송은 거칠기 짝이 없었다. 애초에 AW 139 기종으로 이루어진 소방 헬기는 여객선이 아니었으니 당연한 일이었다. 승객들은 모두 생명을 살리기 위한 최전선에서 뛰고 있는 요원들이었고, '빨리빨리'에 상당히 익숙했다.

우르르. 여전히 환자 목에 연결된 인공호흡 주머니를 쥐어짜고 있는 중헌을 제외한 요원들이 전원 착석했다. 의자라고 해봐야 고정식이 아니라 나일론 천을 치렁치렁하게 걸어놓은 것에 불과했지만, 한번 앉아보면 생각보다 단단한 안정감을 얻을 수 있었다.

"항문! 넌 내 팔 잡아!"

강혁은 자신의 단단한 팔뚝을 재원을 향해 내밀었다. 반대편 팔로는 모퉁이의 기둥을 꽉 붙잡고 있었다.

"아, 네!"

"중헌 요원님은 제 다리를 잡아요!"

"네! 알겠습니다."

재원과 중헌은 강혁의 팔과 다리를 각각 하나씩 붙잡았다. 기장은 조금 미진하긴 해도 뒷자리에 있던 모두가 대강 자리를 잡은 것을 확인하자마자 기체를 하강시키기 시작했다. 바닥이 제대로 된 착륙장이었다면 이보다 훨씬 빠른 착륙이 가능했을 터였다. 하지만 애석하게도 지금 헬기가 내려앉는 곳은 테니스 코트였다. 헬기의 하중을 견디는 것도 어려울 정도로 무른 땅이라는 얘기였다. 덕분에 기장은 급강하가 아니라 정말이지 느려터진 강하를 시행해야만 했다. 일행이야 편하고 좋았지만, 한시가 급한 응급 환자에게는 이보다 속 터지는 일도 없을 터였다.

무려 7~8분이나 더 허비하고서야 헬기는 무사히 테니스 코트 위에 안착할 수 있었다. 기장은 멋쩍은 미소를 지으며 뒤를 돌아보았다.

"자, 이제 내려도 됩니다!"

"네!"

그 말을 신호로 모든 구급 대원이 환자가 실려 있는 항공 이송용 들것을 들고 헬기에서 뛰어내렸다. 병원 도착 10분 전에 미리 다른 구급 대원이 연락해준 덕에 입구에는 이송 대기반이 서 있긴 했지만, 인턴 한 명과 백장미 간호사 그리고 이송 요원 하나가 다였다.

"거참."

너무도 초라한 광경에 강혁은 잠시 고개를 내저었다. 하지만 그것도 잠깐이었다. 아직 환자의 머리는 열려 있었고, 의식도 없었으니까.

"자! 바로 수술실로 이동한다! 요원들은 접수 도와주시고! 항문!"

"네!"

"이송은 나랑 인턴이 알아서 할 테니까, 거즈나 꽉 누르고 있어!"

"네, 알겠습니다!"

"이, 이게 뭐예요?"

항공 운송용 들것에서 병원 이송용 침대로 환자를 옮기다 말고 백장미 간호사가 물었다. 비록 경력이 5년밖에 안 되긴 했지만 그 5년을 오롯이 응급의학과에서 보낸 그녀였다. 다시 말하면 볼 것 못 볼 것 다 본 사람이라는 뜻. 하지만 이런 건 정말이지 처음이었다. 머리 상처가 열려 있고, 두개골에는 구멍이 나 있고, 그 안으로 기구를 넣은 채 실려 온 환자라니.

"뭐긴 뭐야, 환자지. 조폭, 수술실이나 열어둬."

"조, 조폭이라뇨……. 교수님……."

"먼저 조폭이라고 한 게 누군데. 아무튼, 빨리 수술실 연락해. 너도 봤으면 알 것 아냐. 이대로 계속 유지하다가는 좆된다고."

강혁은 열려 있는 두개골을 가리키며 열변을 토했다. 열지 않았으면 죽을 게 뻔하니까 연 것이지, 그렇지 않았다면 절대적 금기였다. 제대로 된 환기 시설이 없는 곳에서 머리를 여는 행위는 그 자체로 살인이 될 수 있기 때문이다.

"아, 네."

장미는 노련한 정도까지는 아니더라도 나름 능숙한 간호사였다. 대번에 강혁이 말한 의미를 깨닫고는 전화기를 집어 들었다.

"아, 네. 저 백장미입니다."

이름이 워낙 특이해서인지 소속을 밝히지 않아도 상대는 곧장 알아들었다.

“네? 마취과……. 연락 안 된다고요? 누군데요? 아, 황선우.”

장미는 황선우라는 이름을 내뱉으며 인상을 구겼다. 오늘 중증외상 당직 마취의인 동시에 성질 더럽기로 유명한 마취과 의사였기 때문이다. 당장 아까 오전만 하더라도 수술하고 들어온 환자 벤틸레이터(Ventilator: 인공호흡 기기) 세팅하면서 어찌나 성질을 부리던지. 상대하던 사람이 보살 양재원 선생이 아니었다면 아마 한바탕 싸움이 났을 터였다. 그런 놈에게 난데없이 하루 두 건의 수술이 쏟아지게 생겼으니 곱게 나올 리가 만무했다.

“왜 그래?”

강혁은 이제 막 응급실 문을 통해 병원으로 들어가던 참이었다.

“아……. 담당 마취의가 아직 연락이 안 된다고 해서요.”

“뭐? 당직 아냐?”

“그렇긴 한데…….”

장미는 슬쩍 벽에 걸린 시계를 바라보았다. 오전 11시 반이었다. 다른 과와는 달리 12시 오프를 갖는 마취과 특성상 당직 황선우는 30분만 버티면 나갈 수 있단 얘기였다.

“그렇다고 연락을 안 받아? 이 미친 새끼가?”

자초지종을 전해 들은 강혁이 버럭 소리를 쳤다.

“교수님, 여기 대기실 바로 옆이니까 소리는 지르지 마시고요…….”

“안 지르게 생겼어? 그 자식 이름 뭐야.”

“황선우요. 근데 이름은 알아서 뭐 하시려고요…….”

“알아서 뭐하긴? 환자 안 보려고 일부러 콜 씹는 놈은 좆돼봐야 정신을 차리지.”

"일단 여기는 좀 지나고 말씀하세요. 보호자랑 환자들 다 있는 곳이잖아요."

"아오."

장미는 강혁을 잡아끌어다가 응급의학과 대기실에서 응급 수술실로 향하는 복도로 데려다놓았다. 고작해야 자동문 하나 건너왔을 뿐이지만 이쪽은 한적하기 그지없었다.

"그……. 박경원 선생을 불러보면 어떻겠습니까?"

수술방 입구에 서서 고뇌하고 있는 강혁을 보며 재원이 말했다.

"박경원……. 아, 그 손 바꿔서 들어왔던 마취과."

"네, 바로 그 친구요."

재원은 즉각 고개를 끄덕였다. 속으로는 치밀어 오르는 황당함을 애써 억누르고 있었다. 정작 수술을 함께한 재원의 이름은 모르는 주제에 마취과 의사 이름은 단번에 기억하고 있을 줄이야. 배신감에 치를 떨 지경이었지만 아쉽게도 지금은 그럴 만한 여유조차 없었다.

"일단 불러. 근데 갠 뭔데 시간이 남지?"

"4년 차입니다. 전문의 시험 준비 때문에 지금은 듀티가 없습니다."

"아하."

강혁은 지금이 11월이라는 것을 떠올렸다. 전문의 시험이 1월 초에 있기 때문에 대부분의 4년 차들은 병원에 출근은 하지만 근무에서는 제외되는 시기였다. 그러니까 지금 박경원을 부른다는 것은 어마어마한 민폐라는 뜻이기도 했다.

"뭐 해, 너는 그냥 누르고나 있어. 전화는 내가 할 테니까."

"네? 아뇨, 교수님이 하시면……."

하지만 강혁은 재원의 예상보다 훨씬 손이 빨랐고, 눈 깜작할 새에 재원이 쥐고 있던 핸드폰을 앗아가버렸다.

"어어."

그러곤 용케도 잠금장치를 풀어내었다.

"아니, 어떻게?"

강혁은 경악에 찬 재원을 보며 쯧쯧 혀를 찼다.

"찍찍찍 긋는 걸로 풀게 둘 거면 아예 걸지를 마라, 걸지를 마."

"아니……."

"그리고 손 좀 닦아. 액정에 패턴 그대로 다 보여, 지금. 의사가 이게 뭔 짓이야."

"아니, 저 손 잘 씻는……."

강혁은 재원의 대답을 무시하고 수화기에 귀를 기울였다. 그가 패턴을 단번에 파악할 수 있었던 비밀, '이상 색각 과민증'에 대해서는 일언반구도 하지 않은 채였다.

"네, 마취통증의학과 4년 차 박경원입니다."

곧 수화기 너머로 건조한 남자 목소리가 들려왔다. 일부러 소리를 죽여서 받는 것으로 미루어볼 때 병원 내의 독서실에서 받고 있는 모양이었다.

"아, 여기 응급실인데요. 수술할 환자가 왔는데 마취과 당직의가 연락이 안 돼서, 지금 좀 내려와요."

"네?"

"환자가 있으니까 좀 내려오시라고."

강혁은 황당해하는 경원에게 대체 뭐가 문제냐는 듯한 말투로 대꾸했다.

"어휴. 전화 이리 줘보세요."

보다 못한 장미가 강혁의 손에서 재원의 핸드폰을 잽싸게 낚아챘다.

"아, 네. 박경원 선생님. 저, 응급실 백장미 간호사예요."

"어우, 목소리 변조한 줄."

강혁은 장미의 급작스러운 목소리 변화에 질색하며 뒤로 물러섰다. 장미는 방금 자신이 낸 목소리가 무색하게 느껴질 만큼이나 매서운 눈빛으로 강혁을 노려보며 말을 이었다.

"네, 너무 죄송해요. 그런데 마취과 사무실 쪽에서는 앞으로 한 시간 더 기다리라고만 하는데……. 지금 환자 상태가 그럴 수 있는 상황이 아니라서요……."

경원은 장미의 말이 거짓이 아니란 것쯤은 알 수 있었다. 보통 응급 수술이 미뤄지고, 뒤로 밀리는 이유 중 딱 하나만 대라면 그건 마취과 의사의 부재였으니까. 어떻게든 빡빡하게 인원을 굴려야 하는 대학 병원의 특성상 어쩔 수 없는 일이었지만, 그 이유 때문에 계획에 없던 응급 환자들의 순위는 끝없이 뒤로 밀려가야만 했다.

"음."

"딱 한 번만 부탁드릴게요. 선생님……."

장미가 말끝을 흐리자 경원은 한숨을 푹 쉬었다. 그러곤 차라리 이 전화를 받지 말걸 그랬단 생각을 했다. 아예 환자가 있는지 몰랐다면 괜찮았을 테지만, 죽어가는 환자가 있다는 걸 알면서 무시할 수 있는 의사는 거의 없을 테니까.

"알겠…… 습니다. 갈게요. 응급 수술실이죠?"

"네, 선생님. 감사합니다."

장미는 허공에 대고 고개를 숙여 가며 전화를 끊었다.

삐삐. 이송용 침대에 부착되어 있던 모니터가 다급하게 울기 시작했다.

"혀, 혈압이……!"

심장 박동이 훅하고 요동을 치더니 바닥을 기었다. 그와 동시에 혈압이 잘 잡히지 않았다. 이렇다 할 출혈도 없이 이 난리라니. 역시나 의심할 만한 것은 뇌압의 상승뿐이었다.

"이런 망할. 역시 구멍 하나로는 오래 못 버텨. 일단 덱사 두 앰플 아이브이로 주고, 만니톨 때려 부어."

"아, 네!"

장미도 강혁에게 투덜거렸던 것이 언제인지 모를 만큼 재빠르게 움직였다. 잘 쓰지 않는 곳이기는 해도 명색이 응급 수술실인지라 물품만큼은 거의 완벽하게 구비되어 있었다. 덕분에 장미는 환자 팔뚝에 꽂혀 있던 수액 라인을 통해 강혁이 지정한 약들을 신속하게 흘려보낼 수 있었다. 그사이 강혁은 환자의 우측 목에 손가락 두 개를 가져다 대고 있었다. 경정맥을 촉진하기 위함이었다.

'혈압이 너무 낮아서…… 정맥은커녕 동맥도 안 잡혀…….'

하지만 그렇다고 이대로 손을 놓고 있을 수만은 없었다. 그랬다간 수술실에 들어가기 전에 환자를 놓치고 말 수도 있었다. 해서 강혁은 일단 자신의 해부학적 지식과 그간 쌓인 경험, 그리고 미칠 듯이 예민한 감각을 믿기로 하고 카테터를 뽑아 들었다.

"어, 교수님. 지금 찌르십니까? 초음파라도……."

"항문, 초음파 켜다가 환자 죽어. 너도 보면 알잖아."

"그건……. 네."

"그러니까 잘 보고 배우라고."

강혁은 그리 말하면서 카테터를 환자의 우측 목에 푹 하고 찔러 넣었다.

"으……."

재원은 마치 자신이 찔리기라도 한 것처럼 목을 쓰다듬었다.

'미친 짓이야…….'

혈압이 지금처럼 잡히지 않는 상황에서 경동맥과 나란히 붙어서 지나가는 경정맥에 중심 정맥관 삽입을 시도하다니. 그것도 초음파도 없이. 적어도 재원의 상식으로는 이해가 가지 않았다. 하지만 중증외상 환자를 볼 땐 지금까지 배운 의학 지식보다는 눈앞의 환자 상태가 훨씬 중요한 법이었다. 그걸 모르면 살아야 할 환자를 죽게 만들 수 있다. 여태 한국대학교 병원과 다른 대한민국의 병원들이 그래왔던 것처럼.

'아주 천천히 밀어넣는다……. 바늘 끝의 감각을 통해 동맥과 정맥은 충분히 감별할 수 있다.'

만약 어중간한 크기의 혈관이라면 이렇게 천천히 밀어넣어서는 절대로 혈관을 찌를 수 없었다. 혈관은 어떤 자극을 받으면 옆으로 도망가게 되어 있기 때문이었다. 하지만 경정맥과 같이 큰 혈관은 얘기가 좀 달랐다. 도망가기엔 너무 굵었다. 그 덕에 강혁은 별걱정 없이 아주 천천히 바늘을 밀어넣을 수 있었다. 여러 조직이 바늘 끝에 걸렸다가 옆으로 비켜나갔다.

'이건 근육…… 이건 지방. 이건…… 음.'

바늘 끝에 무언가가 아주 살짝 찔려 있었다. 강혁이 느낀 것은 짧은 순간뿐이었다. 하지만 그 찰나의 느낌만으로도 강혁은 단언할 수 있었다. 이건 동맥이라고.

'탄력이 대단해. 그럼에도 찔렸다는 건 내가 거의 정중앙으로 향하고 있었다는 뜻이겠지. 그렇다면…….'

강혁은 대담하게 바늘의 방향을 후방으로 훅 하고 돌렸다. 그러곤 다시 천천히 바늘을 찔러나갔고, 이번에 무언가 그 끝에 걸렸을 땐 별 망설임 없이 더 깊이 찔러 넣었다.

슝. 그와 동시에 카테터 끝에 검붉은 피가 맺혔다. 성질 급한 사람은 그 색만 보고 동맥이라고 단언했겠지만 지금 상황에서는 그리 현명한 생각이 아니었다. 혈압이 떨어진 탓에 산소 포화도 또한 빠르게 떨어지고 있었기 때문이다. 해서 강혁은 잠시 카테터를 그대로 두었다. 만약 동맥을 찌른 거라면 박동에 따라 카테터가 둥둥 울려댈 것이다.

"좋아, 정맥에 제대로 들어갔어. 라인 연결하고……. 일단 물 줘."

"뇌압은 괜찮을까요?"

"뇌압은 수술로 낮추면 돼. 하지만 혈압은 그럴 수가 없잖아. 빨리 수액 부어. 이러다 진짜 훅 간다고."

"네, 알겠습니다."

재원은 강혁의 말에 따라 하트만 솔루션을 연결한 후 속도를 최대한으로 조절했다. 수액과 약이 동시에 들어간 보람이 있어 환자의 혈압이 약간 돌아오기 시작했다. 그래봐야 50에 30 정도로 아주 미미한 수준이긴 했지만, 아예 잡히지도 않았었기 때문에 이 정도만 되어도 상당한 의미가 있었다.

"환자는……. 진짜 안 좋군요."

때마침 공부하다가 불려 나온 경원이 합류했다. 꽤 집중해서 공부하고 있다 나온 것인지 귀 끝이 벌겠다. 방해받은 입장이라 화를 낼 법도 했지만 그는 우선 환자 머리 쪽으로 달려가 수술실 안쪽으로 침대를 잡아끌었다.

"어떻게 다친 거죠?"

그와 동시에 강혁을 향해 환자의 수상 경위에 대해 물었다. 마취나 걸면 되지 왜 이런 걸 묻나 싶을 수도 있지만, 실은 반드시 물어야만 하는 내용이다. 그래서 강혁은 마음이 놓였다.

"등산로에서 옆으로 굴러떨어졌어. 높이는 대략 5m."

"5m……. 그럼 다친 부위가 머리뿐만이 아닐 수도 있겠군요. 혹시 다른 검사는 하셨나요?"

"아까 봤잖아. 검사하다가 죽을 위험이 너무 커."

"그럼 수술대 옮길 때 등 뒤에 고정판은 그대로 유지하겠습니다."

"말이 잘 통해서 좋네."

강혁은 그리 말하며 경원을 도와 환자를 옆으로 옮겼다. 워낙 완력이 대단한 그인지라 고정판과 함께 환자를 옮기는 것임에도 신음 하나 내지 않았다.

"혈압은…… 50에 30. 원인은 뇌압 상승인가요?"

"그렇지."

"그럼 일단 레미펜타닐에 케타민으로 마취 걸겠습니다. 혈압이 너무 떨어지면 승압제도 사용할게요. 괜찮겠죠?"

"응. 아마 심장은 괜찮을 거야."

강혁은 모니터에 표시된 환자의 심장 박동을 보며 답했다. 심전도상 6개의 지표에서 보이는 리듬 중 어느 곳 하나 이상한 곳이 없었다. 물론 이것만 가지고 100% 단언하긴 어려웠지만, 심장 근처엔 상처 비슷한 것도 없었으니 아마 괜찮을 터였다.

"마취는 걸었습니다."

경원의 말에 강혁이 고개를 끄덕이며 손을 내밀었다. 한참 전부터 준비를 마치고 대기 중이던 간호사가 강혁이 말한 기구를 전해주었다.

"좋아. 그럼 일단 머리부터 가보자고. 최대한 빨리. 다들 긴장 바짝해. 보비 줘봐."

"네."

"항문, 넌 내가 말하면 손 치워."

"네."

"지금."

"네, 교수님."

강혁은 여태 터진 혈관을 꾹 누르고 있던 재원이 손을 치우자마자 전기 소작기로 해당 부위를 지져버렸다.

치지직. 하도 오랫동안 누르고 있던 탓에 혈관에서는 피도 거의 나지 않았다. 하지만 그럼에도 불구하고 지지긴 해야 했다. 아무리 정맥이라도 혈관의 단면이 노출된 경우엔 피가 흘러나올 공간이 컸기 때문이었다. 순식간에 지혈을 끝낸 강혁은 이제 전기 소작기를 내려놓고 또다시 손을 내밀었다.

"메스."

"여기 있습니다."

"블레이드 바꿔, 10번으로."

"아, 네. 10번……. 바꿨습니다."

보통 머리 쪽 절개를 할 때는 15번 블레이드처럼 비교적 섬세한 모양의 블레이드를 사용했다. 하지만 강혁은 사고 발생 시점부터 지금까지 흐른 시간과 중간에 시행한 처치의 불완전성을 고려해야만 했다. 그러자면 지금부터 하는 수술은 완벽하기보다는 빨라야 했다.

"항문, 뭐 해. 당겨!"

"아, 네!"

재원은 강혁의 호통과 함께 아까 넣었던 절개면의 양끝을 좌우로 당겼다. 강혁은 그 절개면을 더 길게 만들기 위해 10번 블레이드를 이용해 쭉 하고 선을 그었다. 아무래도 절삭력만큼은 최고인 블레이드라 그런지 속도가 무척 빨랐다.

'피는 거의 안 나. 이건 내가 잘해서가 아니라…….'

그만큼 환자의 상태가 좋지 못하다는 뜻이었다. 덕분에 강혁의 손놀림이 더더욱 빨라졌다.

"전기칼."

"여기 있습니다."

"파워 몇이지?

"15입니다."

"20으로 올려."

"네."

보조로 따라 들어온 장미가 전기칼의 파워를 올리는 동안 강혁은 이미 방금 살가죽을 그어 만들어놓은 절개면 안쪽으로 전기칼을 집어넣어버렸다. 그러곤 전기칼을 활성화한 채 쭉 그었다. 물론 재원도 늦지 않게 절개면을 당겨 애꿎은 두피 가죽이 타지 않도록 해주었다.

치지지직. 파워를 올려서 그런지 절개면 밑에 있던 근육들이 아주 거칠게 타면서 좌우로 갈라졌다. 평소 강혁이라면 혀를 찼을 법한 광경이었지만 할 수 없었다. 지금은 속도가 곧 환자의 생명이었다.

"이제 슬슬 드릴 준비하고. 곧 두개골 드러난다."

"네."

강혁은 그리 말하면서 두개골을 둘러싸고 있는 근육의 막을 벗겨내기 시작했다. 아무래도 메스가 아니라 파워를 올린 전기칼로

하다보니 헬기 안에서보다 속도가 훨씬 빨랐다. 그걸 바로 앞에서 지켜보고 있는 재원으로서는 어처구니가 없을 지경이었다.

'미쳤다, 이걸 이렇게…….'

해본 사람은 알겠지만 뼈에서 근막을 발라내는 작업은 굉장히 성가시고 힘든 일이었다. 하지만 강혁은 마치 원래 분리된 것을 정리만 하는 듯한 착각이 일 만큼이나 빠르게 근막을 벗겨내었다.

"됐고. 이제 드릴."

"아, 교수님. 아직 팁을 끼우지 못했……."

"아까 빨리하라는 소리 못 들었어?!"

"죄, 죄송합니다. 여기……."

"항문! 너는 생리 식염수 뿌려. 드릴은 뼈가 타. 알지?"

"네, 네."

강혁은 지금도 충분히 빠른데도 소리를 버럭 지르더니 곧장 드릴을 두개골에 가져다 댔다.

까가가가각. 두개골은 워낙 단단한 뼈이기 때문에 드릴을 사용하자 소름 끼치는 소리가 났다. 일반 외과에서 수련을 받기는 했지만 레지던트 시절 카데바(시신) 실습 때 드릴을 사용해본 경험이 있는 재원은 이번에도 혀를 내둘렀다.

'진동이 장난 아닐 텐데……. 그리고 안쪽에 혈관이 있으면 어쩌려고 저렇게 과감하지?'

아닌 게 아니라 강혁은 드릴을 단 한 번도 두개골에서 떼지 않고 구멍을 뚫고 있었다. 신기한 것은 피가 단 한 방울도 흘러나오지 않는다는 것이다. 아마 재원은 그 이유를 죽을 때까지 알지 못할 터였다. 지금 강혁은 남들에게는 보이지 않는 것을 보고 있었으니까.

'뼈 표면이 붉어. 이 밑에는 혈관이 있어. 여긴 방향을 반대로 돌

린다.'

지금 강혁이 들고 있는 드릴은 일명 커팅 드릴, 즉 무언가를 깎아낼 때 쓰는 드릴이었다. 이걸 거꾸로 돌리면 깎는 게 아니라 뭉개는 용도가 되었다. 칼날이 아니라 칼등으로 뼈를 맞대기 때문이다. 그렇게 되면 물론 작은 혈관들은 잘리겠지만 옆의 뼈가 뭉개지면서 생긴 뼛가루가 혈관을 막아 출혈이 거의 없었다.

끼기기긱. 강혁은 그 방식을 이용해 혈관을 지혈해가며 드릴을 돌려대는 중이었다. 이러니 남들은 그저 '오늘 운이 좋아서 피가 안 나나 보다' 하고 생각할 수밖에 없었다.

"자, 구멍 한 개 뚫었고. 다음!"

까가가가각. 끼기기기긱. 아는 사람만 구분할 수 있을 만큼 뼈 깎이는 소리가 미묘하게 차이 나며 또 하나의 구멍이 완성되었다. 첫 번째 구멍을 뚫을 때까지만 해도 전혀 감도 못 잡고 있던 재원이 고개를 갸웃거렸다.

"교수님, 이거 혹시 피가 안 나는 게 아니라…… 지혈을 하면서 뚫은 겁…… 니까?"

재원은 궁금해서 묻기는 했지만 '설마 진짜 그러겠냐' 하는 표정이었다. 하지만 강혁은 늘 그렇듯 예상대로 하기보다는, 그 예상을 뒤엎는 인간이었다. 그는 너무 당연하다는 듯한 표정으로 대꾸했다.

"용케 알아봤네. 아주 개눈깔은 아니구나?"

"네? 그럼……?"

"당연히 지혈하면서 뚫은 거지. 그럼 그냥 운이 좋아서 피가 안 났겠냐? 구멍을 두 개나 뚫는데? 그것도 두개골에?"

강혁의 말에 재원은 잠시 눈만 끔뻑거렸다. 생각해보니 강혁의 말이 구구절절 다 맞았기 때문이었다.

'하긴…… 두개골이 어떤 뼈인데 지금 2cm짜리 구멍을 두 개나 뚫는데 피가 안 나겠어.'

상식적으로 구멍이 뚫린 뼈에서 피가 안 난다는 것만 해도 말이 안 되는 일이었다. 하지만 피가 나기도 전에 지혈을 완벽히 행했다? 이건 정말 말이 안 되는 일이었다. 다행인지, 불행인지 재원에게는 고민에 빠져 있을 시간이 주어지지 않았다. 강혁은 재원의 하잘것없는 질문에는 별 관심이 없었기 때문이다. 그는 이미 다음 스텝으로 나갈 생각뿐이었다.

"마취과 선생, 혈압 얼마지?"

"70에 50입니다. 계속 오르고 있습니다."

"다행이군."

강혁은 헬기에서 뚫어놓았던 구멍을 통해 뇌를 바라보며 고개를 끄덕였다. 바로 아까까지만 해도 구멍을 꾹 압박했던 뇌가 지금은 살짝 뒤로 물러나 있었다. 두 개의 구멍이 더 뚫리면서 압력이 크게 떨어진 것이다. 그냥 아무렇게나 뚫었다면 지금처럼 큰 효과를 보진 못했을 것이었다. 하지만 강혁은 구멍의 위치와 배치, 그리고 크기까지 완벽하게 계획하여 실행했다.

"승압제를 안 쓰고도 혈압은 안정적입니다. 뇌압도 아직 정상은 아니지만……. 이만하면 그리 높은 것은 아닙니다."

"오케이. 계속 모니터링해주고. 항문, 이제 밑으로 가자."

"미…… 밑이요?"

재원은 '항문'과 바로 뒤이어서 '밑'이란 단어를 듣고 나니 기분이 묘했다. 가까스로 참긴 했지만 하마터면 자신의 엉덩이 부근을 돌아볼 뻔했다. 그렇지 않아도 서두르고 있는 강혁인데, 지금 눈앞에서 그런 짓을 했다가는 아마 한대 얻어터질 수도 있었다.

'100% 때리고도 남을 위인이지…….'

문신도 보지 않았는가. 재원은 남몰래 한숨을 쉬며 고개를 저었다.

"항문…… 아까 이 환자 긴장성 기흉으로 바늘 꽂았잖아. 이제 슬슬 무리가 갈 거라고."

"아."

"자, 봐. 이거."

강혁은 여태 환자의 기관지에 박혀 있는 튜브를 가리켰다. 처음 절개하고 집어넣을 때만 해도 목의 정중앙에 있던 튜브가 어느새 살짝 우측으로 틀어져 있었다. 주사기를 찔러 넣어 해소했던 긴장성 기흉이 재발했다는 뜻이다. 당연한 일이었다. 강혁이 긴장성 기흉에 대해 해준 처치라고는 바늘을 찔러 공기를 뺐을 뿐이지, 원인을 해결해주지는 않았으니까.

"견인…… 아, 인공호흡기를 달았구나."

재원은 틀어진 튜브를 보고는 이내 마취 기기를 돌아보았다. 마취 기기는 지금도 바람 빠지는 소리를 내며 강제로 환자의 폐 속으로 공기와 마취 가스를 불어 넣어주고 있었다. 아무래도 사람이 직접 짜는 것에 비해서는 훨씬 강하고 또 균일했다. 이게 장점으로 작용할 때도 많았지만, 지금처럼 환자의 폐에 손상이 있을 때만큼은 예외였다. 이미 긴장성 기흉이 발생하기 시작했기 때문인지, 호흡이 한 번 이루어질 때마다 튜브의 틀어진 각도가 눈에 띄게 달라졌다. 견인이 심해지자 대번에 활력 징후도 바뀌었다. 마취과 쪽에서 다급한 목소리가 들려왔다.

"선생님, 혈압 올라갑니다. 지금 110에 80입니다. 뇌압도 덩달아 오르고 있어서 뭔가 처치가 필요합니다."

본래 혈압이 110이면 정상 범위라고 할 수 있었다. 하지만 아까 전까지만 해도 50에 불과했던 혈압이 그만큼 뛰었다는 것은 너무나도 이상한 일이었다. 강혁 또한 그 사실을 너무나 알고 있었기 때문에 고개를 끄덕일 새도 없이 답했다.

"알아! 일단 주사기! 제일 두꺼운 거!"

강혁의 말에 장미가 뒤편에 마련되어 있는 서랍을 향해 뛰려 했다. 그러자 강혁이 다시 한번 외쳤다.

"헛수고하지 말고! 그냥 지금 나와 있는 걸로 줘! 시간 끌면 죽어!"

"아, 네!"

그래서 수술 보조 간호사가 빠르게 20cc 시린지를 건네주었다.

"이만하면 좋아."

강혁은 시린지에 박혀 있는 주삿바늘 구멍을 들여다본 후, 냅다 환자의 우측 가슴팍을 찔러버렸다. 남들이 보기엔 대책 없이 찌른 거 아닌가 하는 생각이 들 정도로 빨랐다. 하지만 반대편 손으로 타진을 시행하면서 찔렀기 때문에 엉뚱하게 폐가 다치거나 하는 참사는 일어나지 않았다.

슈우우우. 이번엔 바늘이 꽤 두꺼웠기 때문에 쌓여 있던 공기가 빠져나오는 속도도 조금 달랐다. 하지만 여전히 기계 호흡 중이었기 때문에 쌓이는 속도 또한 달랐다. 결국, 긴장성 기흉이 완전히 좋아지지는 못한 상태에서 평형을 이루고 말았다. 잠깐은 괜찮아도 계속될 경우엔 생명이 위험할 수 있는 상황이었다.

"됐어. 시간은 벌었어."

강혁은 이것만 해도 어디냔 기색으로 방금 꽂아넣은 주삿바늘을 톡 하고 쳤다. 원래 베타딘과 같은 소독약과 생리 식염수를 섞기 위해 꺼내둔 것이었는데, 이번에는 환자를 살리는 결정적인 역할을

하게 된 셈이었다.

"자, 이제 메스. 항문은……. 그래. 그거 들고 대기."

"네."

강혁은 재원에게 뭔가 지시하려다가 이미 아미(Army: 절개면을 당기는 기구)를 들고 있자 재차 우측 가슴을 향해 고개를 숙였다. 더 정확히 말하자면 부러진 갈비뼈와 정상 갈비뼈 사이의 틈새를 바라보고 있었다.

그러기도 잠시, 지이이익. 강혁은 곧장 메스로 틈새에 긴 절개면을 넣고는 손을 내밀었다.

탁. 그러자 간호사는 전기칼을 강혁에게 건네주었다. 강혁은 그것을 쥔 채 장미를 바라보았다.

"파워 다시 15로. 마취과 선생, 산소 낮춰요."

"네!"

"네!"

장미와 경원은 거의 동시에 외쳤다.

떡떡. 그러곤 강혁이 지시한 바를 정확히 수행했다. 강혁은 잠시 그들이 하는 걸 유심히 바라보다가, 모든 것이 잘 조정이 된 후에야 전기칼을 바로 쥐었다. 어마어마하게 급박한 상황에서도 강혁이 행동을 멈춰야만 했던 이유는 단 하나였다. 전기칼 온도가 지나치게 높거나, 그 칼에 닿는 부위의 산소 포화도가 지나치게 높으면 불이 붙을 위험이 있었다. 조금 전까지는 두 가지 위험 요소를 다 가지고 있었기 때문에 반드시 소거해야만 했다. 다른 사람이라면 몰라도, 강혁은 해당 케이스에 대한 리포트를 여러 차례 읽어본 적 있었다.

"자, 그럼 절개한다. 마취과 선생은 혹시 모르니까 응급 상황 대비하고."

"네."

강혁은 그럼에도 불구하고 한 번 더 경고를 던진 다음 칼로 만들어놓은 절개면에 전기칼을 집어넣었다.

치지지직. 매캐한 살 타는 냄새와 함께 절개가 이루어졌다. 강혁은 처음부터 이번 한 번으로 바로 흉강을 열 생각이었기 때문에 절개는 매우 깊었다. 부우욱 하는 섬뜩한 소리와 함께 흉강이 열렸다. 강혁이 전기칼을 떼자, 재원이 바로 아미를 절개면에 걸어 위아래로 잡아당겼다. 그제야 강혁은 비로소 환자의 흉강 내부를 똑똑히 볼 수 있었다. 부러진 갈비뼈의 날카로운 끝이 폐를 찢어놓은 상태였다. 인공호흡기에서 바람이 들어갈 때마다 찢어진 부위에서 인정사정없이 바람이 새어 나왔다.

쉬이이이익. 이건 봉합하거나 할 수 있는 상처가 아니었다.

"제거…… 한다. 폐엽 절제술 할 거야. 실 준비해!"

"아, 네!"

"내가 달라고 하면 바로 줘."

"네."

보조 간호사는 명주실을 봉합 기구에 물리고는 손에 들었다. 신호가 있으면 바로 건네줄 생각이었다. 강혁은 바람이 엉망으로 새고 있는 폐를 잠시 내려다보다가 이내 마취과 쪽을 바라보았다.

"마취과 선생, 잠깐만 호흡 멈춰봐."

"지금 혈압이 낮아서 최대 20초입니다. 그 이상은 위험합니다."

"20초면 길지. 내가 신호하면 멈춰."

"네."

강혁은 그렇게 경원을 대기하게 한 후 손을 내밀었다. 간호사는 무의식적으로 실을 내밀다가 멈추었다. 돌아가는 정황상 실을 원하는 것이 아닐 것 같았기 때문이었다.

"식염수 줘봐. 베타딘 아주 살짝만 묻혀서."

"네. 여기 있습니다."

"좋아. 마취과 선생, 지금!"

"네."

경원은 온 신경을 강혁의 입에 두고 있었기 때문에 늦지 않게 반응할 수 있었다. 기계를 통해 거칠게 주입되던 공기가 멈춤과 동시에 '덜렁' 하고 환자의 흉강이 열렸다. 호흡을 멈춘 이유는 간단했다. 폐와 같이 너무 부드러운 조직은 대체 어디가 다친 것인지 불명확할 때가 많았다. 적어도 육안으로는 그러했다. 하지만 꼼수를 쓰면 일은 간단해졌다.

슥. 강혁은 희석한 갈색 소독약을 폐에 골고루 펴 발랐다. 늘 그렇듯 손놀림이 워낙 빠른 데다가 정확했기 때문에 불과 10초도 채 지나지 않아서 우측 폐가 갈색으로 물들었다.

"교수님……."

"아아. 이제 호흡 재개해."

"알겠습니다."

경원은 안도의 한숨을 내쉬며 호흡을 풀었다.

푸슈슈슈슈. 그러자 찢어진 틈을 통해 공기가 빠져나왔다. 원래 공기는 눈에 보이지 않는 법이었지만, 베타딘이 섞인 물이 묻어 있을 땐 달랐다. 보글거리는 거품이 일었다. 저 거품이 있는 곳은 전부 손상된 곳이라고 보면 되었다.

"하엽은 그냥 다 망가졌어. 중엽은…… 그나마 괜찮고. 하엽 절제술로 끝낸다. 실!"

"네, 교수님."

강혁은 간호사에게 건네받은 실을 이용해서 하엽으로 이어지는 기관지부터 덥석 묶었다. 그러자 하엽으로 이어지는 공기 자체가 틀어막히면서 바람 새는 소리가 대번에 사라졌다.

"실 두 개 더 필요해."

"네, 여기 있습니다."

"좋아."

일단 기관지를 묶었기 때문에 강혁은 아까보다 한결 더 여유 있었다. 그렇다고 해서 손이 더 느려지거나 한 건 아니었지만.

'아니, 대체 동맥을 어떻게 찾은 거…… 지?'

재원은 귀신같이 손을 더듬어 딱 기관지 동맥을 찾아내는 강혁을 보며 혀를 내둘렀다. 물론 한국대학교 병원 외과에도 수술 잘하는 교수들은 꽤 많았다. 하지만 강혁처럼 볼 때마다 놀라움을 주는 사람은 한 명도 없었다.

'나도…… 외상 외과를 전공하면 저렇게 될 수 있나……?'

결국, 재원은 강혁의 수술에 너무 감화된 나머지 결코 해서는 안 될 생각까지 하게 되었다. 한 가지 더 환장할 만한 사실은 강혁이 그걸 귀신같이 알아차렸다는 것이다.

'안면부 근육의 떨림과 미세한 홍조……. 뭔가 감화됐어. 여기서 그럴 만한 건 역시 내 수술뿐이지. 내 수술이야 누가 봐도 혹할 만하니까. 그럼 일단 노예 하나…… 획득인가?'

슥. 강혁은 음흉한 생각을 하면서 동시에 우측 폐 하엽으로 통하는 동맥 분지를 왼손으로 꾹 눌러 잡았다. 그러자 다쳤을지언정 선홍빛을 띠고 있던 우측 폐 하엽의 색이 순식간에 바래버렸다. 강혁은 자신의 왼손을 그대로 고정한 채 슬쩍 위를 바라보았다. 재원은 거의 수술 부위에 머리를 욱여넣기라도 할 것 같은 정성으로 관찰

하고 있었기 때문에 자연히 눈이 마주치게 되었다.

"항문."

"네, 네!"

재원은 이제 강혁이 항문이라고 부르든 뭐라고 부르든 별로 개의치 않겠다는 듯한 표정이었다. 평소 자신의 실력이 썩 괜찮다고 여기고 있었는데, 이제 보니 아예 다른 세상에 사는 의사가 있었기 때문이었다.

"일반 외과 수련만 받았으면 폐 부분 절제술은 안 들어와봤지?"

"아, 네. 그렇습니다."

"그럼 지금 내가 묶는 순서를 잘 봐. 어떤 거 같아?"

"기관지를 맨 처음, 그다음이 동맥……. 아마 다음은 정맥?"

재원은 열과 성을 다해 수술 장면을 바라본 사람답게 똑 부러지는 답을 해낼 수 있었다. 그러나 강혁은 이 정도는 당연하다는 표정이었다. 딱히 놀라워하는 기색 하나 없이, 심드렁해 보이기까지 한 표정으로 입을 열었다.

"왜 그런 거 같아?"

"음."

재원은 잠시 고민했다.

'학생 때나 인턴 때도 흉부외과 돈 적은 없는데…….'

게다가 폐 부분 절제술은 학생 때 배우는 수술이 아니었다. 되게 중요할 것 같고, 많이 하는 수술일 것 같지만 그건 흉부외과에 한정된 이야기이기 때문이었다. 학생 때는 내과, 외과, 산부인과, 소아과, 정신과로 이루어진 소위 '메이저 과목'에 치중해서 공부하게 되어 있었다. 즉 재원은 폐 부분 절제술에 대한 사전 지식이 전혀 없다는 얘기였다. 하지만 의학 지식을 쌓다보면 단순한 암기 과목 같았던 의대 공부가 어느 정도는 논리적이고, 또 유기적으로 이어지는 부분이 있음을 깨닫는 사람도 있는 법이었다. 다행히 재원은 학생 때 성적이 대단히 우수한 사람이었고, 이러한 묘리를 깨우친 사람이기도 했다.

"일단……. 기관지를 제일 먼저 묶어야 다친 부위로 바람이 새지 않습니다."

"그렇지. 그거야 방금 봤으니."

"그다음……. 동맥보다 정맥을 먼저 묶게 되면……."

재원이 생각하기에 이 두 순서는 서로 뒤바뀐다고 해서 대세에 지장이 있을 것 같진 않았다. 하지만 눈앞의 강혁은 실로 괴물 같은 외과의가 아닌가. 뭔가 이유가 있을 터였다.

'간단하게 생각하자. 간단하게.'

동맥은 피가 들어가는 혈관. 정맥은 피가 나오는 혈관. 그렇게 생각하고 나니 머릿속이 조금이나마 개운해지는 기분이었다.

"몰라?"

물론 강혁의 재촉을 듣고 나서부터는 상당히 후달리기는 했지만. 다행히 스스로 생각하기에는 꽤 그럴싸한 답을 낼 수 있었다.

"정맥을 먼저 묶으면……. 어차피 잘라내야 할 기관인 폐에 피가 계속 들어가니 손실량이 늡니다."

"흐음. 뭐, 대강 비슷하네."

강혁은 고개를 끄덕이며 손을 보조 간호사에게 내밀었다. 이게 뭔가 싶어 안을 다시 들여다보니, 어느새 동맥이 이쁘게 묶여 있었다.

'언제 한 거야 대체.'

강혁은 재원이 한창 놀라고 있는 동안 아까처럼 왼손을 너듬어 정맥을 찾아 꾹 눌러 잡았다. 이미 동맥이 묶여 버린 터라 상처 난

폐가 부풀어 오르거나 하는 일은 없었다. 이미 잘려 나온 기관처럼 창백한 색깔 그대로일 뿐이었다.

"좋아. 이제 다 묶었고. 마취과 선생."

"네, 교수님."

경원은 환자의 활력 징후와 수술 상황에 촉각을 곤두세우고 있었다. 도저히 공부하다가 억지로 끌려 나온 사람 같아 보이지 않았다. 덕분에 강혁의 나지막한 부름에도 즉각 대답할 수 있었다.

"슬슬 끝날 때 됐으니까 나갈 준비 하면 돼."

"아……. 네."

경원은 퍽 놀랍다는 표정으로 고개를 끄덕였다. 고개를 돌려 보니 수술 시작 후 고작해야 두 시간도 채 지나지 않은 상황이었다. 그 와중에 두개뇌압 감압술을 하고, 또 폐 부분 절제술까지 하다니. '이게 사람인가?' 하는 생각이 절로 들었다. 사실 대학 병원에서 일하는 모든 의료진 중 여러 집도의를 가장 다양하게 관찰할 수 있는 사람들은 바로 마취과 레지던트라고 할 수 있다. 그들은 매달마다 수술실을 바꿔서 들어가고, 또 맡은 과를 바꿔 들어가게 되어 있었기 때문이다. 덕분에 이제 4년 차 말인 경원은 한국대학교 병원의 거의 모든 집도의를 다 보았다고 자부하고 있었다. 그중에는 진짜 뛰어난 의사도 있었고, 그렇지 못한 의사도 있었다. 하지만 백강혁 같은 괴물은 처음이었다.

'어쩌면 살겠는데…….'

경원은 고개를 갸웃거리며 마취 기기 옆에 놓인 모니터를 돌아보았다. 구급 요원이 전달해준 내용을 기본으로 장미가 작성해둔 기록이 띄워져 있었다.

- 등산로 근처 5m 높이 절벽에서 추락
- 갈비뼈 골절로 인한 긴장성 기흉, 현장에 출동한 백강혁(의사)이 응급처치 후 소생
- 경막하 출혈로 인한 두개뇌압 상승 및 의식 소실, 혈압 강하(50/30), 백강혁(의사)이 구조, 헬기 내에서 두개뇌압 감압술 시행

이것만 봐도 도저히 믿을 수 없는 기록의 연속이었다. 하지만 이건 강혁의 입에서 나온 말이 아니라 같이 출동했던 구조 요원들의 진술이었다.

'대단해, 정말.'

경원은 그리 중얼거리면서 마취 심도를 조절하기 시작했다. 그사이 강혁은 가위로 우측 폐 하엽으로 연결되어 있던 기관지와 혈관들을 모조리 잘라버렸다. 그러자 거짓말처럼 하엽이 툭 하고 떨어져 나왔다. 강혁은 그 덩어리를 통째로 간호사에게 건네주었다.

"이건 일단 검체실로 보내주시고."

"네. 봉합은 뭘로 하실 건가요?"

"음……. 뭐 3-0(봉합사의 단위, 숫자가 작을수록 실이 굵다)로 하지."

"네. 3-0 바이크릴(Vicryl: 녹는 실)과 나일론 내드리겠습니다."

"아, 그리고 흉관 하나 박아놔야 할 것 같으니까, 그것도 하나만."

"네. 교수님."

강혁은 실이 나올 때까지 잠시 기다렸다. 집도의가 쉬고 있으니 재원도 딱히 할 일이 없어져버렸다. 잠깐 쉴까 하는 생각이 들려는 찰나 강혁이 입을 열었다.

"야, 항문."

"네."

재원은 항문이라는 단어에 너무 자연스럽게 답하게 된 자신이 저주스러웠다. 하지만 어쩌겠는가. 생각보다 몸이 먼저 그냥 반응해버리고 있는 것을.

"너 내년에는 어디로 가냐?"

"아……. 뭐 1년 더 할까 생각 중입니다. 아직 오라는 데도 없고."

갑자기 미래 얘기가 나오자 재원의 안색이 급속도로 어두워졌다. 비록 항문외과가 외과 계통 중에 가장 유망한 분과이기는 했지만, 어차피 외과 전체가 암울한 상황 아니던가. 도긴개긴이라고 보면 되었다. 물론 강혁이 전공한 외상 외과에 비하면야 비교한다는 것이 기분 나쁠 정도로 유망하긴 했다. 강혁은 그런 분과의 교수인 주제에 이죽거렸다.

"항문을 뭐 2년씩이나 배워?"

다분히 깔보는 뉘앙스가 가득 담겨 있었다. 보통 분과에 대한 자부심으로 가득 차 있기 마련인 펠로우로서는 그냥 넘길 수 없는 발언이었다.

"네? 남의 분과를 너무 무시하시는 거 아닙니까?"

"무시하는 게 아니라 그냥 의견을 말하는 건데."

"무시하는 의견 아닙니까?"

"뭐, 그건 그렇지. 내 자유 아냐? 내 생각도 말을 못 하나?"

"그건…… 그런데……."

재원은 뭔가 잘못되었다는 생각이 들었지만 정확히 뭐가 잘못되었는지 짚어내지 못했다. 강혁이란 사람의 분위기 때문이었다. 그의 광오할 정도로 과도한 자신감은 틀린 말도 옳은 것처럼 위장시켜주는 힘이 있었다.

"아무튼, 너 정말 2년 배우려고 하는 거야? 아니면 진짜 불러주는 데가 없어서 더 있는 거야?"

"그야……."

재원은 '당연히 2년 배우려고 한다'라고 말하려다 망설였다. 그렇게 말하기에는 어제도 퇴근하면서 투덜댔던 기억이 양심을 푹 하고 찔렀기 때문이었다.

'1년간 뭘 배운 건지 모르겠네……. 어째 는 거라고는 아부하는 거랑 잡일 처리하는 것밖에 없는 거 같아…….'

이건 비단 재원에게만 국한된 문제가 아니었다. 절대다수의 펠로우들이 겪는 문제였다. 오죽하면 자조적인 심정을 담아 자신들을 '펠노예'라고 부르겠는가.

"대답을 못 하네."

"그래도 일단 한국대병원에 있다보면……."

"설마 그냥 대학 병원에 있다보면 어떻게든 되겠지 하고 있는 건 아니지? 교수들이 네 인생 책임져줄 것 같냐?"

"어……."

"네 선배들을 떠올려봐라. 그럼 답 나오지."

재원은 저도 모르게 자신의 선배들을 줄줄이 떠올렸다. 선배 중에는 가히 천재라는 말이 아깝지 않았던 인재들도 있었다. 논문을 너무 잘 써서 논문 기계라고 불렸던 사람도 있었고, 수술을 너무 잘해서 재봉틀이라고 불렸던 사람도 있었다. 하지만 그들 모두는 결국 대학 병원에 남지 못하고 밖으로 떠밀리듯 나가야만 했다. 물론 본인이 원해서 나갔다면야 축하해줄 만한 일이었지만, 적어도 재원이 지금 떠올린 선배들은 그런 경우가 아니었다.

"교수님, 실 준비 됐습니다."

"음. 항문, 일단 닫자. 닫으면서 천천히 생각해봐."

"아……. 네."

"생각은 천천히 하고, 손은 빨리 움직여. 왜 이렇게 굼떠?"

"죄송합니다."

강혁은 재원에게 타박을 늘어놓고선 우선 폐의 상처를 닫기 시작했다.

두두두두. 실제로 이런 소리가 난 것은 아니었지만, 재원은 그러한 착각에 빠질 지경이었다. 그만큼 강혁의 봉합은 빨랐다. 그리고 정확했다.

폭. 바늘이 근육층을 찌르고 들어갔다가 나오고, 푹. 반대편 근육층의 정확히 같은 높이를 찔러 들어갔다. 그러면서도 각 봉합 간의 간격은 일정했다.

"컷."

"아, 네."

"정신을 얻다 빼고 있어. 집중 안 해?"

강혁은 자기가 생각 좀 해보라고 한 주제에 윽박질렀다. 하지만 수술실 안에서만큼은 집도의가 왕인 법이라 사과밖에 할 수 있는 것이 없었다.

"죄송합니다."

"빨리 잘라. 난 봉합하고 넌 자르기만 하는데 네가 버벅대는 게 말이 되냐?"

상식적으로 말이 안 되는 상황이었다. 근데 실제로 강혁이 더 빠른 것 같은 착각이 일었다.

'미쳤어, 확실히……. 이 사람은 괴물이야.'

재원은 그런 생각을 하면서 가위로 봉합사를 툭 하고 끊었다. 그걸 몇 번인가 반복하다보니 어느새 마지막이었다. 강혁은 근육층과 피부하 조직 그리고 피부까지 봉합하는 데 불과 십여 분밖에 소모하지 않았다.

툭. 강혁은 재원이 마지막 가위질을 마침과 동시에 입을 열었다.

"그래서 생각은 좀 해봤어?"

"네?"

재원은 이건 또 무슨 개소린가 하는 표정으로 강혁을 바라보았다. 강혁은 그런 재원을 이해가 안 간다는 얼굴로 마주 보았다.

"치매야? 아까 내가 생각해보라고 했잖아."

"아……."

"별 이유 없이 거기 있을 생각이었으면 내가 좋은 자리 하나 추천해줄게."

"어떤…… 자리요?"

"외상 외과 펠로우. 마침 내년에 자리가 비네. 어때, 생각 있어? 한 5년 배우면 내 반의 반의 반은 할 수 있을걸."

"어……."

아마 어제만 해도 이런 얘기를 들었다면 그 얘기를 꺼낸 놈 혓바닥을 냅다 뽑아버렸을 터였다. 하지만 지금은 얘기가 좀 달랐다. 만 하루도 채 되지 않는 시간이 흘렀을 뿐이지만, 그사이 새로 보고 배운 것의 밀도가 지난 한 달의 결과물을 뛰어넘고 있었기 때문이다. 강혁은 재원이 혹했다는 것을 확신한 후, 재차 물었다.

"뭘 그렇게 고민해? 기면 기다, 아니면 아니다. 바로 결정하면 되지."

"아니……. 어떻게 지금 바로 답을 드립니까. 이게 제 인생에서 얼마나 중요한 결정인데요."

"너 어차피 내년에도 이 병원에 있을 생각이었다며. 세부 분과만 달라지는 건데, 뭐가 그렇게 달라지겠냐."

"달라지죠……. 항문외과랑 외상 외과는 거의 다른 과인데요."

재원의 말은 전혀 틀린 말이 아니었다. 실제로 중증외상센터의 의사들은 외과 의사가 아닌 경우도 왕왕 있었다. 미국이나 영국의 예를 잘 살펴보면 흉부외과나 신경외과도 많았고, 심지어 정형외과 출신들도 꽤 있었다. 외상 환자들은 다른 환자들과는 달리 어디 한 과에 국한되는 부상을 입는 경우가 적었기 때문이었다. 어차피 외상 외과를 하려면 이것저것 다 알아야 했다. 하지만 항문외과는 외상 외과에 그다지 도움이 될 것 같지 않았다.

"그래서, 할 거야 말 거야."

강혁은 환자의 가슴께를 톡톡 두드리며 물었다. 환자는 이제 마취 심도 단계가 많이 내려가긴 했지만 아직 의식은 없었다. 마취과 의사 경원이 그렇게 되도록 약을 쓰고 있었다. 어차피 머리와 폐를 같이 다친 환자를 지금 깨워봤자 별 좋은 점이 없기 때문이다.

"지금 당장은 좀……. 제 담당 교수님하고도 얘기를 좀 해봐야 하고요."

"담당 교수님? 네 장래의 일인데 왜 상의를 해."

"아니……. 내년에 제가 당연히 항문외과 펠로우 2년 차 되는 줄로만 알고 계실 텐데요."

"그렇게 하면 뭐 교수 자리라도 준대?"

"아뇨, 그렇진 않죠."

병원엔 이런 말이 있다. 교수는 하늘이 내어주는 것이라는 말이. 기껏해야 교수 주제에 무슨 하늘을 운운하는가 하는 생각이 들 수도 있겠지만, 실제 교수를 바라는 이들에게는 이 말만큼 공감되는 말도 없었다. 모두가 '아 재는 무조건 교수가 될 거야'라고 했던 사람은 안 되고, '재가?'라고 했던 사람은 되는 그런 세계였으니까.

"책임도 못 져주는데 뭘 그렇게 충성을 다해."

그 와중에 강혁이 이런 말을 하고 있으니 재원으로서는 아무래도 좀 더 혹할 수밖에 없었다. 말하는 투로 보나 내용으로 보나 뭔가 본인은 교수 자리를 줄 수 있을 것 같았기 때문이다.

"아……. 그럼 제가 외상 외과 하면 교수 자리 줄 수 있는 건가요?"

"뭔 미친 소리야. 나 오늘 교수 됐는데 그럴 힘이 어딨어."

"아니 그럼 왜 그런 소리를 하세요."

"내가 너한테 충성을 요구했냐? 가르쳐줄 테니까 오라고. 그게 다야."

"아."

듣고보니까 또 그렇긴 했다. 강혁은 단 한 번도 교수직을 보장하겠단 말은 안 했으니까. 약간 멘붕에 빠진 재원을 향해 강혁이 말을 이었다.

"거기도 너 가르쳐주기만 했지 자리 보장해주는 건 아니잖아."

"그야 그렇죠."

"네 담당 교수가 누구인지는 모르겠지만, 내가 그 사람보다 실력이 나을 거거든, 무조건. 그러니까 기왕 배우려고 대학 병원에 남는 거면 나한테 배우는 게 낫지."

"음."

재원은 자신이 모셔온 담당 교수에게 왜인지 모를 미안함을 느껴야만 했다. 순간 강혁의 말에 고개를 끄덕이고 있넌 사신을 발견한 탓이었다.

'실력만 놓고 보면 비교가 안 될 것 같긴 해…….'

물론 재원의 담당 교수도 실력이 괜찮은 축이었지만 이런 괴물은 아니지 않은가. 좀 더 고민을 이어나가려는 찰나 강혁이 뜬금없이 말했다.

"야, 그럼 하는 거다?"

"네? 저 아직 대답 안 했는데."

"몰랐구나. 모든 질문에는 카운트다운이 있는 거야. 원래 10초만 기다려주는데 너는 1분도 넘게 기다렸다고."

강혁은 선심 썼다는 식으로 고개를 끄덕였다. 재원으로서는 미치고 팔짝 뛸 노릇이었다. 이 미친놈이 나가서 입이라도 잘못 놀리면 정말로 외상 외과에 가야 할 가능성이 무척 컸기 때문이다.

"아니, 무슨 그런 미……."

"너 지금 뭐라고 했냐?"

"아뇨. 아닙니다."

강혁의 우람한 팔뚝과 비정상적으로 날카로운 눈매는 재원이 감당하기엔 너무 강렬한 면이 있었다. 그래서 재원은 두 손을 공손히 모으고 사과할 수밖에 없었다. 강혁은 그런 재원의 사과를 이번에도 역시 자기식대로 해석했다.

"그래, 그럼 하는 거야."

"아니……. 그렇게 막 정할 수 있는 문제가 아니라니까요? 저 아직 교수님한테 말씀도 못 드렸어요."

"항문, 그건 걱정하지 마. 항문외과 교수님……. 그래 한유림. 이 양반이지? 네 담당."

"네? 네. 그건 어떻게……."

"내 옆방인 것 같더라. 그래도 명색이 외과 과장이던데 설마 모르겠냐?"

"그래서 뭘 어쩌시려고요?"

"지금 찾아가지 뭐. 넌 환자 중환자실로 빼고 나한테 연락해. 그동안 나는 한 교수랑 얘기하고 있을 테니까."

"아, 안 돼요!"

"돼. 된다니까? 나 설득 잘해. 한 교수님도 좋아하실 거야."

강혁은 제 할 말만 해놓고선 천천히 수술실 문을 향해 걸었다. 재원이 그 뒤에 대고 다급하게 외쳐봤지만 별 소용이 없었다.

"아니, 내 마음이 아직……. 아."

재원은 매정하게 닫혀버린 수술실 문을 보며 탄식을 내뱉었다. 그러자 장미가 한마디 보탰다.

"재원 샘. 내년에 우리랑 같이 일하게 될지도 모르겠네요."

여기서 '우리'란 응급의학과 중에서도 중증외상팀을 말했다. 매일매일 하기 싫은 일 돌려막는 식으로 당직을 서오던 의사들과는 달리 간호사들은 정규 팀에 속해 있었다. 그 규모나 지원은 형편없는 수준에 불과하긴 했지만. 아무튼, 장미는 중증외상팀의 시니어 간호사였다.

"네? 아뇨? 아닌데요?"

"뭘 그렇게 정색을 해요. 아까 백 교수님한테는 긍정적으로 말씀하신 거 같은데."

"아니 그게 뭐가 긍정적인 거예요……."

"한유림 교수님 설득만 되면 하겠다, 뭐 이런 식으로 들렸을걸요? 저는 아니더라도. 아마 백 교수님은 그렇게 들었을 거 같아요. 제멋대로니까."

장미는 이미 사라져버린 강혁에 대해 이렇게 평했다. 불과 알게 된 지 몇 시간밖에 안 되긴 했지만 아마 정확한 평일 것이라고 생각했다. 재원의 생각도 그리 다르진 않았다.

"돌아버리겠네. 저 사람 진짜 지금 말하러 갔을 거 같죠?"

"네. 100%."

"이런 젠장."

재원은 욕설을 내뱉었지만 그렇다고 해서 몸을 움직이지는 않았다. 환자를 무사히 중환자실로 빼라는 명을 받았기 때문이었다. 이게 그냥 잡일이었다면 물론 무시했을 테지만 지금은 환자의 목숨과 직접 연관된 일이지 않은가. 재원은 이런 종류의 명을 무시할 수 있는 종류의 인간이 못 되었다.

"자, 외과 선생님. 이제 슬슬 중환자실로 가시죠. 베드 불렀나요?"

마취과 의사 경원이 물었다.

"네, 불렀습니다. 저기 오네요."

경원의 물음에 답한 이는 장미였다. 그녀는 정신없이 바쁘던 강혁과 재원을 대신해 미리 인턴에게 콜을 한 참이었다. 그녀가 부른 인턴은 응급의학과에 배정된 중환자실 침대를 끌고 수술실 앞에 멈춰 서 있었다.

"빨리, 빨리 들어와!"

재원은 급한 마음에 인턴을 다그쳤다. 어떻게든 강혁이 사고 치기 전에 그를 붙잡을 생각을 하고 있었기 때문이다. 하지만 강혁은 무척 발이 날랜 사람이었다. 이 시각, 이미 한유림 교수와 마주 앉아 있을 정도로.

"아, 백 교수님. 아까는 참……. 하하. 경황이 없어서 인사도 못 나눴네."

한유림 교수는 갑자기 자신의 방으로 찾아온 강혁을 박대하진 않았다. 외과 과장씩이나 하는 사람은 다 이유가 있는 법 아니겠는가. 더욱이 한유림 교수는 외과 과장에서 멈추어 설 생각이 없었다. 다음은 기조실장, 그다음은 부원장, 종래에는 원장까지 오를 생각이 가득한 위인이었다. 때문에 새로 온 교수가 자신을 찾아왔을 때, 내치기보다는 자기 사람으로 만들길 원했다.

'아침에 보니까 싸가지가 바가지던데 그래도 따로 인사 올 줄도 알고……. 생각보다 괜찮네.'

반면 강혁은 한유림 교수가 내어준 차에는 입도 대지 않은 채 방 안을 두리번거리는 중이었다. 한유림 교수는 비단 병원 내에서의 위치만 높은 것이 아니라 외과 학회에서의 위치도 상당한 위인이었다. 덕분에 여기저기 명패나 상패 또는 임명장 등이 아주 많이 걸려 있었다.

"아……. 이건 그냥 내가 학회 활동하면서 받은 것들이야. 하하. 열심히 살다보니까 이런 것들로 보답을 하더군."

한유림 교수는 강혁이 자신의 명패들이 부러워서 두리번거린 것인 줄 알고 이리 말했다. 하지만 강혁은 정작 자신이 찾던 것은 단 하나도 찾지 못한 참이었다.

'환자랑 찍은 사진이 하나도 없네.'

이게 없다고 해서 환자를 생각하지 않는 의사라고 볼 수는 없었다. 꼭 이게 있다고 해서 환자를 생각하는 의사라고 할 수도 없었고. 다만 확률이라는 게 있지 않은가. 그래서 강혁은 '역시가 역시'란 생각을 하며 한유림 교수를 돌아보았다. 그때까지만 해도 한유림 교수는 자부심 가득한 얼굴로 강혁을 바라보고 있었다.

"그 찻잔, 그거 한나라 때 거야. 경광제약 사장이 소개해준 사람한테 저렴하게 샀어. 명품이 달라도 좀 다른 게…… 그걸로 차를 마시면 맛이 다르다니까."

"아, 그렇습니까."

"그래, 뭐 하고 싶은 말이라도 있나? 아무래도 무안대 출신이라 어려움이 많기는 할 거야. 그래도 내가 과장으로 있는 한 학벌로 인한 차별은 없을 거야. 장담하지. 하하."

한유림 교수는 '내 말만 잘 들으면'이라는 전제 조건을 굳이 말하지 않았다. 어차피 그건 당연하니까. 하지만 아쉽게도 강혁은 그따위 건설적인 말을 하러 온 것이 아니었다. 한유림 교수의 노예 중 하나를 빼앗으러 온 길이었다.

"하고 싶은 말이야 있죠."

"뭔가. 뭐든지 말해보게."

"어려운 말인데 뭐든지 말하라고 하시니, 하죠."

"그…… 래. 말해보게."

한유림 교수는 뭔가 좀 이상한 낌새를 눈치챘다. 하지만 일단 말하라고 한 사람은 바로 자기 자신이 아니었던가. 그래서 애써 태연한 척을 하며 고개를 끄덕였다.

"교수님 담당 펠로우 중에 양재원이라고 있던데. 맞나요?"

"아…… 재원이. 있지. 열심히 하는 친구야."

"걔……."

강혁이 막 재원을 달라고 말하려는 순간 벌컥 하고 한유림 교수 방이 열렸다. 고개를 돌려 보니 양재원이었다. 한유림 교수는 아주 의외라는 듯한 표정으로 말했다. 재원이 버릇없이 문을 턱턱 여는 일은 지금껏 없었기 때문이었다.

"뭐하는 건가? 자네? 노크하는 법 잊었어?"

"죄송합니다! 교수님!"

재원은 일단 냅다 사과부터 박고 고개를 들다가 강혁을 발견했다. 설마 하는 걱정이 그의 이성을 마비시켰다. 그래서 강혁에게 손가락질하며 외쳐댔다.

"이 인간…… 이 인간이 무슨 쓸데없는 소리 하지는 않았습니까?"

"이 인간이라니? 자네 돌았나?"

한유림 교수는 얼굴이 빨개진 채 외쳤다. 양재원은 제자인 동시에 같은 학교 동문이 아니던가. 그런 녀석이 다른 학교에서 온 교수에게 이따위 망발을 보일 줄이야. 창피도 이런 창피가 없단 생각이 들었다. 한유림 교수는 아직 재원만큼 강혁에 관해 잘 모르기 때문이었다.

"죄, 죄송합니다. 하지만 너무 급해서……!"

"자네 오늘 내 외래도 없고 수술도 없는데 급하긴 뭐가 급해!"

"제가 오늘 중증외상센터 당직이라서요."

"그거 그냥 시늉……, 아니 그거랑 이렇게 버릇없는 거랑 대체 무슨 상관인가?"

한유림 교수는 평소 자신의 생각을 여과 없이 털어놓으려다가 이 자리에 앉아 있는 강혁이 외상 외과 교수란 사실을 깨닫고 노선을 바꿨다. 물론 생각을 바꿨단 뜻은 아니었다.

'이 친구도 불쌍하지. 2년 정도 있다가 재평가 시즌에 목 날아갈 운명일 거야.'

한유림 교수는 딱하다는 눈빛으로 강혁을 잠시 바라보다가 이내 재원을 향해 시선을 틀었다. 재원은 아직 이렇다 저렇다 말을 꺼내지 못한 상황이었다. 오늘 하루 너무 많은 일이 벌어진 까닭이었다.

당황한 상태에서 감히 그가 모시는 외과 과장에게 한마디로 말하기에는 어려움이 있었다.

"그래서 왜 온 거야?"

그래서 한유림 교수가 다시 한번 묻고 나서야 간신히 정신을 차리고 입을 열 수 있었다.

"제가 당직 도중 두 번 여기 백 교수님에게 도움을 받았습니다."

"아, 그럼 감사할 일이지, 왜 그렇게 소리를 질러?"

"그게……. 갑자기 외상 외과 올 생각이 없냐고 하셔서요."

"어?"

한유림 교수는 그제야 강혁을 돌아보았다.

"이 말이 사실입니까?"

"네, 뭐. 사실입니다."

강혁은 '그래서 뭐 인마'라고 말하는 듯한 표정으로 대꾸했다.

'이 새끼 이제 보니까 역시 또라이네?'

한유림 교수는 아침에 내렸던 평가가 정확했다는 사실을 다시 한번 깨달으면서 입을 열었다.

"백 교수. 이 친구는 벌써 항문외과에서 1년을 지냈어. 기초적인 건 다 배웠고, 내년부터는 관련 논문 쓰고 해서 교수 될 사람이라고."

"교수요? 어디 교수요? 꽂아줄 곳이라도 있습니까?"

강혁의 말에 한유림 교수는 저도 모르게 재원을 힐끔 바라보았다. 사실 꽂아줄 곳이 없기는 했기 때문이었다. 하지만 이와 같은 상태에서 펠로우 2년 하고 답 없이 밖으로 나간 사람이 재원밖에 없는 것은 아니었다. 그냥 당연한 일이었다. 심지어 재원도 그게 딱히 문제라고 생각하진 않았다. 강혁이 문제 삼고 나설 때까지만 해도.

'너 전문의 만들어줬으니까, 2년간은 내 조수해라. 보은해야지.'

이 말을 듣고 펠로우가 되었기 때문이다. 해서 한유림 교수는 뻔뻔스러운 웃음을 터뜨렸다.

"순진한 소리하지 말아. 교수라는 게 어디 꽂아준다고 되는 건가? 자리가 났을 때 준비된 사람이 될 수 있는 거지."

"그런 준비는 저도 충분히 시켜줄 수 있는데요. 아마 저 빼고는 한국 최고의 외상 외과의가 될 수도 있을걸요?"

"무슨 그런……."

한유림 교수는 강혁이 미친 소리를 한다 생각했지만 정작 당사자인 재원에게는 그렇게만 들리진 않았다.

'저 사람한테 배우면…… 진짜 그렇게 될지도 모르긴 해.'

잠깐 접했을 뿐임에도 배운 것이 적지 않지 않은가. 만약 이런 나날이 1년 내내 계속된다면 어떻게 될까.

'아니지, 잠깐. 이렇게 1년 내내 산다고?'

그렇게 생각하니까 딱 죽을 것 같은 공포감이 밀려왔다. 배우는 것도 좋고, 실력 좋은 의사가 되는 것도 좋았다. 하지만 사람이 살고 봐야 할 것이 아닌가. 당장 오늘만 해도 헬기 타다가 두 번인가 죽을 뻔했던 것 같은데. 역시 외상 외과는 아니란 생각이 들려는 찰나 강혁이 말을 이었다.

"이럴 문제가 아니라 결국, 저기 항문…… 아니, 양재원 선생이 선택할 문제라고 봅니다."

"선택은 무슨. 내가 하라고 하면 하는 거지. 펠로우는 원래 그런 거야, 백 교수도 알잖아."

한유림 교수의 말도 맞기는 맞았다. 절대 옳은 일은 아니었지만. 당사자의 의견을 묻긴 했지만 결국 선택은 교수가 한다는 뜻이었다.

"글쎄요. 저는 한국대 출신이 아니라. 그리고 국정감사 때 보니까 국립대학교 문화도 좀 바꾼다고 하던데, 제가 잘못 들었습니까?"

"그건 그거고……. 이건 이거지."

"아뇨. 같습니다. 그러니까 선택은 우리 항문……. 아니, 양재원 선생에게 하도록 맡기죠."

"하."

한유림 교수는 어처구니가 없었다. 감히 자신이 누군지 알고 초짜 교수가 와서 바락바락 대든단 말인가. 그것도 한낱 무안대학교 출신이.

'이래서 촌것들은 안 돼.'

한유림 교수는 다음번 교수 회의 때 앞으로는 좀 더 '면밀한 검증'을 통해 신임 교원을 뽑자고 해야겠다고 마음먹으며 재원을 돌아보았다.

'그나마 쟤는 한국대학교지.'

후배라고 해봐야 최선을 다해 끌어주고 할 생각이 들진 않았다. 그러자면 뭔가 집이 금수저든지, 아니면 정계 쪽에 뭐가 있든지, 그것도 아니면 학회 누구 아들이기라도 해야 할 테니까. 하지만 선배로서의 의무감을 느끼지 못한다고 해서 후배에게 후배의 의무까지 바라지 않는 것은 아니었다. 때문에 한유림 교수는 기대감 어린 눈빛으로 재원을 향해 말했다.

"그래. 그럼 백 교수 말대로. 여기서 딱 정하도록 하지. 양재원 선생, 자네 뭐 하고 싶어. 외상 외과야 아니면 항문외과야."

제대로 된 한국대학교 후배라면 별 고민할 것도 없이 당장 항문외과를 택할 터였다. 비록 항문외과를 택한다고 해서 교수를 보장해줄 것도 아니긴 했지만. 그게 제자 된 도리요, 또 후배 된 도리였으니까. 하지만 재원은 입술을 달싹거리고만 있었다.

"그게……."

"당장 답이 안 나와?"

이제 한유림 교수의 얼굴은 빨갛다 못해 터질 것 같았다. 아까부터 자꾸 체면 깎아 먹는 일만 발생하고 있었기 때문이었다. 반면 강혁은 여전히 의자에 앉아 있었다. 그는 아직도 한 모금도 마시지 않은 찻잔을 쓰다듬으며 말했다. 무미건조한 음성이었는데, 그래서 더 사람 마음을 파고드는 구석이 있었다.

"선택하기 어려우면 초심을 되돌아보는 것도 방법이지. 네가 처음 외과 택할 때의 그 마음 말이야."

"초심……."

누구나 다 그렇겠지만 의사들은 특히 '초심'이란 단어를 들으면 기분이 묘해지는 법이었다. 대개 처음 의대에 들어올 때 생각했던 모습과는 조금 달라진 자신의 모습을 마주하게 될 때가 많기 때문이었다. 그런 면에서 재원은 조금 나은 편이었다. 그는 의대 들어올 때 되고 싶었던 외과 의사가 되었으니까. 하지만 항문외과까지는 미처 생각하지 못했다.

'그땐 분과가 나뉘는 것도 몰랐잖아…….'

이렇게 핑계를 대보긴 했지만 지금 재원도 옛날 재원이 생각했던 그 의사하고는 거리가 좀 있었다.

"음……."

그리고 팔짱을 낀 채 자신을 못마땅하게 바라보고 있는 한유림 교수 또한 마찬가지였다. 물론 그는 성공한 의사라고 할 수 있었다. 선망의 대상이 되는 한국대학교 병원의 교수가 되었고, 그 안에서도 승승장구하는 중이었으니까. 심지어 논문도 많이 썼고, 발표도 많이 했다. 그 논문과 발표 준비에 수많은 펠로우의 피와 땀이 서려 있기는 했지만.

'사람을 살리는 의사는 저쪽인가.'

재원의 시선이 한유림 교수를 떠나 강혁을 향했다. 강혁은 찻잔 어딘가를 아주 심각한 표정으로 응시하는 중이었다. 옆에 있는 한유림 교수와 비교하자면 둘은 비교하는 것이 미안할 정도로 격차가 있었다.

한쪽은 무안대학교, 다른 한쪽은 한국대학교. 한쪽은 초임 교수, 다른 한쪽은 외과 과장. 한쪽은 학회조차 제대로 마련되어 있지 않은 분과, 다른 한쪽은 항문외과의 교육 이사. 외적으로는 분명 그랬다.

'그래도……. 실력은 이쪽이 위일 거야.'

한유림 교수가 난리 통에 사람을 살려내는 그림은 도무지 그려지지 않았다. 하지만 강혁은 기회만 주어진다면 한유림 교수가 하는 수술쯤은 다 할 수 있을 것 같았다.

"아, 뭘 이렇게 뜸을 들여! 야, 양재원! 너 미쳤어? 항문외과 한다고 말해!"

재원의 고민이 길어지자 한유림 교수가 역정을 냈다. 당연한 일이었다. 응당 항문외과를 택하리라 생각했던 놈이 꼴에 고민하고 있었으니까. 그것도 자신을 바로 앞에 둔 상태에서. 무례도 이런 무례가 없다고 생각했다.

"그……."

재원이 망설이다가 한유림 교수의 압박에 밀려 입을 열려는 순간 강혁이 몸을 일으켰다. 앉아 있을 땐 잠시 잊고 있었는데, 일어서니 역시 거대한 인간이었다. 방 안이 꽉 찬 것 같다는 착각마저

일 지경이었다.

"됐다, 됐어. 너처럼 이것저것 간 보는 놈은 사람 못 살려. 그렇게 머뭇거리다가 환자 놓쳐버리거든."

강혁은 고개를 가로저으며 입을 달싹거리고 있던 재원을 지나쳤다. 얼굴엔 딱히 표정이 드러나 있지 않아서 이 사람이 실망한 건지 어쩐 건지 분간이 되지 않았다. 하지만 재원이 보기엔 어쩐지 실망한 것 같았다. 그것도 아주 깊이.

"잠깐, 잠깐만요."

해서 그냥 나가려는 강혁을 붙잡았다.

"왜. 난 쫄보한테는 관심 없어."

"제가……. 외상 외과로 가면 뭘 해줄 수 있는데요?"

"아까 말했잖아. 난 교수 자리 마련해줄 능력 없어. 저 사람도 그건 마찬가지지만."

"아니……. 그런 게 아니라."

재원은 세차게 고개를 흔들고 강혁을 똑바로 마주 보았다. 강혁은 그런 재원의 시선을 피하지 않았다. 보통 강혁 같은 사람과 이렇게 가까운 거리에서 눈을 마주하게 되면 눈을 깔고 싶은 욕망이 가득해지지 마련이었다. 하지만 재원은 애써 시선을 유지한 채 하고팠던 말을 내뱉었다.

"제가 외상 외과에 가면 정말로 뭘 할 수 있게 되는 거냐고 묻는 겁니다."

강혁은 재원의 말에 눈을 조금 치켜떴다. 그러곤 재밌다는 듯 웃었다.

"네가 오면 오늘 같은 일 질리도록 하게 될 거야."

"그것뿐입니까?"

"그러다보면 언젠가는 너도 혼자 사람을 살릴 수 있게 되겠지."

재원은 강혁의 마지막 말에 대고는 도저히 그것뿐이냐고 물을 수 없었다. 그가 할 수 있는 말은 다만 이것뿐이었다.

"그럼 저는 외상 외과에 가겠습니다."

그러자 한유림 교수의 눈이 동그래졌다.

"야야! 너 돌았어? 이제 와서 네 후임은 어떻게 구하라고!"

"죄송합니다, 교수님. 그런데 저…… 진짜 해보고 싶은 분과가 생겼습니다."

"내가 아까 한 말 못 들었어? 펠로우는 하고 싶은 과 하는 게 아니라, 하라고 하는 과 하는 거라고!"

한유림 교수는 재원을 죽이기라도 하려는 듯한 기세로 소리쳤다. 하지만 그것도 잠시였다. 강혁이 가로막았기 때문이다.

"아까 분명히…… 얘 결정에 맡기자고 한 거 같은데요?"

말은 존댓말이었지만 존대가 전혀 느껴지지 않는 기이한 어투였다.

"그……."

"그만 더듬거리고, 우린 갑니다. 외상 외과는 좀 바빠서. 그럼 이만."

"이, 이……."

"아, 참. 그리고 그 찻잔. 그거 짝퉁이에요. 한나라 때는 그런 색깔 없었어."

강혁과 재원이 한유림 교수의 방을 나왔을 때, 재원은 호주머니에 넣어둔 핸드폰의 진동을 느꼈다. 잠시 긴장했으나 한 번 울고 마는 것을 확인한 후에는 이내 핸드폰에서 손을 뗐다. 병원에 있을 땐 전화 오는 게 아니라면 딱히 급하게 확인할 게 없다고 생각하기 때문이다.

"환자는 잘 뺀 거지?"

강혁은 그런 재원과 어깨를 나란히 하고 걷고 있었다.

"아, 네."

재원은 조금은 섭섭한 표정으로 고개를 끄덕였다. 감히 과장에게 대들고 강혁의 밑으로 달려와준 사람이 바로 재원 아닌가. 그런데 이렇다 할 칭찬 한마디 없이 꺼내는 첫마디가 '환자 잘 뺐냐'라니. 과연 이놈을 따라온 것이 잘한 일인가 하는 생각이 들었다.

"그래. 그 환자 의식 깬 걸 확인 못 했으니까 신경과 협진 내놓고. 가능하면 뇌파 검사하라고 해. 죽으라고 살렸는데 의식 안 돌아오는 경우가 왕왕 있다고."

"아, 네. 신경과 연락하겠습니다."

"그리고 아까 오전에 수술한 환자는 좀 어때?"

"네? 그건 아직 파악이……."

재원은 황당하다는 표정으로 답했다. 지금까지 내내 헬기 타고 산에서 굴러떨어진 환자 구해다가 수술까지 한 몸이 아니던가. '근데 어떻게 수술한 환자를 확인하고 올 수 있겠냐' 하는 얼굴이었다. 하지만 강혁은 그런 상식이 통하는 인간이 아니었다.

"이 새끼, 이거 빠져서. 과장실까지 달려올 시간에 나 같으면 인마, 중환자실 가서 얼굴이라도 봤겠다."

"아니……. 그건 진짜 급한 일이었으니까 그랬죠."

"급한 일? 넌 환자보다 급한 일이 또 있나 보지?"

"그……."

"사람 목숨 살리는 일보다 급한 일이 있냐고 묻잖아. 내 말 씹냐?"

"아뇨, 없습니다."

다른 사람에게도 그렇겠지만 의사에게 사람 목숨 운운하면서 하는 협박만큼이나 효과적인 방법은 없었다. 특히 재원처럼 방금 사람 살리는 의사가 되겠다고 선언한 의사에게는 더했다. 해서 재원은 이내 고개를 푹 숙이고 사죄해야만 했다. 강혁은 왜인지 모르게 그런 재원을 의기양양한 얼굴로 내려다보았다.

"새끼. 그래서 환자 어떤데."

"네? 아니 지금 대화 중이었는데……."

"자꾸 뭐 하다가 환자 안 알아볼 거야? 계속 핑계만 댈래?"

"어……. 아뇨. 알겠습니다."

재원은 강혁의 억지에 밀려 핸드폰을 붙들었다. 그러곤 응급의학과에 딸린 중환자실에 전화를 걸었다.

"네, 응급 중환자실 백장미 간호사입니다."

다른 중환자실에 비해 규모가 워낙 작은지라 근무자 수도 무척 적었다. 그러니 친숙한 백장미가 전화를 받은 것도 우연은 아니라 할 수 있었다.

"아, 백 선생님. 저 양재원입니다."

"네, 선생님. 말씀하세요."

"오전에 수술했던 박대기 환자 지금 좀 어때요?"

"이놈 질문하는 꼬라지 봐, 이거."

강혁은 재원이 통화하고 있든 말든 핀잔을 내뱉었다. 굵고 힘센 손가락으로 이마를 툭 하고 밀쳐내면서. 그 바람에 재원은 뒤로 몇 발자국이나 물러서야만 했고, 수화기 너머 장미의 목소리는 단 하나도 듣지 못했다. 재원은 그새 붉게 부어오른 자신의 이마를 연신 비벼대며 물었다.

"왜, 왜요?"

"대뜸 전화해서 환자 어떠냐고 묻냐? 네가 보호자야?"

"아니…… 그럼 어떻게 물어야……."

"그 환자 수술 뭐 했어?"

재원은 그제야 자신의 질문이 너무 모호했다는 사실을 깨달았다. 그러곤 핸드폰을 다시 귀로 가져갔다.

"환자 혈압은 어떻습니까?"

"지금 110에 90이요."

"좋네요. 그다음……."

재원은 기세를 몰아 다음 활력 징후도 물으려 했다. 하지만 이번에도 강혁이 고개를 가로저으며 그를 말렸다.

"지금 혈압이 그렇다는 거 아냐? 심장 수술한 사람한테 혈압이 중요하다는 게 어느 시점에 국한된 거야?"

"아, 아닙니다."

"그럼 다시 물어봐."

"네."

재원은 금세 정신을 차린 후 말을 이었다.

"백 선생님. 혈압은 지금 에이 라인 모니터링(A-line monitoring: 동맥 내압 측정, 실시간으로 혈압 변동이 확인 가능함) 중이죠?"

"네."

"그럼 입원하고 지금까지 수축기 혈압이 90 밑으로 내려간 적 있나요?"

"잠시만요."

장미는 중환자실 수화기를 어깨와 뺨 사이에 끼우곤 박대기 환자의 플로우 차트를 집어 들었다. 혈압, 심장 박동 수, 호흡수 그리고 체온이 모두 그래프 형태로 그려져 있었다. 무려 15분마다 한 번씩 체크를 해서 한 번에 변동 추이를 알 수 있게끔 해놓은 것이었다. 그야말로 간호사들의 피와 땀이 서린 자료라고 보면 되었다.

"수술 이후로는 없습니다. 혈압은 계속 이 정도로 유지 중입니다."

"다행이군요. 심박동 수는 어떻죠?"

"심박동 수, 호흡수 모두 괜찮고, 열도 없습니다."

"좋군요."

재원은 거기까지 듣고는 '이제 됐지?' 하는 표정으로 강혁을 돌아보았다. 그러자 강혁은 무미건조한 표정으로 고개를 가로저었다. 오른손 검지를 빳빳이 치켜세우면서였다. 여차하면 찌르겠다는 뜻이 명확해서 재원은 급히 머리를 또 굴려야만 했다. 이번에는 아까보다 고민하는 시간이 더 짧았다.

'이 사람 앞에 서서 그런가……. 너무 긴장했나 보다.'

빼먹은 질문이 지나치게 기초적인 것이었기 때문이다.

"수술 부위는 어때요? 드레인(Drain: 수술 부위에 고이는 피, 조직액을 빼는 장치) 양은 어떻죠?"

"이제 40 정도 됩니다. 거의 없어요. 육안으로 봤을 때 드레싱이 젖지도 않고……. 깨끗합니다."

"감사합니다."

재원은 그리 말하며 강혁을 바라보았다. 이번에는 강혁도 더 원하는 것이 없는지 고개를 끄덕였다. 재원은 그제야 전화를 무사히 끊을 수 있었다.

"휴."

"뭔 한숨을 쉬어. 펠로우면 벌써 전문의 따고도 1년이잖아. 근데 이걸 못 하고 쩔쩔매?"

"교수님이 보고 있으니까 긴장돼서 그렇죠. 설마 환자 파악 하나 못하겠습니까? 제가 짬밥이 얼만데……."

재원의 말은 사실이었다. 펠로우 1년 차란 것은 전문의 1년 차라는 뜻이었으니까. 다시 말하면 대학 병원에서 의사로 굴러먹은 지 최소 6년 차라는 뜻이기도 했다. 그것도 그냥 6년이 아니라 인턴, 레지던트라는 혹독한 5년이 섞인 6년이었다. 하지만 강혁은 재원의 그 밀도 높은 6년을 온전히 인정하려 들지 않았다.

"앞으로 짬밥이라는 말 쓰지 마. 넌 그냥 외상 외과 1년 차야. 모든 것을 새로 배운다는 마음으로 임해야 해."

"모든 것을 새로……."

"그래. 나랑 같이 외상 환자 보다보면 네가 지금까지 했던 경험들이 얼마나 편안한 것이었는지 알게 될 거야. 그러니까 마음 단단히 먹으라고."

"알겠습니다……."

"그런데 말이야."

"네."

"너 전화기 아까부터 계속 울리는데, 안 받냐?"

그러고보니 얇디얇은 가운 주머니 안에 든 핸드폰이 계속 울리고 있었다. 급히 꺼내보니 벌써 부재중 통화가 열 건도 넘게 와 있었다. 재원은 그중 가장 최근에 온 번호로 전화를 걸었다. 같은 펠로우 동기이자 지금은 간담췌 분과에 있는 친구, 조형욱이었다.

"어, 재원아. 뭐 하느라 전화를 안 받아."

형욱은 전화를 받자마자 마치 핀잔이라도 수는 듯한 말투로 말했다. 지금이야 서로 바빠서 환자 얘기를 할 때나 전화를 주고받는 사이가 되어버리고 말았지만, 레지던트 때만 해도 그야말로 동고동락하던 사이가 아니었던가. 그런 놈이 이렇게 전화를 받으니 긴장이 될 수밖에 없었다.

"왜. 무슨 일이라도 터졌어?"

"한유림 과장님이 메일 보냈잖아. 전체 메일. 지금 펠로우 전체 다 난리 났는데."

"뭐라고 보냈길래 그래?"

"지금부터 중증외상센터 당직 너가 다 선다고."

"어?"

재원은 혹시 자신이 잘못 들은 게 아닌가 하는 생각에 눈을 끔뻑거렸다.

"당직을 내가 다 선다고?"

"싸대기라도 날렸어? 그런 거 아니면 가서 빌라니까? 너 당직 그렇게 서면 환자도…… 아니, 너가 죽어."

형욱은 '환자도 죽고 너도 죽는다'라고 하려다 말을 바꿨다. 생각해보니까 지금처럼 당직을 돌아가며 서고 있어도 환자가 죽는 것은 매한가지 일이었기 때문이었다. 모두 환자가 너무 중한 상태로 와서 그렇다고 말하고 있기는 했다. 하지만 가끔은 '자기가 아니라 다른 사람이 봤으면 살지 않았을까' 하는 생각이 드는 경우도 있었다.

"어, 그렇지. 나 죽지."

재원은 형욱의 말에 고개를 사정없이 끄덕였다. 그때였다. 멀찌감치 떨어져 있던 강혁이 끼어든 것은.

"재수 없게 자꾸 죽는다는 소리를 해. 뭔데?"

당연히 재원에게는 그리 달갑지 않은 일이었다. 해서 재원은 전화를 끊지 않은 채 그를 올려다보았다. 물론 표정은 매우 공손하게 유지했다. 마음에 들지 않는다고 불손하게 대하기엔 강혁은 너무 무서운 존재였다.

"아, 교수님. 저 지금 통화 중인데요……."

"환자 얘기 중이야?"

"아뇨."

"그럼 상대가 나보다 높아?"

"아뇨."

"그럼 끊어."

말을 듣고보니까 또 끊지 않을 이유가 전혀 없어 보였다. 해서 재원은 형욱에게 '이따 얘기하자'라는 말을 남긴 채 전화를 끊었다.

"뭔데?"

고개를 들어 보니 인상을 팍 쓰고 있는 강혁이 있었다. 어떻게 보면 되게 잘생긴 얼굴인 것도 같았지만 그보다는 역시 무서운 쪽에 가까운 사람이었다.

"아……. 그……. 한유림 교수님이요. 저보고 중증외상센터 당직을 하루도 빠짐없이 다 서라고 했다고 합니다. 어쩌죠?"

재원은 본인이 지을 수 있는 한 가장 심각한 표정을 짓고 있었다. 아마 지나는 사람이 지금 재원을 보았다면 '혹시 오늘 부모를 잃었나' 하는 생각이 들 정도로 슬퍼 보이기까지 했다.

강혁은 재원을 똑바로 바라보았다.

"이봐, 항문."

"엇. 네, 네."

재원은 자신도 모르게 굽신거리며 답했다. 강혁의 분위기가 평소 건달 같은 느낌에서 순간 진짜배기 외과 의사로 변모해버렸기 때문이었다.

"네가 선택한 외상 외과라는 건 말이야."

목소리조차 칼로 베는 듯이 날카로웠다. 한마디 한마디가 고막을 후벼 파는 것만 같았다. 재원은 이 사람이 정말 아까와 같은 사람이 맞는 건가 생각하며 귀를 기울였다.

"원래 365일 당직인 거야. 특히 이 한국에서는 말이야, 의사 혼자 365일 24시간 모든 환자를 받아내겠다는 각오가 필요한 과라고. 잊었어? 올 초에 어떤 일이 있었는지."

강혁은 자세하게 언급하지 않았지만 재원은 어쩐지 알 것 같았다. 강혁이 누굴 말하는 건지. 지난 10년이 넘도록 한치의 발전도 없는 환경 속에서 홀로 외상 외과를 지켜오던 의사를 말하고 있는 것일 터였다. 왜인지 모를 부끄러움이 등줄기를 타고 흘렀다.

"그리고 넌 말이야……. 아직 주제를 모르는 거 같아."

강혁은 거기까지 말하곤 재원의 어깨를 톡톡 두드렸다.

'주제를 모른다고? 뭔 소리야, 대체.'

재원이 영문을 몰라 강혁을 올려다보았다. 그러자 강혁은 씨익 웃으며 말을 이었다.

"그 당직. 너 혼자 서게 두지는 않아. 내가 괜찮다고 할 때까지는."

"아……."

혼자 서게 두지 않는다는 것은 곧 같이 서주겠다는 의미였다. 소위 말하는 백당(위의 연차가 도와주는 당직)을 서주겠다는 뜻이었다. 재원은 형욱과 통화를 나눈 후 내내 남아 있던 두려움이 '훅' 하고 가시는 듯한 청량감을 느꼈다.

"답 메일 보내. 잘 알겠다고. 열심히 잘 서겠다고."

"네, 교수님. 감사합니다."

"감사는 무슨. 어차피 나 혼자 설 당직, 너랑 같이 서는 것뿐이야."

강혁은 그리 말한 후 발걸음을 천천히 움직이기 시작했다. 재원은 빠르게 그의 뒤로 따라붙으며 물었다.

"어디로 가시려고요?"

"중환자실 가야지. 말로만 들었잖아. 난 내 눈으로 보기 전에는 직성이 안 풀려."

"아……. 네."

"너도 갈 거지?"

"네, 네. 물론이죠."

재원은 고개를 숙여 가며 강혁의 뒤를 따랐다. 큼지막한 등이 믿음직스럽기 짝이 없었다.

'외상 외과는 원래 그런 과다 이거지?'

그렇게 생각하고보니 한유림 교수의 치졸한 복수가 도리어 더 잘된 일이란 생각까지 들었다. 어차피 당직을 서게 될 참이었는데, 그 사실을 온 병원이 알게 해준 셈이었으니까. 이왕 고생할 거라면 남들이 알아주는 고생을 하는 것이 나을 것 같다는 생각이 들었다.

'그리고 고생이라면 나도 충분히 해본 사람이라고.'

외과 전문의라는 게 아무나 되는 것은 아니지 않은가. 그래서 재원은 자신이 있었다. 강혁의 뒤를 따라가는 길이 아무리 힘들어도 지쳐서 나가떨어지지 않으리란 자신이.

살리기 위해 목숨을 거는 일

하지만 막상 겪어보니 이건 정말 장난이 아니었다.

띠리리리리. 일단 핸드폰 수신음 설정을 진동에서 소리로 바꿔놓아야만 했다. 진동으로 해놓으면 잠에서 깨지 못할 때가 많았기 때문이다.

"네, 양재원입니다……."

"선생님, 저 장미예요. 죄송해요, 또 교통사고예요."

"또?"

재원은 졸린 눈을 비비며 시계를 보았다. 어느덧 새벽 3시였다. 밤 11시에 실려 왔던 환자를 응급 수술하고 중환자실에 입실하게 한 게 새벽 2시였으니까 30분 정도 잔 셈이었다. 장미도 그 사실을 잘 알고 있었기 때문에 '또?'라는 반응에 딱히 감정을 품지 않았다.

"네. 119 곧 도착한다고 하니까 빨리 오셔야 해요."

"알겠어요."

"백 교수님한테는 직접 연락하실 거죠?"

"뭐……. 네."

재원은 저쪽 구석 소파에 누워 있다가 귀신처럼 눈을 뜨고 일어선 강혁을 보며 고개를 끄덕였다. 분명 똑같이 자고, 똑같이 먹는데 저 인간은 하나도 힘들어 보이지 않았다. 하품 한번 하지 않았다.

'괴물인가.'

입 밖으로는 차마 내지 못할 생각을 하고 있는데 강혁이 물었다.

"뭐래? 환자 왔대?"

"아뇨. 온다고 합니다. 119에서 데리고……."

"몇 명이냐?"

"에? 한 명이겠죠……."

"교통사고 아니었어? 넌 사고 혼자 내냐?"

"아."

그러고보니 그랬다. 대개의 교통사고란 둘이 내는 법이었다. 재원이 다급하게 다시 전화를 걸려고 하자 강혁이 거칠게 고개를 저었다.

"뭐하러 전화해. 가서 물어보면 되지. 따라 나와."

"네……."

"안 뛰냐? 맨날 교수가 앞장서게 하고. 뒈질래?"

"아뇨, 아닙니다. 뛥니다."

"그래. 오래 살려면 뛰어야 해. 그래야 환자도 많이 살리지."

"이 새벽에 잠도 못 자고 뛰면 급사할 거 같은데요……."

"내가 해보니까 괜찮아."

"교수님은 괴……."

"뭐?"

"아닙니다. 빨리 가시죠."

"조폭, 오늘 미어터지네?"

강혁은 응급실 안으로 들어서며 소리쳤다. 강혁은 체격이 큰 만큼이나 목소리도 상당히 우렁찬 편에 속하기 때문에 온 응급실이 울릴 지경이었다. 당연하게도 조폭으로 지목된 작고 여린 간호사 백장미는 얼굴이 새빨개질 수밖에 없었다.

"교, 교수님. 조폭이라뇨……."

"맞잖아. 네 별명."

"교수님만 그렇게 부르거든요?"

"아닐걸?"

강혁은 그리 말하며 근처 간호사들을 바라보았다. 모두 입을 가리고 웃음으로써 긍정의 표시를 내비쳤다. 심지어 지나던 인턴들 중에도 비슷한 반응을 보이는 녀석들이 있었다.

"이게 다…… 교수님이 하도 떠들고 다니니까 그런 거잖아요!"

장미는 발끈하면서 지난 며칠간을 떠올렸다. 차분히 생각해보면 강혁이 외상 외과로 부임하게 된 지 불과 열흘도 안 된 상황이었다. 하지만 그 밀도는 어마어마해서 수개월은 족히 지난 것 같은 착각이 일었다. 그 시간 동안 강혁은 늘 장미를 조폭이라고 불렀다.

"몰라, 나는. 조폭이 딱 어울려서 그렇게 부르는 거야."

강혁은 그렇게 너스레를 떨면서 시계를 보았다. 새벽 3시 10분. 아까 재원이 콜을 받은 후 10분이 흘렀다. 동시에 이제 슬슬 환자 받을 준비를 해야 한다는 뜻이기도 했다.

"아무튼, 119에서 뭐래? 사고가 어떻게 난 거야?"

"아. 잠시만요."

사고가 꽤 복잡한 모양이었다. 나름 베테랑이라고 할 수 있는 백장미가 곧장 노티하지 못하고 메모를 찾아야 하는 것을 보면.

"아, 여기 있네."

장미는 강혁의 급한 성미가 폭발하기 전에 자신이 메모해놓은 것을 집어 들었다. 그러곤 빠르게 읽어내려갔다.

"영동대교 남단에서 연쇄 추돌 사고가 났어요. 속도를 내던 덤프트럭이 앞서가던 승용차를 들이받았나 봐요."

영동대교라면 병원까지 10분에서 15분 거리였다. 비교적 가까운 거리에서의 사고라는 것만큼은 다행이었다. 트럭이 연루된 교통사고라는 점은 불길하게만 느껴졌지만.

"사상자 수는?"

"승용차……. 음. 뒷좌석에 타고 있던 신원 불상의 남녀는 사망. 앞 좌석 두 남녀는 혼수상태로 구조 중이라고 했고, 덤프트럭 운전자는 경상입니다."

"아까 연쇄라고 하지 않았나?"

"네. 승용차가 앞으로 밀리면서 앞서가던 차를 들이받았나 봐요. 다행히 그 차에는 운전자만 있었는데……. 그분도 의식 불명."

"그럼 최소 셋에서…… 최대 넷이군."

강혁은 인상을 쓴 채 시계를 바라보았다. 제아무리 대형 병원의 응급실이라고 해도 중증외상 환자를 한 번에 여러 명씩 볼 수 있는 병원은 드물었다. 사실 강혁의 기준으로 보면 단 한 명도 제대로 보지 못하는 곳이 태반이었다. 대한민국 의료는 암이나 심혈관 등 질환 대부분에서 세계적으로 높은 수준을 자랑하고 있다. 그에 반해 외상 외과가 처한 현실은 상당히 비현실적인 면이 있다고 볼 수 있었다.

"지금 응급의학과 레지던트 중에 손 남는 사람 몇이나 되지?"

"아……."

장미는 미처 그것까지 파악할 시간은 없었기 때문에 급히 주변을 둘러보았다. 다행히 새벽 3시의 응급실은 다른 때에 비하면 여유 있는 편이었다. 그래봐야 여기저기 환자들이 빽빽이 들어차 있긴 했지만, 대부분은 입원 병실이 날 때까지 응급실에서 대기 중인 환자들이었다. 지금 당장 뭘 어떻게 해야 하는 환자들은 아니란 뜻이었다.

"한두 명 정도……?"

"인턴은?"

"인턴 샘은 네 명 정도 될 거 같습니다."

"그래, 좋아. 재들이 볼 만한 환자가 한둘쯤 껴 있기를 바라야겠네. 처치실 모두 준비해."

"네."

"CPR에 준해서."

"아, 네."

재원과 장미 그리고 방금 강혁의 지시를 들은 모든 의료진이 일사불란하게 움직였다. 한국대학교 병원은 비록 외상 처치에 있어서만큼은 강혁의 기준에 차지 못하는 병원이었지만 기타 질환에서만큼은 세계 일류라고 봐도 무방한 수준이었다. 불과 5분도 지나지 않아서 응급실에 마련된 두 개의 처치실은 환자 받을 준비를 마쳤다.

"환자 또 온다고……."

"눈 와서 그래. 원래 이런 날이 대박 아니면 쪽박이잖아."

장미에게 내용을 전달받은 응급실 레지던트들 또한 투덜거림과 동시에 처치실로 향했다. 환자가 많이 오는 것이 달갑지는 않게 느껴질지 몰라도 이왕 오게 된 환자에 대해서는 최선을 다해야만 했기 때문이었다.

덜컥. 그때 응급실 문이 급작스럽게 열렸다. 다들 환자를 기다리고 있던 와중이었기 때문에 모두의 시선이 그쪽으로 쏠렸다. 하지만 응급실 안쪽으로 들어선 이는 깔끔한 정장 차림의 사내였다. 비록 뒷머리에 아직 곤한 잠의 흔적이 남아 있긴 했지만. 어디로 봐도 환자로 보이는 구석은 없었다.

"아, 이거 죄송합니다."

사내는 자신에게 쏠린 긴장감 섞인 시선에 일순 당황했다가 이내 고개를 숙였다. 그러곤 응급실에서 안쪽으로 이어진 복도를 따라 급히 사라졌다. 병원 직원인 모양이었다. 이상한 일이었다. 의사도 아닌 직원이 새벽에 급히 불려 나와야만 하는 일이 있다니. 강혁은 이런 종류의 의문을 품고 지내는 편이 아니라 바로 자기 옆에서 있던 재원에게 물었다.

"뭐냐? 아까 지나간 사람."

"아……. 아마 코디네이터일 겁니다."

"코디?"

"네. 장기 이식 관련해서. 레지던트 때 이식외과 돌다 간혹 마주친 적 있어요."

"아……. 그렇군."

병동 누군가가 뇌사 판정을 받게 된 모양이었다. 그 뇌사 판정을 받은 환자가 생전에 장기 기증을 하겠노라 서약을 했을 터였고. 이제 코디는 가족들을 설득해 장기 기증을 진행할 수 있도록 온 힘을 다할 것이었다. 그래야 다른 사람에게 또 다른 기회를 줄 수 있을 테니.

'하지만 그건 내 일이 아니야. 내 환자도 아니지.'

왜애애애앵. 곧 멀리서부터 사이렌 소리가 울려오기 시작했다.

덜커덕. 구급차가 들어오고 구급 요원들이 차에서 뛰어내리자마자 차 뒷문을 열어 환자를 내렸다.

"아."

옆에 서 있던 재원이 환자를 보자마자 탄식했다. 이미 반쯤 동공이 풀린 데다가 남산만 하게 배가 부풀어 있었기 때문이다. 재원으로서는 이 환자는 죽었다고밖에 생각할 수 없었다. 그의 오랜 경험상 내원하기도 전에 이렇게 복강 내 출혈이 많이 발생한 환자는 죽기 마련이었으니까. 하지만 강혁은 마치 아무것도 모르는 인턴이라도 된 것처럼 곧장 환자에게로 달려갔다.

"이 환자가 추돌 차량 동승자인가?"

환자 이송용 침대를 끌고 있는 구급 요원에게 물었다. 이름 모를 구급 요원은 고개를 끄덕였다.

"발견 당시 의식은?"

구조 대원은 참담한 심정을 뒤로하고 입을 열었다.

"딱 발견했을 땐 의식이 있었습니다. 발견 후 대략 10분까지도."

"그럼 환자가 의식 잃은 지 얼마나 된 거죠?"

"한 15분?"

"그렇군."

강혁은 고개를 끄덕이며 환자의 맥을 짚었다. 아직은 미약하게나마 맥박이 느껴졌다.

"일단 A 처치실로 옮기지. 항문!"

"네, 네!"

재원은 '항문'이라는 말에 자동으로 튀어나갔다. 항문외과에서 나온 지가 언젠데 아직도 항문으로 부르는 강혁이 야속했지만 그렇다고 대답을 안 할 수도 없는 노릇이었다.

"너 조폭이랑 가서 수술 준비하고 있어! 나는 중심 정맥관 달고, 혈압만 잡고 바로 데리고 들어갈 테니까."

"아, 네!"

강혁의 말에 재원과 장미가 수술실을 향해 달렸다. 다른 사람 수술 같으면 이렇게까지 서두를 이유는 전혀 없었다. 어차피 피 검사 결과 기다리고, 엑스레이 찍고, CT 찍고 하다 보면 두어 시간쯤 흐르는 것은 일도 아니었으니까. 기껏 구조 대원이 골든 아워 안에 데려다줘도 병원에서 시간을 다 까먹는단 얘기였다. 하지만 강혁은 달랐다. 지금 상황에서 딱 해야 할 것만 하고 수술실로 들이닥칠 것이 뻔했다. 덕분에 바빠진 사람은 재원과 장미였다.

"제가 수술방 연락할게요."

장미가 먼저 메인 수술실에 전화를 걸었다.

"네, 선생님. 저 중증외상센터 백장미입니다."

"중증……. 말해봐."

한밤중에 응급 수술실에 상시 인원을 배치할 수 없기에 장미는 마치 구걸하듯이 인원을 구해와야 했다. '사람 생명 살리기 위하는 일인데 이것도 못 해주냐'는 말은 꺼내볼 수조차 없었다. 전화를 받는 메인 수술장도 없는 인원 쪼개가면서 일하는 형국이었으니까.

"그럼 난 마취과……."

재원은 당장 마취과 사무실로 전화를 걸었다. 사무실 내에 대기하고 있던 3년 차 전공의가 피곤한 목소리로 전화를 받았다. 그럴 수밖에 없는 시기였다. 4년 차들은 전문의 시험을 위해 듀티가 없어진 데 반해 아직 1년 차들은 충원되지 않았으니까. 의국 내 모든 인원이 몸이 부서지도록 일해야 하는 시기였다.

"네, 마취과 사무실입니다."

"외상 외과 양재원입니다. 응급 수술이 있어서요."

"외상 외과? 아, 중증외상팀이요."

"네."

수화기 너머로도 느껴질 만큼 달갑지 않은 목소리였다. 당연한 일이었다. 마취과 입장에서 매일 같이 예정에 없던 수술만 요청하는 외상 외과가 예뻐 보이는 것이 오히려 이상한 일일 테니.

"환자 이름 뭔데요?"

"아……."

그러고보니 재원은 환자 이름도 채 알지 못했다. 다시 말하면 이름도 모르는 사람을 살리기 위해 뛰어왔단 거다. 이전 같으면 상상조차 하지 못할 일이었다. 이젠 상당히 흔한 일이 되어버렸지만. 재원은 전혀 당황한 기색도 없이 대꾸했다.

"신원 불상으로 접수되어 있을 겁니다."

"또 신원 불상……. 검사 하나도 안 나가 있는데요? 수술 지금 들어가는 거 맞아요?"

수술 전 검사를 확인하는 것은 꼭 외과 의사의 몫만은 아니었다. 마취과 또한 수술 전 검사를 꼼꼼하게 요구했다. 혹시 전신 마취를 걸었다가 잘못되면 큰일이니까. 검사 결과 하나 없는 신원 불상자에게 마취를 걸어달라는 재원의 요구는, 마취과에게는 부당함 그 이상이었다.

"네. 들어가야 합니다. 검사 결과 기다릴 만큼 환자 상태가 좋지 않아요."

"아……. 외상 외과 늘 이런 식이던데, 이러다 문제 생기면 책임질 거예요?"

"그…… 엇."

재원이 차마 '그러마' 하고 답을 못하고 있는데, 어느새 뒤로 다가와 있던 강혁이 수화기를 낚아챘다. 벌써 중심 정맥관을 잡고 피를 연결한 모양이었다. 언제나 느끼는 것이지만 늘 적응할 수 없을 만큼 빠른 사람이다.

"내가 책임지니까 넌 와서 마취 걸어."

"누구시죠? 지금 전화 받은 사람?"

"누군지 알면 뭐 하려고. 해코지라도 하게?"

"아니 누군지는 알아야……."

'과장님께 이르기라도 할 거 아닌가' 하는 말이 마취과의 입에서 맴돌았다. 강혁은 그 메아리가 입 밖으로 나오기 전에 먼저 입을 열었다.

"외상 외과 백강혁. 내려와."

백강혁이라면 황선우 선배를 조진 적이 있다던 미친개였다. 도저히 3년 차 수준에서 해결할 수 있는 놈이 아니었다.

"아……. 네."

마취과 3년 차 김진용은 하릴없이 고개를 끄덕이며 다짐했다. 내일 있을 의국 회의에서는 꼭 이 백강혁 교수에 관해 성토하고 말겠다고.

'아직 환자 둘이 덜 왔어.'

적당한 수준의 환자들이라면 아마 응급실 레지던트 선에서 해결이 될 터였다. 하지만 어쩐지 느낌이 좋지 않았다. 자정 무렵부터 폭설 수준으로 내리는 눈이 끝없이 쌓이고 있었다. 노면 상태가 좋지 않으면 그에 비례해서 환자 상태도 좋지 못한 법이었다.

왜애애애앵. 마침 두 번째 구급차가 로비 앞에 도착했다. 아직 첫 번째 환자 처치하는 것만 해도 바쁜 와중이라 앞으로 달려나가는 의료진의 수는 턱없이 적었다. 강혁은 그들 사이에 당연하다는 듯 끼어 있었다.

덜커덕. 문이 열리자마자 피에 젖은 구급 대원들이 우르르 쏟아져나왔다. 그러곤 뒷문을 열고 환자를 내렸다.

"이런 시발."

환자를 본 어떤 인턴이 자기도 모르게 욕설을 내뱉었다. 하지만 그 누구도 그를 탓하지 못했다. 정말 욕이 나올 정도로 상태가 좋지 못했다. 마치 오토바이 사고를 떠올리게 할 정도였다.

“운전자? 안전띠를 안 했나?”

“아, 네.”

강혁의 말에 구조 요원이 고개를 끄덕였다. 몸은 그대로 환자를 옮기는 와중이었다.

드르륵. 환자를 실은 이송용 침대가 급하게 응급실로 들어갔다.

“아스팔트에 굴렀군.”

강혁은 얼굴 피부에 알알이 박혀버린 아스팔트 조각을 보며 중얼거렸다. 이걸 그대로 두면 문신처럼 얼굴이 점박이가 될 게 뻔했다. 이것도 나름대로 심각한 문제라면 심각한 문제라고 볼 수 있었지만, 더 큰 문제는 따로 있었다.

“차가 한 번 밟은 거 같은데, 맞나?”

“그건 모르겠습니다. 저희가 현장에 도착했을 때 이 구조 요청자는 차 안에 없어서 발견이 좀 늦었습니다.”

“그럴 수 있지. 밤에 눈까지 내리니…….”

안전띠를 하지 않으면 부상이 더 심해지는 것도 있지만 지금과 같은 문제도 있었다. 우선 차 밖으로 튕겨 나가면 구조대에게 발견이 안 될 수 있었다. 그저 ‘발견만’ 안 되었다면 다행이었다. 재수 없으면 다른 차에 의해 2차 피해를 볼 수도 있었다. 바로 지금처럼. 강혁은 환자 겉옷에 선명하게 나 있는 타이어 자국을 보며 고개를 가로저었다. 암만 봐도 가벼운 상처가 아니었다. 그나마 몸통이 아니라 다리를 밟고 지난 것이 다행이라고 할 수 있었지만.

“가위.”

"네."

이럴 땐 일단 안을 살펴야 했다. 강혁은 가위를 이용해 환자의 바지를 잘라냈다. 그러자 푸르딩딩하게 부어버린 양측 허벅지가 모습을 드러냈다. 꾹 눌러보니 안에 피까지 고인 모양이었다. '꾸르륵'거리는 것이 심상치 않았다.

'좌측은 뼈도 부러졌고……. 양측 모두 괴사성 근막염으로 진행 중이야. 이런 망할.'

강혁은 욕설을 삼키며 빠르게 지시를 내렸다. 환자의 생존 확률을 끌어올리는 시점은 결국 첫 응급 처치였다. 이게 적절하고 빠르게 들어가면 환자가 살 가능성이 그만큼 커졌다.

"교수님, 이제 수술 환자는 들어갑니다!"

아까부터 처치실에서 에이 라인을 달던 레지던트가 환자를 끌고 가며 말했다. 강혁은 그런 레지던트를 향해 고개를 끄덕여주었다.

"항문한테는 나 곧 간다고 전해! 여기 응급 처치만 하고!"

"네, 교수님!"

레지던트는 굳이 항문이 누구인지 묻지 않았다. 이미 재원이 항문으로 불리고 있다는 건 누구나 아는 사실이었다. 이유가 무엇인지에 대해서는 의견이 분분했는데 당사자가 한 말이 제일 신빙성이 없었다.

'항문외과 전공했다고 항문으로 부른다니. 그게 말이나 되나.'

"일단 메스부터 들고 와! 호흡이 불안정해!"

"네!"

"쇄골하 중심 정맥관 잡을 준비하고, 소변줄 넣고! 소변 나오는지 봐. 지금 들어막혔을 가능성이 있어!"

"네!"

강혁은 메스로 다급하게 환자의 목을 긋는 와중에도 계속해서 지시를 내렸다. 모르는 사람이 본다면 강혁은 수술하고 있고, 강혁과 목소리만 같은 사람이 외치는 줄 알 것 같았다. 하지만 강혁은 분명 한 사람이었고, 혼자서도 전혀 흔들림이 없었다.

지이익. 예술의 경지에 오른 듯한 그의 절개가 이어지자 순식간에 기도가 모습을 드러냈다.

"튜브 준비해. 사이즈는 8."

"아, 네."

강혁은 그 와중에 환자의 키와 몸무게까지 눈으로 어림해본 후 적당한 크기의 튜브를 정했다.

"지금 줘."

"네."

"좋아. 기도 확보됐고. 소변줄은 들어갔나?"

"아, 아직입니다."

"빨리해!"

"네! 죄송합니다."

강혁은 자신이 기관 절개를 하는 동안 누군가 소변줄 하나 꽂지 못한다는 게 어처구니가 없었다. 하지만 응급 상황마다 매번 담당 인턴이 바뀌는 근무 시스템 때문에 때와 장소를 가리지 않고 신속하게 처리할 정도로 익숙해질 기회가 없었다. 인턴의 잘못이 아니었다. 강혁은 고개를 저으며 환자의 몸 조금 아래쪽으로 이동했다. 이미 레지던트가 베타딘으로 소독해놓은 오른쪽 가슴이 보였다.

"초음파 가져오는 중입니다."

레지던트는 칭찬이라도 해달란 표정으로 말했다. 그가 말하자마자 어디선가 '드륵'거리는 소리가 들렸다. 인턴 하나가 급히 달려가서 기계를 끌고 오는 듯했다. 하지만 강혁은 바로 카테터를 집어 들고 냅다 찔러넣었다.

"급할 때를 대비해서 초음파 없이 하는 법도 배워두는 게 좋아."

"아, 네."

"게다가 넌 응급의학과잖아. 일분일초가 아까울 땐 시술에 쓰는 시간 말고는 다 낭비라고 생각해야 해."

"네, 죄송합니다."

칭찬받을 줄 알고 한 일이 반쯤 욕이 되어 돌아왔지만 레지던트는 미처 서운함을 느끼지 못했다. 강혁의 손이 빨라도 너무 빨랐기 때문이다.

피욱. 바늘 끝이 혈관을 뚫고 물만 있는 공간에 들어갔다는 것을 알리는 묘한 감각이 손끝을 통해 전해졌다. 바늘이 피부를 뚫고 들어간 게 불과 수초 전이라는 것을 고려하면 말도 안 되게 빠른 속도였다. 레지던트는 카테터 끝에 맺힌 피를 보며 혀를 내둘렀다.

'시바……. 보고 찌르나. 뭐가 이렇게 빨라…….'

사실 진상을 알고 나면 그렇게 놀랄 일도 아니었다. 강혁의 눈에는 실제로 피부밑을 지나는 쇄골하 정맥이 어렴풋이나마 보였기 때문이다. 정확히 말하면 비치듯 보인다고 해야 하나, 보이는 것처럼 상상할 수 있다고 해야 하나.

"혈액형은 나왔어?"

"네. A형입니다."

강혁이 기관 절개하고 중심 정맥관을 잡는 동안 한쪽에서 겨우 동맥혈을 채취해낸 다른 인턴이 답했다. 강혁에게는 실로 드물게 팀이 도움이 된 셈이었다.

"좋아. A형 수혈해. 일단 한 팩. 속도는 지금 혈압은 크게 나쁘지 않으니까 너무 빠르지 않도록 조절하고."

"네, 교수님."

"그리고 소변줄은 넣었어?"

강혁은 자기한테 시켰으면 지금쯤 소변줄을 넣는 데 그치지 않고 만들어냈을 수도 있겠다는 생각을 하며 인턴을 바라보았다. 그의 기대와는 달리 인턴은 여전히 낑낑대고 있었다.

"이게 잘……."

"아이참. 비켜봐."

"네……."

강혁은 그렇게 인턴을 밀어낸 후 소변줄을 꾹 밀어넣었다. 그제야 환자 얼굴을 살펴보니 젊은 여성이었다. 객관적으로 소변줄 삽입이 어려울 만한 이유가 전혀 없을 거란 얘기였다.

'어이가 없네?'

곧 강혁은 방광 안으로 소변줄 끝을 밀어넣을 수 있었다.

"흠."

하지만 강혁의 표정은 만족스러워 보이지 않았다. 소변줄이 방광 안으로 들어가는 순간 텅 빈 가죽 주머니로 들어간 느낌을 받았기 때문이었다. 실제로도 소변줄을 통해 흘러나오는 소변이 거의 없었다.

"이런 제길."

환자의 허벅지 근육 부상과 무뇨증. 이 두 가지를 조합해봤을 때 지금 환자에게는 급성 신부전증이 발생했다고 볼 수 있다. 급성 신부전증은 그냥 약 먹고 발생했을 때도 무섭지만 지금과 같이 외상으로 인해 발생했을 때는 더할 수 없이 무서웠다.

"신장내과 콜해! 일단 이뇨제 넣고 있어."

"네, 그럼 교수님은……?"

"환자 수술실 갔잖아. 그것부터 해결해야지! 금방 돌아오니까 그때까지 어떻게든 소변 나오도록 만들고 있어! 알았지?"

"네, 네. 콜 하겠습니다!"

강혁은 레지던트의 영 미덥지 못한 대답을 뒤로하고 수술실을 향해 달렸다. 그곳에서도 환자가 그를 애타게 기다리고 있을 테니까.

'응급 수술실'

응급의학과 옆에 마련된 수술실. 붉은 글씨가 적힌 전등이 점멸하고 있었다. 현재 수술방이 가동되고 있다는 뜻이었다. 불과 보름 전까지만 해도 1년에 한 번 돌아갈까 말까 했던 수술실이었다. 법적으로 한 개의 수술실은 응급 환자의 수술을 위해 비워두어야 한다는 명목하에 만든 수술실이니 당연한 일이었다. 하지만 강혁이 오고 난 후에는 이름에 걸맞은 일을 하고 있었다. 아니, 오히려 지나치게 바빠졌다는 말이 더 어울렸다.

"튜브!"

재원은 환자의 목에 절개 창을 낸 후 손바닥을 내밀었다. 그러자 장미가 익숙하다는 듯 플라스틱 튜브를 건네주었다. 너무 부드럽지도, 그렇다고 너무 딱딱하지도 않게 만들어진 튜브였다. 즉 환자의 기도를 유지하는 데 가장 적합한 물체였다.

재원은 건네받은 튜브를 순식간에 절개 창 안에 집어넣었다. 그러곤 마취과 3년 차 진용을 바라보았다.

"기도 확보됐습니다."

마취과 사무실에서 내려온 진용은 못마땅하다는 표정으로 고개를 끄덕였다. 마취과 의사를 부르고 나서야 절개를 하다니. 무례한 경우라는 생각이 들었다. 이쯤 되면 싸우자는 건가 싶은 생각까지 들 정도였다.

'요즘 싸우기도 싫고, 아직 정식으로 4년 차가 되지 않아서 조용하게 지냈더니 외상 외과에게 우습게 보이는가 보다' 하는 생각까지 들었다.

"기도 확보됐다고 했습니다."

재원은 우두커니 선 3년 차가 혹 자신의 말을 못 들었나 싶어 다시 한번 외쳤다.

"아, 네. 알겠습니다. 알겠어."

그제야 진용은 얼굴을 일그러뜨린 채 움직였다. 어찌나 느릿느릿한지 보는 사람이 다 조바심이 들 지경이었다. 하지만 재원은 성미가 괄괄한 사람이 못 되는 편이라 그저 보고만 있었다.

"어디……."

진용은 재원의 애타는 시선을 즐기기라도 하는 듯 약품을 이리저리 살폈다. 사실 3년 차쯤 되면 지금과 같이 혈액이 미친 듯이 들어가고 있는 상황에는 어떤 약품을 얼마나 써야 하는지 다 알고 있었다.

"저, 조금만 빨리해주시면 안 되겠습니까?"

재원은 당장 레미펜타닐을 용량까지 재서 던져주고픈 마음을 애써 삼키며 말했다. 그러자 진용은 차가운 표정으로 재원을 돌아보았다.

"아무 검사도 없이 환자 마취하라고 하고, 재촉까지 하는 겁니까?"

언짢은 티가 팍팍 나는 진용의 얼굴을 보니 외과계가 태생적으로 갖고 있는 마취과에 대한 공포심이 스멀스멀 올라왔다. 실제로 마취과 쪽이랑 싸워서 손해 보는 쪽은 백이면 백 외과 쪽이었다. 마취과에서는 싸운 상대에게 엿 먹이는 방법을 아주 다양하게 보유하고 있었으니까.

“아니, 그건…….”

“방해는 하지 말아주셨으면 합니다.”

“네, 뭐…….”

재원은 심지어 진용보다 연차가 몇 년이나 더 위였지만 물러설 수밖에 없었다. 만약 진용이 같은 학교 후배라면 얘기가 달랐을 테지만. 아쉽게도 한국대학교 병원과 같은 초대형 병원에서는 출신 학교가 다른 경우가 더 많았다.

“음…….”

그렇게 재원을 침묵시킴으로써 저열한 승리감에 도취한 진용은 한층 더 느릿하게 손을 움직였다. 참지 못하고 나선 사람은 장미였다.

“마취과 쌤! 지금 환자 상태 중한 거 안 보이세요? 벌써 혈액만 4팩이라고요! 지금 당장 열어야 하는데 이러다 환자 죽으면 책임질 거예요?”

“뭐? 이게 얻다 대고…….”

“이게? 말이면 다인 줄 아나? 남들은 어떻게 하면 사람 하나라도 더 살려볼까 하고 새벽에 동분서주 돌아다니는데. 폼 잡고 나타나서 유세 떠는 주제에 뭐? ‘이게?’ 말 다 했어?”

“하…….”

진용은 어처구니없다는 듯 고개를 가로저었다. 본래 간호사와 의사 관계는 조금 미묘한 구석이 있었다.

원칙적으로는 평등한 관계였다. 하지만 의사들은 그걸 잘 인정하지 않았다. 특히 진용처럼 이제 막 4년 차가 되기 직전의 젊은 의사들은 더했다. 세상에서 자기가 제일 뛰어난 의사라고 믿기 쉬운 연차이기에 그러했다.

"이게 미쳤나……."

장미는 설마 의사가 환자를 두고 다가올 줄은 몰랐던 까닭에 살짝 뒷걸음질을 쳤다.

"자, 잠깐 말이 심했다는 건 인정하는데. 일단 말로 하지, 말로."

그런 둘 사이에 재원이 급히 끼어들었다. 재원은 꽤 키가 큰 편이었기 때문에 진용은 그를 올려다봐야만 했다. 오랫동안 깎지 못해 함부로 방치된 턱수염이 진용의 시선을 어지럽히는 느낌이었다. 워낙 동안인 재원이었지만 입가에 지기 시작한 주름 덕에 제 나이로 보였다. 진용은 앞에 서 있는 사람이 자기보다 몇 살 더 위란 사실을 새삼 깨닫고는, 짙은 한숨을 내쉬며 넋두리부터 내놓았다.

"하……. 선생님, 외상 외과 진짜 우리가 많이 참아주는 건 알고 있죠?"

"알죠. 알죠. 항상 배려에 감사하고 있습니다."

"맨날 정규 수술하고 있는데 응급으로 밀어넣고, 이거 진짜 스트레스 장난 아니에요. 저희도 다 일정 맞춰서 돌아가는 과인데……."

"네, 네. 알죠."

"근데 그 미친개…… 아니, 백강혁 교수님은 맨날 소리만 지르고 이젠 간호사까지……."

"죄송합니다, 제가 대신 사과하겠습니다. 근데 일단 마취는 좀 걸어주시죠."

재원은 지금도 혈액 팩을 쥐어짜듯 수혈하고 있는 환자를 바라보았다. 다행히 강혁이 적절한 처치를 해둔 덕에 활력 징후가 엉망으로 흔들리는 상황은 아니었다. 하지만 남산만 하게 불렀던 배의 색이 조금씩 푸르딩딩하게 변하고 있었다. 괴사가 시작되었다는 방증이었다. 저대로 두면 환자는 곧 사망한다. 지금 당장 뭘 한들 살 수 있을까 싶지만.

"일단."

진용은 당장 환자에게 돌아가는 대신 장미를 가리켰다.

"저 사람 소속이랑 이름부터 알려주시죠. 내일 과장님 통해서 정식으로……."

장미의 신상 정보를 요구했다.

드르륵. 그때였다. 굳게 닫혀 있던 수술실 문이 열린 것은.

"마취 안 하고 뭣들 하고 있어."

강혁은 안으로 들어서자마자 방 안쪽을 쏘아보았다. 두 눈은 언제나 그렇듯 형형한 불빛을 내뿜는 듯했다. 벌써 손까지 씻었는지 한껏 치켜세운 양손에서는 물이 뚝뚝 떨어지고 있었다. 지금쯤이면 당연히 마취는 끝났고, 모든 수술 준비가 끝나서 바로 칼만 들면 되겠다고 생각했기 때문이다.

"아, 교수님. 이제 곧 마취할 겁니다."

재원은 괜히 자세하게 얘기해봐야 성질만 낼 것 같다는 생각에 대강 둘러댔다. 하지만 그는 알지 못했다. 강혁은 그가 생각하는 것보다 훨씬 귀가 밝은 사람이라는 것을. 방금 있었던 작은 소란에 대해 전부 알고 있다는 것을.

"거기, 마취과. 너는 이름이 뭐냐?"

강혁은 재원의 말에 가타부타 답하는 대신 진용을 바라보았다.

"어……."

사실 진용을 비롯한 여러 마취과 레지던트나 펠로우들은 강혁과 싸우는 시뮬레이션을 엄청나게 돌려본 참이었다. 황선우가 당했던 막말 공격이 전해지고 또 전해지면서 강혁은 마취과 내에서는 '죽일 놈'이 되어 있었기 때문이다. 그래서 '아, 백강혁을 마주하면 이렇게 저렇게 논리적으로 쥐어패야지' 했었더랬다. 하지만 막상 얼굴을 마주하니 머릿속이 새하얘지는 느낌이었다. 일단 얼굴도 무서운데, 팔뚝의 문신이 특히 위압적이었다.

"말 못하겠으면 닥치고 자리로 가서 마취 걸어. 너도 말 못하는 거 남한테 묻지 말고."

"아……. 네."

"그리고 너희 과장한테 전해. 불만 있으면 나한테 말하라고. 내 이름 치면 내 핸드폰 번호까지 다 나와. 알았어?"

"네……. 교수님."

진용은 풀 죽은 얼굴로 마취 기기 쪽으로 돌아갔다. 그러곤 내일 과장을 만나면 어떻게 일러바칠까 고민했다. 물론 마취는 즉각 시행했다. 감히 강혁 앞에서도 늑장을 피울 만큼 강심장은 아니었다.

"마취…… 됐습니다."

"좋아. 빨리 소독하고, 손 닦고 들어와. 소독 천은 내가 붙일 테니까."

강혁은 여전히 손을 든 채 턱으로 환자의 배를 가리켰다. 재원은 베타딘 소독액으로 환자의 배꼽 주변을 닦으며 답했다.

"네, 교수님."

그사이 장미는 강혁에게 수술 가운을 입혀주었다. 강혁은 그런 장미를 내려다보며 말했다.

"야, 조폭."

"아…… 여기서도 그렇게 부르세요?"

"내가 조폭이라고 부른다고 아무하고 싸우지 마."

"네?"

"그냥 나한테 말해. 싸움은 윗사람이 하는 거야. 넌 그냥 시킨 일만 잘하면 돼."

"아…… 네, 교수님. 감사합니다."

"감사는 무슨. 보조나 잘 서."

강혁은 장갑까지 낀 후 환자에게로 다가갔다. 아까보다 더 부풀어 오른 배가 불길했다.

"이런 젠장. 일단 소독 천 줘."

"네."

"마취과는 활력 징후 잘 봐. 특히 혈압."

"아, 네……."

소독 천을 다 붙일 무렵 재원도 양손에서 물을 뚝뚝 흘리며 다시 수술실 안으로 들어왔다. 강혁은 재원이 가운 입는 것을 기다리는 대신 메스를 들고 배를 그었다. 명치 끝에서부터 배꼽을 거쳐 치골 바로 위까지 이어지는 긴 절개였다. 그럼에도 강혁은 칼을 떼어냈다가 다시 긋는 일 없이 한 방에 끝냈다.

"전기칼."

"네."

"항문은 빨리 들어오고. 수술 혼자 하면 외로워."

"네, 교수님!"

강혁은 건네받은 전기칼로 방금 자신이 그어놓은 절개를 더 깊이 파고들었다. 환자는 적당히 살집이 있는 사람이었기 때문에 지방 타는 냄새가 순식간에 수술실 안에 퍼졌다.

치지지직. 이따금 기름도 튀었나. 하지만 강혁은 눈 하나 깜빡하지 않고 복막 바로 위까지 절개했다. 재원은 강혁이 막 복막을 긋기 전에 끼어들어서 절개면을 넓게 벌려주었다. 별거 아닌 행위였지만 집도의에게는 상당히 도움 되는 일이었다. 강혁은 잘했다, 못했다 말도 없이 복막을 내리그었다.

"활력 징후 잘 봐."

그가 재원 대신 말을 건 대상은 진용이었다. 진용도 이왕 마취를 건 이상에는 최선을 다하고 있었기 때문에 고개를 끄덕이며 모니터를 주시했다. 자신도 수술에 참여하게 된 마당에 책임에서 완전히 자유롭지 못했다. 게다가 환자에 관해 아무 정보도 없이 수술에 들어갔기 때문에 긴장감이 더했다.

지이익. 곧 복막이 열리고 안에 고여 있던 핏물이 마구 흘러나왔다.

"석션. 일단 지금은 그냥 있던 피 치우는 데 집중해."

"네."

강혁은 재원에게 당부한 후 장미를 돌아보았다.

"수혈 속도 높이고. 아직 혈액 팩 많지?"

"네. 다섯 팩 있습니다."

"열 팩 더 주문해. 피 색깔이…… 좋지 않아."

"열 팩……."

혈액 열 팩이면 웬만한 성인 남성의 전체 혈액량과 맞먹는 수준이었다. 즉 이 환자는 자신의 피를 모두 흘리고 남의 피로 대체하고 있다는 뜻이었다. 그렇게 한다고 해서 살릴 수 있을까 생각이 들었지만 어쩌겠는가. 이미 환자가 이곳에 온 것을. 살아서 온 이상 반드시 살려야 한다는 각오여야만 중증외상팀의 소속이 될 수 있었다.

"지금 혈액 팀에 주문하겠습니다."

"그래."

강혁은 여전히 수술 부위에서 눈을 떼지 못하고 있었다. 남들 눈에는 그저 새빨갛게만 보이는 핏물이겠지만, 강혁은 마치 뭔가 분간하려는 듯이 보였다. 아니, 실제로 분간할 수 있었다.

'어디냐……. 어디가 더 색이 밝지?'

"혈압 떨어집니다! 승압제 씁니다!"

진용이 비명 지르듯 환자 상태에 대해 노티했다. 그가 그렇게 악을 쓰지 않아도 수술실 안에 있는 모든 사람이 환자 상태가 좋지 않다는 걸 알고 있었다. 아까부터 모니터링 기기가 사정없이 비명을 지르고 있었기 때문이다.

"써! 아무거나 좋으니까!"

강혁은 계속해서 석션을 하며 외쳤다. 재원이나 장미의 눈에는 그저 대책 없이 석션만 해대는 것으로 보였다. 흘러나오는 피는 빨아들이고, 밖에서는 수혈해대는, 소위 밑 빠진 독에 물 붓기.

'이렇게 되면 안 좋은데…….'

재원은 잠시 왼쪽으로 고개를 돌렸다. 빈 혈액 팩들이 마치 뱀이 벗어놓은 허물처럼 늘어져 있었다.

'벌써 7개째…….'

물론 혈액이 모자라는 일은 없을 터였다. 환자의 혈액형은 A형이고, 이곳은 혈액은행에서 특별 관리하는 4차 의료 기관이니까. 하지만 그렇다고 해서 무작정 피를 들이부어서는 안 될 일이었다. 그러다간 파종성 혈관 내 응고 장애가 발생할 수 있었다. 그렇게 되면 환자는 그 누가 와도 살릴 수 없게 된다.

"교수님, 혈액 팩 교체합니다."

장미는 보조 간호사가 중심 정맥관에 연결된 혈액 팩을 교체하는 것을 보며 입을 열었다. 벌써 8팩째 수혈이라는 것을 알리기 위해서였다. 하지만 강혁은 대답하는 대신 돌연 왼손을 복강 내 가득 찬 핏물 안으로 밀어넣었다. 그러곤 장미를 돌아보았다.

"찾았어. 실 줘."

"네? 뭘 찾아요?"

"출혈 부위 찾았다고. 빨리 줘. 미끄러워."

"아……. 네!"

장미가 봉합사를 준비해둔 지는 한참 되었다. 빨리 출혈 부위를 찾아 봉합하길 간절히 바라고 있었으니까.

탁. 강혁은 장미가 손바닥으로 건네준 봉합사를 오른손으로 든 채 입을 열었다. 시선은 여전히 왼손이 있는 어딘가를 향하고 있었다. 피가 시야를 가리고 있어 재원은 강혁의 손이 어딜 잡고 있는지조차 잘 보이지 않았다. 다만 한 가지 확실한 것은 아까부터 미친 듯이 쏟아져나오던 출혈의 양이 대폭 줄었다는 점이다.

"석션."

"네, 네."

"정신 차려. 집도의 혼자서 수술하는 게 아니라고."

"네!"

재원은 석션을 이용해 강혁의 왼손 주변의 피를 빨아들였다. 그러자 좀 전까지 아무리 빨아들여도 계속 차오르기만 했던 피가 순식간에 줄어들더니 마침내 강혁의 손이 온전히 모습을 드러내었다. 그가 틀어막고 있는 것은 복부 대동맥에서 뻗어 나온 상부 장간막 동맥이었다. 거의 반쯤 잘린 것처럼 보일 정도로 손상이 심했다.

"이게……. 이래서 그랬구나."

재원은 아까 그 미친 듯한 출혈의 원인을 깨닫고 고개를 끄덕였다. 강혁은 별 반응 없이 봉합에 들어갔다. 그는 어떤 혈관이 얼마나 다쳤을지 대강 예측했기 때문이었다. 왼손으로 가려둔 혈관의 절단면을 따라 봉합이 이어졌다. 그리 시간적 여유가 있는 상황은 아니었기 때문에 일반적인 봉합이 아닌 연속 봉합으로 혈관의 단면을 메워나갔다.

'빠르다……. 역시 빨라.'

제아무리 연속 봉합이라고는 해도 다른 사람과는 비교할 수 없이 빨랐다. 마치 재봉틀로 드르륵 박는 듯한 느낌이 들 정도였다.

"이제 한시름 놨네."

강혁은 봉합을 마친 후 왼손을 떼어냈다. 빨아내면 차오르고, 빨아내면 차오르고 하던 것이 거짓말처럼 느껴질 정도였다. 물론 여기저기서 스멀스멀 흘러나오는 핏물은 아직도 많긴 했지만, 재원 혼자서도 충분히 해결 가능한 수준이었다.

"이제 옴니(Omni retractor: 절개면을 당겨서 걸어두는 기구) 걸고 항문, 너는 보이는 곳 싹 지져."

"네. 교수님."

옴니 리트랙터는 다른 기구들과는 달리 한번 걸면 사람이 따로 걸 필요가 없었다. 주로 인건비가 비싼 북미 지역에서 개발되어 쓰이는 기구인데, 외상 외과에서는 사람이 부족해서 많이 썼다. 강혁의 팀도 예외는 아니어서 모두 옴니 리트랙터와 같은 기구를 사용하는 데 익숙했다. 재원은 내부가 가장 잘 보이도록 옴니를 세팅한 후 소작기를 집어 들었다.

"읏차."

그사이 강혁은 따뜻하게 데운 생리 식염수를 장미에게 받아 복강 안을 채웠다. 그러자 수축했던 상처에서도 피가 스멀스멀 흘러나왔다. 따뜻한 물에 의해 상처가 벌어지고 혈관이 이완되었기 때문이다. 숨은 출혈을 잡는 데 이것보다 좋은 방법은 없었다.

치직. 곧 재원은 전기 소작기를 이용해 방금 발견한 상처 부위를 남김없이 지져버렸다. 평소 강혁은 출혈을 잡을 때 적혈구 하나까지 잡는다는 생각으로 해야 한다고 말했기 때문에 재원도 특별히 꼼꼼하게 지질 수밖에 없었다. 덕분에 상처 부위는 무척 깨끗해졌다. 그렇다고 해서 환자 상태가 좋다고 보기는 무리였다.

"교수님, 여긴 어쩌죠? 이걸 다 지질 수는 없는데……."

재원은 마지막 남은 부위를 가리켰다. 강혁 또한 침울한 얼굴로 그 부위를 내려다보고 있었다. 질질 피를 흘리고 있는 장기는 간이었다.

"흠. 이건……."

다만 한 가지 차이가 있다면 재원은 출혈 부위 자체만 보고 있었지만, 강혁은 간 전체를 바라보고 있다는 점이었다. 그런데도 강혁의 표정이 더 어두웠다.

"간 경화가 있군."

"네?"

그 말에 제일 놀란 사람은 마취를 맡은 진용이었다. 간 경화가 있다는 말은 간 기능이 심하게 떨어져 있다는 뜻이고, 약의 용량을 극단적으로 줄여야 한다는 뜻이기 때문이다.

"검사 창 띄워봐. 지금쯤이면 나왔을 텐데."

강혁은 진용에게 대꾸하는 대신 장미 옆에 선 보조 간호사를 바라보았다. 보조 간호사는 수술실에서 유일하게 멸균복을 입고 있지 않았기 때문에 컴퓨터를 자유롭게 다룰 수 있었다.

"네, 교수님. 환자 이름은…… 아직 '신원 불상 남'으로 뜹니다."

아직 신원이 확인되지 않았거나, 그게 아니라면 원무과에서 처리가 안 된 모양이었다. 둘 중 어느 쪽이든 보호자와 아직 연락이 안 되었다는 것만큼은 확실했다.

“응. 그거야 뭐. 살리고 나서 처리해도 될 일이고. 검사 결과나 봐 봐.”

“네. 검사는…… 30분 단위로 나가고 있는데, 가장 최신 결과는 한 시간 전에 나간 검사입니다.”

“응. 그거.”

이런 큰 수술에서는 수술실에서도 계속해서 검사를 이어나가는 것이 원칙이었다. 수술 과정에서 상태가 확 변할 수 있기 때문이다. 한국대학교 병원은 이런 기본적인 부분에서 철저한 편이었다. 덕분에 강혁은 딱히 불만 없는 눈빛으로 검사 결과를 들여다볼 수 있었다.

“혈소판은 좀 떨어져 있어도……. 일단 정상 범위. 한 시간 전이면 혈액 얼마나 들어갔을 때지?”

“2팩입니다.”

2팩이면 거의 안 들어갔다고 볼 수 있었다. 즉 이 결과만으로 파종성 혈관 내 응고 장애 유무를 판단하기는 어렵다는 뜻이었다. 물론 파종성 혈관 내 응고 장애가 발생했다면 지금쯤 여러 군데에서 피가 흘러나오고 있을 게 뻔하긴 했지만. 강혁은 여전히 긴장감 어린 눈빛으로 재원을 돌아보았다.

“그럼 아직 잘 봐야겠군. 어디…… 간 수치는……. 흠.”

“수치로만 보면 정상이긴 합니다.”

“바이럴 마커(Viral marker: 감염병 유무 및 종류를 보는 검사)도 나갔지?”

“그건 아마 정규 시간 되어야 뜰 겁니다.”

"응급실 돌리면서 의사랑 간호사만 밤새 배치하면 뭐 해. 아무튼, 검사한 간 수치는 정상이라 이거지. 원인은 불명이고……."

강혁은 나지막하게 중얼거리며 환자를 돌아보았다. 간 경화에서 간 수치가 정상이라는 건 결코 안심해도 된다는 의미가 아니었다. 이미 망가질 간세포는 다 망가져서 더 이상 혈액으로 검출되지 않는다는 뜻이었다. 즉 환자의 간에 남은 기능은 거의 제로에 가까운 상황이었다.

"다친 부위 다시 한번 보지."

"네, 교수님."

"거즈로 닦아. 석션 대지 말고. 아주 천천히, 부드럽게."

"네."

강혁의 말에 재원은 젖은 거즈로 간 표면의 피를 닦았다. 아마 충돌 당시 우측 상복부가 직접 어딘가에 부딪힌 모양이었다. 그 때문인지 간은 전반적으로 부어 있었고, 찢어진 범위도 아주 넓었다. 간 파열이라니. 대체 얼마만큼의 충격이 가해졌는지 상상이 되지 않았다.

'뒷좌석에 있던 남녀는 현장에서 사망했다고 했지.'

그렇다면 앞 좌석에 있던 사람도 이만한 손상을 입었다는 게 이해가 갔다. 강혁은 침통한 표정이 되어 간을 계속해서 살폈다. 아무리 봐도 지금 간에서 건질 수 있는 부위는 반의반도 채 안 되어 보였다.

"80% 정도는 절제해야 할 거 같습니다, 교수님."

재원 또한 같은 생각인 듯했다. 그는 너덜너덜하다는 표현이 딱 어울리는 수준의 간을 가리키며 강혁을 바라보았다. 평소 같으면 함부로 그런 결정을 내린다고 윽박질렀을 강혁이었지만 이번만큼은 달랐다.

“80%. 그렇지. 그래야 출혈을 완전히 잡을 수 있어. 어차피 지금 다친 부위는 살릴 수 없어.”

“그런데…… 그러고도 환자가 살 수 있을까요?”

재원은 강혁이 평소처럼 자신감 넘치는 기색으로 답해주길 바라며 물었다. 하지만 강혁은 차마 그럴 수 없었다. 그는 자신의 신념과 다른 말은 내뱉을 수 없는 종류의 인간이었다.

“아니. 확률은 희박하지.”

“그럼…… 이대로 닫는 게…….”

재원은 처음부터 환자의 죽음을 염두에 두고 있던 사람인 만큼 포기도 빨랐다. 어차피 죽을 것이라면 최대한 온전한 모습으로 보호자가 볼 수 있게 해주는 것이 의사의 도리라고 믿었다.

“아니, 아냐. 의학은 언제나 확률 싸움이야. 100% 죽으리라는 법은 없어.”

“하지만…….”

강혁은 재원의 말을 툭 자르며 말을 이었다.

“아까 출근했다는 코디, 장기 기증 관련자라고 했지?”

“아, 네. 근데 지금쯤이면 벌써 장기 배정 다 되었을 텐데요.”

재원은 시계를 바라보며 답했다. 벌써 코디가 출근한 지 한 시간 반이 지나 있었다. 제대로 일이 돌아갔다면 이미 수술에 들어갔을 수도 있는 시간이었다.

“혹시 모르는 일이야. 환자 생명이 달린 일이고. 연락해.”

“아, 네.”

하지만 강혁이 환자 생명 운운하고 달려들 때는 별도리가 없었다. 그래서 재원은 보조 간호사에게 부탁해 해당 코디에게 전화를 걸었다. 코디는 아직 집에 돌아가지는 않았는지 금세 전화를 받았다.

"네, 이식외과 강창수입니다."

"아……. 선생님. 저 외상 외과 양재원입니다. 오랜만이에요."

"양재원 선생님. 네, 오랜만입니다. 근데 무슨 일이시죠?"

"저희 환자 중에 지금 급하게 간 이식이 필요한 환자가 있는데, 혹시 가능할까 해서요. 아까…… 뇌사 환자 뜬 거 맞죠?"

"그렇기는 한데……."

코디네이터 창수는 말끝을 흐렸다. 그러다 다시 입을 연 것은 한참 더 흐른 후였다.

"보호자분이 오겠다고 하고, 아직도 안 오셨습니다. 지금은 연락도 안 되고요. 지금 수소문하고 있는 상황입니다."

"보호자가 연락이 안 된다……."

재원은 탄식하듯 코디네이터의 말을 되뇌었다.

"보호자랑 연락이 안 된다고?"

강혁은 그런 재원의 말을 잽싸게 낚아챘다. 수술 중인데도 그랬다. 어차피 지금 누워 있는 이 환자는 간 이식을 받지 않으면 살 수 없기 때문이었다. 물론 지금 손상된 간을 잘라낸다면 몇 시간가량은 더 살 수 있겠지만 어차피 간의 기능을 할 수 없는 상태여서 수명만 몇 시간 늘어날 뿐이다. 지금 상황에서는 '간을 얻을 수 있느냐 없느냐'에 따라 생사가 결정된다는 뜻이다.

"아, 네. 누구…… 시죠?"

보조 간호사 손에 들린 수화기에서 떨떠름한 목소리가 흘러나왔다. 상대가 누군지도 모르는데 대뜸 반말을 들었으니 그럴 만했다. 하지만 강혁은 환자 생명에 신경을 쏟고 있을 때 다른 사람 기분에 신경 쓰는 타입의 인간이 아니었다.

"외상 외과 백강혁. 다시 말해봐. 보호자가 연락이 안 돼?"

"아, 네. 연락이 되지 않습니다."

"처음부터 그랬어? 아니면 연락이 됐다가 안 되는 거야?"

"됐다가 안 됩니다. 분명히 온다고 했는데…… 도착해보니 전화도 안 받고……."

"주소는. 주소 등록되어 있을 텐데?"

대학 병원에 오는 환자들의 인적 사항은 모조리 저장되어 있다는 것쯤은 의사들이라면 모두 알고 있었다. 물론 저장된 주소를 실질적으로 사용할 생각은 못했지만, 강혁은 애초에 사고가 유연한 걸 넘어 비정상으로 튀는 사람이었다. 특이한 발상이 가능했다.

"어……. 아마 그럴 겁니다."

"아마는 무슨 아마. 빨리 확인해."

"확인…… 해서요?"

주소를 알면 뭐 어쩌려고 이러는 건가. '설마 찾아가기라도 하겠다는 건가' 하는 생각이 들었다. 그리고 아주 황당하게도 코디네이터의 이런 예상은 빗나가지 않았다.

"빨리 가봐! 가서 설득해!"

사람들이 흔히 잘못 알고 있는 것이 장기 기증 서약을 한 사람이 뇌사 판정을 받으면 병원에서 자유롭게 장기를 이식할 수 있다고 생각하는 것이다. 서약은 말 그대로 서약일 뿐 법적인 효력은 아무것도 없었다. 다만 병원과 장기 기증원에서 망자가 된 고인에게 장기 기증을 할 의사가 있었다는 것을 알려줄 따름이었다. 실제 장기 기증은 가족들의 동의가 필요했다. 반드시, 그리고 절대적으로.

"가라고요? 지금?"

"그래! 고인도 돌아가실 때 여럿 살리고 가시겠다고 서약한 거 아냐? 때를 놓치면 어쩌려고!"

"하, 하지만……. 집에 찾아가는 건 불법입니다."

그리고 그 동의를 구하기 위해 가족들을 불편하게 하는 것은 허용되지 않았다.

"불법이고 나발이고 빨리 가!"

물론 그런 것 따위 사람만 살릴 수 있다면 개의치 않는 인간도 있었지만.

강혁의 뜻에 모든 사람이 감화된 것은 아니었다. 아니, 감화된 사람은 한 명도 없었다. 커진 목소리에 놀란 재원이 전화기와 강혁 사이로 끼어들었다.

"아. 방금 들으신 건 그냥 못 들은 걸로 하시고요."

"네, 네. 깜짝 놀랐네요. 백 교수님이 새로 오신 그 교수님이죠?"

그 교수님이라니. 재원은 '이 짤막한 지칭에 얼마나 많은 의미가 담겨 있는 걸까' 하고 생각했다. 온 지 얼마나 됐다고 코디네이터에게까지 악명이 뻗쳤단 말인가. 하지만 그간의 일을 생각해보면 놀랄 일도 아니긴 했다.

'나 정말 제대로 된 선택을 한 걸까.'

외상 외과에 와서 배우고, 사람 살리는 일이 보람차기는 했다. 하지만 강혁 밑에 있다는 이유 하나만으로 병원 내 입지가 좁아지고 있다는 생각을 지우기 어려웠다.

"네, 뭐……."

재원이 착잡한 심정에 입맛을 다시는데, 수술실 문이 열렸다. 고개를 돌아보니 아직 나이가 많이 어린 신입 간호사였다. 일이 익숙지 않아 실제 처치에는 투입되지 않고 있었다.

"아, 죄송합니다."

신입 간호사는 자신에게 쏠린 시선이 부담스러운지 일단 고개부터 숙였다. 딱히 사과할 만한 일을 한 것도 아니면서. 그러곤 수술이 한창인 수술실에 들어온 용건에 관해 말했다.

"신원 불상 환자의 신원이 파악되어서 알려드리려고 왔습니다."

그 말에 강혁이 언짢았던 기색을 살짝 풀며 입을 열었다.

"말해봐."

"이기영, 남자, 35세입니다."

"이기영이라."

강혁은 이제 신원 불상에서 이기영이라는 사람으로 변모한 환자를 돌아보았다. 여전히 찢어진 간에서는 붉은 피가 새어 나오고 있었다. 그나마 혈관과 기타 상처는 정리한 덕에 양이 아주 많지는 않았지만, 그냥 두고 있을 수는 없었다. 그랬다간 죽을 테니까.

"잠깐, 이기영이라고요?"

강혁이 아주 잠시 감상에 빠져 있는 사이, 수화기 너머에서 코디가 소리를 질렀다. 소리를 쳤다기보다는 비명을 질렀다는 말이 더 어울릴 정도로 상당히 다급해보였다.

"그…… 지금 뇌사자 보호자 성함이랑 거기 환자 성함이 같아서요. 이기영."

"네?"

재원은 놀란 얼굴로 전화기를 돌아보았다. 멀리 서 있던 강혁도 좀 더 가까이 다가왔다. 연락 안 된다던 보호자와 이 환자 이름이 같다니. 우연치고는 기가 막히지 않은가.

"혹시 환자분 생년이 '850712'입니까?"

그 말에 모두의 시선이 다시 신입 간호사에게로 쏠렸다. 신입 간호사는 미처 생년월일까지 파악하지 못해 다시 고개를 숙였다.

"죄송합니다! 지금 바로 확인하겠습니다!"

그러곤 컴퓨터를 조작해 모니터에 접수 창을 띄웠다. 아까까지만 해도 '신원 불상'으로 표기되어 있던 칸에 '이기영'이라는 이름이 명기되어 있었다.

"음……."

그 이름을 더블 클릭하자 환자의 등록번호와 생년월일이 떴다. 신입 간호사는 그렇게 뜬 생년월일을 또박또박 읽어나갔다.

"850712…… 입니다."

"헐."

재원이 자신도 모르게 얼빠진 소리를 내었다.

"그럼 혹시 이기영 환자는 혼자 다치신 겁니까? 다른 보호자는 안 오셨나요?"

그 말에 강혁과 재원의 얼굴 모두 어두워졌다. 다른 보호자도 오기는 왔는데 멀쩡히 걸어오진 못했기 때문이었다. 함께 탔던 두 명은 이미 유명을 달리했고, 다른 한 명은 응급실에 마련된 처치실에서 생사를 오가고 있었다. 코디네이터는 침묵 속에서 말을 이어나갔다.

"그 보호자 중에 이혜영이라고 계십니까? 따님 되는 분입니다. 생년은 870115……."

그 말에 고개를 돌려 보니, 접수된 환자 명단에 '이혜영'이 떠 있었다. 이름이 붉게 표기되는 것을 보니 처치실에 있는 모양이었다. 두 다리가 파열되는 바람에 급성 신부전이 온 바로 그 환자였다. 신규 간호사가 다급히 그 이름을 클릭하니 '870115'라는 생년월일이 선명하게 떠올랐다.

"같이 오긴 했는데, 이분도 심하게 다치셨습니다."

"그럼 두 분 모두 결혼하셨는데, 내외는……."

뒤에 타고 있던 남녀 한 쌍이 각각 남편이오, 아내였던 모양이다. 수술실은 아까보다도 한층 더 분위기가 가라앉았다. 하필 뇌사자가 된 고인을 만나기 위해 오던 보호자가 이렇게 큰 사고를 당하다니. 이렇게 공교롭고도 서글픈 우연이 있을 수 있단 말인가. 다들 할 말을 잃은 채 고개를 떨구었다. 단 한 사람, 백강혁만 빼고. 그리고 그 숨 막히는 침묵을 깬 사람 역시 강혁이었다.

"좋아. 좋네."

"아, 교수님. 좋다뇨……."

재원은 자기가 꺼낸 말도 아니면서 얼굴이 빨갛게 달아오른 채 강혁을 말렸다. 하지만 강혁은 막무가내였다.

"이미 죽은 사람은 죽은 거야. 사고도 이미 벌어진 거고. 맞아, 안 맞아?"

"그건……. 그건 그렇죠."

간혹 사람들이 식물인간과 뇌사자를 착각하는 경우가 있지만 뇌사 판정을 받은 사람은 절대 다시 살아날 수 없었다. 게다가 대한민국의 뇌사 판정은 세계적으로도 무척 엄격한 편이었다. 이를 판정하기 위해서 brain spect, brain CT, TCD, EEG 등의 영상검사와 뇌파 검사들이 동원되었다. 즉 강혁의 말은 어느 정도 일리가 있다는 거였다. 지금 상황에 저런 어조로 할 말인가에 대해서는 논란의 여지가 있겠지만.

"그럼 아직 살아 있는 사람을 살릴 방안이 생긴 게 좋은 일이야, 아니야?"

"좋은 일이긴 하죠……."

"그럼 토 달지 마."

"네……."

강혁은 그렇게 재원을 침묵하게 한 후 전화기를 든 간호사를 향해 걸어갔다. 보조 간호사는 자신에게 다가오는 강혁의 얼굴에 전화기를 대주었다.

"코디네이터?"

"아, 네. 교수님. 듣고 있습니다."

"친족간 이식으로 진행하지. 지금 이기영 씨는 간이 없으면 죽어."

"아……. 혹시 혈액형이?"

"A형."

"그럼 맞기는 맞습니다. 하지만……."

원래 뇌사자 기증 과정은 굉장히 복잡했다. 얼마나 복잡하면 의사들이 맡지 못하고 이렇게 코디네이터라는 직업이 존재할 정도였다. 코디네이터의 머리는 터질 듯이 복잡해졌다.

'보호자 동의 없는 이식은 불법이야. 하지만…….'

지금은 동의해줄 보호자가 의식을 잃고 쓰러진 상황이 아닌가. 그 와중에 간을 빼다가 남을 줄 게 아니라 보호자에게 건네줄 계획을 세우고 있는 것이고. 법적으로는 모르겠지만 도의적으로는 옳은 일이었다. 하지만 어느 쪽이 맞는 건지 판단이 서지 않았다. 강혁은 수화기 너머로 흐르는 나직한 한숨 속에서 그러한 고민을 읽었다.

"걱정하지 말고 진행해. 책임은 내가 질 거야."

"에? 백 교수님이……."

"그래. 정 불안하면 녹음이라도 하든지."

"아, 알겠습니다. 그럼……."

코디네이터는 객쩍은 듯 녹음 버튼을 눌렀다. 그러곤 차마 눈을 못 뜨겠는지 두 눈을 감은 채 말했다.

"다시 한번만 말씀해주시겠습니까? 이제 녹음됩니다."

"알았어. 혹시 이 일에서 법적인 문제가 발생하면 내가 책임진다. 됐지?"

"네."

"그럼 빨리 진행해. 이 환자도 시간이 그리 많지 않아."

"음. 알겠습니다."

코디네이터는 아랫입술을 깨물며 답했다. 비록 강혁이 모든 책임을 지겠다고 했지만, 문제가 발생하면 코디네이터 본인도 아주 자유롭지는 못할 상황에 쉽지 않은 결정을 내린 것이다.

"좋아. 그럼 우리 쪽에서 간 떼러 올라가야 하나?"

"네. 신장, 각막, 심장, 폐는 예정되어 있던 순서대로 연락 돌리겠습니다."

"아니, 잠깐. 신장 하나는 혹시 모르니까 남겨둬."

"네?"

코디네이터는 혹시 이 백강혁이라는 사람이 신장을 어디다 팔아넘기려는 건 아닌가 생각하며 물었다. 스스로 생각하기에도 말도 안 되는 망상이었지만, 병원 내에 떠도는 강혁에 대한 소문을 떠올려보면 아주 어처구니없는 생각은 아니었다.

"이혜영이라고 또 다른 환자……. 신장 기능이 없어, 지금. 안 돌아오면 이식해야 해. 혈액형은 같아."

"아……."

혈육이고 혈액형이 같다면 장기 이식을 시도해볼 수 있었다. 유전자 타입이 완전히 같지는 않겠지만, 최근엔 기술의 빌진으로 절반 정도만 맞아도 대강 유지는 할 수 있게 되었다.

"그러니까 하나는 세이브 해줘."

"알겠습니다. 그렇게 하겠습니다. 보호자들이 이렇게 되시다니…… 이것 참……."

코디네이터는 왠인지 모를 죄책감을 느끼며 전화를 끊었다. 환자의 뇌사 판정만 아니었다면 이 눈발 휘날리는 밤에 한 가족이 한 차를 타고 영동대교를 건널 일이 있었을까 하는 생각이 들었기 때문이다. 그에 반해 강혁은 마냥 감상에 젖어 있지만은 않았다.

"이제 간 생겼으니까, 이건 떼자."

도리어 신났다는 표현이 어울릴 것 같은 표정이었다.

"아, 네."

재원은 그 얼굴을 보며 어처구니없었지만 내색하진 않았다. 언젠가 강혁이 말했던 '눈앞의 환자에 집중하라'는 말뜻을 어렴풋이나마 알 것 같았기 때문이다.

"전기칼 줘."

"네, 교수님."

장미는 강혁의 말에 기다렸다는 듯이 전기칼을 쥐여줬다. 강혁이 전기칼의 버튼을 누르자 '티딕' 하는 소리와 함께 스파크가 튀었다. 제대로 연결되어 있다는 뜻이다.

"항문, 너는 석션 들고. 긴장 늦추지 마."

"네, 교수님."

"그리고 인턴 하나 들어오라고 해줘."

"인턴이요?"

재원은 둘이서도 충분히 할 수 있는데 왜 인턴을 부르는 건가 묻는 듯한 표정으로 강혁을 바라보았다. 강혁은 그런 재원을 한심하다는 시선으로 쏘아보았다.

"너랑 나랑 간 떼러 갔을 때, 한 명은 수술실 지키고 있어야 할 거 아냐."

"간 떼러……? 저도 갑니까?"

"원래는 나 혼자서도 되는데, 너 할 줄 모르잖아. 그렇지?"

"모르죠……. 간을 언제 떼보겠습니까."

본 적은 있었다. 한국대학교 병원 이식외과는 국내 제일을 넘어 세계 제일을 넘보고 있는 수준이었으니까. 심지어 지금 이식외과장을 맡고 있는 강준상 교수는 세계 학회장까지 역임했던 실력자였다. 하지만 오히려 그래서 레지던트 때 제대로 된 보조를 서본 적이 없었다. 이미 전문의를 딴 제자들이 득실거리는 통에 레지던트 따위가 감히 제1보조의를 설 기회를 얻을 수는 없었기 때문이다. 강혁은 그런 재원을 보며 '쯔쯔' 혀를 찼다.

"이식은 못 해도 뗄 줄은 알아야지."

"죄송합니다."

"아무튼, 그래서 너 데리고 가는 거야. 한번 보고 다음부터는 네가 하라고."

"아……."

재원은 한 번 보여주고 바로 다음부터 집도하라는 이 가혹한 교육 방식에 그만 입을 헤벌리고 말았다. 자신이 무슨 불세출의 천재도 아닌데 어떻게 그게 가능하단 말인가. 하지만 강혁은 그저 당연한 말을 했다고 생각할 따름이었다. 자기에게만 가능한 일이라는 걸 알 리 없었다.

"야, 정신 차려. 지금 떼러 가냐? 지금은 여기에 집중해."

"네, 네."

"석션, 석션!"

"네, 네."

"야, 피가 계속 나는 거 뻔히 보면서 석션만 하냐? 네가 드라큘라야? 안 지져?"

"어어……. 네, 네."

티디딕. 아까 이미 절제할 범위를 결정해서인지는 몰라도 전기칼은 쉬지 않고 움직이고 있었다. 제아무리 전기칼이라고 해도 피가 날 수밖에 없는 곳이 간이라는 장기인데, 지금은 그리 많은 피가 흘러나오지 않았다. 강혁의 실력이 뛰어난 것도 한 가지 이유였지만 그보다 더 큰 이유가 있었다.

"벌써 간 경화가 많이 진행된 간이야. 그래서 이래."

강혁은 샛노랗게 탄 간의 단면을 보여주며 말했다. 재원은 솔직히 말하면 노란 것 말고 뭐가 문제인지 알 수 없었다. 하지만 여기서 모르겠다고 하면 어지간히 바보 취급을 당할 게 뻔해 보였다. 그래서 고개를 끄덕였다.

"네, 그렇군요."

"알면서 고개 끄덕이는 건 맞지?"

"그, 그럼요."

"어째 눈이 멍청해 보이는데. 그게 내 착각이기를 바란다."

"네, 네."

재원은 놀란 가슴을 가까스로 추스르며 고개를 끄덕였다. 그사이 강혁은 본인이 잘라낸 간의 단면을 살폈다.

'이미 구획이 선명하게 나뉘어 있어. 이런 패턴을 보이는 간 경화의 원인은 대개 B형 간염……. 서른다섯이면 젊은 편인데, 벌써 이 지경이라니.'

이런 상태라면 간 이식을 하더라도 여생이 길 거라고 기대할 수 없다. 하지만 여생까지 생각하는 것은 지금 죽느냐, 사느냐의 갈림길에 있는 환자에게 사치였다.

"자, 이제 간 나간다."

"네, 교수님."

장미는 절제된 간 조직을 검체 통에 담았다.

드르륵. 바로 그때 재원의 명에 따라 보조 간호사가 부른 인턴이 타이밍 좋게 안으로 들어왔다.

"너는 우리 돌아올 때까지 상처에 식염수 계속 붓고 있어. 10분 간격으로. 오래 안 걸리니까, 할 수 있겠지?"

"아."

예상외의 지시 사항이라 말턴(12월 이후의 인턴)으로서는 당황한 기색을 감추기 어려웠다. 교수도 레지던트도 없는 수술실을 혼자 지키라니. 물론 마취과 의사가 같이 있기는 하겠지만, 그래도 불안할 수밖에 없다.

"애가 대답을 못 하네. 꼭 항문 같아."

"아, 교수님. 인턴 앞에서 항문은 좀……."

"아무튼, 오래 안 걸려. 시킨 일 제대로 하고 있어. 일 터지면 저기 마취과 의사한테 상의하고, 나한테 바로 알려. 항문, 넌 따라와. 배워야지."

"아……. 네."

재원은 강혁에게 끌려나가면서 인턴을 향해 '파이팅!'을 해주었다. 이름은 기억 안 나지만 언젠가 동아리에서 본 적 있는 얼굴이었다. 보통 이런 상황에서는 선배보다 후배의 기억력이 좋기 마련이라 인턴은 재원의 이름까지 기억하고 있었다.

"감사합니다, 재원 선생님."

"어어."

재원은 그 말을 끝으로 수술실을 빠져나갔다. 고작 둘만 빠져나갔을 뿐인데 수술실은 꼭 텅 빈 것처럼 적막감이 가득했다. 인턴은 강혁이 시킨 대로 따뜻하게 데운 생리 식염수를 벌어진 상처 부위에 붓고, 석션하기를 반복했다. 그야말로 간단하기 짝이 없는 처치였지만 그럼에도 불구하고 두 손이 사정없이 떨려왔다. 그 모습을 가만히 지켜보고 있던 장미가 입을 열었다.

"인턴 샘. 너무 긴장하지 말아요. 진짜 금방 오실 거예요."

"네……. 근데 뭐하러 가신 거예요?"

인턴은 강혁과 재원에게는 차마 묻지 못했던 질문을 던졌다. 원래 집도의가 사라진 수술실에서는 조용한 대화가 오가기 마련이었다.

"아, 뇌사자 간 받으러 가셨어요."

"간……? 설마 직접 떼러……?"

"네."

"그럼 오래 걸리시는 거 아니에요?"

인턴은 언젠가 실습 학생 시절 보았던 간 이식을 떠올렸다. 뇌사자의 간을 연결해주는 과정도 어려워 보이긴 했지만, 떼는 과정이라고 해서 쉬워 보이진 않았다. 그것도 엄연한 수술이었다. 그것도 꽤 큰 규모의. 인턴의 얼굴엔 절망감이 그대로 드러났다. 장미는 그런 인턴을 보며 씩 웃었다.

"걱정하지 마요. 백 교수님이 성질은 지랄 맞아도 실력은 좋아요."

인턴은 그 말에 웃어야 할지 울어야 할지 모르겠다는 표정을 지었다.

"잠깐 묵념하지."

"네."

"자, 다 됐고. 이제 배 열자. 아들 살리는 일이니까 짧아도 이해할 거야."

"어……. 네."

짧게 묵념을 마친 강혁과 재원은 수술대 앞에 다가섰다. 지이익. 강혁은 곧장 메스로 고인의 배를 갈랐다.

'허.'

재원은 강혁의 호쾌하다는 표현이 어울리는 절개에 남몰래 감탄을 내뱉었다. 조금 전까지 수술하고 있던 이기영 환자의 복부 절개도 대단하긴 했었다. 명치끝에서 치골 상부까지 단 한 번에 그었으니까. 하지만 이렇게까지 빠르고, 이렇게까지 깊지는 않았다.

"뭐해. 석션 안 해?"

"아, 네."

아예 죽은 사람의 피부를 절개하면 피가 거의 나오지 않지만, 뇌사자는 그렇지 않았다. 뇌사 판정을 받으면 자발 호흡이 전혀 없다는 의미지만, 심장 기능은 얼마간 유지된다. 물론 살아 있는 상태에 비하면 무척 불규칙한 박동일 뿐이지만.

쉬이익. 강혁은 재원의 석션 보조를 받으며 절개를 좀 더 깊숙이 진행했다. 곧 복막이 갈라지고 내부 장기가 모습을 드러내었다. 모두 제대로 혈액 공급을 받고 있는지 색이 괜찮았다.

'흠.'

강혁은 조금 놀란 표정으로 마취 기기 쪽을 올려다보았다. 깐깐해 보이는 인상의 교수가 무심한 표정으로 마취 기기를 매만지고 있었다. 저 교수의 손이 뇌사자의 신체를 살게 하는 것이나. 그야말로 마취과에서 말하는 '수술장의 지휘자'라는 표현에 걸맞은 모습이었다.

"잠깐 간 상태를 좀 보겠습니다."

낯선 목소리에 고개를 돌려보니 강혁이 처음 보는 사람 한 명이 서 있었다. 하지만 강혁은 그가 왜 여기에 들어와 있는지 알 것 같았다. 뒤에 놓인 휴대용 초음파 기기 때문이었다.

"아, 부탁합니다."

해서 강혁은 옆으로 비켜서주었고, 의사는 멸균 막을 덧댄 초음파 기기로 간을 살폈다. 아무래도 살가죽이 덮인 채로 하는 간 초음파보다는 훨씬 더 정확할 수밖에 없었다.

새카맣던 초음파 기기 모니터에 하얀 음영이 떠올랐다. 검진해주는 영상의학과 의사의 손이 워낙 빨라서 재원으로서는 당최 뭘 보고 있는 건지도 분간이 안 갈 지경이었다. 강혁도 대강 간이 괜찮구나, 정도만을 알 수 있을 정도였다. 불과 1분 정도가 지났을 무렵 영상의학과 교수는 고개를 끄덕이며 초음파 프로브를 간에서 떼어냈다.

"간 상태는 아주 좋습니다. 이따 이식 완료되면 혈관 확인해드리겠습니다."

"네, 감사합니다."

"네, 그럼."

교수는 도우미 하나 없이 초음파 기기를 끌고 수술실을 빠져나갔다. 강혁은 어쩐지 듬직해 보이는 그녀의 뒷모습을 보며 생각했다.

'역시 대한민국 의료는 불균형이 너무 심해.'

외상 외과처럼 낙후되었다는 말로도 부족할 수준의 의료가 있는가 하면, 지금 눈앞에 있는 사람처럼 세계 최고 수준을 자랑하는 의료진도 있었다. 세계 일류와 삼류가 공존하고 있다는 얘기였다. 이런 사람들이 외상 외과 쪽으로 조금만 더 관심을 기울여준다면 좋겠지만 그건 현실적으로 불가능했다. 이쪽은 불모지였으니까. 어지간한 또라이가 아니고서는 쳐다도 안 보는 땅이었으니까. 그런 면에서 재원은 강혁에게 있어 상당한 애정을 가지고 키워야 하는 제자였다.

"항문, 잘 봐. 간 떼는 건 너무 쉬워. 한 번만 보면 할 수 있어."

"아, 네. 교수님."

재원은 어느새 완전히 모습을 드러낸 간을 내려다보며 고개를 끄덕였다. 제법 자신감이 묻어나는 고갯짓이었다. 요즘 들어 맨날 외상 환자들만 보다가 이렇게 멀쩡한 상태의 배를 보니 반가운 마음마저 들 지경이었기 때문이다. 뒤틀어진 해부학 구조를 봐도 어디가 어딘지 파악해야만 하는 훈련을 하다가 이렇게 온전한 상태의 해부학 구조를 마주하다니. 뭐라도 할 수 있을 거 같았다.

"일단 간동맥하고, 간정맥부터 묶자. 이거야 뭐, 너무 쉽지?"

"네, 뭐……. 그렇죠."

재원은 아까부터 모습을 드러내고 있는 간동맥을 보며 고개를 끄덕였다. 이 정도는 재원 혼자서도 무리 없이 할 수 있었다. 물론 지금의 강혁처럼 빠르진 않겠지만. 강혁은 질문과 동시에 혈관 묶기를 완료한 상태였다. 재원은 자신이 잠깐 정신이라도 잃었었나 하는 생각이 들었다. 그만큼 빠르고 정확한 솜씨였다.

"뭐 해? 가위로 잘라야지."

"아, 네."

재원은 묶인 간동맥과 간정맥을 잘라냈다. 그러자 우측 상복부에 단단히 박혀 있던 간이 조금씩 흔들리기 시작했다. 강혁은 그 간을 가만히 잡고서 물었다.

"다음은 어딜 잘라야 하지?"

"담관입니다."

"그래. 네가 가만 보면 대답은 꽤 잘하는 거 같아."

"저 전문의 시험 수석이라니까요."

"그거 뭐 신문에도 발표 안 되는 걸 어떻게 믿어."

"제 담당 교수님이 학회 교육 이사여서 다 아는 수가 있었다고요……."

재원은 그리 답하면서 말끝을 흐렸다. 생각해보니 그렇게 끗발 날리는 담당 교수 한유림 교수를 걷어차고 선택한 사람이 눈앞의 강혁이었기 때문이다. 실력이야 비교도 안 될 정도로 강혁이 뛰어나긴 했다. 하지만 학회 내 위치나 명성은 비교하면 안 될 정도로 한유림 교수가 압도하고 있었다. 제자를 끌어주고 키워주기엔 강혁보다 한유림 교수가 더 나을 수도 있다는 얘기였다. 강혁은 재원의 착잡한 심정을 아는지 모르는지 일단 담관부터 묶었다.

"잘라."

"아, 네."

재원도 착잡한 마음은 잠시 접어둔 채 신속하게 가위를 놀렸다. 여유를 부리기에는 시간이 너무 없었기 때문이다. 이기영 환자를 위해서도 그랬지만 다른 이름 모를 환자들을 위해서도 그랬다. 뒤를 돌아보니 다른 병원에서 온 의료진이 대기 중이었다. 강혁이 간을 떼어내면 이후 순차적으로 다른 장기들을 떼기 위해서다. 이 환자는 죽었지만 그로 인해 여러 사람이 새 삶을 얻게 되는 것이다.

"뭔 생각을 그렇게 하냐?"

강혁은 재원에게 감상에 빠질 시간을 주지 않았다. 그는 자신 눈앞에 있는 환자에게만 집중할 수 있는 사람이었으니까.

"아, 네. 죄송합니다."

"사과는 됐고, 일단 포털 베인(Portal vein: 간문맥, 간으로 들어가는 거대한 정맥) 찾아서 묶자. 자, 여기 잘 보이지?"

강혁은 간 후방에 위치한 굵직한 혈관인 간문맥을 가리켰다. 간이라는 거대한 장기로 소화기관, 비장, 췌장, 담낭에서 각각 흘러온 피를 들여보내는 혈관이었다. 역할만큼이나 그 크기가 몹시 거대했다. 웬만큼 숙달된 외과의도 한 번에 탁 잡아내서 묶기 벅찰 지경이었다. 물론 강혁에게는 별것 아닌 듯했다.

"자, 이렇게 툭 하면 묶이지? 엄청 쉽지?"

"아……. 네."

재원은 어린 시절 자주 보았던 「밥 아저씨의 그림 이야기」를 보는 심정으로 고개를 끄덕였다. 밥 아저씨가 그랬던 것처럼 강혁도 정말 쉽다고 믿는 듯했다. 그게 더 사람을 괴롭게 했다.

'저게 그냥 되는 게 당연한 건가?'

재원이 현실과 이상의 괴리감에 괴로워하는 동안 강혁은 간문맥의 아래쪽까지 툭 하고 묶어버렸다. 어찌나 쉽게 묶었는지 긴장이 탁 풀릴 지경이었다.

"좋아, 이제 다 됐어."

간동맥, 정맥, 문맥 그리고 담관. 간과 다른 주요 장기를 연결하는 동시에 고정해주고 있던 장치들을 모두 잘라내자, 간은 손으로 잡고 흔들면 덜렁거릴 정도로 불안정했다. 하지만 그런 식으로 마구 다룰 수 없었다. 이 간은 떼어다가 버릴 게 아니라 누군가를 살리기 위한, 생명 그 자체였다.

티디디딕. 강혁은 메스로 간을 둘러싸고 있는 막과 인대를 모조리 끊어버렸다. 전기칼로 하면 더 빠르고 편했지만 강혁은 되도록 메스를 고집하는 편이었다. 열로 인한 미세한 손상도 막기 위해서다. 물론 그러기 위해선 귀신 같은 손기술과 뛰어난 눈이 필요했다.

'아니……. 그냥 칼로 휘두르는데 왜 피가 안 나냐고…….'

재원은 혹시 환자 심장이 멈췄나 하고 위쪽 모니터를 바라보았다. 활력 징후를 나타내는 모니터에는 100에 80이라는 혈압이 선명하게 떠 있었다. 살짝이라도 건드리면 피가 새어 나올 수치였다. 즉 강혁은 지금 상처 하나 내지 않고 딱 막과 인대만을 자르고 있다는 것이다.

'괴물……. 이 사람 밑에서 배우면 내가 정말 이 사람처럼 될 수 있는 건가?'

동기 중 손재주가 좋다고 자부하던 재원이었지만 아무래도 불가능해 보였다. 그의 눈앞에 있는 백강혁이라는 사람은 천재라는 말로도 부족하다는 생각이 들었다.

"오케이. 다 됐어. 이거 담아라."

"아, 네."

재원은 떨어져 나온 간을 미리 준비해둔 장기 이송용 아이스박스에 담았다. 어차피 같은 병원이라 이동 시간이 그리 길지는 않았지만, 소중한 생명을 살리기 위한 기증 장기이므로 최대한 손상이 가지 않도록 옮겨야 했다.

"나가자. 벌써 10분 지났어."

"아, 10분……."

재원은 설마 하는 얼굴로 수술실에 마련된 시계를 바라보았다. 마취가 시작된 지는 이제 30분가량이었다. 하지만 수술이 시작된 지는 정말 10분밖에 지나지 않았다.

'미쳤다, 진짜.'

깜짝 놀란 사람은 재원뿐만이 아니었다. 지금까지 마취를 담당하고 있던 마취과 교수도 마찬가지였다. 그녀는 황선우를 비롯한 여러 마취과 의국 사람들로부터 강혁에 관한 악담을 들어온 터라 놀라움이 더했다.

'그새…… 간을 뗐어?'

원래 간이 있던, 이제는 텅 비어버린 우측 상복부를 뻔히 보고 있으면서도 잘 믿기지 않았다. 그사이 강혁은 굳게 닫혀 있던 수술실 문을 열고 복도로 나섰다. 밖에 서 있던 다른 병원 외과의들이 이럴 때면 으레 주고받는 인사를 건네었다.

"고생 많습니다."

현재 시각 새벽 4시 50분. 여기 있는 모두는 감히 '고생'이라는 단어를 주고받을 자격이 되는 사람들이었다.

"네, 고생 많습니다."

강혁도 가볍게 눈인사한 후 빠르게 그들을 지나쳐 나왔다. 재원은 그보다 더 잰걸음으로 달려 엘리베이터를 잡았다. 장기가 담긴 아이스박스를 든 강혁이 뛸 수는 없는 노릇 아닌가. 강혁은 재원이 잡아둔 엘리베이터에 오르면서 입을 열었다.

"항문."

"네, 교수님."

"수술실에서 연락 없었지?"

여기서 수술실이란 이기영 환자가 누워 있는 그 수술실을 뜻했다. 재원도 간을 뗀 직후 핸드폰으로 그것부터 확인했던 참이었다. 덕분에 시원스레 고개를 끄덕일 수 있었다.

"네."

"그래. 오늘은 운이 좋군."

응급 환자 보다가 날밤 새우게 생겼는데 운이 좋다니. 이게 말인가 방귀인가. 아마 한 달 전의 재원이라면 그렇게 생각했을 거다. 하지만 지금은 어쩐지 알 수 있을 것 같았다.

그사이 엘리베이터는 두 의사와 하나의 생명을 싣고 아래로 향했다. 3층에서 출발한 엘리베이터는 1층에서 멈춰 섰다. 아직 날이 밝기도 전이라 엘리베이터 앞은 한산하기 이를 데 없었다.

"새벽에 일하니까 기다릴 일도 없고, 좋지?"

"아, 네. 뭐……."

재원은 강혁의 말에 고개를 끄덕이며 그의 뒤를 따랐다.

'새벽에만 일하는 거면 훨씬 낫겠죠…….'

현재 외상 외과팀이 당면한 문제는 한두 개가 아니었다. 거의 모든 게 문제라 딱 어떤 게 문제라고 짚기 어려운 지경이었다. 하지만 재원은 그중 딱 하나만 꼽으라고 하면 주저 없이 선택할 수 있었다. 바로 인력. 외상 외과팀이라는 말이 무색할 만큼 의사는 강혁과 재원뿐이었다. 한유림 외과 과장 때문에 당직을 나눠서 설 사람도 없어졌기 때문에 더더욱 빡센 일정이 이어지고 있었다. 사실 '빡세다'라는 말로는 표현이 불가할 지경이었다. 지금 당장 둘 중 하나가 쓰러진다고 해도 이상하지 않을 것 같았다.

'오늘 오전 외래 있는데 어떻게 견디지…….'

그러나 재원은 이러한 생각을 계속해서 이어나가기가 어려웠다. 오전 일정을 따지자면 자기 앞에서 걷고 있는 강혁도 외래가 있는 것은 마찬가지였으니까. 게다가 이제 둘은 다시 이기영 환자가 있는 응급 수술실 앞에 도착해 있었다. 쓸데없는 생각은 문밖에 두고 들어가는 것이 좋다. 환자에게도 의사에게도.

드르륵. 강혁은 별말도 없이 수술실 문 우측 하단에 있는 구멍에

발을 집어넣었다. 그러자 굳게 닫혀 있던 수술실 문이 열렸다.

“아, 교수님.”

강혁이 간이 든 장기 이송용 아이스박스를 들고 들어서자 장미가 인사를 건네었다. 강혁이 없는 사이 별일은 없었던 모양이었다. 표정이 평안한 것을 보면.

“어, 조폭. 인턴 안 때리고 잘 있었나?”

“아니, 무슨 그런 소리를 하세요?”

강혁의 말에 홀로 수술실을 지켜야 한다는 중압감에 짓눌려 있던 인턴이 헛웃음을 터뜨렸다. 강혁은 그 인턴을 보며 고개를 끄덕였다.

“웃는 거 보니까 맞지는 않았나 보네.”

“제가 누굴 때렸다고 그래요?”

“나.”

“아니……. 제가 언제…….”

장미는 세상에서 제일 억울하다는 표정이 되어 말끝을 흐렸다.

“아무튼, 환자 어땠지?”

그는 지금까지 농담하던 것이 마치 없었던 일인 양 진중한 얼굴로 물었다. 그러자 마취 기기 뒤에 숨어 있던 마취과 3년 차 진용이 대꾸했다.

“활력 징후는 잘 유지되고 있습니다. 한 번도 이벤트 없었습니다.”

강혁의 시선이 말없이 인턴을 향했다. 그러자 인턴도 긴장한 얼굴로 답했다.

“저는 그냥 따듯한 식염수 넣고 석션하고, 넣고 석션하고 반복했습니다.”

마지막으로 시선이 향한 곳은 역시나 장미였다. 그녀는 비록 의사는 아닐지언정 중증외상팀의 동료였다. 따라서 이 자리에 있는 의료진 중 재원을 제외하면 강혁의 환자를 제일 많이, 오래 돌보았다고 볼 수 있었다. 그녀에게도 중증외상팀의 경험이 꽤 쌓여 있었다.

"마지막으로 나간 검사 결과 떴습니다. 아직 파종성 혈관 내 응고 장애의 징후는 없습니다."

강혁은 장미가 가리킨 모니터를 보며 고개를 끄덕였다. 혈액 검사 결과 중 응고 인자 관련 내용이 떠 있었다. 과연 장미는 그간 중환자를 돌보면서 배운 게 적지 않은 모양이었다.

"좋아. 항문, 넌 내 반대편에 서고."

"네, 교수님."

"인턴, 너는 이제 나가봐도 돼."

"네, 교수님. 감사합니다."

인턴은 수술실에 걸린 시계를 힐끔 본 후 밖으로 향했다. 처음 이 방에 끌려 들어올 때만 해도 최소 세 시간짜리라고 생각했는데, 이제 겨우 20여 분이 지나 있었다.

"다시 옴니 걸고."

"네."

"남은 간 마저 떼고, 이식할 준비 싹 하고 간 넣는다. 알았지?"

"네, 네."

재원은 '진짜 그냥 이렇게 간 이식이 이루어지는구나' 하고 생각했다. 본래 간 이식이라는 건 만반의 준비를 다 한 상황에서 이루어지는 수술이 아니었나. 이렇게 응급 수술을 하다가 즉흥적으로 이식한다는 얘기는 들어본 적이 없었다.

"정신 차리고. 밤새운다고 시위하냐?"

"아뇨. 아닙니다."

"혼자서는 못 하는 수술이라고. 네가 잘 해야 해. 대강은 알지? 간 이식 어떻게 하는지."

강혁의 말에 재원은 그렇다고 해야 하나, 아니면 아니라고 해야 하나 고민됐다. 곧 강혁의 성격이 어떤지 떠올랐고, 이럴 땐 무조건 고개를 끄덕이고 봐야겠다는 생각이 들었다.

"네."

물론 거짓말은 아니었다. 다행히 이번 간 이식은 생체 간 이식이 아니라 사후 간 이식이었으니까. 만약 죽은 사람의 간 전체를 이식하는 게 아니라, 살아 있는 사람의 간을 부분 절제 후 이식하는 것이었다면 그 어려움은 비교할 수 없었을 거다.

"잘됐네. 그럼 속도를 좀 높여도 되겠어."

"네?"

재원은 자신의 귀를 의심했다. 지금껏 계속 빨리 하지 않았던가. 이게 제 속력이 아니었다고?

"뭐해? 빨리 안 움직여?"

"아, 네."

"거기 말고! 다 할 줄 안다며!"

"어, 어……."

"에이. 손 치워봐. 이렇게 딱! 이게 안 되냐? 어려워?"

"네, 네."

그리고 재원은 머지않아 강혁이 속도를 낸다는 게 무슨 의미인지 아주 잘 알 수 있게 되었다. 그건 바로 제1보조의의 멘탈을 갈아 넣으면서 극강의 효율을 발휘한다는 뜻이었다. 덕분에 재원은 만신창이가 되었고, 강혁은 쓸모없어진 간을 불과 5분 만에 뗄 수 있었다. 하지만 재원은 그 후에도 강혁의 호통에서 벗어날 수 없었다.

"인마! 새 간 집어넣으라고!"

"네, 네."

"야, 그렇게 그냥 딸깍 들어가겠냐? 너 지금 레고놀이 해?"

"죄, 죄송합니다."

교과서나 리뷰 논문으로 공부하는 것과 실제는 상당한 차이가 있었다. 일단 사람 몸에 타인의 간을 집어넣는다는 것 자체가 상당히 도전적인 과업이었다. 워낙 큰 장기였기에 그랬다. 그나마 고인과 환자의 체강이 비슷했기에 망정이지 그렇지 않았다면 더 헤맸을 뻔했다.

"그래, 이제 뭐 해야 해?"

강혁은 억지로 끼어들어간 간을 가리키며 물었다. 재원은 실습 학생이라도 된 듯 울렁거리는 기분을 이겨내려 애쓰며 입을 열었다.

"우선 포털 베인을 잇습니다."

전문의 시험 1등답게 대답 하나는 기똥찬 사람이 재원이었다.

"어떻게 잇는데?"

"그건……."

"어휴. 항문, 잘 봐. 잘 보고 배워. 분과랑 관계없다는 생각은 버려. 외상 외과는 다 할 수 있어야 해."

"네, 교수님."

"실."

"네."

"항문, 넌 거기 잘 당겨."

"네, 교수님."

"너무 당기지 말고! 남의 혈관이라고 막 다룰래? 찢어지면 네가 책임질 거야?"

"아, 아닙니다."

재원은 거의 쉬지 않고 혼나가면서 강혁이 혈관 잇는 것을 지켜보았다. 아까 자르는 것도 예술이긴 했지만 잇는 것에 비하면 아무것도 아니었다.

'빨라……. 그런데 간격은 일정하고…….'

게다가 혈관 내피에는 실이 거의 노출되지 않고 있었다. 실은 제아무리 녹는 실이라고 해도, 일단 사람 몸에서는 이물질로 인식하기 마련이다. 항생제 복용이 가능한 보통 사람들에게는 큰 문제가 아니었다. 하지만 이 환자는 달랐다. 남의 피를 9팩이나 수혈했고, 간 이식까지 받았으니. 이런 케이스는 혈관 안쪽의 아주 작은 이물질도 외과 의사들이 가장 두려워하는 합병증을 일으킬 수 있었다. 바로 파종성 혈관 내 응고 장애.

'저렇게 하면 문제 될 가능성이 거의 없지.'

강혁은 재원이 눈도 깜빡이지 못하고 자신의 손만 바라보고 있다는 사실을 잘 알았다. 재원은 상상도 못하겠지만, 강혁에게 그만큼의 여유는 있었다. 다시 말해 아직도 최선을 다한 상태는 아니란 뜻이었다.

'가끔 그립군. 시리아가, 아프가니스탄이.'

그땐 손쓸 도리 없어 보이는 환자들도 많았지만, 그 환자들을 살릴 수 있는 실력자들이 함께했다. 완벽하다는 말도 모자랄 정도로 뛰어났던 마취과, 강혁의 속도를 늦추는 것이 아니라 오히려 더 빨리 움직일 수 있도록 해주었던 보조의, 수술 전반을 읽고 보조를 맞추어주었던 간호사, 수술 후 환자 관리에 신경을 안 써도 되게끔 해주었던 내과.

'아무도 없나.'

소위 드림팀이라고 할 수 있는 곳에서 홀로 떨어져 나온 기분이었다. 하지만 강혁은 좌절하고만 있지 않았다. 비록 중증외상 환자 진료에 있어서만큼은 불모지나 다름없는 대한민국이긴 했지만.

'나라면 할 수 있어.'

그는 혼자서도 팀을 꾸리고 가르칠 수 있을 거라 굳게 믿었다. 오자마자 그를 믿고 따라와준 재원이 그의 믿음을 더욱 굳건하게 만들고 있었다. 재원에게 반 가르치는 심정으로 손을 느릿하게 움직이고 있는 지금도 마냥 짜증 나진 않았다.

"잘 봤지?"

"네, 네."

재원은 연신 고개를 끄덕이며 열정 어린 눈빛으로 지켜보고 있었다.

"좋아. 다음은 아래쪽."

강혁은 곧장 아래로 이동해 나머지 포털 베인을 연결했다. 워낙 굵은 혈관이라 연결은 쉬웠다. 본래 혈관이 굵으면 굵을수록 자르는 것은 어렵고, 연결은 쉬운 법이었다.

"클램프 풀어."

"아, 네."

강혁의 말에 재원은 이기영 환자 쪽 포털 베인에 물려두었던 클램프를 풀었다.

콸콸콸. 온몸의 피가 흘러들어가다시피 하는 굵은 혈관이라 피가 다시 흐르는 게 눈에 보이는 것 같았다. 재원은 피가 흐를 거라 짐작만 할 뿐 실제로 보지 못했지만, 강혁의 눈에는 보였다.

'역시 잘 연결되었군.'

강혁은 어느 곳 하나 새는 구석 없이 잘 흘러들어가는 피를 보며 고개를 끄덕였다. 이것만 해도 이 간은 얼마간 버틸 수 있을 거다. 아무리 정맥혈이라고 해도 영양소가 아예 없는 건 아니었으니까.

"자, 멍하니 있지 말고 이제 동맥 연결하자고."

"아, 네."

"쑥 안으로 더 밀어넣어. 터지지 않게 조심하면서."

"네, 교수님."

재원은 뒤편의 혈관을 잇기 위해 반쯤 들려 있던 간을 우측 상복부 공간으로 완전히 밀어넣었다. 강혁이 당부했던 대로 기껏 연결한 포털 베인이 터지지 않도록 극도로 주의를 기울였다. 덕분에 간은 무사히 제자리로 들어갈 수 있었다. 포털 베인을 통해 피가 들어가기 시작한 덕분에 창백했던 색도 어느 정도 돌아오고 있었다.

"잘했어, 이제 동맥."

강혁은 말하는 동시에 간동맥을 잇기 시작했다. 보통 이만한 크기의 혈관을 이을 땐 현미경까지는 아니더라도 루페(Lupe: 현미경 안경) 정도는 끼기 마련이었다. 하지만 강혁은 아무 장비도 없이 봉합에 돌입했다. 오히려 보조의인 재원이 루페에 의존하고 있었다.

"너, 그거 안 어지럽냐?"

강혁은 루페를 낀 채 혈관을 잡고 있는 재원에게 물었다. 재원은 시선을 혈관 단면에 고정한 채 아주 살짝 고개만 끄덕였다. 루페로 뭔가를 들여다볼 때 조금만 움직여도 어지러울 수 있기 때문이다.

"네, 뭐……. 이제는 어느 정도 익숙해졌습니다."

"그래. 좋지. 근데 너무 의지하지는 말라고."

"왜, 왜요?"

"루페라는 게 언제 어디서나 준비되지는 않는 법이거든."

"아."

"그리고……."

강혁은 재원이 미처 당겨주지 못한 혈관 단면을 핀셋으로 짚으며 말했다.

"시야가 좁아져, 그거. 전체를 보지 못해. 지금처럼."

"아, 죄송합니다."

"됐고, 당기기나 해. 이제 동맥도 다 끝나간다. 그럼 다음은 뭐지?"

"정맥입니다."

"그래. 그렇지."

간동맥까지 이어졌으니 이제 피가 나갈 곳이 필요하지 않겠는가. 계속해서 피가 정체되기만 하면 큰 문제가 생길 수 있었다. 특히 간 같은 경우에는 더욱 그랬다. 간은 동맥을 통해서만 피가 들어가는 게 아니라 포털 베인이라는 다소 특이한 정맥으로도 피가 들어가기 때문이다. 동맥과는 달리 간 내부의 압력이 올라가면 피가 역류할 수 있었다. 간 경화 환자들에게 간혹 발생하는 식도 정맥류의 원인이 바로 그것이었다.

툭. 하지만 강혁이 집도하는 한 그런 건 걱정할 이유가 없었다. 보통 정맥은 흐물거리기 때문에 동맥에 비해 접합이 훨씬 어려웠지만 강혁은 단 한 번의 망설임도 없이 바늘을 움직였다. 바늘은 늘 정확히 노린 곳을 찔렀고, 나오는 곳 또한 정확히 그 반대편이었다.

"좋아. 이제 담낭관."

정맥을 순식간에 이은 강혁은 담낭관도 거칠 것 없이 정리해버렸다. 재원은 불과 30여 분도 흐르지 않았는데 모든 부위가 연결되어 있는 간을 내려다보며 입을 헤벌렸다. 마스크를 끼고 있었기에 망정이지 그렇지 않았다면 침이라도 주륵 흘렸을지도 모를 지경이었다.

"뭘 그렇게 얼빠져 있어. 이제 닫아야지."

"아, 네."

"실 줘."

"네, 교수님."

강혁은 장미에게 실을 받아 배를 닫으면서 말을 이었다. 이번엔 재원이 아니라 장미였다.

"조폭, 너 간 이식 환자 본 적 있냐?"

장미는 조폭이라는 호칭이 마음에 들지 않았지만 감히 그것에 딴지를 걸 생각이 들지 않았다. '조폭'이라는 호칭 바로 뒤에 따라온 내용이 그녀의 마음을 심히 어지럽혔기 때문이다. 간 이식 환자를 본 적이 있냐니. 이게 말이나 되는 소리란 말인가. 그간 중증외상팀 소속 중환자실은 거의 본관 중환자실 땜빵용으로 운용되어왔고, 당연하게도 그만한 중환자는 받아본 역사가 없었다.

"아뇨. 없습니다. 아마 팀에서도 없을 거 같은데요."

"음. 항문, 너는 수술 후 관리 해본 적 있어?"

재원도 장미와 비슷한 표정을 지었다.

"아뇨……."

"이거야 원."

강혁은 말하면서 고개를 가로저었다. 재원은 강혁이 이제라도 환자를 전과시킬 건가 하는 생각이 들었다.

'그래, 이식까지 했는데 어떻게 외상 외과에서 보겠어……. 이건 이식외과로 전과시켜야지.'

장미 생각도 크게 다르지 않았다.

'그래, 이건 본관 중환자실로 보내야지.'

하지만 강혁은 둘의 생각과는 전혀 다른 말을 내뱉었다.

"오늘은 외래 끝나고 좀 잘까 했는데, 안 되겠네. 내가 대강 처방 내놓을 테니까 잘 보고. 오후에 좀 배워둬. 앞으로 종종 이런 환자 보게 될 거야."

"네?"

둘은 한마음 한뜻이 되어 강혁을 바라보았다.

"뭐, 불만 있어?"

"아, 아닙니다……."

하지만 강혁에게 대들지는 못하고 고개를 끄덕이고 말았다. 그 상태 그대로 수술은 끝났다. 강혁은 환자를 직접 중환자실로 옮기는 것은 물론이고, 아까 약속했던 대로 처방도 직접 넣었다.

"후."

일을 끝마쳤다는 생각에 재원과 장미는 거의 동시에 안도의 한숨을 내쉬었다. 하지만 강혁은 왠지 모르게 바빠 보였다. 의자에서 벌떡 일어나는 모습이 도저히 방금 일을 끝낸 사람 같지가 않았다.

"교수님, 어디 가시려고요?"

"어디 가긴. 아까 환자 하나 더 있었잖아. 이혜영 씨."

"아."

재원은 그제야 실려 왔던 환자가 둘이었다는 걸 떠올렸다. 그러곤 뭔가에 홀린 듯 강혁의 뒤를 따라 응급 처치실로 향했다. 허나 처치실에 도착한 둘이 마주친 것은 이혜영 환자가 아니라 텅 빈 처치실뿐이었다.

환자가 있다가 비워져버린 처치실. 이게 의미하는 바는 대개 두 가지였다. 어딘가로 이송이 되었거나, 아니면 돌아가셨거나.

"잠깐."

강혁은 지나던 인턴 하나를 붙잡았다. 그의 악명은 꽤 알려져 있었기 때문에 인턴은 즉시 공손한 태도로 고개를 숙였다.

"아, 안녕하세요. 교수님."

"인사받자고 잡은 거 아니니까 대충 해."

"죄, 죄송합니다."

"여기 있던 환자 어디 갔지? 이혜영 씨라고."

"이혜영……? 아."

"뜸 들이지 말고 빨리 말해. 나 성격 급해."

인턴은 강혁의 으르렁거리는 소리에 놀라서 재빨리 대답했다.

"수, 수술실로 갔습니다."

"수술실?"

"네. 정형외과 쪽에 노티가 되어서요."

다리뼈 한쪽이 완전히 부서져버리지 않았던가. 제대로 된 응급의학과 의사라면 그걸 그냥 처치실에서 두고 보진 않았을 터였다. 강혁은 환자가 죽지 않았단 사실에 안도하며 물었다.

"신장은 괜찮대?"

"그것까지는 제가 잘……."

"아, 너 인턴이지. 그럼 수술실은 어딨어."

"본관으로 갔습니다."

강혁은 인턴의 말이 채 끝나기도 전에 발걸음을 재촉했다. 한쪽 손으로는 재원을 거의 끌고 가다시피했다.

"음. 항문, 뭐 하고 서 있어. 빨리 가봐야지."

"벌써 과 넘어간 거 아닐까요? 이제 저희 환사 아닌……."

재원은 정말이지 지쳤다는 표정이었다. 밤새 수술을 했으니 그럴 만도 했다. 게다가 오전 외래까지 앞두고 있었기 때문에 암담하기까지 했다. 하지만 강혁의 얼굴이 마치 도깨비처럼 변해버리자 표정을 풀 수밖에 없었다.

"무슨 미친 소리 하고 있어? 그 환자 네가 봤을 때 중증외상이야, 아니야?"

"마……, 맞습니다."

"그럼 우리 환자지. 잔말 말고 따라와."

본관 수술실이라면 강혁과 재원이 조금 전 고인에게서 간을 채취했던 바로 그곳이었다. 아직 새벽 6시였음에도 불구하고 불 켜진 수술방이 여럿 있었다. 그들 중 대부분은 밤에 발생한 응급 환자들의 수술 중이었다. 아는 사람은 알겠지만, 대학 병원이라는 곳은 세상에서 제일 아픈 사람들이 모여 있는 곳이 아니던가. 당연하게도 병동에서 발생하는 응급 상황의 빈도는 바깥과는 비교도 할 수 없었다.

"난리네요."

재원은 방금 지나친 3번 수술실에서 한창 수술 중인 이비인후과 방을 가리켰다. 두경부암 환자에게 대어준 피판(이식을 위해 분리한 혈관을 가진 피부나 조직)이 죽은 모양이었다. 머리카락이 하얗게 센 교수와 레지던트 둘이 피곤을 애써 참아가며 수술 중이었다.

"쓸데없는 데 신경 쓰지 말고, 우리 환자나 찾아. 19번 방이 어디야."

강혁은 약간은 짜증 섞인 눈으로 수술실 복도를 둘러보았다. 한국대학교 병원의 명성에 걸맞게 어마어마하게 넓었다. 본관 수술실 개수만 50개가 넘어가니 그럴 만했다. 여기에 더해 암센터에도 수술실이 50개가 있으니, '공장'이라는 별명을 얻은 게 그저 우연은 아닌 셈이었다.

"아, 저기 있습니다."

하도 넓다보니 학생 때부터 한국대학교 병원에 있었던 재원도 19번 방을 찾는 데 시간이 좀 걸렸다.

'저긴 아직 채취 중인가.'

강혁은 발걸음을 서두르면서 좌측에 있는 수술실을 바라보았다. 이제보니 그가 간을 채취했던 고인이 있는 수술실 번호가 18번이었다. 고인은 딸 이혜영 환자와 나란히 누워 있는 셈이었다. 문에 난 작은 창을 통해 보니 지금 18번 수술실에 들어가 있는 의사들은 안과 의사들인 것 같았다.

드르륵. 강혁이 잠시 시선을 다른 곳에 두고 있는 사이 재원은 19번 수술실 문을 열고 안으로 들어섰다.

"뭐야."

그렇지 않아도 날이 서 있던 정형외과 교수 강준수가 날카로운 눈빛으로 재원을 바라보았다. 한쪽 다리가 아예 박살 나 있었던 만큼 수술도 쉽지 않을 터였다.

"어……."

당황한 기색이 역력한 재원 대신 강혁이 앞으로 나섰다.

"외상 외과 백강혁입니다. 수술은 어떻게…… 잘돼가고 있나요?"

"아……. 그 백 교수님이시구나."

강준수는 얼마 전 있었던 강혁의 임명식을 떠올렸다. 중증외상이라면 정형외과도 깊은 관련이 있었기 때문에 관심을 가지고 참석했었더랬다.

'거기서 외과 과장이랑 내판 붙더니, 지금은 완전히 갈라서버렸지.'

한유림 교수가 강혁을 벼르고 있다는 사실은 병원 모두가 아는 사실이었다. 굳이 남의 얘기에 관심이 없는 사람들이라 해도 마찬가지였다. 한유림 교수가 식사 때나 골프 라운딩 때를 비롯해 거의 모든 모임에서 떠들어대고 있으니 당연한 일이었다.

"수술은 어떻게 되고 있냐고 물었는데요."

강혁은 고개를 끄덕이며 제 할 일만 하고 있던 강준수 교수를 재촉했다. 그러자 강준수는 못마땅하다는 듯 혀를 찬 후 말없이 모니터를 가리켰다. 모니터에는 CT 영상이 떠 있었다. 미처 조영제까지 쓸 시간은 없었는지, 비조영 영상만이 떠 있었다. 허벅 뼈의 다량 골절이 누가 봐도 한눈에 알 수 있을 만큼 명확하게 관찰되었다. 하지만 강혁으로선 영상을 보기 전에도 다 알고 있던 사안일 뿐이었다. '그래서 어쩌라고'라는 생각만 들었다.

"저거랑 수술이랑 뭔 상관이죠?"

"보면 몰라요? 수술이 잘될 리가 있겠습니까? 뼈가 저 모양인데. 차가 밟고 지나간 게 확실하다고."

"그러니까 수술은 잘 못한다는 말씀이시구나."

"내가 잘 못하는 게 아니라, 이 환자가 너무 어렵다고!"

"대학 교수씩이나 돼서 환자 핑계 대는 건 좀 추한데."

가뜩이나 수술이 안 되고 있는데 염장 지르고 있는 강혁이었다. 정형외과 의사들이란 다른 과 의사들에 비해 호전적인 면이 강한 편이었다. 특히 여기 있는 강준수는 그런 정형외과에서도 성미가 괄괄하기로 유명했다.

'어이고.'

보조를 서고 있던 정형외과 레지던트와 멀뚱히 서 있던 재원이 동시에 한숨을 내쉬었다. 앞으로 강준수가 어떻게 나올지 뻔했다.

"뭐, 추해? 이 새끼가 돌았나."

과연 강준수는 쥐고 있던 핀셋을 내려놓고 강혁을 향해 돌진했다. 강준수는 학생 때부터 럭비부 활동과 헬스 동아리 활동으로 다져온 우람한 체격으로 유명했다. 강혁은 그런 강준수가 다가오는데도 눈 하나 깜빡하지 않았다.

"돌았냐니, 말이 심하시네."

"말이 심해? 누가 할 소리를 하고 앉았어!"

"서 있는데."

"와, 이 새끼 이거……."

"날 새끼라고 부르기에는 키가 좀 작으신 거 아닌가."

"뭐? 작아?"

급기야 강준수의 눈에 불똥이 튀기 시작했다. 그러자 옆에 있던 레지던트가 애써 그의 팔을 부여잡았다.

"자, 잠시만! 교수님, 고정하세요!"

"고정하게 생겼냐?"

"이번에…… 또 그러시면 과장님 그냥 안 넘어가셔요!"

레지던트의 말에 강준수는 잠시 씩씩거리다 겨우 뒤로 물러섰다. 바로 얼마 전 말 안 듣는 레지던트 1년 차를 팼다가 문제가 될 뻔한 것을 겨우 합의 보았던 일이 생각났기 때문이다.

'한 번만 더 사람 쳐봐, 너 그냥 모가지야.'

5년 선배이자 현 과장의 말이 아직도 생생하게 귀에 울렸다.

"에이. 내가 참는다. 너 운 좋은 줄 알아."

"글쎄, 누가 운이 좋았던 걸까."

"교, 교수님도 좀 그만하세요."

애써 참고 뒤로 물러서려는 상대를 계속 도발하고 있는 강혁을 재원이 말렸다. 강혁도 딱히 강준수 교수를 놀리러 방에 들어온 것은 아니었기 때문에 순순히 뒤로 물러났다.

"다시 핀셋 줘. 에이……. 가뜩이나 짜증 나는데, 웬 미친놈이……."

"여기 있습니다."

"아, 빨리 줘. 급해. 오전 회진 못 돌게 생겼잖아."

강준수 교수는 간호사가 내민 핀셋을 거칠게 빼앗아 들고는 다시 수술에 집중했다. 거친 숨소리가 무색할 만큼 느릿하고 신중한 손놀림이었다. 강혁은 그 모습을 보며 생각했다.

'정규 수술은 꽤 잘하겠네. 정규 수술은.'

아마 외상 환자에 대한 경험이 지금보다 조금만 더 많았다면 훨씬 나았을 거다. 하지만 대한민국 의료 체계에서 외상 환자가 대학병원 교수를 만나게 될 확률은 극히 낮았다. 대학 병원 응급실은 보통 그 병원의 기존 중환자들로 가득 차 있어서 외상 환자까지 받을 수 있는 여력이 없었으니까. 그럼 그 환자들은 정처 없이 떠돌다 길바닥에서 죽거나, 겨우 도착한 역량 안 되는 병원에서 죽거나. 두 가지 잔인한 양자택일의 갈림길에 서 있을 따름이었다.

'내가 왔으니까 조금은 달라질 거다.'

강혁은 그리 생각하며 옆에 놓인 컴퓨터를 조작했다. 그러자 환자의 검사 결과가 주르륵 떴다. 그중에서 강혁이 집중적으로 본 것은 역시나 신장 기능 관련한 것이었다.

'흠. 크레아틴이 엄청 뛰었는데…….'

사고 발생 후 시간이 얼마 지나지 않았다는 것을 고려하면 실로 어마어마한 변화였다. 이 이상으로 중요한 지표는 역시 소변량이었다.

"여기 아이오(I/O, In and Out: 환자에게 들어간 물의 양과 환자가 배

출한 물의 양)가 어떻게 되지?"

강혁의 말에 보조 간호사가 즉시 답했다. 그렇지 않아도 마취과 쪽에서도 여러 번 물어보며 이뇨제를 주고 있었기 때문이었다.

"지금 수액과 수혈 모두 합치면 2L가량 되는데 나오는 것은 없습니다."

간호사는 빈 소변 주머니를 가리키고 있었다. 강혁이 인턴을 대신해 꽂아넣은 이후 아예 한 방울도 배출되지 않은 모양이었다. 강혁은 물론이고 뒤에 서 있던 재원의 얼굴까지도 참담해졌다. 수술하고 있던 강준수 교수도 비슷한 표정이 되었다.

"그럼 이거 수술해도 죽는 거 아닌가? 신장내과에서는 뭐래?"

그러자 수술실 한쪽 구석에서 병동 환자의 처방을 넣고 있던 내과 레지던트가 답했다.

"교수님께서 수술 끝나는 대로 투석하겠다고는 하는데……. 지금 그렇지 않아도 항생제에 뭐에 약이 많이 들어가서 예후가 어떨지는 모르겠습니다."

"이런 젠장. 지금 신장 기능이 아예 없어?"

"네. 그렇다고 봐야 합니다. 아까 초음파도 봤는데 벌써 수신증이 와서……. 랩 보면 유레미아(Uremia: 요독증) 진행 중인데…… 살아날 수 있을지 잘 모르겠습니다."

"에이."

수술하는 사람 입장에서 수술이 잘돼도 죽을 수 있다는 말처럼 힘 빠지는 말이 또 있을까. 강준수 교수는 핀셋을 던져버리고 싶은 심정을 애써 추스르며 손을 놀렸다. 강혁은 그사이 내과 레지던트 등 뒤로 향했다. 레지던트는 갑자기 드리워진 짙은 그림자에 뒤를 바라보았다.

"어……."

"외상 외과 백강혁이야. 알지?"

"아, 네. 전과 의뢰서만 주시면 정식으로 처리하겠습니다. 일단 병실은 저희 쪽으로 받아놨습니다."

레지던트는 강혁이 으레 다른 교수들처럼 골치 아픈 환자 던지러 왔다고 생각하고 급히 대꾸했다. 말투야 공손하기 이를 데 없지만 요약하면 다음과 같았다.

'환자 우리가 받을 테니까 짜증 나게 말 섞지 말라고.'

하지만 강혁의 용건은 그게 아니었기 때문에 전혀 소용이 없었다.

"전과? 너희가 받아갔다고?"

"네. 그럼요. 외상보다는…… 신부전증이 더 급하니까요."

이건 맞는 말이긴 했다. 이 환자의 경우엔 다리의 골절이 죽고 사는 문제로까지 이어질 가능성은 낮았다. 물론 감염이 생기면 얘기가 좀 달라지겠지만, 이미 강력한 항생제가 들어가는 상황인만큼 그럴 가능성은 희박했다. 하지만 신부전이 계속 유지되면 쓸 수 있는 약이 극히 제한될 거고, 그로 인해 죽을 가능성은 매우 높았다.

"그래도 내가 제일 먼저 본 환자니까, 일단 너희 교수님하고 통화 좀 해보자."

"네?"

"환자에 관해 얘기 좀 해보게. 어떤 계획을 세우고 있는지."

"아……."

레지던트는 잠시 고민하다가 이내 핸드폰을 꺼내 들었다. 어쩐지 강혁이란 사람은 절대 이대로 물러서지 않을 것 같았기 때문이다.

"네, 바꿔드리겠습니다."

레지던트가 강혁에게 핸드폰을 건네주었다. 건네주면서도 이게 잘하는 짓인가 하는 생각이 들었다. 하지만 강혁은 금세 그의 손에서 핸드폰을 낚아채고는 바로 입을 열었다.

"아, 외상 외과 백강혁입니다."

"네, 교수님. 무슨 일로……."

신장내과 김선웅 교수는 내과 교수 특유의 부드러운 말투로 물었다.

"이혜영 환자 플랜이 궁금해서요. 수술 끝나고 그냥 투석하면서 계속 지켜보실 건지 아니면 다른 계획이 있나 해서요."

"일단은 투석하면서 랩 경과 보려고 합니다."

내과 교수의 말에 강혁은 나직한 한숨과 함께 말을 이었다.

"교수님, 아시겠지만 외상 환자에서 급성 신부전이 동반되는 경우는 사망률이 너무 높습니다. 그렇게 보다간 환자 죽습니다."

"그건…… 알고 있지만 지금 달리 방법이 없지 않습니까. 여기서 신장을 구해올 수도 없는 노릇이고……."

그 말에 강혁은 옆방을 바라보았다. 옆방이라고 해봐야 벽 쪽이라 아무것도 보이지 않았지만. 강혁은 그 너머에 있는 고인이 손에 잡힐 듯 생생하게 느껴졌다.

"제가 구해올 수 있습니다."

"네?"

"제가 바로 이식할 테니까, 투석을 수술실에서 진행해주시죠."

"아니, 뭘 신장을 구해와요."

김선웅 교수는 황당하다는 듯 말했다. 하지만 그의 말은 강혁에게도, 다른 레지던트에게도 이어지지 못했다. 벌써 강혁이 전화를 끊어버렸기 때문이었다.

"이 사람 이거……. 진짜 미친 사람이구나?"

다짜고짜 전과시킨 환자의 플랜을 묻는 것도 사실 무례한 일이 아니던가. 근데 갑자기 신장 이식을 하겠다고 설쳐대다니. 이게 말인가 방귀인가 하는 생각이 들었다. 그러면서도 한편으로는 설마 하는 의심이 드는 것도 사실이었다.

'진짜 어디서 구해오는 건 아니겠지.'

얼마 전 신장 이식 관련 학회에서 만났던 상해 이식외과 교수의 말이 떠올랐다. 정 한국에서 찾는 게 어려운 환자가 있다면 자기에게 보내달라고 했었더랬다. 중국이라면 당장 찾을 수 있을 거라고.

'이, 미친놈이……?'

수술실로 향하는 김선웅 교수의 발걸음이 점점 더 빨라졌다. 이 백강혁이라는 놈이 이제 자신의 환자가 된 이혜영 환자에게 대체 무슨 짓을 하려는 것인지 알 수 없었기 때문이었다.

"아, 뭐 하는 거야."

그 시각 재원은 강준수 교수의 짜증을 받아가며 이혜영 환자의 배를 닦고 있었다.

"죄, 죄송합니다. 교수님이 급하다고 해서요."

"너희 교수만 교수야? 난 교수 아니냐?"

"최대한 방해 안 되게 하겠습니다."

말은 이렇게 하고 있었지만, 방해가 안 되기는 좀 어려웠다. 그나마 부상이 심한 다리는 좌측 다리고, 신장을 이식해줄 곳은 우측 하복부인 것이 다행이긴 했다. 하지만 방해가 되긴 했다. 같은 환자에게 동시에 두 가지 수술을 진행한다는 것은 거의 드문 일이었으니까. 하지만 재원도 강혁을 따라다니면서 많이 뻔뻔해진 후였다. 때문에 강준수 교수의 끊임없는 핀잔과 짜증에도 불구하고 묵묵히 할 일만 할 수 있었다.

"혼자 괜찮겠습니까?"

바로 그때 옆방에서는 강혁이 혼자 들어가 신장을 떼고 있었다. 마취과 교수가 걱정스럽단 얼굴로 물었으나 강혁은 전혀 문제 될 것이 없다는 투였다.

"원래 떼는 것 정도는 혼자서도 가능해야죠."

"그렇게 말하는 외과 의사는 본 적이 없는데."

"다들 인력이 너무 많아서 그래요."

"에이. 외과 사람 없다는 건 다들 아는 사실인데요."

교수의 서글서글한 말투에 강혁은 잠시 고개를 들어 그를 돌아보았다. 강혁보단 적어도 10년은 더 위로 보이는 여성 교수였는데, 솜씨가 대단한 것이 틀림없었다. 그렇지 않았다면 간도 없고, 신장도 한쪽 없는 환자를 지금까지 숨 붙여놓을 수 없었을 테니. 그것도 뇌사 상태가 아니던가. 거의 신의 경지에 이르렀다고 봐도 과언이 아니었다.

'이런 사람이 외상 외과 팀에 전담으로 와주면 좋을 텐데.'

하지만 그건 욕심이었다. 이미 교수인 사람에게 강혁이 대체 뭘 해줄 수 있단 말인가. 강혁은 꼬시는 대신 자조적인 미소를 띠었다.

"외상 외과보다는 어디든 사람이 많은 편에 속하죠."

"아, 그건 그래요. 요새 고군분투하고 계신다는 얘긴 많이 들었습니다."

"뭐, 그렇죠. 흠."

강혁은 고개를 끄덕이면서도 손은 멈추지 않았다. 툭. 어느새 우측 신장에서 방광까지 이어진 요관을 찾아 묶고 있었다. 그다음은 정맥을, 마지막으로는 동맥을 묶었다. 마치 교과서에서 간소화된 그림으로 소개하는 것을 지켜보는 것만 같은 기분이었다. 이렇게만 보면 세상에 어려운 수술이 없을 것 같단 생각이 들 지경이었다.

서걱. 강혁은 그렇게 묶은 혈관과 요관을 모조리 잘라낸 후 신장을 꺼내 들었다.

"진짜 빠르시네요. 아까 다른 팀에서는 그래도 한 40분은 걸렸는데."

"그쪽과는 달리 저는 떼는 것도, 잇는 것도 저 혼자 해야 하니까요."

"그렇군요."

마취과 교수는 잠시 고개를 끄덕이고 있다가 강혁을 향해 재차 입을 열었다.

"저, 백 교수님."

강혁은 신장을 장기 이송용 아이스박스에 담는 중이었다. 비록 이식할 수술실이 바로 옆이라지만, 그럼에도 방심할 수는 없기 때문이었다.

"아, 네. 말씀하시죠."

강혁은 본인이 보기에 실력 있는 의사에 한해서는 상당히 호감을 보이는 종류의 인간이었다. 지금 질문을 던지는 마취과 교수는 그런 면에서 강혁의 기준을 뛰어넘고 있었기 때문에 남들에게 대하는 것과 태도가 판이하게 달랐다.

"저야 여기 매인 몸이지만, 혹 도움이 필요하시면 연락하세요. 관심 있는 친구 있으면 보내드릴게요."

"그거 감사한 말이군요. 그럼 저는 이만 가보겠습니다."

"네."

마취과 교수는 눈인사하더니 보조 간호사에게로 고개를 돌렸다.

"이제 흉부외과 연락해요. 심장, 폐 떼가도 좋다고."

"아, 네. 교수님."

교수는 그리 말한 후 배가 휑해진 고인을 내려다보았다. 이제 흉벽까지 열고 심장과 폐를 떼게 되면 뇌사가 아닌 그냥 사망자가 되고 만다. 지금껏 100번 가까이 바라본 광경이었지만 볼 때마다 생경한 느낌이 들었다. 그리고 감사했다. 이 한 사람의 희생으로 인해 여러 사람이 새 삶을 얻게 될 테니.

드르륵. 마취과 교수가 상념에 젖은 사이 강혁은 장기 이송용 아이스박스를 들고 19번 방 안으로 들이닥쳤다. 강준수 교수는 아직도 부러진 허벅 뼈와 씨름 중이었다. 재원은 이제 배를 다 닦고, 소독 천까지 붙인 후 절개를 넣는 중이었고. 김선웅 신장내과 교수는 임시 투석 기기를 연결해 돌리는 중이었다. 이 중에서 강혁을 향해 제일 먼저 입을 연 사람은 역시 김선웅이었다.

"그, 그거 대체 어디서 난 겁니까?"

설마 하는 얼굴로 강혁의 손에 들린 아이스박스를 가리켰다. 강혁은 별 대수롭지 않다는 표정으로 그 아이스박스를 수술실 간호사에게 건네주었다.

"어디서 나긴 어디서 납니까. 옆방에서 떼 왔지."

"옆방? 이 환자 장기 이식 신청도 안 되었을 텐데 그냥 떼 왔습니까? 당신 그러다……."

장기 기증과 이식에 관련한 자료는 전부 국가에서 관리하게 되어 있었다. 그렇지 않다면 돈 있고 힘 있는 사람이 먼저 장기를 채 가는 일이 발생하게 될 것이 뻔했기 때문이었다. 김선웅은 설마 이 미치광이 의사가 그런 짓을 벌인 건가 싶어 두 눈을 부릅떴다.

"아, 옆방 환자분이 이혜영 씨 아버지입니다. 가족이나 기타 지인 신장을 받을 땐 그런 절차 면제되는 거 알죠?"

"아버지……?"

"아버지 뇌사 판정 연락받고 오다가 사고가 나서 이렇게 된 겁니다. 자세한 얘기는 나중에 스스로 알아보시고, 투석이나 진행하십쇼. 아까 보니까 크레아틴 수치가 심상치가 않아."

"이게 뭔……."

뇌사 판정을 받은 환자의 보호자가 사고가 나서 아버지의 신장을 받게 되었다? 잘 이해한 게 맞는지 알 수 없었지만, 지금 자신의 의문을 해결하려고 애를 쓰기엔 환자 상태가 너무 좋지 못했다. 강혁이 말했던 대로 크레아틴 수치가 어마어마하게 뜨고 있는 데다가, 올라간 상태로 시간이 꽤 지연되어 있었기 때문이었다.

"이, 일단 투석부터 연결해."

"네, 교수님."

신장내과 김선웅 교수와 레지던트는 투석 기기 연결부터 진행하기로 결심했다.

"어디까지 열었어."

그렇게 김 교수의 주의를 다른 곳으로 돌려버린 강혁은 재원의 맞은편에 섰다. 재원은 새로운 신장이 자리하게 될 우측 하복부를 길게 열어둔 상황이었다.

"이제 복막까지 열었고…… 혈관 찾고 있었습니다."

"혈관? 그게 뭐 찾아야 보이는 건가?"

"네? 허벅 동맥은 그래도 위치가 꽤 깊지 않나요?"

"깊이가 뭐가 중요해. 있는 곳을 아느냐 모르느냐가 문제지."

강혁은 그리 말하며 재원이 열어둔 복강 내부를 눈으로 슥 하고 훑었다. 그러곤 어느 한 부위에 손가락을 댄 후 재원을 바라보았다.

"여기 있잖아."

"안 보이는데요."

"뭐가 안 보여. 장님이야?"

강혁은 그리 말하면서 자신의 오른손을 가리켰다. '둥둥'거리는 심장 박동에 따라 오른손이 위아래로 출렁거렸다. 동맥을, 그것도 상당히 큰 동맥을 짚고 있다는 증거였다.

"어……."

"이제 여기 잘 보이게 공간만 만들면 되겠지? 쉽지?"

"아니, 뭐……. 이렇게 보면 쉽긴 쉬운데."

"쉽긴 쉬운 게 뭐야. 그냥 쉬운 거지. 벌려봐."

"네."

재원은 '이게 정말 쉬운 건가' 하는 생각을 하며 상처 부위를 쫙 벌렸다. 그러자 강혁이 검지를 대고 있는 허벅 동맥이 거짓말처럼 모습을 드러내었다. 그 옆에는 동맥보다 좀 더 두꺼운 정맥이 있었다. 한 쌍의 주요 혈관을 찾는 데 불과 2분도 채 안 걸린 셈이었다.

"이거 나왔으면 사실 수술 거의 끝이지. 신장 줘봐."

"네, 교수님."

강혁의 말에 간호사가 아이스박스에 담겨 있던 신장을 건네주었다. 강혁은 그렇게 받아든 신장의 동맥 쪽으로 주사기를 이용해 생리 식염수를 주입했다. 그러자 안에 약간이나마 남아 있던 찌꺼기가 정맥을 통해 배출되었다.

"자, 이건 어디부터 연결해야 하지?"

재원은 별 고민도 없이 답했다. 전문의 시험 1등 한 사람에게 이런 질문은 너무 쉬웠기 때문이었다. 아마 똘똘한 인턴도 답이 가능할 터였다.

"동맥입니다."

"그래. 그럼 어떻게 하지?"

하지만 어떻게 연결할 거냐는 질문에 답하기란 그리 쉬운 일이 아니었다. 재원이 잠시 망설이는 사이 강혁은 베슬 클램프(Vessel clamp: 혈관 집게)를 이용해 허벅 동맥 측면을 살짝 물었다. 물린 부분을 제외하고는 혈류에 전혀 지장이 없었다.

"이렇게 연결해야지."

"아, 네. 측면으로."

"그래. 가위 줘봐."

"네."

강혁은 건네받은 가위로 허벅 동맥 측면에 살짝 구멍을 내었다. 그냥 막 내는 것같이 보였지만 실은 치밀한 계산 끝에 행해진 술기였다. 재원은 뚫린 구멍의 단면 너비와 신장 동맥 너비가 완전히 같은 것을 보며 감탄을 내뱉었다.

'어떻게 이럴 수가 있지? 그냥 원하는 대로 손이 막 움직이나?'

물론 강혁에게는 당연한 일이었기 때문에 전혀 동요가 없었다. 그저 봉합 기구를 집어 들 뿐이었다.

"자, 바로 연결 들어간다. 지금 몇 시지?"

"이제 7시 다 되어갑니다."

"그럼 후딱 끝내야 외래 들어가겠네, 너나 나나."

"외래……. 네."

재원은 이게 끝난다고 해서 오늘 하루가 끝이 아니란 사실에 절망스러운 기색으로 고개를 끄덕였다. 그러자 강혁이 껄껄 웃었다.

"30분 안에 끝내줄게, 한 시간 쉬고 외래 가자고."

"하."

강혁의 말이 끝나기가 무섭게 강준수 교수가 고개를 저었다. 세상에서 제일 어처구니없다는 표정으로. 마스크를 끼고 있었지만 표정이 그대로 드러났다.

'30분이라니…….'

수술 도중 실수로 자른 혈관 하나 잇는 데도 꽤 긴 시간이 소모되는데, 이식술을 30분 만에 끝낸다고? 강준수 교수로서는 받아들이기 힘들었다. 말이 안 된다는 말을 하는 것도 이상하게 느껴질 수준의 말이었다. 하지만 강혁을 오랜 시간 보아온 재원으로서는 도저히 흘려넘기기 어려운 말이었다.

"집중해, 집중."

"네."

"이번엔 그냥 내 속도대로 갈 거니까. 보면서 배울 수 있으면 배워. 아니어도 할 수 없지."

"아, 네."

강혁은 그리 말한 후 곧장 허벅 동맥에 만들어둔 절개면에 신장 동맥을 잇기 시작했다. 현미경은커녕 루페도 끼지 않은 채였다. 하지만 강혁이 찔러넣는 바늘은 노렸던 지점을 빗나가는 법이 없었다. 도리어 루페를 사용하는 것보다 시야가 훨씬 넓어서 속도도 더 빨랐다.

푹. 몇 번인가 봉합이 이어지나 싶었는데, 어느새 신장 동맥이 거의 다 연결되어 있었다.

"뭐 해, 실 안 잘라?"

강혁이 재원을 독촉했다.

"아, 네네."

재원으로서는 강혁의 손놀림을 구경하기는커녕 그가 매듭지은 걸 제때 자르는 것만도 버거울 지경이었다.

'나는 고작 가위질만 하는데 왜 못 따라가겠지……?'

그렇지 않은가. 누구는 바늘을 쥐고 혈관과 혈관의 단면을 이어 주고 있는데, 자신은 가위질 하나 하는 것도 벅차다니. 재원은 자괴감을 느꼈다.

'나도 꽤 빠른 편이었는데.'

사실 재원의 실력이 동기들보다 처지는가 하면 그렇지도 않았다. 오히려 우수한 축에 속했다. 그저 강혁이 괴물일 따름이었다. 또한, 맨눈과 루페의 차이이기도 했다. 강제로 만든 좁은 시야를 고배율로 보게 만든 루페의 특성상 원근감이 약할 수밖에 없어 맨눈으로 보는 것과 비슷한 속도를 내려면 그야말로 각고의 노력이 필요했다.

"좀 더 집중해. 방금 너무 매듭에 붙여서 잘랐어."

"죄송합니다."

"나한테 죄송할 일은 아니지."

강혁은 그리 말하면서 봉합 기구 끝으로 이혜영 환자를 가리켰다. 네가 미안해해야 할 대상은 바로 환자라는 뜻이었다. 재원과 같은 보조의에게는 차라리 화를 내는 게 낫다고 느껴질 정도로 부담되는 말이었다.

"네, 네."

"그래도 뭐 썩 나쁘지는 않았어. 이제 클램프 풀어봐."

"아, 네."

재원은 고개를 끄덕이면서 수술실 벽면에 있는 시계를 바라보았다. 이제 겨우 6분가량이 지나 있었다. 이 짧은 시간 안에 동맥을 연결하다니, 직접 보지 않았다면 믿기 어려울 일이었다. 지금 신장내과 김선웅 교수가 그러한 것처럼.

"아니, 이 사람이 뭔 벌써 클램프를 풉니까?"

김선웅 교수는 신장내과에서 잔뼈가 굵은 인물이었다. 벌써 교수로 임용된 지 10년이 훌쩍 넘었지만, 밑에 주니어 교수가 들어오지 않고 있어 골치 아픈 신환은 다 받고 있는 불행한 교수이기도 했다. 그 덕에 지금처럼 수술 도중 투석 기기를 돌리는 일도 도맡아 하고 있었다. 이런 경우는 드물었지만, 김선웅 교수가 투석에 참여한 수술을 세려면 열 손가락으로는 부족할 정도로 많았다. 그런 김선웅 교수에게 지금 이 타이밍은 너무 빠르게 느껴졌다.

"교수님은 투석에나 신경 쓰십쇼. 수술은 집도의한테 맡기고."

강혁은 김선웅 교수를 돌아보며 퉁명스러운 어조로 대꾸했다. 김선웅 교수로서는 환장할 노릇이었다.

"아니, 백 교수님. 이제 제 환자 아닙니까? 그런데 이렇게 대강 수술하면 어쩌자는 겁니까? 신장이 어디서 쉽게 사 올 수 있는 것도 아닌데……."

얼마나 귀한지 중국까지 가서 수술받는 환자들도 있지 않은가. 그런데 이렇게 천운으로 얻게 된 신장을 날려 먹는다니. 이건 정말이지 안 될 일이었다.

"대강? 대강이라고?"

하지만 강혁이 '대강' 수술에 임할 것이라는 생각은 그저 그 속도를 따라가지 못한 김선웅 교수의 착각일 뿐이다.

"너무 그렇게 노려보진 마시고요. 이러다 한 대 치겠습니다."

"수술에 방해되면 치기만 할까? 더한 것도 할 수 있는데."

강혁은 들고 있던 메스를 들어 보이며 말을 이었다. 그 바람에 김선웅 교수는 뒤로 몇 걸음 물러나야만 했다. 날카로운 눈빛과 문신이 조화를 이루어 진짜 깡패처럼 보였기 때문이었다. 어찌나 강혁이 위협적이었는지 강준수 교수마저 식은땀을 흘릴 지경이었다.

'저 미친놈이랑 싸울 뻔했구나.'

제아무리 럭비를 하고 헬스를 하면 뭘 하겠는가. 메스로 푹 찔리면 한 방에 갈 텐데. 강준수 교수는 아까 참기를 잘했다고 생각했다. 강혁은 수술실을 공포로 밀어넣은 채 재원을 돌아보았다.

"힉."

"힉은 뭔 놈의 힉이야. 풀어. 시간 가잖아."

재원은 강혁의 말에 고개를 돌려 시간을 확인했다. 1분이 더 흘러 있었다. 누군가에게는 별거 아닌 시간일 테지만, 6분 만에 동맥 접합을 끝내는 강혁에게는 더없이 긴 시간이었다.

"네, 교수님."

해서 재원은 재빨리 베슬 클램프를 풀어버렸다.

"어이구."

그 모습에 김선웅 교수는 마치 자기 혈관이 터져버리기라도 한 것처럼 눈을 질끈 감으며 신음을 흘렸다. 이제 저 엉성한 연결 부위에서 피가 분수처럼 쏟아져 나올 것이 분명했다. 눈을 감고 있어도 피 분수가 선명하게 보이는 듯했다.

"좋아. 잘 가네."

하지만 당연하게도 그런 불상사는 터지지 않았다. 허벅 동맥에서 힘차게 뿜어져 나온 핏줄기는 신장 동맥을 통해 신장 안으로 흘러 들어가 다시 정맥을 통해 흘러나올 따름이었다.

"어?"

김선웅 교수는 '이게 정말 현실인가' 하는 생각에 두 눈을 끔뻑였다. 멀리서 안 보는 척 다 보고 있던 강준수 교수도 비슷한 표정이었다. 태연한 사람은 강혁과 재원뿐이었다.

"이제 정맥 잡겠습니다."

재원은 예상대로 되었다는 듯한 표정을 지으며 클램프로 정맥을 집었다. 강혁 또한 자연스럽게 신장 정맥을 작은 베슬 클램프로 물었다. 그러곤 아까처럼 봉합 기구를 집어 들었다.

"이번에도 집중해, 아까처럼 간다."

"네, 네!"

"야, 대답만 하지 말고. 식염수 뿌려. 정맥은 단면이 얇아서 잘 안 보인다고."

"아, 네. 교수님."

재원은 고개를 끄덕이며 주사기 안에 담긴 생리 식염수를 조심스럽게 정맥의 단면에 뿌렸다. 그러자 미세하게 묻어 있던 피가 씻겨나가고, 단면이 깨끗하게 보이기 시작했다. 물론 재원의 맨눈으로 보기엔 별반 다를 바가 없었다. 루페를 끼고 봐야 뭐가 달라졌다는 것을 인지할 수 있을 뿐. 하지만 색 구분 능력이 기형적이라고 할 만큼 뛰어난 강혁에게는 어마어마한 차이를 넘어 거의 다른 조직으로 보일 지경이었다.

그 덕에 흐물거리는 데다가 얇은 정맥 혈관 단면을 바늘로 찌르는 강혁의 손짓에도 별 망설임이 없었다. 반대편 정맥으로 빠져나올 때도 마찬가지였다.

"잘라."

"네."

"느리다, 느려."

"죄송……."

"나한테 죄송할 일이 아니라니까."

동맥을 연결할 때와 비슷한 상황이 계속해서 연출되고 있었다.

보통 사람이라면 정맥 연결에 거의 두 배 가까운 시간이 소모되었을 텐데 강혁에게는 비슷한 수준인 듯했다. 어쩌면 더 빠른 것 같기도 했다.

"교수님. 여기 그만 보고 투석 기기나 좀 봐요."

"아, 아. 네. 백 교수님."

강혁은 그 와중에 옆에 서 있던 김선웅 교수의 시선까지 느끼고 지적질을 해댔다. 그 바람에 넋을 놓고 강혁의 손놀림을 지켜보고 있던 김선웅 교수는 허둥지둥 자리로 돌아가야만 했다.

'허풍도 아니고, 미친 것도 아니야. 그냥, 수술을 너무…… 잘하는데?'

강혁에 관한 세간의 평가를 다시 한번 곱씹어 보면서였다.

"자, 잘라. 이제 마지막."

"네."

"클램프 풀어."

"네, 교수님."

아까와는 달리 클램프 풀라는 강혁의 말에 감히 반발하는 사람은 아무도 없었다. 그저 이번에도 잘 되었나 하는 얼굴로 수술 부위를 바라볼 뿐이었다.

슉. 클램프를 풀자마자 신장 안에 가득 차 있던 피가 신장 정맥을 통해 허벅 정맥으로 흘러 들어갔다. 옆으로 새는 피는 단 한 방울도 보이지 않았다. 그야말로 완벽한 혈관 문합술이었다. 물론 강혁에게는 이 상황이 너무 당연했기에 딱히 뿌듯해하는 기색이 없었다. 도리어 한 것이라곤 가위질밖에 없는 재원이 턱을 추켜세운 채 다른 과 교수들을 둘러보았다.

"커흠, 흠."

그와 눈이 마주친 강준수 교수는 그제야 벌리고 있던 입을 다물고 자기 수술에 집중했다. 워낙 골절이 심한 상태라 교정이 어려웠다. 그의 예상으로 이 수술은 앞으로도 두어 시간은 더 있어야 끝날 것 같았다.

"음, 음."

김선웅 교수도 고개를 연신 끄덕이며 투석 기기를 향해 눈을 돌렸다. 이혜영 환자의 팔목 혈관에서 빠져나온 피는 기기 안에서 노폐물을 제거한 후 다시 몸속으로 들어갔다. 체내 혈액량이 불안정한 외상 환자의 경우에는 투석이 도리어 독이 되는 경우도 많았다. 투석을 위해 피를 밖으로 빼내는 것조차 몸에서는 출혈로 인식할 수 있기 때문이다. 환자를 살리기 위해 실시한 투석이지만 쇼크로 인해 도리어 목숨을 잃는 경우도 있었다. 하지만 김선웅 교수는 상당히 능력 있는 의사였고, 따라서 환자의 활력 징후는 안정 그 자체를 유지했다.

"좋아. 이제 요관 연결한다."

"네."

신장의 경우 혈관뿐 아니라 소변이 나가는 요관도 방광과 연결해주어야 했다. 그래야 몸속의 노폐물을 소변으로 배출할 수 있을 테니까. 다행히 요관과 방광의 연결은 혈관 연결에 비하면 수월했고, 따라서 강혁에게는 식은 죽 먹기나 다름없었다.

"자, 끝."

덕분에 연결한다고 외친 지 불과 5분도 채 되지 않아서 연결이 완료되었다. 시계를 보니 이제 겨우 20분 정도 지나 있었다. 강혁은 재원을 보며 만족스러운 미소를 지었다.

"항문, 약속 지켰지?"

"네. 그럼 닫고 바로 자러 갈까요?"

"뭔 소리야. 옆에 고인 한번 보고 가야지. 두 생명의 은인인데."

"아……."

"그걸 그냥 날로 먹으려고 하네. 넌 왜 그렇게 싸가지가 없냐."

강혁은 김선웅 교수의 감사 인사를 뒤로하고 수술실을 빠져나왔다. 옆방을 들여다보니 막 심장과 폐를 들어내는 중이었다. 장기 기증의 마지막 단계라고 할 수 있었다. 강혁은 곧장 그 방 안으로 들어섰다. 바늘 가는 데 실 따라간다고, 재원도 하릴없이 그 뒤를 따랐다. 밤을 새운 데다가 수술까지 마친 직후라 밀려오는 졸음이 그를 괴롭혔다. 하지만 하늘 같은 스승이 하품 한 번 하지 않고 있는데 감히 피곤한 기색을 보일 수는 없지 않은가. 억지로라도 참아야 했다.

"잘돼갑니까?"

강혁은 흉부외과 집도의에게 물었다.

"아, 네. 이제 다 끝났습니다."

"그렇군요. 다 끝났군."

강혁은 텅 비어버린 환자의 흉강과 복강을 내려다보았다. 뒤를 돌아보니 봉합을 위해 대기 중인 인턴들이 보였다. 고인을 이런 모습으로 보호자에게 보여줄 수는 없는 노릇 아니겠는가.

띠. 마취 기기에 달린 모니터에서 알람이 울렸다. 심장 박동이 멈추었다는 뜻이다. 마취과 교수가 모니터를 끄자 수술실은 적막에 휩싸였다. 제아무리 죽음을 자주 접하는 의사들이라 해도 절대 익숙해질 수 없는 순간이었다.

"자, 묵념하자."

제일 먼저 입을 연 사람은 강혁이었다. 재원은 아까 벌써 하지 않았느냐는 눈빛으로 그를 바라보았다. 그러자 강혁은 고개를 가로저으며 재원의 뒤통수를 후려갈겼다.

"인마, 아깐 짧게 약식으로 했잖아. 제대로 해야지. 제대로."

"아, 네. 제가 생각이 짧았습니다."

"그래. 그러니까 나한테 많이 배워. 넌 인성이 아직 덜 됐어."

"아, 네……."

재원은 그게 강혁이 할 소리인가 하는 생각이 들었다. 하지만 어떻게 생각해보면 강혁이야말로 진짜 의사이기도 했다. 강혁은 다른 무엇보다도 오직 환자 살리는 데만 집중했으니까. 그게 너무 지나쳐서 다른 의료진에게 피해를 주고 있긴 했지만.

대략 5분에 달하는 묵념 끝에 고개를 든 강혁의 눈에 못 보던 사람 한 명이 눈에 들어왔다. 묵념 도중 안에 들어온 모양이었다.

"백 교수님."

하지만 목소리만은 익숙했다.

"아, 코디셨구나."

"네. 이제 기증 절차가 완료되어서 장례 지원을 해드리려고 왔습니다."

"그래, 그래야지."

대한민국에는 아주 다양한 장기 기승 단제가 있었다. 눈앞에 선 코디는 그중에서도 '한국장기조직기증원'이라는 단체에 소속된 사람이었다. 질병관리본부 산하에 있는 기관인 만큼 기증자에 대한 예우 하나만큼은 가장 철저한 편이었다.

"그런데…… 보호자들이 지금 다 입원 중이시죠?"

강혁은 코디의 어두운 표정을 보며 고개를 끄덕였다.

"그렇지. 나머지 두 분은 돌아가셨고."

"그래서 지금 장례를 어찌해야 할지 고민입니다. 제가 알기론 입원한 두 분도 상태가 워낙 위독하시다고 해서……."

그 사실은 강혁이 제일 잘 알고 있었다. 실려 왔을 때부터 지금까지 치료에 관여했으니까. 아마 다른 병원에 갔으면 지금쯤 둘 다 죽지 않았을까 싶을 정도로 중한 상태라고 보면 되었다.

"무슨 말을 하려는 거지?"

"이런 경우는 규정에 없어서요. 원래 같으면 보호자께 일정 금액을 전달하고, 장지까지 가는데 도울 사람도 보내드려야 하는데……."

그럴 보호자가 없지 않은가. 지금 이 자리에는 고인만 덩그러니 놓여 있을 뿐이었다. 만약 무연고 시신이었다면 국가에서 약식으로 장례를 치르면 될 일이긴 했다. 하지만 이 고인은 연고가 있으면서 동시에 보호자는 없는 아주 특수한 상황에 처해 있었다.

"그럼 일단 영안실에 두지."

강혁은 뭐가 문제냐는 투였다. 하지만 코디 입장에서는 난처할 수밖에 없었다.

"그……. 안치에는 비용이 따로 발생하게 되는데요. 규정에 없는 내용이기도 하고."

"아, 맞아. 공무원이시지. 참."

"윗선에 연락해봐야 하는데 이 상태로 둘 수는 없고, 그래서 고민입니다. 보호자들이 살아주실지 여부도 불확실하고……."

"그런 걱정은 하지 않아도 돼."

"네?"

"이기영, 이혜영 씨는 무조건 살아."

강혁은 그야말로 단호하기 짝이 없는 어조로 말했다. 당연하게도 수술실 안에 있던 모두의 시선이 그에게로 쏠렸다. 강혁은 그 시선을 담담히 받아내면서 말을 이었다.

"그러니까 이분은 영안실로 보내. 비용 처리가 정 어려우면 나한테 청구하라고 해. 어차피 이기영, 이혜영 씨 깨어날 때까지 그렇게 오래 안 걸려."

"그건……. 교수님 개인 돈으로 해결할 문제가 아닙니다."

"그럼 무슨 돈으로 해결할 건데?"

"그게……."

코디는 자신 있게 '우리가 담당하겠습니다'라고 말할 수 없는 현실이 원망스러웠다. 하지만 한편으로는 오기가 생기기도 했다. 일개 의사 하나가 책임지겠다고 설치는 상황이 아니던가. 국가 기관에서 이런 개인에게 일을 미룰 수는 없는 노릇이었다.

"일단은. 일단은 교수님에게 청구하도록 하죠. 하지만 제가 반드시 모든 비용을 저희가 부담하게끔 처리하겠습니다."

"그렇게 각오 안 다져도 되는데."

"아뇨. 저희 문제지 않습니까. 그렇게 하겠습니다."

"그래, 그럼. 알아서 하고."

강혁은 아무래도 상관없다는 기색으로 코디를 일별한 후, 재원의 어깨를 두드렸다.

"항문, 이제 가서 좀 자자."

"아……. 네. 교수님."

재원과 강혁이 세상 모든 것을 가진 듯한 표정을 지으며 도착한 곳은 중증외상센터 한쪽에 마련된 작은 낭식실이있다. 2층 침대 하나와 캐비닛 넷 그리고 가죽이 죄 닳아빠진 소파가 전부였다. 병원 내에서 외상 외과의 입지가 어떠한지 한눈에 알 수 있을 것 같았다.

'이제 7시 40분……. 한 시간은 잘 수 있겠구나.'

재원은 2층 침대 위에 누우며 시계를 돌아보았다.

끼이익. 침대도 소파만큼이나 낡아서 재원이 몸을 뒤척일 때마다 비명을 질러댔다. 하지만 혹시 강혁이 깨거나, 짜증을 낼까 봐 걱정하지 않았다. 강혁은 그야말로 누가 업어가도 모를 정도로 숙면을 취하는 인간이었다.

'외상 외과 하려면 잘 수 있을 때 자고, 먹을 수 있을 때 먹는 게 습관이 되어야 한다고 했지.'

처음 들을 땐 '이게 가르친다고 배울 수 있는 건가' 싶기는 했다. 하지만 강혁을 따라 살인적인 일정을 계속 소화하다보니 싫어도 그렇게 됐다.

돌아가셨어, 부모님은

쪽잠을 자고 일어난 강혁과 재원이 중환자실을 둘러보던 중이었다. 누군가 들어서더니 냅다 소리를 쳤다.

"백 교수! 백 교수 여기 있나?"

한유림 교수였다. 기조실장과 함께였다. 어차피 작디작은 공간이라 얼굴을 바로 볼 수 있음에도 굳이 소리를 질렀다는 건 그저 그가 얼마나 화가 났는지를 표현하기 위해서였다. 하지만 강혁은 그런 식으로는 머리가 잘 돌지 않는 사람이었다.

"못 본 새에 시력이 떨어지셨나. 방금 눈 마주쳐놓고 소리를 지르시네?"

자리에서 일어나기는커녕 눈인사조차 하지 않은 채였다. 외과 과장이나 기조실장이나 모두 보직 교수로서 강혁보다 한참 윗사람임에도 불구하고 그랬다. 한유림 교수는 얼굴을 마주하자마자 속을 긁어대는 강혁을 향해 삿대질했다.

"백 교수. 오늘 점심에 교수 회의인 거 몰랐어? 제일 와야 할 사람이 안 와서 분위기가 얼마나 이상했는지 알아?"

강혁은 그제야 생각이 났다는 듯 핸드폰을 꺼내보았다. 거의 열 개가량의 문자가 와 있었고, 부재중 전화도 다섯 통이 넘었다. 모두 외과 비서 또는 다른 교수에게서 온 연락들이었다.

"몰랐네요. 제가 외래 볼 때는 핸드폰을 잘 안 들여다봐서."

"그렇게 태평하게 얘기할 때가 아니라고!"

"자자. 한 교수님. 고정하시고."

기조실장 홍재훈 교수는 입에 거품까지 물 기세인 한유림 교수를 일단 진정시켰다. 어차피 기조실장 앞이라 더 난리를 피워대던 한유림 교수였던지라 금세 안정을 되찾았다.

"네, 뭐. 죄송합니다."

"교수님이 죄송할 일은 아니죠. 저기 백 교수가 사과할 일이지. 하하."

홍재훈 교수는 차기 원장이라고 불리는 기조실장답게 쉽게 흥분하진 않았다. 그저 강혁을 지긋이 바라보며 은근한 압박을 보내올 따름이었다.

"제가 뭘 사과합니까? 교수 회의는 필참이 아닌 것으로 아는데요."

"아아. 그렇죠. 하지만…… 이번에 교수 회의를 일부러 금일 점심시간으로 잡은 건 바로 백 교수님 참석하라고 그런 것 아니겠습니까? 문자랑 메일 다 보냈을 텐데요. 혹시 못 받으셨습니까?"

"보긴 봤죠."

강혁은 자신의 핸드폰을 톡톡 건드리며 답했다. '그래서 뭐'라는 표정을 지으면서였다. 홍재훈 교수는 애써 분통을 참아가며 말을 이었다.

"메일…… 보셨으면 아시겠지만, 지난달 과별 진료비 정산표가 있었을 겁니다. 거기 보면 외상 외과 적자가 지난 2주 사이에 벌써 3억이 넘어요."

3억이라는 소리에 간호사들이 저마다 수군거렸다. 장미는 핼쑥한 얼굴이 되어 고개를 가로저었다. 막연히 적자가 날 거 같다는 생각을 하고 있었지만 이렇게 많이 날 줄은 몰랐기 때문이었다. 하지만 강혁은 당당하기만 했다.

“그 정도 돈이면 나라에서 보조받은 금액으로 충당 가능한 거 아닙니까? 복지부에서 중증외상센터 활성화를 목적으로 내년부터 4년간 200억 원 지원한다고 알고 있는데요.”

“그건…… 전에도 말했다시피 센터 시설 보수와 장비 구매에 들어갈 돈이지…… 이런 식으로 적자 메우라고 주는 돈이 아니지 않습니까.”

“시설 보수라.”

강혁은 중환자실을 죽 가리켰다.

“이 중환자실, 작년 초부터 가동된 거죠? 그때 복지부에서 중증외상센터 활성화 목적으로 받은 돈으로.”

“그렇지.”

“그런데 여기 원래 목적대로 잘 쓰고 있습니까?”

“다, 당연하지! 병실 가동률 100%. 몰라요? 지금도 꽉 차 있지 않습니까.”

기조실장은 강혁이 입원시킨 환자 외에 다른 환자 둘을 가리켰다. 한 명은 내과 환자였고, 다른 하나는 흉부외과 환자였다. 둘 다 중증외상과는 거리가 좀 있었다. 그저 본관이나 암센터 중환자실이 꽉 차서 이쪽으로 온 환자들일 뿐이었다.

“원래 목적은 그게 아닐 텐데. 제가 오기 전에 여기서 진짜 중증외상 환자를 살려낸 일이 있나요?”

“환자가 다 같은 환자지. 뭘 구분을 하고 그래?”

“아니죠. 구분해서 생각해야죠. 중증외상 환자를 살리겠다고 받은 돈이니까요. 지금 다른 목적으로 쓰는 건 일종의 사기인데요?”

“사, 사기라니? 이 사람 이거 정말…….”

기조실장은 얼굴이 빨개진 채 강혁 옆에 서 있는 간호사들과 재원을 둘러보았다. 원래 교수라는 건 체면이나 권위가 제일 중요한 사람들 아닌가. 특히 기조실장쯤 되는 사람이라면 더더욱 그러했다. 헌데 다른 사람들 앞에서 사기란 말을 들었으니 당황하지 않으면 그게 이상한 얘기였다. 강혁은 당황한 나머지 더 말을 잇지 못하고 있는 홍재훈 교수에게 한 발짝 다가갔다.

"아무튼, 중증외상센터에서 발생하는 적자에 대해서는 아무 말하지 마십쇼. 내가 사적으로 유용한 게 아니라, 환자를 살리기 위해서 한 일로 발생한 거니까. 그리고 그 적자라는 거 말입니다."

그러곤 홍재훈 교수 앞에 딱 멈춰선 채 그를 내려다보았다. 곱상한 얼굴에 비해 체격은 상당히 위압적이었기 때문에 홍재훈 교수로서는 뒤로 물러설 수밖에 없었다. 조폭 연루설까지 돌고 있으니 어찌 보면 당연한 반응이었다.

"왜 나한테 뭐라고 합니까. 나는 전문의로서 환자에게 필요한 치료를 했을 뿐인데. 그 근거도 다 달아주지 않았습니까? 확인 안 했어요?"

강혁은 방금 말했던 대로 진료비 삭감 내역에 대해 모조리 주석을 달아 반박 메일을 보냈었다. 자신이 행한 치료는 이미 논문이나 교과서 또는 전문가 의견에 의해 입증된 것들이라고. 그런데도 삭감을 결정하고 적자를 보게 했다면 강혁에게 따질 일은 아니지 않은가? 불합리한 결정을 내린 심평원에 가서 따질 일이지. 적어도 강혁의 생각은 그러했다. 하지만 홍재훈 교수는 보직 교수였고, 원장단에 속한 사람이었다. 어느 한 과, 어느 한 의사를 생각하기보다는 병원 전체를 바라봐야만 했다.

"백 교수. 어린애처럼 왜 이래? 심평원에 우리 병원 찍혀서 기획 실사라도 당하면 책임질 거야? 그랬다간 3억이 아니라 수십 억, 아니 수백 억이 날아갈 수도 있다고!"

"기획 실사라……."

강혁은 마뜩잖다는 표정으로 중얼거렸다. 당장 눈앞에서 사람이 죽어나가고 있는데 법이나 규정이 환자 살리는 걸 방해하고 있다면 당장 그 규정을 고칠 생각을 해야지, 이렇게 설설 기다니.

"그런 쓸데없는 얘기는 하지 마십쇼. 저는 경영진으로 온 게 아니라, 의사로 온 겁니다. 사람 살리러 왔다 이 말입니다."

"거참……. 알아듣게 말을 하는데도 못 알아먹으니……. 일부러 그러는 거야? 머리가 나빠? 역시 무안대…… 아니, 뭐. 이건 넘어가고."

홍재훈 교수는 '무안대학교 출신이라 그런가' 하는 말을 하려다 급히 입을 다물었다.

'요즘 세상에 누가 학벌로 차별한다는 얘기 퍼뜨리면 안 되지. 암, 안 되고 말고.'

해서 잠시 하고픈 말을 꿀꺽 삼킨 후 다시 입을 열었다.

"아무튼, 내 말은 그 사람 살린다는 거로 유세 떨지 말란 말입니다. 솔직히 여기 있는 사람 다 사람 살리고 있지, 죽이고 있나? 그런데 왜 다른 과는 흑자를 내면서 살리는데, 유독 이 외상 외과만 적자를 내느냐고. 그것도 이렇게 많이."

"그게 잘못되었으니까 항의하라는 겁니다. 나한테 와서 이럴 게 아니라."

"이거야 원……."

홍재훈 교수는 쇠고집보다 더 굵은 고집을 자랑하는 강혁을 올려다보며 혀를 찼다.

'최조은 원장은 어디서 이런 놈을 데리고 와서는…….'

이런 검증도 안 되고, 듣도 보도 못한 놈을 데려오다니. 홍재훈 교수는 나중에 원장에게 단단히 따져야겠다고 마음먹으며 뒤로 물러섰다. 말로는 안 될 놈이란 확신이 들었기 때문이었다.

"아무튼, 오늘은 이만 가지. 내가 한 말 잘 생각이나 해보라고. 다른 과처럼 흑자까지는 안 바라. 그냥 적자를 좀 줄이면서 사람을 살리란 말이야. 알아들어요?"

"다른 건 모르겠고, 사람이야 지금까지 해왔던 대로 살리겠습니다."

"어휴, 속 터져."

기조실장은 가슴을 쾅쾅 치며 뒤로 돌아섰다. 그러자 여태 꿀 먹은 벙어리처럼 서 있던 한유림 교수도 급히 그를 따랐다.

"한 교수. 외과 과장 아닙니까, 잘 좀 합시다, 네?"

"말을 들어야 말이죠. 지금 기조실장님 말에도 바락바락 대드는 것 좀 보십쇼……."

"당직은, 몰아주고 있는 거 맞아요? 아까 보니까 피부 뺀질뺀질하니 멀쩡해 보이던데."

"그럼요. 매일 당직 서고 있을 겁니다. 어제도…… 수술 서너 개한 걸로 알고 있습니다."

"서너 개? 어이구. 돈 얼마나 깨졌어요?"

기조실장의 말에 한유림 교수는 선뜻 답하지 못했다. 보고받은 후 수술 기록을 보긴 봤는데, 이게 정말 현실인가 싶을 정도로 말이 안 되었기 때문이었다. 밤새 간 이식과 신장 이식을 각각 한 건씩 하다니. 외과에서 평생 있었던 그의 머리로는 잘 이해가 가지 않았다.

"왜 말을 못 해요?"

기조실장은 곧장 뭔가 있구나 해서 그를 다그쳤다. 그쯤 되자 한유림 교수도 더 숨길 수는 없었다.

"그…… 간 이식 한 건, 신장 이식 한 건 했습니다."

"뭐? 밤에?"

"네……."

"수술명은? 수술명은 뭐라고 잡았는데?"

"복부 타박상에 따른 복강 내 지혈술하고……, 급성 간부전에 대한 간 이식입니다."

"간 이식이 보험 수가 인정되나? 이런 상황에서?"

"제가 이식외과에 물어봤는데요."

"물어봤는데."

고개를 들어 보니 기조실장 표정이 말이 아니었다. 적자 3억만 해도 어마어마한데 인제 보니 더한 적자가 있었으니 그럴 만도 했다.

"아, 물어봤는데 어떠냐고?"

"그……. 아마 인정은 어려울 거라고 합니다. 복강 내 지혈술로만 청구를……."

"이런 미친놈이. 그거 이식 대기 명단 올리고 진행했으면 받을 수 있는 거죠?"

물론 이식 대기 명단에 올리면 시간이 보통 소요되는 것이 아니었기 때문에 이기영 환자는 아마 죽었을 터였다.

"그렇다고 합니다."

"아오, 저거 진짜."

"어쩌죠? 아까 하는 거 보니까……. 절대 물러설 기 같지 않던데. 이러다 이사단이 알게 되면……."

재단 이사들은 병원의 명성이나 이미지도 중요시했지만, 역시 제일 중요하게 여기는 건 돈이었다. 돈을 벌지는 못해도 최소 적자는 안 나길 바랐다. 적자가 나면 재단 돈을 쏟아부어야 했으니까. 만약 이번 원장단이 맡자마자 적자가 발생하기 시작했다는 것을 위에서 알게 되면 가만있지 않을 것이다.

"안 되지! 말이라고 하나?"

"그럼……?"

"방법을 강구해봐요. 뭐든 좋으니까."

"아, 알겠습니다."

"교수님, 근데 정말 괜찮을까요?"

재원은 강혁과 함께 본관 내과계 중환자실에서 나오던 중이었다. 허벅 뼈 복합 골절 및 광범위한 근괴사 그리고 이로 인한 급성 신부전에 대해 신장 이식까지 받은 이혜영 환자를 보고 나오는 것이다. 강혁으로서는 당연히 환자에 대한 얘기라고 생각할 수밖에 없었다. 지금도 어마어마하게 몸이 불어난 채로 투석을 받고 있었으니까.

"괜찮길 바라야지. 뭐 어쩌겠어."

해서 강혁은 이제는 닫혀버린 중환자실 문을 돌아보며 중얼거렸다. 재원은 강혁의 반응을 보고 나니 더욱 걱정이 되기 시작했다.

"그렇게 대책 없이 말씀하실 문제가 아닌 거 같은데요."

"오, 항문. 뭐 좋은 수라도 있나 보지?"

"뭐라도 해봐야죠……."

"좋은 자세야. 이제야 진짜 외상 외과 의사답네."

"네?"

재원은 그제야 자신과 강혁의 대화가 어긋나고 있다는 사실을 깨달았다. 강혁은 어리둥절한 재원을 내려다보며 말을 이었다.

"환자를 위해 뭐라도 하겠다는 그 마음가짐. 그게 기본이거든. 내가 잘 가르치고 있긴 한가 보네."

그러곤 꽤 흡족한 미소를 지었다. 아쉽게도 재원은 마음 편히 미소 지을 수 없었다. 그가 생각하기에 외상 외과는 존폐 위기에 당면해 있었고, 강혁은 그 사실을 전혀 모르고 있는 것 같았으니까.

"교수님……. 그게 아니라, 아까 기조실장님이랑 한 과장님 얘기예요."

"누구?"

긴장한 재원과는 달리 강혁은 아예 기억도 못하는 모양이었다. 무슨 소린지도 모르겠다는 표정을 짓고 있는 것을 보면. 덕분에 재원은 다소 과장된 몸짓으로 둘의 외양을 묘사해야만 했다.

"아까 응급 중환자실에 왔던 두 분이요!"

"아. 그 둘. 둘이 뭐."

"저희 과가 적자가 3억이 넘는다고 하잖아요……. 사실 지난달 일한 건 2주 정도밖에 안 되는데."

"저희 과가 아니라, 우리 과. 너 한글 안 배웠냐?"

늘 느끼는 거지만 강혁은 평범한 말도 상당히 기분 나쁘게 하는 재주가 있었다.

"그, 그게 중요한 게 아니지 않습니까……."

"그리고 내가 한 말 제대로 안 들었지?"

"무, 무슨 말이요?"

"이것 봐, 이거. 이 자식은 스승 말은 안 듣고 외부인 말만 곧이곧대로 듣네."

"무슨 소리이신지……."

재원은 강혁이 무슨 말을 하는지 바로 알아듣지 못했다. 강혁은 그런 재원을 향해 말을 이었다. 언제나처럼 단호하고, 자신감 넘치는 말투였다.

"야, 우리가 치료할 때 원칙에서 벗어난 적 있어?"

여기서 원칙이란 법적으로 정해진 규정을 뜻하는 것이 아니었다. 때로는 미 육군 병원의 교범을, 때로는 영국의 중증외상 교범에 따른 원칙을 뜻하는 것이었다. 비용을 고려하지 않은, 그야말로 환자의 생명만을 생각한 원칙이라는 뜻이기도 했다.

"아, 아뇨. 없습니다."

"그래. 모든 치료는 근거가 있고, 그로 인해서 환자가 살았어. 오늘만 해도 너랑 첫날 봤던 환자 둘이 내 외래에 왔다고. 멀쩡히 걸어서."

"그야……. 그건 맞습니다."

다른 어떤 얘기를 하더라도 변하지 않는 사실이 있었다. 강혁과 재원이 사람을 살렸다는 것. 그것도 다른 의사가 봤다면 살리지 못했을 확률이 높은 중증외상 환자를. 이건 칭찬받아 마땅한 일이지, 비난받을 만한 일은 아니지 않은가. 적어도 같은 의업에 종사하는 동료에게.

"그러니까 그딴 개소리에는 신경 쓰지 마. 만약 내 치료에 문제가 있다고 판단한다면 그 판단한 놈이나 법이 문제가 있는 거지, 내 잘못이 아니야."

"그……."

이렇게 들으면 또 강혁이 맞는 듯했다. 해서 재원은 딱히 할 말을 찾지 못했다. 의사가 사람 살리는 게 무슨 잘못이냐고 묻는데 거기다 대고 대체 무슨 말을 해야 한단 말인가.

'하지만…… 적자를 보고 있는 건 큰일이긴 한데…….'

그저 일 년에 1, 2억짜리 적자라면 그냥 넘어가줄지도 몰랐다. 그 정도 적자 한번 내지 않은, 사람 살리는 과는 단 하나도 없을 테니까. 하지만 일 년에 수십억 적자를 낸다? 그렇게 되면 이사회의 주목을 끌 수밖에 없을 터였다.

'물론 외상 외과 증진 목적으로 보조금을 타긴 하지만…….'

나랏돈 받아다가 원래 목적대로 쓰는 경우가 과연 얼마나 있을까. 대개 병원 내 필요했던, 하지만 제 돈 주고 사기는 좀 아까웠던 설비 사는 데 소모되기 일쑤였다. 이걸 마냥 욕하기도 뭐한 것이, 설비는 사두면 반영구적이지 않은가. 하지만 환자 하나 살릴 때마다 적자가 난다면, 만에 하나라도 보조금이 끊기기라도 하면 그 적자는 재앙이 될 게 뻔했다. 여기까지 생각이 미치자 재원의 표정은 자연히 어두워졌다.

"야, 이렇게 있지 말고. 오늘은 나가서 저녁이라도 먹을래?"

반면 강혁은 정말이지 속 편한 소리나 해대고 있었다. 재원은 기조실장 홍재훈 교수와 외과 과장 한유림 교수의 얼굴만 생각해도 속이 부대낄 지경인데도. 하지만 재원으로서는 강혁의 제안을 거절하기 어려웠다. 그가 외상 외과에 투신한 후 처음으로 듣는 저녁 식사 제안이었기 때문이었다. 다시 생각해봐도 정말 처음이었다.

'와……. 그러고보니까…… 이 양반이 가자고 한 곳은 죄다 병실 아니면 수술실이야.'

재원이 외상 외과에 온 지 벌써 2주가 넘었다는 것을 생각해보면 어마어마한 일이라 할 수 있었다.

"대답 안 하냐?"

"아, 네네. 나가야죠."

"그래. 그럼 조폭도 부르자."

"조폭? 아, 백장미 간호사요?"

"그래. 걔가 우리 팀 간호사 중에서 대장 아냐?"

"그렇죠."

재원은 얼빠진 표정이 되어 고개를 끄덕였다. 기껏해야 5년 경력의 간호사가 한 팀의 간호사 중 가장 선임이라니.

'하긴 백 교수님은 신임 교수인데……. 우리 팀 팀장이지.'

"어, 조폭."

"아, 무슨 조폭이에요!"

장미의 새된 목소리가 수화기에서 멀리 떨어져 있는 재원에게도 똑똑히 전해졌다. 정말이지 당찬 사람이었다. 감히 백강혁 교수에게 따박따박 소리를 질러대다니. 어쩌면 한국대학교 병원에서 중증외상팀에 가장 어울리는 간호사를 배정해준 것일지도 모르겠단 생각이 들었다.

"얘도 온대. 오프인데 어차피 집이 병원 앞이라네."

강혁은 어느새 전화를 끊고 재원을 돌아보았다.

"아……. 그럼 일단 옷부터 갈아입어야겠네요."

창문에 비친 모습을 보니, 옷만 갈아입어서 해결될 일이 아니었다. 모처럼 주어진 자유 시간에 낮잠을 잤더니 꼴이 말이 아니었기 때문이다. 그에 비하면 강혁은 당장 소개팅에 나가도 될 정도로 말끔했다.

"근데 교수님은 어떻게 그렇게 멀끔하세요?"

"나? 내가 멀끔한 게 아니라, 네가 지저분한 거지. 의사가 그게 뭐냐. 도적이야?"

"아니……. 먹고 자기도 바쁘지 않습니까……."

"틈틈이 관리해야지. 아무튼, 15분 줄 테니까 로비로 나와."

"15분……. 알겠습니다."

15분이면 머리 감고 샤워하고 면도까지 하기에 상당히 빠듯했다. 게다가 한국대학교 병원 본관은 거대한 건물이었기 때문에 이동 시간만도 꽤 걸린다. 때문에 재원은 달려야 했다. 개 발에 땀 나도록. 강혁은 그의 뒷모습을 보며 혀를 찼다.

"환자 보러 갈 때나 저렇게 뛰지. 그저 먹는다니까 신나서."

그는 그렇게 고개를 젓다가 긴 복도 끝을 돌아보았다. 3층까지 천장이 트인 로비가 눈에 들어왔다. 아직 6시도 채 되지 않은 시간이었지만 밖은 어둑했다. 강혁은 그게 마음에 들었다.

'밝으면 색이 너무 많아져.'

수술할 때나 진료할 때는 꽤 도움이 되었지만, 일상생활에 불필요할 정도로 색을 구분하는 능력은 피곤하게 만들 뿐이었다. 천천히 걸음을 옮기다보니 누군가 로비 문을 열고 들어서는 것이 보였다. 장미다.

"오, 조폭. 진짜 빨리 왔네."

"오래 걸릴 게 뭐 있나요. 그냥 바로 나왔죠. 걸어서 5분도 안 걸려요."

그녀는 늘 입고 있던 간호사복 대신 편안한 운동복 차림이었다. 집에서 입고 있던 복장 그대로 나온 모양이었다.

"되게 편하게 입고 다니는구나. 사람 패기 좋아서 그런가?"

"무, 무슨 말을 그렇게 하세요! 그냥 저녁 먹으러 가는 거니까…… 편하게 입고 나온 거죠."

"뭐, 좋아."

"교수님은 그러고 나가려고요?"

장미는 빳빳한 흰 가운을 걸치고 있는 강혁을 가리켰다.

"아니지. 이대로 나가면 얼어 죽지."

강혁은 고개를 젓더니 안내데스크로 걸어갔다.

"아, 교수님. 여기 있습니다."

데스크에 있던 직원이 아주 자연스럽게 강혁의 외투를 건네주었다.

"늘 고마워."

강혁은 외투를 받아 들고, 가운을 직원에게 건네주었다. 장미는 마치 옷장에서 옷 꺼내는 듯한 강혁을 보며 황당한 표정으로 물었다.

"뭐, 뭐예요? 왜 여기다 옷을 맡겨요?"

"나 아직 연구실을 못 받았거든."

"응급실에 당직실 있잖아요. 거기라도 두시지……."

당직실에 캐비닛이 무려 4개나 있는데.

"이봐, 조폭."

"네."

"지금이야 항문만 쓰지만, 나중엔 레지던트들도 써야 하잖아."

"그야…… 그렇죠."

보건복지부에서는 중증외상팀을 활성화하기 위해 안간힘을 쓰는 중이었다. 아니, 안간힘을 쓰고 있다고 국민들에게 어필하는 중이었다. 그래서 몇 가지 지침을 각 병원에 내렸는데, 그중 하나가 레지던트 수련 시 반드시 외상 외과를 일정 기간 돌게 하라는 것이었다. 덕분에 당장 한국대학교 병원 외상 외과만 해도 3월부터는 일년에 절반 정도는 레지던트를 파견받을 수 있게 되었다.

"그런데 거길 내가 쓰면 얼마나 불편하겠어."

"아……."

"원래 윗사람은 최대한 멀리 있을수록 좋은 법 아냐?"

"그야……."

장미는 차마 뭐라 할 말이 없어 고개를 끄덕이고만 있었다.

"교수님! 늦어서 죄송합니다."

재원이 헐레벌떡 뛰어왔다. 실로 오랜만에 보는 멀끔한 모습으로.

"오, 그나마 사람 같아졌네."

"그러게요. 수염 깎으니까 진짜 다른 사람 같네."

"아무튼, 이제 가자고. 언제 콜 올지 몰라. 빨리 먹어야 해."

"네, 교수님."

"자, 저기로 가자."

강혁은 병원 바로 맞은편 대로에 위치한 중국집을 가리켰다. 간판에 '향미궁'이라는 한자가 아주 큼지막하게 새겨져 있었다. 안으로 들어서자 중국 전통 복장을 한 점원이 인사를 건넸다.

"혹시 병원 직원분들이세요?"

"한국대병원 말하는 거면 맞습니다."

"아, 그럼 이쪽으로 오시죠."

병원 직원들에게는 뭔가 특혜가 있는 듯했다. 덕분에 강혁 일행은 바로 자리를 안내받을 수 있었다. 그것도 작은 룸으로.

"주문은 뭘로 하시겠어요?"

점원의 물음에 재원도 장미도 부리나케 메뉴판을 뒤지기 시작했지만 메뉴를 고를 수 있는 권리는 돈 내는 강혁에게만 있었다.

"저녁 코스 A로 주세요."

A 코스라면 인당 무려 10만 원이 넘는 초고가의 메뉴였다. 재원과 장미의 눈이 휘둥그레졌다. 담담한 사람은 돈 내는 입장에 있는

강혁뿐이었다.

“A 코스 세 개 말씀이시죠?”

“네. 혹시 모르니까, 그냥 바로바로 갖다줘요. 중간에 나가야 할 수도 있으니까.”

“네. 알겠습니다. 걱정하지 마세요. 저희 집은 맛도 맛이지만 속도가 진짜 빠릅니다.”

아무래도 병원 앞에서 장사하다보면 그럴 수밖에 없을 것이다. 의사든 간호사든 밥을 먹다가도 병원에서 연락이 오면 즉시 들어가야 하는 사람들이니까.

“술은 안 하시죠?”

“당연하죠.”

“알겠습니다.”

주문을 받은 점원이 문을 닫고 나가자, 장미가 제일 먼저 입을 열었다.

“이렇게 좋은 거 먹을 줄 알았으면 좀 꾸미고 올 걸 그랬네요.”

“먹는 게 달라지면 옷차림도 달라져야 하나?”

강혁은 영 이해가 가지 않는단 얼굴이었다. 장미는 그런 강혁을 보며 피식 웃었다.

“그래야 인스타에 올릴 거 아니에요. 친구들이 맨날 놀린단 말이에요. 좋은 병원 들어가놓고 거지처럼 산다고.”

“아, 인스타…….”

강혁도 그런 게 있다는 것 정도는 알고 있었다.

“근데, 교수님. 이렇게 비싼 거 막 드셔도 됩니까? 한 끼에 30만 원이면…… 너무 큰데요.”

재원은 강혁의 호주머니 사정을 걱정했다. 병원 교수 월급이 어느 정도인지 대강 알고 있기 때문이었다.

'원래도 그렇게 많지는 않을 텐데……. 우리 과는 인센티브도 없잖아.'

대학 병원 교수들의 월급은 사람들이 생각하는 것처럼 많지 않았다. 정년을 앞둔 최고 교수들이나 보직 교수 정도 되면 모를까, 강혁처럼 그냥 신입 교수는 월급쟁이 수준이었다. 여기에 인센티브가 더해지면 꽤 많은 월급이었지만, 현재 외상 외과는 적자. 인센티브는커녕 감봉이나 안 당하면 다행이었다.

"아. 30만 원. 큰돈이지. 근데 나 돈 많아."

강혁의 대답은 예상 외였다. 외상 외과 교수의 입에서 돈 많단 소리가 나올 줄이야. 자연스럽게 '금수저인가?' 하는 생각이 들었다. 원래 교수들 중엔 금수저의 비율이 꽤 높으니까. 하지만 재원은 차마 더 묻지 못했다. 교수에게 '너희 집 잘 사냐'고 묻는 건 상당한 용기가 필요한 일이었다. 허나 그걸 물을 만큼 용기 있는 사람도 있긴 있는 법이었다. 그것도 이 자리에. 바로 장미였다.

"아……. 원래 좀 부자시군요?"

"부자?"

"네. 부모님이 엄청 부자이신 거 아니에요?"

재원은 너무 단도직입적인 장미의 질문에 뜨악하면서도 한편으로는 눈을 빛냈다. 생각해보니 강혁에 대해 알려진 것이 너무 없었기 때문이다. 기껏해야 무안대학교를 나왔고, 국경없는의사회에 있다가 이쪽으로 왔다는 것뿐이었다. 외과 과장 한유림에 관해서는 아내가 누구고, 자녀는 어느 학교 다니고, 집은 어디, 심지어 어떤 음식을 좋아하고 싫어하는지까지 다 알고 있는 것에 비하면 신비주의가 보통이 아닌 셈이었다.

"부모님이라."

강혁은 그릇에 놓인 짜사이를 오도독 씹으며 말을 이었다. 그로서는 드물게 어두운 표정이었다.

"부모님은 예전에 돌아가셨어."

"아. 죄송해요. 저는 그런 줄도 모르고……."

당황한 장미가 급히 고개를 숙였다.

"아니, 아냐. 이미 철나고 나서 일이라."

"그렇군요……."

"그렇게 침울하게 들을 일이 아니라니까? 그냥 교통사고가 났고, 그 때문에 돌아가셨을 뿐이야."

강혁이 대학에 입학하고 얼마 지나지 않았을 때였다. 그땐 그냥 '어쩔 수 없는 일인가 보다' 생각했었지만, 좀 더 의학적인 지식을 쌓은 후에는 그게 아니었다는 사실을 알게 되었다.

'만약 그때 병원에 제시간에 도착했었더라면. 그리고 그 병원에 제대로 된 외상 외과 전문의가 있었더라면.'

강혁은 거기까지 생각을 이어나가다 문득 주변을 돌아보았다. 힘내라는 의미에서 밥 사주러 나온 재원과 장미가 침울한 표정으로 자신을 바라보고 있었다.

'이건 아니지.'

강혁은 억지 미소를 지으며 화제를 돌렸다.

"그런데 어떻게 돈이 많나 궁금하긴 하지?"

"아, 네."

그나마 눈치 빠른 재원이 급히 고개를 끄덕였다. 아무리 세월이 많이 흘렀다고 해도 돌아가신 부모 얘기가 어떻게 괜찮을까. 이럴 땐 그저 다른 얘기로 돌리는 게 최선이었다.

"그래. 내가 오늘 비밀 하나 알려주지. 이건 어디 가서 절대로 말하면 안 돼."

"오, 비밀 얘기. 저 비밀 얘기 완전 좋아하는데."

"저도요."

세상에서 상사의 비밀 얘기를 싫어하는 사람이 있을까. 특히 강혁처럼 알려진 것이 거의 없는 사람의 비밀 얘기를. 강혁은 눈을 반짝이며 기다리고 있는 재원과 장미를 번갈아 보면서 팔뚝을 슥 하고 걷었다. 잘 다려진 와이셔츠 안에 감춰져 있던 굵은 팔뚝이 드러났다. 근육도 충분히 위압적이었지만, 역시 문신이 눈에 띄었다.

"이 문신하고 관련이 있어."

"그거 진짜 궁금했어요."

"그러니까요. 의사 중에 문신 있는 사람 본 건 처음이라."

"그럴 거야. 나는 처음이 아니긴 한데……."

강혁은 말끝을 흐리다가 이내 자신의 문신을 톡톡 두드렸다.

"총알이 빗나간다고 하더라고. 타투이스트 말이."

"네? 총알이요?"

"그래. 총알이."

"아니……. 총알이 빗나간다는 문신을 의사가 왜 새겨요?"

재원은 도무지 이해가 가지 않는다는 표정으로 되물었다.

"왜? 새기면 안 되냐?"

"아니, 그건 아니지만……. 이상하잖아요."

"이상하기는 뭐가 이상해. 내 자유지. 넌 총 맞아 죽고 싶냐?"

"아뇨. 근데 맞을 일이 없잖아요."

"그걸 어떻게 장담해."

"아니……."

재원은 대화를 이어나갈수록 뭔가 강혁에게 말리는 듯한 느낌이었다. 분명 논리로는 이쪽이 맞는데, 막상 대화해보면 늘 밀리는 건 재원 쪽이었다. 강혁은 당황한 기색이 역력한 재원을 보며 미소를 지었다.

"아무튼, 항문. 이제 외상 외과 팀원이 됐는데…… 계속 항문이라고 하니까 좀 이상하긴 해, 그렇지?"

그 말에 장미가 격하게 고개를 끄덕였다. 자기에게 조폭이라고 부르는 것도 마음에 들지 않긴 했지만, 항문은 진짜 심한 것 같았다.

"네, 그거 좀 심해요. 그냥 선생님 이름 불러주세요."

"조폭, 아직 이름 부를 정도는 아니야. 얘 혼자서 수술 집도도 못 하는데."

강혁의 말에 재원이 발끈했다.

"집도를 못 하다뇨! 제가 충수 돌기를 얼마나 기가 막히게 떼는데……."

"그게 외상이냐?"

"아니……. 그건 아니죠."

"외상 외과 의사가 외상을 봐야지, 뭔 맹장 얘기를 하고 있어."

"음……."

"그래도 항문이라는 꼬리표는 떼줄게. 그렇게 부를 때마다 한유림인지 뭔지 생각나서 나도 기분이 좀 더럽거든."

"네……. 감사합니다. 듣는 저도 좀 그랬습니다."

부르는 사람도 기분이 더럽다면 듣는 입장에서는 어땠겠는가. 재원은 이제라도 벗어나게 되어서 다행이란 생각이 들었다.

"그래서 내가 생각을 좀 해봤어. 뭐라고 불러야 좋을지."

"아, 벌써 생각을 하셨구나."

재원은 뭔가 불안하다는 생각을 떨칠 수 없었다. 강혁이 부르는 별명을 딱 두 개 알고 있는데, 그게 조폭과 항문이었기 때문이다.

"노예 어때? 노예."

"노, 노예라뇨……?"

재원은 당연히 농담이라고 생각했다. 하지만 곧 착각이라는 것을 깨달았다.

"그래. 노예로 하자. 뜻도 좋아. 의료 노예. 환자들을 위해 몸 불살라서 일하는 노예."

"아니, 뭔 뜻이 좋습니까? 노예가……."

"아, 몰라. 이제 음식 나온다. 먹어라, 노예."

"거참……."

강혁의 말대로 곧 문이 열리고 점원이 코스 요리를 하나하나 늘어놓기 시작했다. 코스라는 이름이 무색하게 한 번에 다 늘어놓고 있었다. 병원에서 온 손님 중 느긋하게 식사할 수 있는 사람이 몇이나 되겠는가. 강혁은 테이블에 놓인 음식을 가리키며 말했다.

"먹어, 노예."

"우……."

먹으라는 말 뒤에 '노예'가 붙으니 상당히 수치스러웠다. 하지만 그보다 더 수치스러운 것은 눈앞의 음식 때문에 침이 꼴깍꼴깍 넘어가고 있다는 점이었다. 아침은 굶었고, 점심은 편의점 김밥으로 먹었으니 오죽할까.

"너도 먹……. 조폭, 잘 먹네?"

"네. 저야 뭐. 없어서 못 먹죠."

눈앞에서 먹방 찍듯 야무지게 먹는 장미를 보니 점점 더 배가 고팠다. 그래도 노예라는 말을 듣고 먹는 건 아니다 싶어 참고 있었는데, 강혁이 치명타를 날렸다.

"노예. 너 그러다 전화 오면 아예 하나도 못 먹는데, 괜찮냐?"

강혁은 입안 가득 음식을 넣고 우물거리며 말했다.

"이런 망할……."

결국 재원은 눈앞의 음식에 굴복하고 말았다. 음식 앞에서 자존심을 지키기에 재원은 너무 극한 상황에 놓여 있었다.

우걱우걱. 곧 작은 방 안에는 음식 먹는 소리만 가득했다. 평소에는 폼 잡고 잰 체하던 강혁도 음식 먹는 데 열중하기 시작했기 때문이었다. 점원은 반쯤 열린 문틈 사이로 그 광경을 보며 고개를 가로저었다.

"가만 보면 의사도 못 할 짓이야, 저거."

하루 이틀도 아니고, 맨날 허겁지겁 먹고 병원으로 들어가는 의사들을 보면 이런 말이 절로 나왔다. 특히 이 방은 외상 외과팀 사람들이다. 밖으로 음식을 먹으러 나왔다는 것 자체가 어려운 일이었다. 그리고 그 기쁨은 오래가지 않았다.

띠리리리리링. 먼저 재원의 핸드폰이 울리기 시작했다.

"아, 뭐야."

장미는 아직 재원이 발신자를 확인하지 않았음에도 불구하고 대뜸 짜증부터 냈다. 어디서 오는 전화인지는 뻔했다.

"아."

재원은 체념한 얼굴로 핸드폰을 꺼냈다. 반면 강혁은 재원에게는 눈길도 주지 않은 채 더욱 빠른 속도로 음식을 씹어 삼켰다. 열량 높은 음식 위주로 먹고 있었다. 강혁도 이 시간이 곧 끝나리라는 것을 알고 있었다.

"네, 외상 외과 양재원입니다. 네, 아……. 네."

재원은 상대에게 큰 죄라도 지은 사람처럼 고개를 숙이고 굽신거렸다. 그 모습을 본 강혁은 이제 의자에서 반쯤 몸을 일으킨 채 음식을 집어먹었다. 그나마 여유로운 사람은 장미였다. 365일 당직 신세인 두 사람과는 달리 오늘 오프였으니까.

"네, 네. 교통사고……. 아웃 카 티 에이(Out car Traffic Accident: 보행자 교통사고)란 거죠?"

그 말에 강혁은 이제 아예 몸을 완전히 일으키고 차를 들이켰다. 보통 외상 외과로 오는 교통사고는 중상자인 경우가 대부분이었다. 거기다 보행자 사고라니. 이런 경우는 사망으로 이어질 수 있는 상황이었다. 같은 교통사고라고 해도 차 안에서 당하는 것과 차 밖에서 당하는 것은 천지 차이였으니까.

"알겠습니다. 지금 바로 가겠습니다. 한……."

재원은 곧장 시간을 말하지 못하고 창밖을 내려다보았다. 왕복 6차선 대로 건너편에 서 있는 웅장한 한국대병원 건물이 보였다. 길을 제때 건넌다고 해도 병원을 가로질러 뛰어가는 데 꽤 많은 시간이 소요될 것이다.

'10분? 15분?'

재원이 머릿속으로 계산기를 돌리고 있는 사이 강혁이 그의 핸드폰을 낚아챘다.

"5분 안에 가지. 처치실 준비하고 수술실에 연락해. 혹시 모르니까 CT실은 비워두고."

"에? 5분?"

"뛰어라, 노예."

"아니……."

명령어 뒤에 노예라는 호칭이 붙으니까 대단히 굴욕적이었다. 게

다가 '뛰어라, 노예'라니, 정말 노예에게나 할 법한 소리 아닌가.

"환자 죽어, 인마."

하지만 그 뒤에 죽음이라는 단서를 붙여버리자 뛰지 않을 수 없었다. 재원은 외투를 급하게 집어 들고 방을 뛰쳐나갔다.

"조폭, 넌 천천히 다 먹고 가라. 내일 보자."

장미에게 인사 한마디를 남긴 뒤 강혁도 뒤따라갔다.

"네네. 교수님!"

장미는 엉거주춤 일어난 채로 손을 흔들었다. 면발을 먹던 중이라 완전히 일어서지 못했다.

그사이 강혁과 재원은 중국집을 빠져나가 대로를 향해 뛰고 있었다. 아직 빨간 불이었는데도 둘 다 속도를 늦출 생각이 없어 보였다.

"노예, 멈추지 마! 그냥 뛰어! 어차피 여기 이 시간에 차도 없어!"

"네, 네!"

재원은 '이러다 죽으면 내일 신문에 나겠구나' 하는 생각을 하며 뛰었다.

'외상 외과 전문의, 응급실 콜 받고 무단 횡단하다가 사망'

등신 같지만 멋있는 죽음 아닌가. 하지만 강혁의 말대로 이 시간 대로에는 차가 거의 없었다. 둘은 죽기는커녕 경적 한 번 듣지 않은 채 무사히 대로를 건널 수 있었다. 도로 한쪽에 세워져 있는 봉고와 경찰차가 좀 신경 쓰이기는 했지만.

"계속 뛰어라, 노예!"

"으으."

재원은 수치스럽기 짝이 없는 호칭을 들으며 달려야만 하는 현실을 저주했다. 하지만 그러면서도 발은 절대로 멈추지 않았다. 강혁을 따라다닌 지난 2주 동안 보행자 사고의 위험성을 뼈저리게 느꼈기 때문이다.

응급실 앞에 도착한 재원은 그리 체력이 좋은 편은 못 되어서 문 앞에 멈추자마자 거의 토할 거 같은 기색이었다. 그에 반해 강혁은 혼자 날아오기라도 한 것처럼 멀쩡해 보였다.

“노예, 운동 좀 해라. 5분 뛰고 헉헉거리냐?”

“우…….”

재원은 뭐라 대꾸하고 싶었지만 지금 입을 열었다가는 말이 아닌 음식이 나올 것 같아 강제로 입을 다물어야만 했다. 삐빅. 그사이 강혁은 아이디 카드를 이용해 응급실 문을 열고 안으로 들어섰다. 재원은 입을 싸맨 채 그 뒤를 따랐다.

“어떻게 오셨……. 아, 교수님.”

평상복 차림인 강혁에게 다가오던 간호사가 이내 고개를 숙였다. 그러곤 처치실로 강혁을 안내했다. 응급실 입구에서부터 처치실에 이르는 바닥이 온통 피 칠갑이었다.

‘색이 너무 붉어.’

그 말은 피가 몸 밖으로 흘러나온 지 오래되지 않았단 뜻이다. 어디 고여 있던 피가 쏟아진 것이 아니란 뜻이었고. 즉, 환자는 지금 실시간으로 막대한 양의 피를 흘리고 있는 상황이다.

챠르르륵. 강혁은 굳은 얼굴로 처치실에 쳐진 커튼을 들쳤다. 그와 동시에 역한 피 냄새가 훅 하고 끼쳐왔다.

“읍.”

그렇지 않아도 간신히 토를 억제하고 있던 재원이 고개를 돌렸다. 산전수전 다 겪었다고 볼 수 있는 재원이 이런 반응을 보일 정도로 환자는 처참한 상태였다.

“언제 왔지?”

강혁의 말에 응급의학과 레지던트가 급히 답했다.

“이제 5분 됐습니다. 오자마자 연락드렸습니다.”

“흠.”

5분이나 된 것 치고는 딱히 환자에게 해준 것이 없어 보였다. 고작해야 수액 라인 두 개가 다였다. 기관 절개도 못한 채 환자 입에 앰부를 대고 있었다.

“어쩌다 다친 거지? 뭐에 치인 거야?”

강혁은 으스러져버린 것이 분명해 보이는 위팔뼈와 그로 인해 퉁퉁 부어버린 팔 전체를 보며 물었다. 이만한 충격량이라면 머리나 경추 또한 멀쩡하기는 어려워 보였다.

“그……. 병원 환자 보호자분이신데요. 정문 쪽 대로에서 무단 횡단하다가 봉고에 치였습니다.”

“허.”

레지던트의 말에 재원이 신음을 흘렸다. 방금 강혁과 달려온 길에서 난 사고였으니 당연한 반응이었다. 그제야 강혁은 도로 한쪽에 세워져 있던 봉고 주변으로 핏자국이 있었다는 사실을 떠올릴 수 있었다.

“이런.”

그리고 그 봉고의 범퍼 높이는 환자의 위팔 정도 되는 높이가 아니란 사실 또한 알 수 있었다.

‘허벅지를 쳤겠지. 환자는 그 충격으로 차 쪽으로 넘어졌을 거야.’

강혁은 봉고 앞 유리창이 반쯤 깨져 있었음을 기억했다. 인체 중 그만한 강도를 지닌 곳은 머리뿐이었다. 자연히 강혁의 시선이 환자의 머리를 향했다.

왈칵. 어마어마한 출혈이 환자의 옆 머리에서 흘러나오고 있었다. 저건 그냥 두피가 찢어져서 나는 피가 아니었다. 두개골이 박살 나고, 안쪽 혈관이 죄 터진 것이 분명했다.

띠. 모니터에서 활력 징후의 이상을 뜻하는 알람이 계속해서 울렸다. 혈압과 심장 박동 수 그리고 호흡수가 모조리 엉망이었다. 그리고 곧 모든 징후가 0으로 수렴했다. 그렇게 되는 데까지 걸린 시간은 불과 1분도 채 되지 않았다.

"교수님……."

재원은 그 모니터를 보며 강혁을 나지막하게 불렀다. 강혁은 그의 부름에 답하는 대신 고개를 저었다. 그러곤 착잡한 눈빛으로 시계를 돌아보았다.

"이명숙 씨. 사망 시각 1월 2일 19시 11분……."

사망 선고를 내리는 강혁의 목소리는 더없이 쓸쓸해서 누구도 쉽게 말 걸기가 어려웠다. 강혁은 모두가 침묵을 지키고 있는 가운데 조용히 하얀 천으로 환자의 얼굴을 가려주며 남몰래 중얼거렸다.

"역시……. 외상 외과가 완전히 자리 잡기 전에는 병원 밖으로 나가면 안 되겠어."

물론 그가 병원에 있었다고 해도 이 환자는 죽었을 터였다. 제아무리 뛰어난 의사라고 해도 죽음에서 자유롭지는 못했으니까. 하지만 하필 딱 한 번 나가서 저녁을 먹은 날 첫 사망 환자가 나왔다는 사실이 그를 괴롭게 했다. 그 숨 막히는 자학을 그만두게 한 것은 공교롭게도 다른 구급 요원의 목소리였다.

"추락 환자입니다!"

곧 또 다른 죽어가는 사람이 있다는 신호. 강혁은 애써 슬픔을 덮고 재원을 돌아보았다.

"노예, 가자."

"네. 교수님."

모든 비극이 찾아와 인사하는 곳

본관 17층에 있는 대회의실 주변이 사람들로 복작거리기 시작했다. 보통 대회의실은 원장단 회의나 재단 회의가 열리는 곳이었기 때문에 사람이 모이는 일은 많지 않았다.

"일반 외과 과장 겸 항문외과 과장, 한유림 교수님. 안쪽으로 들어가시죠."

"아, 벌써 나인가."

복도를 서성이던 사람들은 비서의 호명에 맞추어 안으로 들어갔다. 높은 사람부터 이름을 불렀기 때문에 비교적 일찍 이름이 불린 한유림 교수는 뿌듯한 표정을 지었다. 먼저 안에 들어가 있던 기조실장 홍재훈 교수가 그를 반겼다.

"오늘 그 백강혁인가 뭔가 하는 놈 버릇을 좀 고쳐주라고."

"네. 안 그래도 벼르고 있습니다. 선배."

"어허, 여기서는 선배라고 하지 말고. 공식적인 자리잖아."

"네, 기조실장님."

둘은 작당을 하듯 허허 웃있다. 그 와중에도 계속해서 다른 교수들이 회의실 안쪽으로 들어오고 있었다.

"이제 분과 과장님들 들어가시겠습니다."

비서는 마지막으로 들어간 핵의학과 과장의 뒷모습을 확인하고 입을 열었다. 그러자 복도에서 서성거리고 있던 교수 대부분이 우르르 비서 앞으로 몰려들었다.

'진짜 많긴 많네.'

강혁은 복도 벤치에 앉아 한꺼번에 들어가려고 몰려 있는 교수들의 모습을 보며 생각했다. 그가 수련받았던 무안대학교 병원에 비하면 세 배는 족히 될 만한 수였다. 교수들만 해도 수백 명에 달하는 걸 보면 '의료계의 매머드'라는 별명이 과언은 아니었다.

'이만한 병원에서 중증외상 환자 보는 수준은 아직도 삼류라니…….'

다른 분야에서도 삼류라면 차라리 이해가 되었겠지만 한국대학교 병원은 여러 방면에서 세계 최고 순위를 다투는 병원이었다. 의료 불균형이 심해도 너무 심했다.

"아, 백강혁 교수님. 안 오신 줄 알았습니다."

비서는 딴생각하다가 비로소 그녀 앞에 선 강혁을 보며 말했다. 비서는 미소 짓고 있었지만, 쓴웃음에 더 가까운 표정이었다. 비상소집된 회의까지 치면 벌써 3번의 회의가 있었는데 단 한 번도 오질 않았으니 그럴 만도 했다.

"오긴 와야지. 예산 정하는 자리라면서요."

문이 열리자 수십 명의 시선이 강혁에게 쏟아졌다. 원장도 아닌 주제에 뒤늦게 나타나다니. 특히 기조실장 홍재훈, 외과 과장 한유림 그리고 마취과 과장 진태림의 표정이 심히 안 좋았다.

'워우. 얼굴에 구멍 나겠네.'

강혁은 레이저를 쏘는 듯한 세 명의 눈빛에 미소로 답하며 자리에 앉았다. '외상 외과 과장(임시)'이라고 쓰여 있는 자리였다.

"원장님 들어오십니다."

강혁까지 모두 자리에 앉자 비서가 원장의 도착을 알렸다. 앉아서 저마다 떠들고 있던 교수들이 모조리 몸을 일으켰다. 멀뚱히 있는 사람은 강혁뿐이었다.

'뭐야, 이거. 군대도 아니고.'

하지만 강혁은 생각을 고쳐먹고 일어섰다. 마음에 들든 아니든 그건 중요하지 않았다. 로마에 가면 로마 법을 따르란 말도 있지 않던가. 기왕 예산 얻어내러 온 길인 만큼 장단은 맞춰주어야 했다.

강혁이 몸을 일으키고보니, 어느새 최조은 원장이 뒤에 부원장을 달고 안으로 들어서고 있었다. 원래 저렇게 높은 양반이었나 싶을 정도로 거만한 표정을 짓고 있었다. 하늘 같은 교수들이 죄다 떠받들어주고 있으니 그럴 만도 했다. 최조은 원장이 자기 자리에 서서 마이크를 두드렸다.

"아아. 음. 다들 앉죠."

그 말에 모든 교수들이 일사불란하게 자리에 앉았다. 최조은 원장은 그러고 나서도 약 3초가량 있다가 자리에 앉았다.

"자……. 우선 작년도 결산보고가 있겠습니다. 홍재훈 교수님, 부탁드리죠."

"아, 네. 원장님."

홍재훈 교수는 자리에 앉은 채 앞에 놓인 마이크를 입 앞으로 가져다댔다. 그사이 한쪽 구석에 대기하고 있던 비서가 대형 스크린에 자료 화면을 띄웠다. 작년 한 해 한국대학교 병원 총매출액과 지출액이 떴다. 흑자였다. 그것도 100억이나.

"작년에도 수익률 1위는 장례식장, 2위는 주차장, 3위는 식당입니다. 그리고 4위는…… 신경외과입니다. 신경외과 과장님께서 감마 나이프 수술 명의로 선정되시면서 매출이 급증했습니다. 식당과 비슷합니다."

"대단하군요! 식당과 비슷할 정도라니!"

최조은 원장은 정말이지 흡족하다는 기색으로 손뼉을 쳤다. 그러자 다른 교수들도 손뼉을 치기 시작했다. 대개 근소하게나마 적자를 면한 과의 교수들이었다. 그렇지 못한 과의 교수들은 고개를 푹 숙이고 있었다. 오직 강혁만 고개를 빳빳이 들고 화면을 응시하고 있었다.

"다음은…… 정형외과입니다."

기조실장 홍재훈 교수는 그 뒤로도 대략 서너 개 과의 이름을 읊었다. 모두 상당한 금액의 흑자를 기록한 과들이었다.

"그럼 적자는 어떻게 됩니까?"

최조은 원장의 물음에 비서가 화면을 넘겼다. 거의 마지막 화면으로 넘어갔고, 그 페이지에는 모든 과의 이름이 붉게 표기되어 있었다. 보기만 해도 불길한 예감이 드는 화면이었다.

"흉부외과. 올해도 3억 4천 200만 원가량 적자입니다."

"음. 선방하셨네, 뭐. 할 수 없죠. 흉부외과는……."

최조은 원장의 말에 흉부외과 과장이 고개를 푹 숙였다. 분명 사람 살린 대가로 얻게 된 적자인데 회의 때만 되면 죄지은 기분이었다. 그나마 흉부외과가 3차 의료 기관의 필수 과라는 것으로 위안을 삼았다. 만약 그렇지 않았다면 아마 우리나라 대학 병원 중 절반 이상은 어떻게 해도 적자를 면하기 힘든 흉부외과를 내쳤을 것이다.

"산부인과는 1억 미만으로 떨어졌습니다. 난임센터가 좀 더 자리를 잡게 되면 흑자 전환도 노려볼 수 있을 겁니다."

"이야……. 역시 강 교수님 초빙해오길 잘했네요."

그 말에 산부인과 과장이 쓴웃음을 지었다. 한때 산과라고 하면 귀족과 소리를 들었던 적도 있었지만 저출산의 여파로 이젠 천덕꾸러기 신세가 되어 있었다.

"소아과는 2억 원가량 적자입니다. 신생아 중환자실 규모를 좀 줄여야 하지 않나 싶은데……."

기조실장의 말에 최조은 원장이 아주 단호하게 고개를 저었다.

"그건 안 됩니다. 정부 보조금 받은 돈으로 지은 중환자실 아닙니까? 게다가 지금 우리 병원 미숙아 생존율이 거의 세계 최고인데, 이걸 죽이는 건 아니지."

"죄송합니다. 맨날 숫자만 보다보니……."

"아뇨. 그게 기조실장님의 일이죠. 소아과 과장님도 너무 언짢게 생각하지 마시고, 혹시 다른 부분에서 적자를 줄일 방안이 뭐가 있을지 생각해보시죠. 이번 산부인과 쪽 지표를 보시면 뭔가 답이 나올지도 모릅니다."

"네, 원장님……."

최조은 원장은 괜히 원장이 된 게 아니었다. 얼핏 들으면 기조실장을 나무라는 듯했지만, 실은 소아과를 은근히 압박하는 중이었다. 신생아 중환자실에서 적자 보는 건 뭐라고 안 할 테니 다른 부분에서 더 벌라는 뜻이다. 소아과 과장은 얼굴이 흙빛이 된 채 고개를 끄덕였다. 그렇게 최조은 원장과 기조실장 홍재훈 교수는 적자를 기록한 과들을 하나하나 박살 내고 있었다. 그리고 마지막은 역시나 강혁이었다.

"다음으로 외상 외과……. 아, 외상 외과는 집계가 지난 한 달간만입니다. 이 점 유념하고 들어주십시오."

사실 딱히 귀를 기울여 들을 필요도 없었다. 이미 화면에는 다른 과에 비해 두 배쯤 더 큰 글씨로 외상 외과의 적자가 적혀 있었으니까.

'4억 1천 252만 원.'

물론 마이너스였다. 흑자였다면 아까, 아까 칭찬받고 끝나지 않았겠는가. 이 어마어마한 금액에 다들 웅성대기 시작했다. 불과 한 달 만에 저 지경이라니, 미쳤다는 소리가 절로 나올 만큼 엄청난 금액이었다.

"백 교수님, 제가 웬만하면 이런 말씀 안 드리는데…… 솔직히 너무 심하죠? 이 금액은?"

기조실장은 벽면에 띄워진 4억이라는 액수를 가리키며 말했다. 그러자 거의 모든 교수의 시선이 강혁을 향했다. 보통 사람 같았으면 어마어마한 압박감을 느꼈을 테지만, 강혁은 딱히 그런 느낌을 받지 않는 듯했다.

"이거 내 것도 나오나?"

도리어 태평하게 자기 앞에 있던 마이크를 테스트했다.

"백 교수님. 딴청 피우지 마시고요. 이렇게 적자만 보는 과를 병원에서 어떻게 안고 있습니까? 과 해체되고 싶어요?"

"과 해체라뇨?"

강혁은 코웃음을 치며 고개를 저었다. 상대를 완전히 우습게 여기는 듯한 표정이었기 때문에 기조실장으로서는 열 받을 수밖에 없었다. 웬만하면 이성을 잃지 않는 홍재훈 교수가 얼굴을 붉힌 채 강혁을 노려보았다. 간신히 존대를 유지하며 말했다.

"뭐라고요?"

"지금 저 PPT에 하나 빠진 게 있는데……. 올해 중증외상센터 지원금으로 100억 받은 거 있죠? 그건 왜 빼먹습니까? 그거 넣으면 외상 외과는 적자가 아니라 흑자인데요?"

지원금을 받았단 사실을 모르는 교수는 아무도 없다고 보면 되었다. 연일 의학 전문 신문에 대서특필되었던 내용이었으니까. 하지만 기조실장을 포함한 병원 교수들은 아무도 강혁이 해석한 대로 해석하진 않았다.

“무슨 소리를 그렇게 해요? 지원금이 어째서 외상 외과의 것입니까? 병원 전체의 것이지. 외상센터 짓고 유지하는 데 외상 외과만 관여합니까?”

“그런 논리면 적자는 왜 우리 과만의 일입니까? 병원 전체가 나눠서 부담해야 할 일이지. 외상 환자 보는 데 우리 과만 관여합니까? 마취과, 응급의학과 그리고 그 환자 다친 부위에 따른 모든 과가 관여하고 있는데요?”

“끙.”

자기 논리 그대로 반격당한 기조실장은 잠시 입을 다물었다. 그러자 그의 후임이자, 아끼는 후배이자, 아우를 자처하는 한유림 교수가 나섰다.

“지금 기조실장님 말씀하시는데 꼬박꼬박 말대꾸나 하고 있네? 당신 몇 학번이야?”

“학번이 중요합니까? 맞는 말 하는 게 중요하지.”

맞는 말이었기에 한유림 교수로서도 딱히 할 말을 찾기 어려웠다. 하지만 그는 강혁에게 남들보다 더 먼저 원한을 가지고 있었고, 따라서 그에 관해 알고 있는 것도 더 많았다.

“아, 무안대지. 그럼 뭐 위아래 없는 것도…… 이해는 가는데, 그래도 이렇게 나오면 안 되지!”

“무안대 얘기가 왜 나옵니까? 돈 얘기하는데.”

“돈 얘기? 그래, 잘 얘기했네. 지금 적자를 저렇게 보고 있으면서 뭘 잘했다고 그렇게 꼬박꼬박 말대꾸야!”

“적자 보는 과면 말대꾸하면 안 됩니까? 그럼 여기 흉부외과, 산부인과, 소아과는 발언권이 없습니까?"

"아니, 아니. 왜 다른 과를 물고 늘어져? 거기랑 외상 외과랑 같아?"

"다를 건 뭐 있나요? 다 같이 사람 살리는 관데."

강혁은 그리 말하며 방금 자신이 언급했던 흉부외과, 산부인과, 소아과 그리고 각 과에 소속된 적자 분과 교수들을 돌아보았다. 모두 사람 생명 살리는 데 최선을 다하는 교수들이었고, 세간에서 말하는 '진짜 의사'들이었다. 하지만 정작 의사들이 모인 회의에서는 죄인처럼 꿀 먹은 벙어리가 되어 있었다. 병원을 운영해야 하는 입장에서는 적자나 내는 쓸모없는 존재들이었기 때문이었다.

"보자 보자 하니까, 젊은 사람이 영 버릇이 없구먼."

카랑카랑한 목소리. 최조은 원장은 드디어 올 것이 왔구나 하는 표정으로 목소리가 들려온 쪽을 바라보았다. 마취과 과장 진태림 교수가 강혁을 노려보고 있었다.

병원 관계자가 아니라면 잘 모르겠지만, 대학 병원에서 마취과가 가지는 영향력은 실로 대단하다. 머릿수도 한몫했지만, 수술실을 여닫는 권한은 마취과에게 있다고 할 수 있을 정도로 수술과에 대해서만큼은 갑 중의 갑이었다.

"백 교수 때문에 우리 마취과 레지던트들이 얼마나 개고생했는지 알아? 스케줄도 무시하고 중간에 수술을 매일 밀어넣고……. 그 주제에 성질은 있는 대로 부려서 애들 스트레스가 얼마나 심한지 아냐고!"

진태림 교수는 이제 반쯤 몸을 일으켜 세운 채 씩씩대고 있었다. 그녀는 애초에 과장 위로 더 올라갈 생각이 없는 사람이었다. 다만 '과장으로서 과가 피해 보는 일은 없게 하겠다'라는 생각 하나만은 투철했다.

"하하하."

그리고 강혁은 그런 진태림 교수를 보며 소리 내어 웃었다. 그 누구도 예상하지 못했던 반응이었기 때문에 모두 눈을 동그랗게 떴다. 화를 내던 진태림 교수도 비슷한 반응이었다.

"웃어? 웃었어?"

"이거야……. 원. 말 같잖은 소리를 하시니까 웃기잖아요."

"뭐?"

"그렇게 땜빵하듯 들어오는 마취과 레지던트들 때문에 제가 고생했다는 생각은 안 드십니까?"

"땜빵?"

"네. 땜빵. 과다 출혈로 혈압 흔들리는 환자 인덕션에 부작용이 저혈압인 약을 쓰질 않나, 심장 파열로 수술하는 환자한테 승압제를 넣질 않나. 머리에 부상 있는 환자에게 억지로 삽관하려 들고요. 제가 없었다면 그 애들 중 여럿, 살인자 됐을 겁니다."

"살인? 이 사람이 정말…… 미쳤나!"

"오. 욕 잘하시네. 저도 잘하는데 한번 들어보실래요?"

강혁은 그렇게 말하곤 혀를 풀기 시작했다. 가만히 두면 듣도 보도 못한 욕이 쏟아져 나올 것 같았다. 잠자코 있던 최조은 원장이 급히 나섰다.

"자자. 고정들 하세요. 고정. 점잖은 자리에서 욕설이 오가서야 되겠습니까?"

원장의 권위에 천하의 마취과 과장 진태림 교수도 한발 물러설 수밖에 없었다.

"죄송합니다, 원장님. 제가 실언했습니다."

"아닙니다. 뭐……. 병원 발전을 위해 열과 성을 가지고 얘기하시다보니 흥분하신 것 같습니다."

"그렇게 생각해주셔서 감사합니다."

"자, 그건 그렇고……."

최조은 원장은 아주 점잖고, 또 품위 있게 싸움을 중지시킨 후 강혁을 돌아보았다.

"백 교수. 그동안 외상 외과에서 중증외상 환자들을 보시느라 아주 고생이 많았습니다."

"알아주셔서 감사합니다."

"하지만……. 너무 무리하시는 거 아닙니까? 보름에 30명이라뇨. 외상 환자 수술이 무슨 편도처럼 뚝뚝 떨어져 나오는 수술도 아닌데요."

"저는 가능합니다. 별문제 없습니다. 환자들 예후도 좋고요."

강혁의 말에 최조은 원장은 저도 모르게 고개를 끄덕였다. 보고받은 결과 강혁이 수술했던 환자 중엔 죽은 사람은커녕 심각한 합병증을 얻은 사람도 없었기 때문이었다. 아무리 그렇다 해도 돈 먹는 하마가 되도록 보고만 있을 수는 없었다.

"하지만 수술은 혼자 하는 게 아니죠. 동의하시죠?"

"그건……. 그렇습니다."

"마취과, 수술실, 기조실장님 그리고 외과 과장님하고 상의하셔서…… 건수를 줄이는 게 좋을 것 같습니다."

"상의요?"

강혁의 물음에 기조실장이 기다렸다는 듯 마이크를 잡았다.

"네. 원장님 말씀대로 상의가 필요합니다. 물론 백 교수 말처럼 보건복지부에서 지원금을 받은 것은 사실입니다. 하지만 그 지원금은 환자 볼 때 발생하는 손해를 메우라고 주는 게 아니라, 시스템과 설비를 갖추라는 명목이 더 큽니다."

"시스템과 설비라……."

기조실장은 가소롭다는 듯한 강혁의 말을 애써 무시하며 말을 이었다.

"그래서 이미 90억가량의 예산이 응급의학과, 간호사, 방사선 기사, 마취과 등 신규 인력 채용과 에크모, 포터블 엑스레이, 씨암(C-arm: 수술용 투시조영장비) 그리고 응급 MRI, CT 구입에 배정되어 있습니다."

"아니, 누구 마음대로 배정을 합니까?"

"이미 보건복지부 감사도 받은 사항입니다. 백 교수가 왈가왈부할 게 아니란 뜻이죠. 그리고 이 예산에 그, 누구더라……. 양재원 선생 월급도 들어가 있다고요."

"아, 항문."

"뭐…… 남은 금액 10억은 외상 외과 손해보전에 투입하겠습니다. 이미 적자가 4억을 넘긴 상태지만 11개월 동안 5억 안에서 어떻게 해결해보시면 될 겁니다."

"이런 미친……."

강혁의 욕설을 들은 한유림 외과 과장이 벌떡 몸을 일으켰다.

"아니, 기조실장님이 양보하는데 욕을 해?"

"욕이 안 나오게 생겼습니까? 100억에서 90억을 강탈했는데?"

"강탈이라니, 당신 미쳤어? 말이면 단 줄…… 뭐야?!"

한유림 교수는 조금 전부터 시끄럽게 울리는 핸드폰을 꺼내 짜증스럽게 받았다.

"야, 회의 중인 거 몰라? 누가 자꾸 전화해?"

전화를 건 사람은 레지던트 3년 차였다. 그것도 이제 3월 되면 4년 차로 진급할, 눈칫밥은 먹을 만큼 먹은 녀석이 이렇게 전화를 했다는 건 뭔가 있다는 얘기였다.

"야, 뭔데."

"그…… 따님이……."

"지영이? 걔가 왜."

워낙 딸바보로 유명한 한유림 교수의 얼굴이 누그러졌다. 이번에 한국대학교 의대에 합격까지 한 딸이었다. 너무 신나서 차까지 선물로 덜컥 사줬을 정도였으니, 얼마나 예뻐하는지 알 만했다.

"교통사고가 나서…… 지금 병원으로 오고 있다고 합니다."

"뭐?"

"상태가 꽤 심각한 거 같습니다. 빨리 백 교수님한테 연락을……."

"뭐, 뭐라고……?"

한유림 교수는 핸드폰을 귀에 댄 채 갑자기 넋 나간 표정으로 강혁을 바라보았다. 그러자 옆에 있던 기조실장이 그의 어깨를 톡톡 두드렸다.

"이봐. 뭐 하는 거야. 전화 끊어."

하지만 한유림 교수는 평소처럼 고분고분할 수 없었다. 그토록 애지중지하는 딸이 다쳤다는데, 끊기는커녕 대뜸 성질을 냈다.

"이거 놓으세요! 야, 더 자세히 말해봐. 상태가 어떤데?"

"이 사람, 참. 나가서 받든지, 끊든지 하라고. 아직 회의 안 끝났어!"

"내, 내 딸이 다쳤다고! 알아? 그러니까 좀 조용히 해!"

"아."

한유림 교수의 비명에 가까운 외침에 기조실장 홍재훈 교수도 별말을 하지 못했다.

"얼마나 다쳤냐고!"

그의 외침에 레지던트가 당황한 목소리로 답했다.

"아직 잘 모릅니다……."

"야, 이 새끼야! 교수한테 전화하는데 환자 파악도 안 해?"

"아직 구급 요원들한테 연락이 온 거라……."

"그래서 어느 정도냐고!"

"의식은 없고…… 혈압도 불안정……."

"이런, 젠장!"

한유림 교수는 거의 이성을 잃은 듯했다.

"구급 요원 말로는…… 백강혁 교수님이 안 보시면 아마 위험할 거라고……."

"무슨 개소리야! 한국대병원에 의사가 그 새끼뿐이야?"

"119 측에서 작년 통계를 냈는데…… 백 교수님 오신 뒤로 중증 외상 환자 생존율이 비약적으로 올라갔다고 합니다. 그전 생존율은 10%가 안 됩니다."

"10%……."

딸이 열 명 실려 오면 그중 한 명만 살 수 있단 뜻이었다. 그야말로 눈에 넣어도 아프지 않다는 말이 어울리는 아이이다. 외모도 자신을 닮지 않아 예쁘고, 머리는 자신을 닮아서 좋고, 심성은 누굴 닮아 그렇게 고운지. 그런 딸이 살 확률이 10%라는 말을 들으니 억장이 무너지는 것 같았다.

'그렇다고 이제 와서 저놈한테……?'

한유림 교수는 뚱한 얼굴로 이쪽을 바라보고 있는 강혁을 보았다. 저딴 놈한테 아쉬운 소리 할 생각에 또 한번 억장이 무너지는 것 같았다. 그때 수화기 너머로 레지던트의 다급한 목소리가 들려왔다.

"아, 교수님. 방금 119 측에서 연락이 왔습니다……."

"뭐, 뭐래?"

"그…… 혈압이……."

"혈압이 뭐, 인마!"

"잡히지 않아서 CPR 시작했다고 합니다……."

"CPR……."

병원에 아직 오지도 않았는데 CPR이라니…….

"아, 안 돼."

"이제 5분이면 도착한다고 하는데……. 제가 대신 연락할까요? 그래도 백 교수님이면 좀 다를 겁니다."

원래 실력 있는 교수에 관한 소문은 레지던트들이 제일 빨리 아는 법이었다. 지금 레지던트의 말은 상당히 신빙성이 있는 말이었고, 한유림 교수도 그 사실을 잘 알고 있었다.

'싫은 건 싫은 건데…….'

실력은 실력이었다.

'기록을 보면 거의 미친놈이지.'

'올 라운더'라는 말이 딱 어울릴 정도로 대단한 실력자였다. 거기까지 생각이 미치고 나니, 저절로 발이 강혁 쪽을 향해 움직였다.

"배, 백 교수."

"뭡니까?"

강혁은 여전히 뚱한 얼굴이었다. 방금까지 90억을 도둑맞았다고 싸웠으니 당연한 일이었다. 한유림 교수는 천천히 다가가 강혁의 어깨를 두드렸다.

강혁은 속 다르고 겉 다른 인간을 극도로 혐오했다. 늘 속에 있는 말을 여과 없이 내뱉는 자신과 완전히 상반된 인간이기 때문이다. 한유림 교수는 한층 표정이 일그러진 강혁을 보며 진땀을 흘렸다.

"그…… 내 딸이 다쳤어. 통화하는 거 들었지?"

"그래서요?"

"의식이…… 의식이 없대……."

"음."

의식이 없다는 말에 강혁의 표정이 조금 달라졌다. 그는 한유림 교수와 달리 공과 사를 구분할 줄 아는 의사였다.

"좀 더 말씀해보시죠."

"정확한 사고 경위는 몰라……. 근데 지금 혈압도 안 잡혀서 CPR을 하고 있대."

"인 카(In car TA: 차 내에서 발생한 교통사고)입니까? 아니면 아웃카(Out car TA: 보행자 교통사고)입니까?"

"인 카야."

"그건 그나마 다행이로군."

보행자 사고에서 의식도 없고 혈압도 잡히지 않는다면 거의 죽음을 의미했다. 하지만 차에 타고 있는 상태에서 난 사고라면 살릴 기회는 남아 있다고 볼 수 있었다.

"이제…… 곧 병원에 올 거야. 제발, 제발 백 교수가 직접 봐주게. 내, 내가 이렇게 부탁할게……. 아까 예산 얘기는, 내가……."

"뭐, 그건 알아서 하시고."

강혁은 이미 몸을 일으켜 문으로 향하는 중이었다. 아주 위급한 상황의 환자가 오고 있다는 사실을 알게 된 이상 한시도 지체할 수 없었다.

그러다 뭔가 생각났다는 표정을 지으며 뒤를 돌아보았다.

"아. 저는 환자가 와서, 이만 가보겠습니다. 못다 한 얘기는 나중에 나누도록 하죠. 그럼."

그러곤 엘리베이터를 기다리는 대신 계단으로 부리나케 뛰어 내려가기 시작했다. 한유림 교수도 황망한 얼굴로 그의 뒤를 따랐다. 딸이 위험한 상황이라는 생각에 다리에 힘이 풀리는 것 같았다. 강혁은 전속력으로 내달리며 한참 뒤처진 한유림 교수에게 외쳤다.

"천천히! 안 뛰던 양반이, 그러다 넘어지면 다칩니다!"

"아, 알았네."

한유림 교수는 잔뜩 풀죽은 얼굴로 답했지만 속도를 늦추진 못했다. 딸 걱정이 그의 머리를 온통 지배하고 있었다. 강혁은 그보다 훨씬 빨리 뛰어 내려가면서도 재원에게 전화를 걸었다.

"네, 교수님."

재원은 거의 전화벨이 울리자마자 전화를 받았다.

"어, 항문. 너 어디냐?"

"저 중환자실입니다. 이기영 환자 슬슬 위닝(Weaning: 인공호흡기 중단) 하려고요. 상태가 너무 좋아서."

"아. 의식 또렷해?"

"네. 의사소통 다 됩니다. 화이트보드 가져다드렸습니다."

"흠."

강혁은 잠시 고민했다. 아예 위닝을 하고 오라고 할까, 아니면 당장 튀어오라고 할까.

'아냐. 위닝 하고 나면 한동안은 잘 봐야 해.'

인공호흡기를 뗀다는 것은 물론 기쁜 소식이었다. 하지만 동시에 위험한 소식이기도 했다. 막상 호흡기를 떼고, 삽관되어 있던 관을 빼고 나면 예상치 못했던 문제가 발생하는 경우가 왕왕 있었기 때문이었다.

"이기영 환자 잠시 그대로 두고, 응급실 처치실로 가서 대기해. 아마 외과 쪽 레지던트랑 응급의학과에서 준비 중일 거야."

"아, 환자 오고 있습니까? 왜 저한테 먼저 연락이 안 왔을까요?"

재원의 질문에 강혁은 힐끔 위쪽을 올려다보았다. 한참 뒤처진 한유림 교수가 눈에 들어왔다. 연신 헉헉대면서도 최선을 다해 뛰고 있었다. 이럴 때 보면 부성애라고 하는 것도 참 대단하다는 생각이 들었다.

"VIP거든. 나한테 직접 연락이 왔어."

"VIP? 누구요?"

"한유림 교수 딸."

"딸……?"

수화기 너머로 다급한 발소리가 들렸다. 재원도 중환자실을 빠져나가는 듯했다. 그러면서 당황스러운 듯한 목소리로 되물었다.

"지영이요?"

"어. 의식이 없고, 지금 CPR 중이래."

"허……."

재원은 차마 말을 잇지 못하는 듯했다. 강혁은 1층으로 통하는 문을 벌컥 열며 물었다.

"친해? 친하면 치료에서 빠져."

괜히 의사들이 자기 가족 치료를 꺼리는 것이 아니었다. 아는 얼굴을 내려다보고 있으면 원래 잘하던 것도 못 하게 되는 것이 사람이었기 때문이었다.

"네? 아뇨. 아닙니다. 제가 빠지면 누가……."

"그래도 네가 흔들리면 방해돼. 그냥 혼자가 나아."

"아닙니다. 할 수 있습니다."

"그래? 그럼 알아서 해. 어디냐?"

강혁은 17층을 뛰어 내려와놓고 힘든 기색 없이 그대로 내달려 응급실에 들어섰다.

"아, 저도 응급실입니다. 방금 도착했습니다."

"그래. 그럼 처치실에서 보자."

"네."

둘은 동시에 처치실을 향해 달렸다. 때맞춰서 구급차가 로비 앞에 멈추어 섰다. 곧 뒷문이 열리고 환자를 실은 침대가 병원 안으로 미끄러지듯 들어왔다. 요원 한 명이 환자 위에 올라타서 흉부 압박을 진행 중이었다.

"하나! 둘!"

땀이 비 오듯 떨어지는 걸 보니 얼마나 열심히 누르며 왔는지 짐작할 수 있었다.

"바로 처치실로!"

강혁은 환자에 관해 이것저것 묻는 대신 일단 처치실로 옮겼다. 제아무리 문진이 진료의 기본이라지만, 응급실에서는 당장 활력 징후부터 잡아야 할 상황이 더 많았다.

"내 딸! 내 딸 어딨어!"

곧이어 한유림 교수의 울부짖는 목소리가 들려왔다. 외과 레지던트와 응급실 레지던트가 그를 맞이하려는 듯 밖으로 나가려 했다. 그러나 강혁이 그들을 말리며 환자를 가리켰다.

"야, 이 환자 봐. 보호자한테 보여줄 거야?"

한지영의 입에서는 피거품이 새어 나오고 있었고, 초점 없는 눈이 반쯤 열려 있었다. '참혹하다'라는 말이 딱 어울리는 몰골이었다.

"아, 아뇨……."

"커튼 쳐. 못 들어오게 해."

"아, 알겠습니다……."

"나머지는 뭣들 해! 빨리 심전도부터 붙여! 흉부 압박 쉬지 말고!"

"야, 비켜!"

한유림 교수는 자신을 처치실 안으로 못 들어가게 막고 있는 레지던트에게 고함을 쳤다. 평소 같으면 그가 이렇게 소리치기도 전에 비켜섰겠지만 이번엔 경우가 달랐다.

외과처럼 험난한 과의 의국 분위기는 오히려 가족 같은 면이 있었다. 교수들도 집에 잘 못 들어가는 통에 얼굴 맞대는 시간이 워낙 길었고, 병원에 행사가 있을 때 겸사겸사 가족을 부르기도 했다. 덕분에 외과 의국 식구들은 한지영의 얼굴을 알고 있었고, 꽤 친하게 지내는 이들도 있었다. 지금 한유림 교수를 막아선 레지던트도 그러했다.

"교수님, 제발……. 지금은 안 됩니다!"

"안 되긴! 내 딸인데!"

한유림 교수는 지금 이 순간만큼은 의사가 아니라 보호자였다. 레지던트는 억장이 무너지는 듯한 심정을 애써 가다듬으며 토해내듯 절절한 목소리로 말했다.

"아시잖습니까……. 그래서…… 안 된다는 겁니다."

레지던트의 말에 한유림 교수가 잠시 멈칫했다. 제아무리 심기가 어지럽다고는 해도 대학 병원에서 수십 년을 일한 의사가 아니던가. 담당의가 이런 말을 할 때는 다 이유가 있는 법이었다.

"그, 그렇게 안 좋아?"

"네……. 지금 가시면 방해만 될 겁니다."

"이런 젠장…… 이런 젠장……."

"좀 정리되면…… 바로 불러드릴게요."

레지던트는 그렇게 말하고 다시 처치실로 향했다. 한유림 교수는 커튼을 헤치고 안으로 막 들어서려는 그를 불러 세웠다.

"잠깐."

"네, 교수님."

"정말……. 정말 안 좋아지면 그냥 불러. 마지막은…… 마지막은 봐야지."

의사라서 그럴까. 아니면 처치실까지 이어진 핏자국을 봐서일까. 그것도 아니면 지금 처치실 안쪽에서 터져나오는 급박한 고성 때문에 그럴까. 한유림 교수는 감히 딸의 최후를 산정하고 있었다. 그런 그에게 레지던트는 차마 뭐라고 말해야 할지 몰라 묵묵히 고개만 숙였다.

레지던트는 답하지 못하고 한유림 교수를 홀로 남겨둔 채 처치실 안쪽으로 들어갔다.

"읏."

그리고 동시에 신음을 흘렸다. 잠깐 밖에 나가 있던 사이에 많은 것이 변해 있었기 때문이었다. 우선 환자가 입고 있던 옷가지 대부분이 잘려 있었다. 진찰의 기본은 시진(視診)이 아니던가. 특히 지금처럼 환자가 의식이 없는 상황에서는 그 무엇보다 시급한 진찰이라고 볼 수 있었다.

'가슴에 타박상이 너무 심해……. 아니, 저건 CPR 때문일까?'

제일 먼저 눈에 들어오는 부상은 시퍼렇게 멍들어버린 가슴이었다. 아무리 외과 레지던트 3년 차라지만 실제로 중증외상 환자를 처음부터 끝까지 본 경험은 거의 없었다.

드르륵. 무언가 굴러오는 소리에 뒤를 돌아보니 휴대용 제세동기가 처치실 안쪽으로 들어오고 있었다.

"어?"

"거기 걸리적거리지 말고 비켜!"

강혁은 멍하니 있던 레지던트를 저만치 치운 후, 제세동기를 부탁했다. 곧장 새카맣던 모니터에 어지러운 심전도가 떴다. 소변줄을 밀어넣던 장미가 비명에 가까운 신음을 흘렸다.

"브이핍(V. fib, Ventricular fibrilation: 심실세동)!"

조금만 경험 있는 사람이라면 누구라도 심실세동을 의심할 수 있을 정도로 확실한 상황이었다.

"항문, 내려와!"

"아, 네!"

강혁의 말에 여태 땀을 삘삘 흘리며 흉부 압박을 하던 재원이 서둘러 내려왔다. 강혁은 그가 땅에 내려서는 즉시 전기 충격기를 지영의 양 가슴에 가져다대고 외쳤다.

"클리어!"

순간 환자에게 처치하고 있던 모든 의료진이 뒤로 물러섰다. 막 소변줄을 다 넣은 장미도 마찬가지였다.

"슛!"

덜컹하는 느낌과 함께 쇼크가 지영의 심장을 자극했다.

"하나! 둘!"

강혁은 충격기를 던지듯 내려놓고는 즉시 흉부 압박을 시작했다.

"리듬 확인!"

강혁은 대략 2분간 쉴 새 없이 흉부 압박을 하고는 손을 떼며 외쳤다. 그러자 재원이 바로 강혁과 손을 바꿔주면서 고개를 저었다.

"아직! 아직 브이핍입니다!"

"이런 제기랄! 360으로 올려!"

"네, 360, 차지!"

어느새 소변줄 연결까지 마친 장미가 제세동기를 조작해 360J의 에너지를 충전했다. 그사이에도 재원은 한시도 쉬지 않고 흉부 압박을 했다. 제대로 된 심장 박동이 없는 상황에서 지속적인 흉부 압박이 환자의 생명을 좌우한다는 사실을 아주 잘 알고 있었기 때문이다.

"이제 나와, 네가 죽겠어."

재원은 날 듯이 뛰어내렸고, 강혁은 그 틈을 타 곧장 충격기를 갖다댔다.

"클리어!"

이번에도 모두가 물러섰다. 360J은 꽤 강한 전기 에너지여서, 멀쩡한 사람이 맞았을 때 즉사에 빠질 수도 있을 정도의 충격이었다. 모두가 떨어진 것을 빠르게 확인한 강혁은 충격기 버튼을 눌렀다.

"슛!"

그러곤 곧장 흉부 압박을 지속했다.

"알알(RR, Respiratory Rate: 분당 호흡수) 체크 해! 지금 잘 들어가고 있는지!"

"4회에서 5회밖에 안 됩니다! 포화도는 90대 초반…… 아니, 80대 후반!"

"그럼 쥐어짜! 뭐 하고 있어!"

"네!"

활력 징후를 노려보듯 하고 있던 응급의학과 레지던트가 아까 강혁이 귀신같이 빠르게 삽관해버린 튜브에 연결된 인공호흡 주머니를 쥐어짜기 시작했다. 강혁은 그 모습을 잠시 지켜보다가 외쳤다.

"야! 분당 8회 미만으로 맞춰! 안 그래도 심장 안 뛰는데 폐로 누를 거야?!"

"아, 네. 죄송……."

"죄송할 일을 왜 해! 너 몇 년 차야!"

"이, 이제 4년 차 됩니다."

"하."

강혁은 흉부 압박을 하던 손은 전혀 멈추지 않은 채로 한숨을 내쉬었다. 4년 차라면 사실상 전문의라고 봐야 하는 수준의 레지던트가 아닌가. 그런데 이 모양이라니. 강혁은 새삼 대한민국 외상 외과의 장래가 어둡단 생각이 들었다. 이럴 때면 돈도 더 많이 주고, 대우도 더 좋은 외국으로 돌아갈까 하는 생각까지 들었다. 하지만 지금은 그따위 생각을 할 때가 아니었다. 눈앞에 죽어가는 환자가 있으니까.

툭. 강혁은 응급의학과 4년 차 레지던트를 압박하던 것을 관두며 외쳤다.

"리듬!"

그러자 뒤에서 교대 준비를 하고 있던 재원이 기쁨의 함성을 질렀다.

"도, 돌아왔습니다!"

"방심하지 마! 펄스 확인해! 안 느껴지면 그냥 압박해야 해!"

"느, 느껴집니다!"

"그래? 혈압은!"

강혁의 말에 동분서주 뛰어다니던 장미가 답했다. 강혁과 재원이 미처 신경 쓰지 못하는 모니터링 거의 전부를 그녀가 담당하고 있었다.

"70에 50입니다! 양호합니다!"

"휴."

강혁은 그제야 안도의 한숨을 내쉬었다. 그야말로 한고비 넘긴 순간이었다. 하지만 앞으로 가야 할 길은 첩첩산중이라는 말도 모자랄 정도로 길고, 또 험했다.

"초음파! 초음파 가져와!"

"네!"

여태 꿔다놓은 보릿자루 신세가 되어 있던 외과 레지던트가 밖으로 내달렸다. 차르륵. 커튼을 열자 얼굴이 하얗게 질린 채 바닥에 주저앉아 있던 한유림 교수가 그에게 달라붙었다.

"어, 어떻게 됐어? 어떻게 됐냐고!"

"이제 리듬 돌아왔고요……. 초음파 보려고 합니다."

"초음파? 무슨 초음파? 설마 심장?"

"네."

"가만있어봐! 외상 외과가 무슨 심장 초음파를 봐! 내가 심장내과 쪽으로 연락해볼게!"

"어……."

레지던트는 이렇게 허비할 시간이 없다는 생각이 들었다. 하지만 그는 외과 레지던트였고, 시간을 끌고 있는 사람은 과장이었다. 비록 판단력이 죄다 흐트러져버린 상태의 과장이기는 했지만.

"아직도 안 가지고 오고 뭐해! 환자 죽일래!"

그때 레지던트에게는 구원과도 같은 호통이 들려왔다. 강혁이 불과 10초도 못 기다리고 고래고래 소리를 질러댄 덕이었다.

"아, 일단 끌고 가겠습니다."

"아, 에이……. 왜 이렇게 안 받아."

레지던트는 핸드폰에 대고 혼잣말 중인 한유림 교수를 두고 냅다 달렸다. 그러곤 포터블 초음파 기기를 가져와 처치실 안쪽으로 들고 들어갔다. 그 과정에서 한유림 교수가 다시 한번 처치실 안으로 들어오겠다고 소동을 부리는 통에 레지던트는 밖에 남긴 했지만 강혁은 무사히 초음파 기기를 건네받을 수 있었다.

저혈량성 쇼크를 일으킬 만큼 심각한 출혈이 육안으로 확인되지 않은 상황에서 유독 가슴에만 집중된 어마어마한 부상, 그리고 심실세동까지. 뭔가 심장에 상당한 충격이 가해졌다는 얘기였다. 강혁은 준비를 마치고 지영의 심장 부근에 프로브를 가져다 댔다. 그러자 새카맣기만 하던 모니터에 흑백의 복잡한 음영이 떠올랐다.

"이런……."

강혁의 입에서 탄식이 쏟아져나왔다. 어느 정도 예측하긴 했었다.

"노예, 네가 볼 땐 어떤 거 같냐."

강혁은 쉬지 않고 손을 움직이면서 재원에게 물었다. 재원은 그리 어렵지 않게 초음파 소견을 읽어낼 수 있었다. 원래도 전문의 시험 수석에 경험도 조금이나마 쌓인 상태였기 때문이었다.

"타박상으로 인해 조직이 심하게 부었습니다. 그리고 심장은……. 아."

"심낭 압전이 생성 중이야. 하지만 이게 원인은 아니지."

"교수님, 이거……."

재원도 차마 정확한 단어를 내뱉지 못했다. 그저 상혁의 손과 눈을 번갈아 바라볼 따름이었다. 하지만 강혁은 그렇게 모호한 태도를 고수할 수 없었다. 그는 이 팀의 팀장이었고, 맡은 환자를 반드시 살려야 하는 의무가 있었으니까.

"심장 파열……. 바로 수술실로…… 간다."

심장 파열. 이름만 들어도 느낌이 딱 오는 아주 위험한 상태였다. 아니, 위험하다는 말로 표현이 충분한가 싶을 지경이었다. 심근경색으로 인해 약화된 심장이 터진 게 아니라, 건강하던 심장이 충격으로 터진 경우 사망률 집계가 무의미한 수준이었으니까. 문헌상 100%라고 표기되어 있었다. 강혁 또한 그렇게 배웠고.

'하지만 내가 맡은 이상 끝까지 간다…….'

강혁은 그리 생각하며 지영의 얼굴을 힐끔 바라보았다. 지금 죽기엔 너무 앳된 얼굴이었다.

"뭣들 해! 빨리 수술실로 가자고! 마취과 부르고!"

"네. 알겠습니다!"

재원과 장미는 누가 먼저랄 것도 없이 고개를 끄덕였다. 그러곤 환자를 끌고 처치실을 나서며 여기저기 전화를 돌렸다. 환자가 왔다는 소식과 함께 수술실도 어느 정도 준비하고 있긴 하겠지만 이렇게 급하게, 심각한 환자가 갈 줄은 모르고 있을 것이었다.

드르르르륵. 레지던트들과 간호사들도 환자 이송에 동참했기 때문에 이송용 침대는 아주 빠른 속도로 수술실을 향해 달렸다. 그 모습을 본 한유림 교수가 당황한 기색으로 급히 따라붙었다. 다리에 힘이 풀렸는지 연신 휘청거리면서도, 아주 필사적이었다.

"배, 백 교수!"

당연하게도 그가 물고 늘어진 사람은 강혁이었다. 이 팀의 팀장이자, 그가 아는 한 외상 처치에 있어 가장 뛰어난 의사니 그럴 수밖에 없었다.

"왜 그러시죠?"

강혁은 한유림 교수를 돌아보았다. 환자 볼 때와는 달리 별반 표정이 느껴지지 않는 그런 얼굴이었다.

"내 딸……. 내 딸은 어떻게 되는 건가? 응?"

"흠."

강혁은 귀찮음이 넘실넘실 차오르는 것을 느끼면서도 평소처럼 쏘아붙이지는 않았다. 뭐가 되었든 그의 눈앞에 선 사내는 사사건건 시비 걸던 외과 과장 한유림이 아니라 그냥 한 아이의 아버지였으니까.

"교수님, 빨리 가셔야 합니다."

도리어 재원이 강혁을 재촉했다. 강혁은 그런 재원을 향해 고개를 절레절레 저었다. 적어도 보호자라면 자식이 어떤 수술을 받게 될지 알긴 해야 하지 않겠는가. 그게 최소한의 도리일 터였다.

"먼저 가. 난 금방 따라간다."

"아, 네. 알겠습니다."

재원은 강혁을 남겨 두고 다시 급하게 침대를 끌고 수술실로 사라져갔다.

드르륵. 어찌나 속도가 빠른지 바퀴 굴러가는 소리가 곧 안 들릴 지경이었다. 강혁은 멀어져버린 발걸음 소리에 고개를 끄덕이며 한유림 교수를 돌아보았다.

"한 교수님."

"어어. 백 교수."

"따님은 아마 핸들에 가슴을 강하게 부딪친 것 같습니다. 에어백이 터지지 않은 모양이에요."

물론 강혁은 사건 현장에 가본 적도 없고, 블랙박스를 본 것도 아니었다. 하지만 그 정도 되는 외상 외과 의사라면 꼭 보지 않아도 손상 기전 정도는 눈에 훤한 법이었다.

"그, 그래서."

"그 때문에 심장에 손상이 왔어요."

"심장……."

"처음 브이팝은 운 좋게 잡았습니다만."

강혁은 그로서는 이례적인 단어를 썼다.

'운이 좋다'니. 평소라면 절대 쓰지 않을 말이 아니던가. 하지만 그것 외에 달리 무슨 말을 써야 할지 알 수 없었다. 그는 이미 초음파를 통해 파열된 심장을 봤으니까.

"브이팝이 잡혔으면…… 그럼 된 거 아닌가?"

그에 반해 한유림 교수는 희망적인 모습만 보았다. 안됐지만 강혁은 그의 희망을 깨야만 하는 입장이었다. 그래야 응급 수술에 동의해줄 테니까.

"아뇨. 외상 후 발생하는 브이팝. 당연히 원인이 있지 않겠습니까."

"뭐, 뭔데 그러나."

"심장 파열입니다. 좀 더 정확히 말하면 좌심실의 외측 벽이 파열되었습니다. 아직 완전히 터지진 않았지만, 벽이 거의 90% 이상이 찢겨 있어요. 이대로 두면 5분에서 10분 안에 터질 겁니다."

"심장 파열……."

한유림 교수는 마치 남의 얘기라도 되는 것처럼 멍한 얼굴로 심장 파열이란 단어를 반복해서 되뇌었다. 그의 기이한 반응을 멈춘 것은 갑자기 울리기 시작한 핸드폰이었다. 한유림 교수는 퍼뜩 정신이 났는지 부리나케 자신의 핸드폰을 집어 들었다. 번호를 보니 아까부터 애타게 찾던 심장내과 교수였다.

"어어! 아니, 왜 이렇게 전화가 안 돼!"

한유림 교수는 그야말로 구원의 빛이라도 영접한 듯한 목소리였다. 그라면 강혁과는 다른 결론을 내려줄 것이라고 확신하고 있었기 때문이었다. 절망적인 소식을 접한 사람들의 전형적인 반응 중 하나였다. 그래서 강혁은 별 감흥 없다는 표정으로 둘의 통화를 듣고만 있었다. 차분히 시간을 재면서.

"시술 중이었지. 납복(방사선 차단을 위해 입는 보호의) 이제 벗었다, 야."

다급한 한유림 교수에 비해 심장내과 교수는 느긋하기 짝이 없었다. 혈관 조영술을 하느라 회의에도 참석 못 했고, 따라서 한유림 교수 딸의 사고 소식도 접하지 못했다. 한유림 교수와는 한국대학교 동기 동창으로 상당히 친한 사이이기도 했다. 아직 그는 그저 친한 친구에게 걸려온 전화라고만 생각하고 있었다.

"지금 내 딸이 응급실로 왔어!"

"어? 야, 다시 말해봐."

응급실 얘기가 나오고 나서야 심장내과 교수의 목소리도 다급해졌다. 보통 지인이 병원에서 그를 찾을 땐, 심장 문제일 가능성이 컸기 때문이었다.

"여기 백 교수가 심장 파열이라고 수술실로 데려갔는데…… 네가 좀 봐줘. 심장내과가 아무래도 초음파 훨씬 잘 볼 거 아냐……."

"백 교수? 네가 맨날 욕하던 그 외상 외과?"

"그래, 아 그렇다니까. 그러니까 빨리 와서 좀 봐줘. 믿을 수가 있어야지."

한유림 교수는 아까까지만 해도 강혁에게 애걸복걸했던 주제에 싹 안면을 바꾸고 있었다. 강혁은 다소 어처구니가 없긴 했지만, 딱히 화를 내거나 하진 않았다.

'뭐, 이해가 아주 안 가는 일은 아니지.'

어떻게든 딸이 살았으면 하는 마음에서 이 난리를 피워대는 것이 아니겠는가. 실제론 이 행동 때문에 딸이 살아날 수 있는 실낱같은 확률이 낮아지고 있을 따름이었지만.

'더 들어주고 있다간 시간 놓치겠는데.'

강혁은 수술실 쪽을 돌아보며 생각했다. 수술실에 불이 들어온 지 벌써 2분이 지났다.

"음. 타임 아웃."

더 기다릴 수 없다고 판단한 강혁은 핸드폰 화면을 톡톡 두드린 후, 수술실을 향해 냅다 달렸다. 그때까지 심장내과 교수와 통화 중이던 한유림 교수가 다급하게 그를 불렀다.

"어어, 어디 가!"

"수술해야죠. 지금까지 뭐 들었습니까? 심장 터진다니까?"

"아니, 그게 확실하지 않잖아! 그게 아닌데 가슴 열었다가 사고라도 나면 책임질 거야?"

한유림 교수는 대개의 의사가 가장 싫어하는 말을 던졌다. 바로 '만에 하나라도 아니면 당신이 책임질 거냐'는 말. 어떻게 인간이 자신의 판단을 100% 확신할 수 있겠는가. 사람이라면 여기서 한 번쯤 고민하게 될 수밖에 없었다.

"네, 집니다."

하지만 강혁은 보통 사람이 아니었다. 한 치의 고민도 없이 고개를 끄덕이며 가던 길로 내달리고만 있었다. 황당한 얼굴이 된 한유림 교수가 그의 뒤통수에 대고 외쳤다.

"야! 야! 아닐 수도 있잖아!"

"아닙니다. 100% 터집니다."

"너, 너! 내 동의도 없이 무슨 수술을 하려고 해! 보호자 동의 없이 수술 못 하는 거 몰라?"

"에이."

한유림 교수의 말에 강혁은 딱 수술실에 들어가려다 말고 뒤로 돌아섰다. 한유림 교수는 마치 체크 메이트라도 잡은 듯한 표정으로 서 있었다. 한시가 급한 상황에 아버지가 저러고 있다니. 기가 차는 노릇이었다.

'멍청한 것도 정도가 있는데.'

강혁은 수술실 문에 달린 자그마한 창을 통해 누워 있는 지영을 바라보았다. 입에 들어가 있는 튜브를 통해 마취 가스를 주입 중이었다. 그의 예상대로 이미 마취가 된 모양이었다. 그나마 다행인 건 재원이 강혁이 시키지도 않았는데도 이미 개흉 준비를 해놓고 있다는 점이었다. 그야말로 칼만 대면 될 것 같았다. 조급증이 도진 강혁을 보며 한유림 교수가 말했다.

"그, 그래. 조금만 기다리라고. 수술하지 말라는 게 아니잖아. 초음파를 보고 결정하라고."

"뭔가 착각하는 거 같은데, 이미 초음파는 봤고, 심장은 터지기 일보 직전입니다. 수술해야 해요."

"동의서도 없이?"

"응급 수술의 경우 그렇게 진행할 수 있죠."

"보호자가 있을 경우엔 얘기가 다르잖아."

과연 수십 년 교수 짬밥을 괜히 먹은 선 아니있다. 그는 병원 내 규정과 의료법 전반을 거의 줄줄 꿰고 있었다. 하지만 딱 하나 그가 놓친 것이 있었다. 그건 바로 강혁이라는 인간의 캐릭터였다.

드르륵. 강혁은 발로 수술실 문을 열고 외쳤다.

"야, 항문 잠깐 나와봐."

"네? 나가요?"

"어. 잠깐 여기 서봐. 문틈에."

"아……. 네."

수술실 문은 다른 자동문과는 달리 중간에 뭐가 있으면 절대로 닫히지 않았다. 의료 기구 중에는 크고 무거운 것들이 있어 통과하는 데 시간이 오래 걸리는 경우가 많았기 때문이었다. 즉 재원이 문틈에 서 있는 동안에는 문이 닫히지 않았다. 강혁은 그렇게 자신 옆으로 다가온 재원에게 물었다.

"저기, 저 사람이 한지영 씨 보호자야."

"알죠……. 한유림 교수님이시잖아요. 안녕하세요."

재원은 지난 1년간 한유림 교수를 자신의 담당 교수로 섬겼던 몸이었다. 그런 주제에 외상 외과로 온 이후엔 단 한 번도 연락한 적이 없었기에 민망함이 컸다.

"어어. 양 선생. 아직 시작 안 했지? 조금만 기다려."

한유림 교수는 그런 재원을 보며 화를 내지 않고 도리어 다독였다. 지금은 그가 바라는 것이 있었기 때문이었다. 강혁은 한유림 교수를 가리키며 물었다.

"심장 터졌다는데 기다리래. 제정신 같냐?"

"네?"

"동의서 규정에 보호자가 심신미약 또는 그에 준하는 사유로 제대로 된 판단을 할 상황이 아니면 의사 둘이 임의로 동의하고 수술을 할 수 있어. 너도 알지?"

"알긴…… 알죠."

"지금 한유림 교수는 미쳤어. 또라이야. 그러니까 동의해. 수술하겠다고. 난 동의했다."

"어……."

재원은 차마 뭐라고 말해야 할지 몰라서 눈을 끔뻑였다. 당연히 한유림 교수는 화를 냈다.

"뭐? 이 미친놈아!"

하지만 강혁은 당당하기만 했다.

"빨리! 환자 죽어! 이제 5분 안에 가슴 열어야 해!"

"아……."

그리고 재원은 강혁에게 적어도 의학적인 부분에 있어서만큼은 전적인 신뢰를 보내고 있었다.

"빨리!"

"도, 동의합니다."

"오케이. 수술한다. 조폭, 넌 저 사람 못 들어오게 막아."

"네?"

장미는 강혁의 말에 당황한 듯 외쳤다.

"보호잔데 심신미약. 가라고, 조폭! 출동! 저 봐, 지금 오잖아."

강혁은 망설이고 있는 장미의 날개뼈 근처를 툭 하고 밀었다. 힘도 좋은 데다가 기술까지 좋았기 때문에 장미는 하릴없이 수술실 밖으로 밀려 나가고 말았다. 그 바람에 그것도 한유림 교수에게 정면으로 맞서는 방향으로.

"어……."

"너, 넌 뭐야! 지금 못 들었어? 내 딸을 그냥 막 수술한다잖아!"

한유림 교수는 자신의 앞을 막고 선 장미를 보며 거친 목소리로 외쳤다. 가까이서 보니 강혁의 말대로 정말 제정신은 아닌 것 같았다. 심신미약에 준하는 상황인지는 모르겠지만.

'아무튼, 이 사람을 막으라는 거지?'

장미는 옅은 한숨과 함께 한유림 교수를 올려다보았다. 같은 병원에 근무한 지 5년 됐지만 워낙 큰 병원이다보니 처음 보는 얼굴도 많았다.

'이 사람이 누구든…… 백 교수님을 이길 순 없지.'

장미는 상대가 누군지 잘 모르지만, 의학적 기준에 한하면 누구도 백강혁을 대적할 수 없다는 건 확신했다. 그는 장미가 알고 있는 모든 상식과 지식을 뛰어넘는 실력을 가진 사람이니까. 장미는 백강혁이 진행하려는 수술은 반드시 진행되어야 하는 거라고 굳게 믿었다. 지금 수술도 마찬가지였고, 그래서 그녀는 양팔을 쫙 벌린 채 한유림 교수를 막아섰다.

"안 됩니다! 못 지나가요!"

한유림 교수에게는 어처구니없는 일이었다. 새파란 간호사가 감히 자신의 앞길을 막다니. 그것도 딸이 보호자 동의도 없이 수술을 받으려는 마당에.

"미쳤어? 안 비켜?"

"죄송합니다! 근데 안 됩니다!"

"왜 안 돼! 비켜! 내 딸이……, 내 딸이 저 안에 있다고!"

"그러니까 안 된다는 거죠. 수술하는데 들어가실 거예요?"

"뭐, 뭐? 설마 벌써 칼 들어갔어?"

한유림 교수는 외과 교수가 아닌가. 따라서 수술실에서 무엇보다 중요한 것은 감염을 막는 것이란 걸 아주 잘 알고 있었다. 그래서 장미를 밀치고 들어갈 생각까지는 못 한 채 멈칫거렸다. 장미는 수술실 안쪽을 돌아보았다. 재원이 미리 수술 준비를 해둔 덕에 강혁은 이미 가슴골을 따라 절개선을 넣고 있었다.

"네. 들어갔어요."

장미는 단호한 표정으로 한유림 교수를 보며 끄덕였다. 한유림 교수는 하늘이 무너지기라도 한 듯한 표정을 지으며 외쳤다.

"이런 미친놈이! 내 동의도 없이 칼을 대?"

어찌나 슬퍼 보이는지, 장미도 약간은 측은지심이 들 지경이었다.

"교수님. 듣기 싫겠지만…… 이럴 땐 그냥 백 교수님이 맞다고 보시면 돼요."

"닥쳐! 네가 뭘 안다고……."

한유림 교수가 장미에게 한창 소리치려는 순간 그의 뒤쪽에서 발소리가 들려왔다. 그러곤 얼마 지나지 않아 허스키한, 한유림 교수에게는 아주 익숙한 목소리가 이어졌다.

"뭐야. 왜 이렇게 시끄러워."

한유림 교수는 그 즉시 심장내과 교수이자 동기인 정재민 교수가 온 것을 알았다.

"아, 왔구나! 빨리 좀 와봐!"

"왜?"

"백강혁, 그 자식이 내 딸 데리고 수술실로…… 가버렸어!"

"어? 초음파 아직 안 봤잖아? 막았어야지!"

"막았는데…… 따돌리고 들어갔다고!"

"이런 미친. 비켜!"

정재민 교수는 한유림 교수와 함께 장미에게로 성큼성큼 다가갔다. 장미는 건장한 체격의 두 사내와 대석하는 대신 뒤로 살짝 물러섰다. 굳게 닫힌 차가운 수술실 문의 감촉이 등에 닿았다.

위이잉. 수술실 문틈으로 드릴 소리가 들려왔다. 장미의 생각에는 시작한 지 3~4분 정도 된 것 같았다. 다른 사람 같았으면 이제 겨우 가슴뼈에 날 들어간 직후겠지만, 아마 강혁의 실력이라면 지금쯤 개흉이 되지 않았을까 하는 생각이 들었다.

'역시.'

뒤를 돌아보니 과연 한지영 환자의 가슴이 활짝 열어 젖혀져 있었다. 지금이라면 이 둘이 들어간다고 해봐야 할 수 있는 건 없을 터였다. 어차피 가슴이 열렸으니까.

"비켜!"

"너 이름이 뭐야! 나 한유림이야, 한유림!"

장미는 마치 자신을 죽일 듯한 기세로 달려들고 있는 둘에게서 슬쩍 몸을 돌려 피했다. 그러곤 발끝을 문 하단 좌측에 있는 홈에 집어넣었다.

"들어가세요, 들어가!"

그러자 굳게 닫혀 있던 수술실 문이 '드륵' 거리는 소리를 내며 열렸다. 그 바람에 정재민 교수와 한유림 교수는 거의 넘어질 듯 안으로 들어갔다. 실제로 정재민 교수보다 좀 더 마음이 급했던 한유림 교수는 한쪽 무릎이 땅에 닿고 말았다.

우당탕! 수술실에서 난데없는 소란이 벌어지자 강혁의 날 선 눈빛이 그쪽으로 향했다.

"뭐야, 미쳤어? 수술하는데 먼지 날리면 어쩌려고!"

그러자 한유림 교수가 거의 반쯤 돌아간 눈으로 강혁에게 따졌다.

"지금 그게 네가 할 소리야? 남의 딸을 함부로 수술실에…… 어……."

한유림 교수는 그렇게 외치다가 말끝을 흐렸다. 자신이 생각했던 그림과는 너무 다른 광경이 눈앞에 펼쳐져 있었으니까.

"버, 벌써 열었어? 이 미친놈이……?!"

"가만, 가만있어 봐."

정재민 교수는 얼빠진 표정으로 서 있는 한유림 교수를 제치고 한지영에게 다가갔다. 말 그대로 한지영의 가슴은 활짝 열려 있었다. 그 말은 곧 심장이 아주 선명하게 보인다는 뜻이었다. 그걸 보자마자 정재민 교수는 굳이 초음파를 댈 필요도 없겠단 생각이 들었다. 그의 눈에 보이는 지영의 심장은 정말 파열 직전이었으니까.

"야, 진짜……. 진짜 터졌잖아, 멍청아……."

정재민 교수는 한유림 교수와 마찬가지로 얼빠진 얼굴이 된 채 뒤로 물러섰다. 감히 터진 심장을 수술하고 있는데 마스크도 하지 않은 채 주변에서 얼쩡거릴 수는 없었기 때문이었다. 그 말에 한유림 교수는 도저히 믿지 못하겠는 듯한 얼굴로 정 교수를 올려다보았다. 여전히 몸을 일으키지는 못하고 있었다.

"뭐, 뭐라고?"

"진짜 터졌다고……. 아이고, 우리 지영이……."

"안 돼. 아냐. 그럴 리가 없어. 야, 무슨 차 안에서 사고가 났는데 심장이 터져……."

"이, 일단 일어나. 가서 보지는 말고."

"안 돼. 아냐. 아냐……."

한유림 교수는 정재민 교수의 부축을 받고서도 쉽사리 몸을 일으키지 못했다. 주저앉은 채 아니란 말만 되풀이할 뿐이었다. 한유림 교수 입장에서는 절대로 벌어져서는 안 될 사고가 터져버렸으니 이런 반응을 보이는 것도 무리는 아니었다. 그는 지금 외과 과장이 아니라, 사고를 당한 아이의 아버지일 뿐이었으니까. 처음부터 그에게 좋은 인상을 받지 못했던 장미도 그를 위로했다.

"교수님. 일단……. 일어나세요. 바닥에 있지 마시고."

"안 돼……."

"인마. 일어나, 일단."

"아……."

정재민 교수와 장미 둘이 한유림 교수를 데리고 끙끙대는 동안 강혁은 차가운 눈빛으로 심장을 응시하고 있었다. 충격으로 인한 균열 때문에 한없이 얇아져버린 좌심실의 벽이 위태로웠다. 그냥 일반인이 보더라도 곧 터질 거라는 걸 직감적으로 알 수 있을 정도였다. 실제로 재원은 손에 타코콤을 한 움큼 든 채 심장만 뚫어지게 보고 있었다.

'임펜딩 럽처(Impending rupture: 임박한 파열)…….'

즉 곧 터질 것이 자명한 상태를 일컫는 말이었다. 혈관이라면 터질 부위를 봉합하거나, 그것도 아니라면 그냥 묶어버릴 수도 있었다. 그 혈관에서 혈액을 공급받던 부위는 손상을 받겠지만, 혈관이 터져버리는 것보단 낫지 않겠는가.

'하지만 심장은 그게 안 돼…….'

심장에 피가 가지 않도록 묶는다는 건 곧 환자의 죽음을 의미했다.

'시간을 너무 끌었어.'

이 지경이 된 심장은 제아무리 강혁이라고 해도 제시간 내에 봉합이 어려웠다. 불과 5분 정도만 일찍 가슴을 열었어도 얘기가 조금 달라졌을 텐데.

'저 새끼 때문에…….'

강혁은 원망스러운 눈빛으로 아직도 바닥에 널브러져 있는 한유림 교수를 돌아보았다. 생각 같아서는 그냥 가서 한 대 날려버리고 싶었지만 그럴 시간이 없었다.

'할 수 없지. 어떻게든……. 시간을 벌자.'

해서 강혁은 한유림 교수를 두들겨 패는 대신 차선책으로 생각해뒀던 방법으로 심장 파열을 막기로 했다.

"장갑, 새것 하나만 줘."

"네?"

강혁의 엉뚱한 요구에 보조 간호사가 눈을 동그랗게 떴다. 강혁은 그런 간호사에게 버럭 소리 질렀다.

"장갑! 되묻지 말고! 빨리!"

"아아. 네."

혹시 장갑이 찢어지기라도 한 건가 하는 생각에 후다닥 장갑을 준비한 간호사는, 강혁의 손에 씌워주기 위해 장갑을 들고 다가왔다. 하지만 강혁은 그 장갑을 확 낚아채고는 가위로 오리기 시작했다.

두둑. 강혁이 미처 장갑을 다 오리기 전에 어떤 파열음이 들렸다. 다른 사람은 눈치채지 못했겠지만, 강혁은 알 수 있었다. 이제 불과 수 초밖에 안 남았다는 것을.

"이런 제기랄. 항문, 타코콤 준비해!"

"네, 네!"

재원을 대기시킨 후, 오려내던 장갑을 그냥 심장에 가져다댔다. 그러곤 장갑 면을 파열이 예상되는 지점에 딱 붙이는 형태로 봉합을 하기 시작했다. 평소 그의 예술적인 봉합은 아니었다. 거칠기 짝이 없는 봉합이었다. 얼기설기. 엉망진창이라는 말까지 어울릴 것 같은 모양새. 하지만 가장 가까이에서 그 봉합을 뚫어지라 보고 있는 재원은 알 수 있었다. 그냥 생각 없이 하는 봉합은 결코 아니란 것을.

'저렇게 하면 장갑을 심장 표면에…… 가장 단단하게 붙일 수 있……. 아.'

그의 생각이 미처 다 끝나기 전에 파열음이 있었다. 두두둑. 아까는 강혁만 들었지만 이번에는 방 안에 있던 전부가 들을 수 있을 만큼 선명했다. 정재민 교수는 한유림 교수의 눈을 가려주면서 자기도 두 눈을 질끈 감고 고개를 돌렸다.

분수처럼 솟아오르는 핏줄기를 상상했지만, 그런 일은 일어나지 않았다. 부욱. 대신 장갑이 약간 불룩해졌다. 터진 심장에서 새어나온 피 때문에.

"후. 혈압은 어때?"

강혁은 안도의 한숨을 내쉬며 마취과 쪽을 바라보았다. 마취과 의사는 세상에서 제일 긴장한 얼굴로 고개를 끄덕였다.

"괘, 괜찮습니다……."

"좋아. 이제 심장 복구한다."

"허."

재원은 어처구니가 없다는 듯한 표정으로 심장과 강혁을 번갈아 바라보았다. 여전히 심장 쪽에 달라붙은 장갑은 '보옹, 보옹' 소리를 내며 울렁거리고 있었다. 워낙에 단단하고 질긴 고무 재질로 만들어진 장갑인지라 터지는 일은 없었다.

"혈압 아직도 괜찮지?"

강혁은 재원의 감탄에 작은 반응조차 보이지 않은 채 마취과 의사를 응시했다.

"네……. 괜찮습니다."

수초 정도 침묵을 지키고 있던 마취과 의사는 그제야 확신이 들었는지 고개를 끄덕였다.

“좋아. 일단 시간은 벌었고……. 항문, 너 뭐 하고 있냐? 빨리 보조 안 해?”

“아, 네. 이렇게 하실 줄은 상상도 못 해서요…….”

“뭐, 장갑으로 하는 거?”

“네.”

보통 수술할 땐 정식으로 출시된 제품만 떠올리기에도 바쁘지 않던가. 다른 분야와 마찬가지로 의학 쪽도 워낙 쉬지 않고 신기술이 개발되는 곳이니 그럴 수밖에 없었다. 그런데 뜬금없이 장갑이라니. 재원은 어처구니없음까지 느끼고 있었다. 강혁은 그런 재원을 보며 혀를 쯧쯧 찼다.

“야, 공부 좀 해라. 공부.”

“네? 이런 게 책에…… 나오나요?”

“책? 책은 학생 때 떼는 거지. 너 아직도 교과서로 공부하냐?”

“아…….”

재원은 지금도 책장에 고이 꽂혀 있는 교과서를 떠올리며 고개를 숙였다. 그러고보니 강혁은 이제 교과서 따위에는 눈길도 주지 않는 듯했다. 그의 연구실 책상엔 온통 논문들뿐이었다. 메이저 논문은 물론이고, 잘 알려지지 않은 곳에서 발행한 논문도 있었다. 강혁은 그 모든 논문을 매일 몇 편씩 읽었다.

“미군에서 이걸로 심장 파열을 치료했다는 보고가 있어. 재작년 케이스 리포트 된 거야. 내가 이따 찾아다줄 테니까 읽어봐.”

“아……. 네.”

재원은 고개를 끄덕였다. 생각해보니, 파열되는 심장을 임시방편으로 눌러두는데 이 수술 장갑만 한 것도 없을 것 같았다. 기본적으로 멸균 제품에, 수술할 때 수술 부위에 가장 자주 닿는 제품이었으니 이렇게 인체 조직에 직접 댄다고 해서 걱정할 건 없어 보였다.

'게다가 엄청 질기잖아…….'

수술 도중 이 장갑이 찢어지기라도 하면 인체 부위 중 가장 더러운 부위라 할 수 있는 손이 바로 노출될 위험이 있다. 그런 치명적인 상황을 피하기 위해 수술 장갑은 최대한 질긴 소재로 제작되어 있었다.

그래서 지금도 심장의 어마어마한 압력을 견뎌내고 있는 것이었다.

'역시 백 교수님은…….'

재원은 넋 나간 얼굴이 되어 강혁을 바라보았다. 이걸 심장이 딱 터지기 직전에 그렇게 절묘하게 대어놓을 수 있다니. 실로 수술 괴물이라는 표현이 딱 어울리는 인간이었다.

"칼."

재원이 잠시 감상에 빠져 있는 동안 강혁은 이미 칼을 손에 쥐고 있었다.

"항문, 정신 차려. 이건 나도 혼자 하기는 좀 어려워."

"아, 네."

"장갑 대놓았다고 너무 안심하지 말라고. 기껏해야 10분이야."

"10분……."

"그 안에 심장 재건한다."

"네, 네."

심장 재건을 10분 안에 한다니. 불가능하다는 말을 다른 말로 표현한 것뿐이란 생각이 들었다. 왜 외상으로 인한 심장 파열을 사망률 100%라고 하는지 너무나 잘 이해가 되었다. 하지만 집도의가 아직 포기하지 않았는데 보조의가 포기한다는 것은 말도 안 되는 일이었다. 해서 재원은 보조 간호사가 건네준 핀셋으로 강혁이 가리킨 곳을 집었다.

"너무 세게 하지 마. 안 그래도 안이 죄다 터졌다고."

"네네."

"좀 더 뒤로 당겨. 아주 젠틀하게……."

"네."

재원은 강혁이 요구한 대로 최대한 섬세하게 근육을 뒤로 당겼다. 그러자 심장 근육이 약간 뒤로 밀리면서 근육의 결과 결 사이의 공간이 아주 미세하게 만들어졌다. 강혁은 그 틈을 놓치지 않고 칼을 밀어넣었다.

지익. 당연하게도 이 광경은 수술실에 있는 모두에게 그리 익숙한 광경이 아니었다. 우리 몸에서 생과 사를 결정한다고 할 수 있는 심장에 칼을 직접 대다니. 강혁도 그런 재원의 마음을 충분히 이해한다는 듯 입을 열었다.

"아까 초음파 기억해?"

"네? 아, 네. 어느 정도는……."

"그때 보면 좌심실 안쪽이 엉망이었잖아. 특히 이쪽."

강혁은 오른손으로는 천천히 메스를 움직이면서 왼손의 약지로 장갑 쪽을 가리켰다. 지금도 터져버린 심장 사이로 피가 울컥울컥 흘러나오는 중이었다. 장갑 덕에 도로 안으로 들어가고는 있었지만.

"네."

"저긴 조직이 이미 다 터져버려서 그냥 봉합은 안 돼. 그건 알지?"

"아……. 네. 그렇죠."

재원도 둔한 충격을 강하게 받은 조직이 어떻게 되는지는 잘 알고 있었다. 외상 중에서 흔하게 볼 수 있는 게 복부 손상이었는데, 주로 복부 손상에서 그런 조직을 볼 수 있었다.

'간단한 봉합도 잘 안 되지…….'

조직이 바늘에 걸리는 장력을 견디지 못하고 툭툭 끊어지기 일쑤였다. 즉 지금 심장에 난 상처 주변을 함부로 봉합하려고 들었다가는 이미 발생한 손상을 더 심하게 만들 수도 있는 상황이다.

"그래서 이렇게 심장 근육을 얇게 저민 다음 당겨서 가지고 오는 거야."

강혁은 어느새 메스를 놓고 핀셋을 쥐고 있었다. 그는 핀셋으로 얇게 절개된 심장 근육을 집었다.

"이렇게."

그러곤 장갑 조각으로 덮인 심장 파열 부위 쪽으로 당겨왔다. 그러자 거짓말처럼 얇은 근육이 파열 부위를 감쪽같이 덮어버렸다.

"오."

"그래서 짼 거니까 그런 표정은 풀라고. 특히 거기 조폭."

"아."

한유림 교수를 부축하고 있다가 슬금슬금 수술대 쪽으로 다가와 있던 장미가 눈을 동그랗게 떴다. 분명 수술에만 집중하고 있었던 거 같은데 대체 어떻게 자기가 왔다는 걸 알았을까. 장미가 고개를 절레절레 젓고 있는 사이 재원이 입을 열었다. 의문이 가득한 표정이었다.

"근데…… 장갑이 있는데 어떻게 떼고, 어떻게 붙여요?"

근육과 근육 사이에 장갑이 있으면 아예 붙질 않을 텐데. 게다가 아무리 멸균 장갑이라고는 해도 이물질이었다. 잠깐이야 괜찮겠지만, 시간이 지나면 심각한 문제를 일으킬 수 있었다.

하지만 강혁은 그런 재원을 보며 혀를 찼다.

"어떻게 떼고 붙이냐? 바로 피 솟구칠 텐데. 어깨 위에 그거 왜 달고 다녀? 쓰지도 않을 건데."

"네? 그럼 어떻게……. 아, 에크모(ECMO: 체외막 산소 공급 장치)로 돌리나요?"

"에크모? 야, 이리 와봐. 너 머리 떼자, 그냥."

강혁은 고개를 절레절레 흔들며 '에크모라고?'를 연발했다. 사실 이런 상황에서 에크모를 비롯한 체외 순환 장치는 거의 필수적이긴 했다. 하지만 그 장치를 다는 건 시간이 필요했다. 적어도 30분 이상. 이 환자가 죽고도 남을 시간이었다. 애초에 고려할 수 없는 선택지였다.

"내시경 준비해."

강혁은 재원을 향해 몇 번인가 더 구박해대다 장미를 돌아보았다. 장미는 보옹보옹 거리고 있는 파열 부위를 넋 놓고 보고 있다가 재빨리 정신을 차렸다.

"네? 아, 네. 근데 어떤 내시경……?"

"이비인후과 세트로 줘. 코 수술용. 알지? 뭔지?"

"네. 근데…… 그건 본관에 있는데."

당연한 일이었다. 이비인후과용 내시경 세트를 중증외상팀에서 쓸 일은 흔치 않았으니까.

"그럼 빨리 뛰어가서 가져오면 되잖아. 5분 안에 갔다올 수 있지?"

"5분이요?"

"어."

"그건 도저히 무리……."

"나 같으면 그런 소리 할 시간에 뛰겠어."

"아."

장미는 아무리 말해봐야 강혁의 주문은 바뀌지 않는다는 걸 깨닫고 냅다 밖으로 달렸다. 강혁은 전력 질주하고 있는 장미의 뒤통수에 대고 외쳤다.

"조폭! 5분이야, 5분!"

장미는 대답도 하지 못하고 뛰었다. 강혁은 이내 수술 부위로 고개를 돌렸다. 재원이 여전히 얇게 저며진 근육을 당기고 있었다.

"잘하고 있네. 딱 그대로 있어."

"네."

"자, 그럼 봉합한다."

"네. 근데 대체 뭘 어떻게 하시려는 건지……."

재원은 아무리 생각해도 저 장갑을 떼기 전에 근육을 덮어씌우면 안 될 것 같았다.

"새꺄, 그냥 그대로 있어. 내가 알아서 해."

"아, 네……."

강혁의 말에 재원은 입을 다물어야만 했다. 강혁은 그렇게 수술실을 다시 침묵에 잠기게 만든 채로 봉합 기구를 움직였다.

언제나 그렇듯 완벽한 봉합이었다. 곧 얇은 근육막이 파열된 부위를 촘촘히 덮었다.

'아까 5분만 더 빨리 열었어도 이렇게 하고 끝인데…….'

그 5분이 없어서 부득이하게 장갑을 대고 말았다.

'에잇.'

강혁은 아쉬움에 고개를 저었다. 어떤 5분은 그 5분을 놓친 것만으로도 몇 배의 수고를 더하게 만들기도 했다. 어떨 때는 아예 생명을 잃게 만들기도 했다.

그때 '부욱' 하고 뭔가 찢어지는 듯한 소리가 났다. 드디어 그 질긴 장갑조차도 견디지 못하게 된 때가 온 것이었다.

"어, 어!"

재원은 당황한 나머지 소리만 질렀다. 강혁은 그런 재원의 손등을 핀셋 손잡이로 두드리며 말했다. 아주 태연한 목소리였다.

"호들갑 떨지 말고. 그냥 살짝 눌러줘. 아직 안 터져."

"아, 네. 교수님."

재원은 수술 장갑을 낀 손으로 지영의 심장을 눌렀다. 수술 장갑의 특성상 심장의 감촉을 고스란히 느낄 수 있었다.

'으.'

인체 근육 중 가장 단단하게 발달한 부위가 심장이다. 그 단단한 근육 뭉치가 뛰고 있는데, 그 위에 손을 얹어놓고 있다니. 손에 전해져오는 심장의 느낌은 아주 기이했다. 게다가 안쪽 일부는 터져 있지 않은가. 혈압 때문인지 심장이 뛸 때마다 느껴지는 힘이 너무 맹렬했다. 일반 외과 출신이라 심장 뛰는 것조차 직접 보는 것은 처음인 재원에게는 너무 강한 자극이었다.

"어……."

"너 왜 그러냐?"

"저 약간 어지러우려고 하는데요."

"어지러워? 허이고."

강혁은 재원의 얼굴 표면에 나타난 미묘한 색 변화를 감지했다. 재원의 낯빛이 급격히 새하얘지기 시작했다. 확실히 저 신음을 내기 전보다 창백했다. 말초 혈관이 수축하고 있다는 뜻이었다. 그 말은 곧 재원이 과도한 긴장 상태에 빠졌다는 뜻이기도 했다.

"야. 뭔 외과 의사가 심장 좀 만졌다고 그러고 있어."

"그런 말씀 마세요……. 심장에 직접 손대보셨어요?"

"대봤지. 아까 못 봤냐? 칼로 써는 거."

"우……."

'칼로 썬다'는 말을 듣자 속이 더 안 좋은 모양이었다. 구역질이 나오는지, 황급히 입을 틀어막았다. 그 바람에 강혁이 재원 대신에 심장을 눌러야만 했다.

"어이구……. 항문. 이거 모자라도 한참 모자라네."

"제가 경험이 없어서 그래요……."

마침내 심장에서 손을 뗀 재원은 이제 살겠다는 얼굴로 뒤로 살짝 물러섰다. 순간적인 긴장이었는지 곧 원래의 낯빛으로 돌아왔다.

드르륵. 그사이 본관 수술장을 향해 달렸던 장미가 내시경 장비를 안고 들어왔다. 시계를 보니 불과 7분 정도밖에 지나지 않았다. 아예 1초도 쉬지 않고 뛴 게 분명했다. 장미는 구슬땀을 흘리며 거친 숨을 내뱉고 있었다.

"야야. 조폭, 땀은 좀 닦아."

"네. 걱정해주셔서 감사합니다."

"뭔 소리야. 땀 바닥에 떨어지면 오염되잖아. 가뜩이나 뛰어갔다가 와서 노폐물 많이 나왔을 텐데."

"아."

장미는 당장 들고 있던 내시경 세트로 강혁의 죽빵을 날리고 싶은 심정을 애써 억눌렀다. 시간이 지체되면 죽으라고 달려갔다 온 보람이 무색해질 수도 있으니까.

'두고 보자.'

재빨리 수술실 한쪽에 비치된 티슈로 얼굴에 송골송골 맺힌 땀을 닦아낸 후, 내시경 세트를 열었다. 오염되지 않도록 주의를 기울이며 이 수술의 보조를 맡고 있는 간호사에게 건네주었다. 강혁은 그렇게 나온 내시경 렌즈를 보며 고개를 끄덕였다.

"좋아. 여기 카메라 시스템은 있지?"

"네. 그건 있습니다."

방금 내시경 세트를 풀어놓은 장미가 숨 돌릴 새도 없이 바로 대답했다.

"그럼 빨리 연결해."

"네."

역시나 숨 돌릴 새도 없이 재빠르게 수술방 한쪽에 있던 카메라 시스템을 끌고 왔다. 처음 배치받을 때 확실히 교육을 받았는지 시스템 연결하는 데 망설임이 없었다. 재원은 그 모습을 보면서 감탄했다.

"와, 완전 무슨 전문 기사분 같네. 나는 그거 전원 연결하는 거 맨날 헷갈리던데."

"넌 항문 했잖아. 카메라 쓸 일이 없으니까 그렇지."

"교수님. 거기서 또 왜 항문이 나옵니까……."

"내 말이 틀렸냐? 저기 저 양반도 카메라 잘 모를걸?"

강혁은 그렇게 말하면서 아직도 바닥에 널브러져 있는 한유림 교수를 턱짓으로 가리켰다. 정재민 심장내과 교수가 그의 눈을 가리고 있었지만, 귀는 막고 있지 않으니 방금 강혁이 한 말은 다 듣고야 말았다.

"야, 지금 저놈이 뭐라는 거냐……."

"별말 안 했어."

정재민 교수는 마치 다리에 총 맞은 것처럼 아예 일어서지 못하고 있는 한유림 교수를 향해 답했다.

"너 괜찮아?"

"괜찮아. 지영이가 문제지……. 아이고 우리 불쌍한 지영이."

정재민 교수는 수술 상황을 확인하기 위해 몸을 일으키려다 멈추었다. 핑. 퓨즈 연결되는 소리와 함께 모니터가 켜졌기 때문이었다.

"왜 그래?"

"아니, 여기서도 대강 보일 거 같아. 근데 왜 내시경을…… 쓰지?"

심장 수술에 내시경이라니. 적어도 정재민 교수가 알고 있는 상식에서는 단 한 번도 들어보지 못한 말이었다. 그리고 그건 외과 교수인 한유림도 마찬가지였다.

"내시경? 심장에? 저 미친 새끼가…… 가서 좀 말려!"

"아, 알았어. 알았어."

정재민 교수는 한유림 교수의 성화에 밀려 몸을 일으켰다. 그러곤 강혁에게로 천천히 다가갔다.

'대체 뭔 짓을 하는 거야…….'

뭔가 말도 안 되는 수술을 하는 것만은 확실해 보였다. 하지만 지영은 아직 살아 있다. 심장이 파열되었다면 지금쯤 죽고도 남았을 시간인데도.

'정말…… 살리고 있는 건가?'

정재민 교수는 도무지 믿을 수 없다는 눈빛으로 수술대 위의 지영과 그녀의 활력 징후를 나타내고 있는 모니터를 번갈아 바라보았다.

"거기, 얼쩡대지 말고 뒤로. 수술에 방해돼."

강혁은 그런 재민을 향해 손사래를 쳤다. 그제야 정재민 교수는 자신이 너무 수술대에 가까이 붙었단 사실을 깨달았다.

"아, 미안. 미안하네."

"미안하면 그것보다 더 뒤로 가."

"그, 그러지."

정재민 교수는 뒤통수를 긁적이며 뒤로 물러섰다. 뒤에서 보고 있던 한유림 교수가 버럭했다.

"뭐 하고 있어! 빨리 말리라니까!"

"야, 말릴 분위기가 아니야."

"무슨 소릴 하는 거야."

"저 백 교수란 사람……. 진짜 자네 딸 살릴지도 몰라. 그러니까 조용히 하고 있어."

정재민 교수는 강혁이 정확히 어떻게 하려는 것인지는 알 수 없었다. 하지만 딱 한 가지 확실한 사실이 있었다. 그건 강혁이 지영의 목숨을 붙잡고 있다는 것. 그것도 아주 성공적으로. 하지만 한유림 교수는 믿기 어렵다는 눈치였다.

"무슨……."

"일단 보자고. 사실 지금까지 살아 있는 것도 기적이야."

정재민 교수는 이제 전산으로 넘어와서 수술실 구석 모니터에 뜬 한지영의 심장 초음파를 보며 중얼거렸다.

"자, 안티 포그(Anti fog: 김 서림 방지제) 주고."

"네."

정재민 교수가 멍하니 바라보고 있는 사이 강혁은 내시경 끝에 안티 포그를 폭 찍었다.

"자, 항문. 이제부터 안에 있는 수술 장갑 뗄 거야."

"네, 네."

"이거 봉합 하나씩 풀리면…… 파열된 틈새로 피 샐 거거든?"

"네……."

재원은 생각만 해도 아찔한지 몸을 떨었다. 하지만 강혁의 표정에는 별반 변화가 없었다. 그저 계속해서 덤덤할 뿐이었다.

"그럼 네가 그거 밖으로 새지 않게 눌러. 아까처럼. 알았어?"

"아……."

"내가 누를 수는 없잖아. 아니면 네가 내시경으로 장갑 빼든지."

"아뇨. 제가 누를게요……."

재원은 아무리 생각해도 익숙하지도 않은 내시경을 이용해서 심장 틈새에 낀 장갑을 빼는 건 자신이 없었다. 강혁은 울상이 된 재원을 못 본 체하고 내시경을 심장 틈새로 쑥 밀어넣었다. 그러자 모니터에 파열된 부위를 덮고 있는 고무장갑이 보였다. 아까보다 확실히 장갑이 얇아진 것이 보였다. 일부에서는 피가 아주 살짝 새어 나오고 있기도 했고.

"아."

정재민 교수는 그제야 강혁이 무슨 수를 써서 지영을 살려낸 것인지 깨달곤 신음을 흘렸다. 뒤를 돌아보니 한유림 교수 또한 비슷한 표정이었다.

"가위 줘."

"네."

강혁은 두 교수가 충격과 놀라움에 휩싸인 틈에도 바쁘게 손을 놀렸다. 심장 표면과 장갑을 붙어 있게 했던 있던 봉합을 내시경용 가위로 하나하나 끊어내기 시작했다. 매듭이 하나씩 끊어질 때마다 장갑과 심장 표면이 헐거워졌고, 자연히 피가 왈칵 새어 나왔다.

"눌러!"

"네, 네!"

"야! 화면 보면서 눌러! 내가 가위 대고 있는 곳을 누르면 어떡해! 너 미쳤냐?"

"아, 네!"

재원은 그제야 자신도 모니터를 보면서 움직여야 한다는 사실을 깨달았다. 그리고 보조의가 대단히 중요하다는 사실도 알게 되었는데, 불행하게도 이 사실은 또 다른 사실과 이어지고야 말았다.

"새꺄! 지금은 떼! 나랑 보조를 맞추라고!"

"네네."

"야, 눌러! 눌러!"

"네."

"떼!"

"눌러!"

보조가 중요해지면 그만큼 강혁의 화받이가 될 확률이 커진다는 사실이었다.

"야!"

"새꺄!"

"노예!"

강혁은 '떼', '눌러'의 반복을 넘어 각종 욕설로 지시를 대신하고 있었다. 다행한 것은 재원이 용케 그 말뜻이 무엇인지 알아듣고 있다는 점이었다. 아니, 오히려 '떼', '눌러'로 말할 때보다도 더 명확하게 알아듣고 있었다.

"이 새꺄! 어, 음. 잘했다."

덕분에 강혁이 마냥 욕이 아니라 칭찬으로 말을 마치는 경우도 있었다. 물론 대부분은 그냥 욕이었지만. 아무튼, 그렇게 둘이 분투를 한 덕에 파열된 부위를 덮기 위해 봉합해두었던 실을 모조리 끊어낼 수 있었다. 남은 것은 장갑을 빼내는 것뿐이었다.

"넌 계속 누르고 있어."

"아, 네."

재원은 강혁이 말하기 전부터도 이미 꾹 누르고 있었다. 하지만 그럼에도 불구하고 피가 조금씩 새어 나가고 있었다. 재원의 시선이 자연히 그쪽을 향했다.

"약간 새어 나오는 건 신경 쓰지 마. 어차피 장갑 빼고 나면 완전히 고정할 거니까."

강혁은 파열 부위를 덮고 있는 근육을 툭툭 두드리며 말했다. 대체 뭘 어떻게 고정하겠다는 것인지는 알 수 없는 일이었다.

"네, 교수님."

"그러니까 그냥 눌러. 장갑 뺄 테니까."

"네. 근데……."

"근데 뭐."

재원은 강혁을 감히 똑바로 보지 못하고 자신의 발끝을 바라보며 겨우 말을 꺼냈다.

"그……. 틈새가 겨우 내시경 렌즈 들어갈 정도로 좁은데…… 어떻게 장갑을 빼실 건지 궁금해서요."

"아."

그의 말에 뒤에 있던 장미와 정재민 교수 그리고 한유림 교수가 거의 동시에 신음을 흘렸다. 그러고보니 저놈의 장갑을 어떻게 뺄 것인지가 의문이었기 때문이다.

'저거 빼려고 덮어놓은 근육을 풀면…….'

정재민 교수는 거기까지 상상의 나래를 펼치다가 눈을 질끈 감았다. '팍' 하고 터진 심장에서 피가 천장까지 솟구치는 장면이 선하게 그려졌기 때문이었다.

'내가 쟤 돌잔치 때도 갔었는데…….'

정재민 교수에게 한지영은 거의 친조카나 마찬가지였다. 그런 아이가 죽는다고 생각하니 다리에 힘이 풀리는 것 같았다. '쿵' 소리에 돌아보니 실제로 다리에 힘이 풀려버린 사람이 하나 있었다. 바로 한유림 교수였다. 정재민 교수는 곧장 그를 부축해 일으켰다.

"야야, 괜찮냐?"

"괜…… 찮겠냐……."

딸아이 심장이 고작해야 고무장갑에 의지해 박동을 유지하고 있었다. 이제 그 장갑을 제거해야 하는데, 꺼낼 수 있는 곳이라고는 바늘구멍 같은 틈새뿐이었다. 불가능한 일이라고 생각해 모두들 포기한 순간에 정작 집도의 강혁은 질문을 던진 재원을 바라보며 피식 웃을 따름이었다.

"멍청아. 어떻게 빼긴. 그냥 빼면 되지."

"네? 장갑은 이렇게 크고…… 틈은 이렇게 좁은데요?"

"장갑을 강철로 만들었냐?"

"아뇨……. 고무죠."

"그럼 잘라서 작게 만들면 되지. 뭐가 문제야. 넌 그냥 누르고나 있어."

"잘라요……?"

"누르라고."

"아, 네."

재원은 의문을 억지로 억누른 채 피가 새어 나오지 않게 심장을 꾹 눌렀다. 그사이 강혁은 작은 집게로 장갑을 끌어당긴 후, 가위질하기 시작했다. 그냥 가위질이 아니라 내시경을 통해 겨우 볼 수 있는 아주 작은 틈새를 통한 가위질이었다. 하지만 강혁은 단 한 치의 망설임도 없이 가위질해나갔다.

곧 커다랗던 장갑이 기다란 실처럼 변해 있었다. 한유림 교수는 자기 눈으로 직접 보고 있으면서도 그 광경을 믿을 수 없었다. 스스로 칼잡이라 자부하는 외과의였지만, 강혁이 하고 있는 수술은 듣도 보도 못한 것이었다.

"허."

옆에 있던 정재민 교수도 비슷한 표정이었다. 심장 만진 지 20년이 다 되어가는 지금도 100% 자신 있냐고 하면 고개를 저을 상황인데, 저토록 완벽한 내시경 조작이라니. 정작 그 놀라움의 대상이 된 강혁은 별로 특별할 것도 없다는 듯한 표정이었다.

얼마 지나지 않아 장갑은 하나의 긴 고무줄이 되어 있었다. 강혁은 집게를 이용해 아주 작은 틈새로 그 고무줄을 빼냈다. 피로 물든 고무줄을 간호사에게 건네주며 말했다.

"이건 검체실로 보내고, 봉합 기구 줘. 실은 3-0 바이크릴."

"아, 네. 교수님."

"노예. 넌 계속 눌러. 피 새잖아, 지금도."

"아……. 네. 알겠습니다. 교수님."

"어차피 오래 안 걸려. 그러니까 눌러."

"네."

재원은 강혁의 말에 용기를 얻어 심장을 계속 눌러댔다. 물론 너무 힘을 주지는 않았다. 괜히 물리적인 자극이 너무 세게 들어갔다간 심장에 어마어마한 손상이 있을 수 있기 때문이었다.

팍. 그에 반해 강혁은 다소 거칠다고 느껴질 정도의 세기로 봉합을 시작했다. 강혁은 나름 친절한 면도 있는 사람이라, 지금 하고 있는 봉합에 대한 설명도 잊지 않았다. 언젠가는 재원이 독립해 1인분의 외상 외과 전문의 노릇을 해야 하지 않겠는가. 그래야 진정한 의료 노예가 될 수 있을 테니.

“파열 부위를 깊이 떠서 위에 내가 덮어준 근육막이랑 이어 붙이는 거야. 그래야 출혈이 완전히 막히거든.”

“아…….”

“그렇다고 너무 욕심부리면 파열된 부위 주변이 다 찢어지니까 무리하면 안 돼.”

“근데……. 밑쪽을 얼마나 뜨고 있는지는 어떻게 아세요?”

“어휴……. 넌 그걸 질문이라고 하냐.”

강혁은 마치 재원이 큰 잘못이라도 한 것처럼 바라보았다. 뒤에서 지켜보던 한유림 교수나 정재민 교수 그리고 장미도 궁금하긴 마찬가지였다.

‘뭔가 방법이 있던가?’

“아까 안 봤냐? 눈 감고 있었어?”

강혁은 손은 쉬지 않고 봉합을 해나가면서 재원에게 물었다. 마치 뇌가 두 개라 하나는 봉합을 하고, 하나는 재원을 가르치고 있는 듯한 느낌이었다.

“어……. 뭘요?”

“심장 파열된 부분. 못 봤냐고.”

“아……. 보긴 봤죠.”

“그럼 기억도 하지?”

“기억이라면…….”

재원은 ‘설마 그걸 외우고 있다는 건가’ 하는 표정으로 중얼거렸다. 그리고 강혁은 그의 설마를 역시로 만들어주었다.

"다 외워야지. 해부학 안 배웠어? 어차피 거기서 변형인데……. 넌 설마 수술한 사람들 몸속 기억 못 하는 거야?"

"어……."

재원은 '보통 기억 못 하지 않나요?'라고 묻고 싶었다. 고개를 돌려 보니 한유림 교수나 정재민 교수도 비슷한 표정을 짓고 있었다.

"어이구……. 넌 진짜 집중력이 부족하구나. 이게 딱 수술에 집중하면 잊어버릴 수가 없는데."

"아니……. 집중력이 문제가 아니라……."

"그럼 왜 기억을 못 해. 너 바보야?"

"아뇨. 바보는 아닌데요."

한국대학교 의대를 나와서 한국대학교 병원 외과를 갔고, 그 외과 전체에서 시험 1등까지 한 몸인데 바보냐니.

"그럼 외워야지."

"아……."

강혁은 재원이 바보와 천재 사이 어딘가에 빠져 고통스러워하는 사이에 봉합을 끝마쳤다.

"자, 다 됐고. 혈압 어떻지?"

강혁은 자신이 단단하게 이어 붙인 심장을 두드리며 마취과 의사에게 물었다. 얇게 저민 근육은 마치 원래 그 자리에 붙어 있던 것처럼 완벽하게 달라붙어 있었다. 혈압을 비롯한 다른 활력 징후들도 다 좋았다.

"완벽합니다. 120에 80입니다."

"좋아. 수술 끝. 이제 가슴 닫자."

강혁은 만족스럽다는 듯 미소를 지으며 고개를 끄덕였다. 그러곤 재원에게 양옆으로 벌어져 있던 가슴뼈를 가운데로 오므리게 했다.

'탁' 소리와 함께 양쪽 가슴뼈가 다시 하나가 되어 붙었다. 처음 자를 때부터 완벽하게 잘랐단 뜻이었다.

"조폭, 드릴 줘."

"네, 교수님."

뼈는 봉합하려면 바늘로는 안 되었다. 뚫을 수가 없기 때문이었다. 드릴로 구멍을 뚫어놓고, 철사로 실 대신 묶어서 매듭을 지어야만 했다. 강혁은 마무리도 완벽했다. 흉부외과 수술에 가끔 들어갈 일이 있는 정재민 교수는 한눈에 알아보았다.

'아니……. 어떻게 흉부외과 교수들보다 더 손이 좋지?'

아무리 외상 외과라 해도 흉부외과만큼 자주 가슴을 여닫지는 않을 것 아닌가. 하지만 강혁의 솜씨는 그가 본 흉부외과 교수들이 모두 한 수 배워야 할 정도로 완벽했다. 뒤를 돌아보니 한유림 교수 또한 넋을 놓고 강혁의 수술 장면을 바라보고 있었다. 강혁은 순식간에 가슴뼈를 완전히 닫은 후 한유림 교수를 돌아보았다.

"어떠십니까? 적자의 원흉, 외상 외과의 수술이?"

"음."

그제야 정신을 차린 한유림 교수는 한동안 입을 열지 못했다. 보직 교수를 향한 열망에 눈이 어두워 보지 못했던 무언가를 봐버렸기 때문이었다.

'저 자식이 왜 이놈을 따라갔는지, 조금은 알 것 같기도 하네…….'

그는 최근 들어 백강혁 뒤를 이어 가장 미워했던 재원을 보며 생각했다. '저놈이 미쳤나' 하고 생각했는데 약간은 이해가 갔다. 이런 수술을 저 젊은 나이에 봐버리면 배우고 싶지 않겠는가. 이미 나이가 들어 수술을 향한 열망보다는 권력에 대한 열망이 훨씬 더 커져버린 자신도 손이 근질거릴 정도였으니까.

"왜 꿀 먹은 벙어리가 되셨어, 그래."

강혁은 침묵만 지키고 있는 한유림 교수를 보며 비아냥거렸다. 그러면서도 손은 쉬지 않고 봉합 중이었다.

'미친. 방금은 안 보고 찌른 거 같은데……. 손가락에 눈이 달렸나.'

분명 한유림 교수를 보고 있는 거 같은데 봉합 또한 완벽했다.

"야, 안 잘라?"

게다가 아까부터 봉합 부위만 보고 있는 재원이 아주 잠깐 딴생각을 한 순간도 잡아냈다.

"수, 수술은……. 잘된 거겠지?"

한유림 교수는 외상 외과에 대한 감상보다는 일단 자기 딸의 안위에 관해 물었다. 사실 환자의 보호자 면전에서 수술 어땠냐고 시비 거는 강혁이 엉뚱한 거지, 한유림 교수의 반응이 이상한 것은 아니었다.

한눈에 봐도 수술은 성공적인 것 같았다. 그렇지 않고서야 한지영이 지금껏 살아 있을 수가 없을 테니까. 하지만 역시 집도의의 입으로 직접 들어야 확실했다. 다행히 강혁은 잘난 척할 기회를 아주 좋아하는 편이었다.

"아주 완벽히 잘됐죠. 좌심실 중앙 부위에 길이 약 8cm, 깊이는 심장 두께만큼의 파열 상처가 있었지만, 좌심실 후방 근육을 당겨와서 덮어주었고, 파열 부위 봉합도 진행했습니다."

"그. 그럼 지영이는……."

"살죠. 살 겁니다."

"아……."

한유림 교수는 기쁨과 안도로 또다시 다리에 힘이 풀리는지 휘청거렸다.

"괜찮아?"

이번에는 정재민 교수가 재빨리 부축해준 덕에 넘어지지는 않았다. 그는 정재민 교수의 양팔에 몸을 의지한 채 강혁을 바라보았다. 딸을 살려주었으니 응당 감사하다는 말이 나가야 하는데 그게 잘 안 되었다. 그가 그렇게 망설이고 있는 사이에도 강혁의 설명은 계속되었다. 이미 봉합까지 다 끝났기 때문에 아까보다도 한결 여유로운 표정이었다.

"관건은 의식이 돌아오느냐에 있는데."

이 말은 곧 살리긴 했지만, 의식이 돌아오지 않을 수도 있다는 뜻이었다.

"음."

한유림 교수는 신음으로 답을 대신했다. 목숨처럼 아끼는 딸 앞에서 아비라면 누구라도 이럴 것이었다.

"구급 요원이 작성한 보고서에 따르면 사고는 병원에 도착하기 10분쯤 전에 발생했어. 그나마 병원 근처였기에 망정이지 더 먼 곳이었다면, 오는 길에 죽었을 거야."

강혁은 환자의 아버지 앞에서 딸의 죽음을 너무 쉽게 입에 올렸다.

"다행히 너무 늦지 않게 병원에 왔고, 또 나를 만났지. 나 아니었으면…… 아마 거기서 죽었을걸."

오만하기 짝이 없는 말이었다. 게다가 은근슬쩍 말까지 놓고 있었다. 하지만 한유림 교수는 전혀 눈치채지 못했고, 그저 딸이 응급실에 실려 온 순간을 떠올렸다. 그때부터 강혁은 난 한 번의 지시도 망설이는 법이 없었고, 또 번복한 적이 없었다.

"즉 머리로 피가 원활히 흐르지 못한 시간은 최대 23분에서 최소 10분이야. 구급 요원이 사고 10분 후 환자를 구조하고 CPR을 시행했다고 했으니까."

"23분……."

23분이면 머리가 망가지고도 남을 만한 시간이었다. 한유림 교수는 이대로 딸이 영영 깨어나지 못할 수도 있다는 생각에 고개를 떨구었다. 강혁만이 아까와 같은 표정으로 말을 이어나갈 따름이었다.

"뭐, 23분은 효과적으로 흉부 압박이 안 되었을 때를 산정한 거야. 구급 요원들 들어올 때 보니까 제대로 하고 있기는 했어."

"그럼 10분."

10분이라면 머리가 전방위 타격을 받기엔 조금 짧을 수 있었다. 한유림 교수 얼굴에 잠시나마 희망이 비쳤다.

그때 응급의학과 인턴이 응급 중환자실 베드를 끌고 수술실 안으로 들어왔다. 보통 쓰는 이송용 침대보다 크기가 거의 두 배가 넘었기 때문에 방 안에 있던 사람들은 모두 뒤로 물러서야 했다.

"일단 환자 옮기고 얘기하지."

강혁은 수술대에 '탁' 하고 붙은 중환자실 침대를 보며 이렇게 말했다.

"네, 교수님."

장미와 재원이 자연스레 중환자실 침대 맞은편으로 이동했다. 강혁은 수술대 쪽에서 환자 밑에 깔린 포를 잡은 채 마취과 의사를 바라보았다.

"잠시만 기다려주세요."

마취과 의사는 평소 강혁이 진행하던 응급 수술장에서 행동하던 것에 비하면 더없이 친절했다. 한유림 교수의 딸이 응급실에 왔다는 사실을 들었기 때문이다. 그렇다고 해서 수술 내용까지 강혁의 마음에 쏙 든 것은 아니었다.

'역시 응급 외상 수술에 대한 경험이 너무 없어…….'

그렇다보니 마취가 아주 매끄럽지는 못했다. 강혁이 지시한 다음에서야 활력 징후를 변화시키는 경우가 대부분이었고, 심지어 활력 징후가 변한 것의 의미를 알지 못해 강혁에게 알려주지 않은 경우도 있었다. 강혁은 친절하고 실력 떨어지는 동료보다는 개새끼라도 실력 좋은 동료가 좋았다.

마취과 의사는 마취 기기 연결을 해지한 후, 인공호흡 주머니를 연결했다. 그러곤 그 인공호흡 주머니를 짜면서 잠시 산소 포화도 변화 추이를 관찰했다. 대략 1분이 지난 후에도 안정적인 것을 확인하고 고개를 끄덕였다.

"좋습니다. 환자 옮기겠습니다. 하나, 둘, 셋! 읏차."

셋의 작은 신음과 함께 지영은 무사히 중환자실 침대에 안착했다. 중환자실 침대는 수술대보다 너비가 거의 세 배에 달했기 때문에, 그렇지 않아도 작은 그녀의 체구가 더 작아 보였다.

그리고 곧바로 장미를 비롯한 몇몇 간호사들이 휴대용 모니터링 기기들을 연결했고, 한지영의 침대 한쪽을 차지했다. 의료진은 그 모니터를 보며 천천히 침대를 끌기 시작했다.

"마취과. 호흡 조금만 더 천천히."

"아, 네."

강혁은 그렇게 지영의 상태를 조율해가며 중환자실까지 향했다.

삐빅. 중환자실 입구에서는 정재민 교수가 외상 외과팀을 대신해 문을 열었다. 친구 딸을 위해 뭐라도 해야 할 거 같았다.

"환자 왔습니다!"

장미가 중환자실 안에 들어서자마자 외쳤다. 대기하고 있던 간호사들이 일사불란하게 움직였다. 평소에도 늘 최선을 다해주던 인력이었지만 오늘은 어쩐지 더 빠른 것 같았다. 병원 직원의 가족이 환자로 와서 더 신경을 쓰는 듯했다. 그런 면에서 강혁은 참 공평한 인간이었다. 아는 사람에게나 모르는 사람에게나 똑같이 불친절하고, 완벽한 수술을 해주었으니까.

"교수님, 벤틸레이터 세팅 어떻게 할까요?"

침대가 자리에 딱 들어가자마자 마취과 의사가 강혁을 돌아보았다. 진정제의 용량과 호흡수, 깊이 등을 어떻게 할 것인지를 묻는 것이었다. 강혁은 즉시 대답하는 대신 한유림 교수와 한지영을 번갈아 바라보았다.

'의식 수준이 궁금한데……. 음.'

억지로 깨웠다가 통증과 공포로 인해 환자가 난리라도 피우는 날에는 큰일이었다. 애써 수술한 부위가 터질 수도 있었으니까. 하지만 강혁의 생각은 조금 달랐다.

'터져? 내가 한 게?'

말이 안 되지 않은가. 누가 한 수술인데.

"잠깐 대기."

"네?"

"기다리라고. 외국 살다 왔어? 말 천천히 해야 해?"

"아, 아닙니다. 기다…… 리겠습니다."

마취과 의사는 '이 성질 더러운 놈이 또 뭘 하려고 이러나' 하는 얼굴로 뒤로 물러섰다. 강혁은 그의 그런 반응에는 아랑곳하지 않은 채, 한유림 교수를 돌아보았다. 한유림 교수는 여전히 더없이 긴장한 표정이었다. 당연한 일이었다. 딸이 심장을 다쳐서 수술까지 받고, 중환자실에 왔으니까.

"한 교수. 좀 기다려보지. 의식이 깨나, 안 깨나."

"음? 이렇게 바로……?"

"왜? 안 궁금해?"

"아니……. 궁금하긴 하지만……."

"오케이, 콜. 야, 노예. 너 방금 들었지? 보호자가 동의했어. 환자 깨워서 의식 수준 확인한다. 실시."

10분. 한지영이 수술실에서 중환자실까지 이송되기까지 걸린 시간이었다. 어디 멀리서 오는 것도 아니고, 고작 같은 건물 내에서 이송된 건데 시간이 왜 이렇게 많이 걸렸을까. 그건 아마 중환자실에 누운 환자를 단 한 번만이라도 본 사람이라면 이해할 수 있을 터였다. 중환자의 상태를 실시간으로 파악하기 위해 달아둔 수많은 장치 때문이었다.

"음."

때문에 한유림 교수는 퍽 초조해하는 눈빛으로 자신의 딸을 바라보고 있었다. 물론 상황에 따라 달라지긴 하지만, 마취제를 끊고 10분이 지나면 어느 정도 의식을 되찾는 것이 보통이었기 때문이다.

"너무 그렇게 초조해하지 마. 잊었어? 이 환자 심장 터졌어."

강혁은 그런 한유림 교수를 바라보았다. 별것도 아닌 걸 가지고 걱정하고 있다는 표정이었다. 상대가 한지영의 아버지라는 것을 너무 잘 알고 있음에도 그랬다.

'아버지 앞에서 딸 심장 터졌다고 말하다니…….'

아무리 사람 살리는 의사라 해도 '친절'은 기본적으로 탑재해야 한다는 것이 요즘 대세가 아닌가. 근데 친절은커녕 계속 시비조로 일관하고 있는 강혁이었다. 그것도 그냥 환자 보호자가 아닌, '차기 기조실장' 후보로 거론되는 한유림 교수에게.

'괜찮으시려나…….'

재원은 걱정스러운 표정으로 강혁과 한유림 교수를 번갈아 바라보았다. 다행인지 불행인지 한유림 교수는 별반 반응을 보이지 않았다. 그는 지금 딸 걱정에 매몰되어 주변에 전혀 신경을 기울이지 못하고 있었다.

꽈악. 정재민 교수 또한 비슷한 얼굴로 한유림 교수의 팔을 붙잡았다. 그렇게 초조한 기다림이 몇 분인가 더 계속되는 중이었다. 돌연 강혁이 계속 쥐어짜고 있던 앰부를 멈추었다.

"오케이. 자발 호흡은 돌아왔어."

"음?"

그의 말에 옆에 바짝 붙어 서 있던 재원이 고개를 갸웃거렸다. 자발 호흡이란, 스스로 숨을 쉬는 호흡을 의미했다. 즉 앰부나 인공호흡 장치가 필요 없는 상황이 됐다는 것이다. 자발 호흡이 돌아왔는지 확인하는 데는 몇 가지 증거가 필요했다. 그중 가장 확실한 것은 역시 의식의 회복이었다. 다음으로는 인공적으로 만들어준 숨 이외의 기류를 확인하는 것이었고. 그런데 강혁 옆에 계속 붙어 있다시피 한 재원은 둘 중 어느 것 하나 제대로 확인한 기억이 없었다.

"왜? 내가 못할 말 했냐?"

강혁은 아까부터 빤히 자신을 바라보고 있는 재원에게 물었다.

"아, 아뇨. 어떻게 자발 호흡을 캐치하신 건가 해서요."

재원은 진짜 스스로 숨을 쉬고 있는 지영을 가리켰다. 인공호흡 주머니의 도움 없이도 지영의 산소 포화도는 유지되고 있었다.

"아…… 우리 노예. 아직도 자발 호흡도 못 잡아내는구나. 하긴,

항문이지.”

강혁은 그런 재원을 보며 화낼 기운도 없다는 투로 중얼거렸다. ‘항문’이라는 단어에 한유림 교수는 자신도 모르게 움찔했다.

“하, 항문이라뇨! 항문외과에서도 자발 호흡 정도는 다 보거든요?”

“근데 왜 물어봐, 그런 걸.”

“아니……. 증거가 잘 보이지도 않는데, 바로 자발 호흡 있다고 하니까 궁금해서 물은 거죠.”

“증거……?”

강혁은 ‘이건 또 뭔 개소리냐’는 표정이었다. 해서 재원은 ‘혹시 자신이 알고 있던 것이 잘못되었나’ 하는 생각까지 들었다.

‘내가 전문의 시험 1등인데…….’

실제로 전문의 시험 수석은 꽤 대단한 것이었다. 그해 시험을 본 외과 전문의 전체에서 1등이라는 뜻이었으니까.

“맞잖아요. 의식이 회복되었거나, 인공호흡 외의 기류가 확인될 것. 이거 두 개가 있어야…….”

“어휴.”

강혁은 재원의 얘기는 들을 가치가 없다는 듯 손사래를 쳤다.

“이래서 온실 속의 화초는 안 돼.”

“네?”

“넌 외상 외과 하기로 한 놈이 아직도 그러냐? 그건 대학 병원, 그것도 예약 수술에만 적용되는 거야. 넌 앞으로 주야장천 응급 수술만 해야 하는 몸이라고. 그것도 병원 수술실이 아니라 헬기든, 차 안이든, 어디든 환자가 있는 곳에서.”

“아.”

재원은 강혁과 처음 만났던 날을 떠올리며 입을 벌렸다.

'나도…… 이 길을 계속 가면 그렇게 되는 건가.'

"그러니까 외상 외과학을 따로 공부하라고 하잖아. 너 내가 준 논문 다 어쨌어?"

"아."

재원은 또 한 번 헤 하고 입을 벌렸다.

'논문이…… 말이 논문이지, 그게…….'

재원은 계속 입을 쩍하고 벌린 채 강혁이 건네주었던 논문을 떠올렸다. 프린트된 종이가 아니라, 무려 1TB짜리 외장하드에 담아준 논문이었다.

'그게 꽉 차 있었지.'

절반은 강혁의 수술 동영상 또는 수술 사진이었고, 절반은 관련 논문이었다. 외장 하드 안에는 논문이 무려 500개쯤 들어 있었다. 그걸 건네받은 지가 아직 열흘이 채 되지 않았다.

"어? 하루에 10개씩만 봤어도 벌써 50개는 봤겠네."

"아니…… 제가 쉬는 사람도 아니고, 교수님 따라서 수술 다 들어가는데 어떻게……."

"너 그럼 수술 들어가서 본 거에 대해서는 복습해?"

"그건…… 그건 하죠."

"새끼, 노력해. 노력. 넌 너무 게을러."

재원으로서는 너무 억울했지만, 강혁의 말은 계속해서 이어졌다.

"어휴. 그렇게 모르는 게 많은데 어떻게 잠이 오지? 나 같으면 기어코 하나는 봐야 눈이 감길 거 같은데."

"훅."

"오, 말한다."

강혁이 폭언을 멈춘 것은 한지영의 입에서 신음이 흘러나온 덕분이었다.

"지, 지영아!"

당연히 한유림 교수가 제일 빨리 반응했다.

"눈, 눈 좀 떠봐!"

"지영아!"

한유림과 정재민 두 교수는 감히 방금 수술한 몸에 손을 대지는 못했지만, 소리만큼은 어마무시하게 질러댔다.

"야! 지영아!"

"아이고! 지영아. 눈을 떠, 눈을!"

평소 같았으면 강혁이 한바탕 짜증을 냈을 만한 타이밍이지만 지금은 그냥 두 사람을 두고 보고만 있었다.

'인간은 익숙한 목소리, 익숙한 단어에 가장 반응을 잘하는 법이지.'

물론 갑자기 인류애가 샘 솟아서 그런 것은 아니었다. 단지 한유림 교수가 저토록 처절하게 울부짖는 것이 의학적으로 도움이 되는 행동이기 때문이었다.

"후훅."

지영이 드디어 한유림 교수의 외침에 답한 건 첫 신음이 있고서 5분 정도 더 흐른 다음이었다. 딱히 강혁이 불리적인 자극을 주고 있지 않았기 때문에 더 느렸고, 더 안정적이었다.

"지영아, 눈 떠봐, 눈."

다만 아직 눈은 뜨지 못하고 있었다. 허나 한유림 교수를 비롯한 누구도 이것을 심각하게 여기진 않았다.

"훅."

말은 하지만 눈은 뜨지 못한 상태. 마치 우리가 잠꼬대를 하고 있는 것과 비슷한 상황이라고 보면 되었다. 원래 우리 몸은 그렇게 설계되어 있었다.

"자, 이제 눈 떠볼까."

여태 가만히 있던 강혁이 불쑥 끼어들었다. 의식을 차리는 데는 익숙한 목소리가 유리하지만, 그 의식 수준을 높이는 데는 오히려 낯선 목소리가 도움이 되었다.

"어……."

그러자 거짓말처럼 지영이 눈을 떴다. 그녀는 몇 번인가 눈을 껌벅거리다, 자신을 걱정스러운 표정으로 내려다보고 있는 한유림 교수를 발견했다.

"후, 후훅."

"아이고, 지영아. 여기 병원이야. 알겠으면 눈 깜박여봐."

한유림 교수는 노련한 의사였으므로 아주 자연스럽게 의식 수준을 확인하는 질문을 던졌다. 그 덕에 한지영은 딱히 의학적 질문으로 의식하지 않고 자연스럽게 눈을 깜박였다.

"그래, 그래."

지영은 연신 고개를 끄덕이는 한유림 교수를 향해 눈으로 물었다. 이게 대체 무슨 일이냐고.

"너 사고 났어. 사고……."

"훅……."

한지영은 무언가 생각이라도 난 듯 급히 움직이려다 신음을 흘렸다. 수술받은 부위가 당긴 탓이었다. 그제야 강혁은 그녀의 어깨를 잡아 눌렀다. 어느새 반대편 손으로는 지영의 목에 들어간 튜브에 인공호흡 기기를 연결 중이었다.

"여기까지. 더 깨어 있으면 문제 생길 수 있어."

곧 지영은 다시 의식을 잃고 곯아떨어졌다. 한유림 교수는 무척 아쉬운 표정이었지만 그렇다고 강혁에게 항의하진 못했다. 그는 강혁을 향해 고개를 떨구었다.

"고, 고맙네. 이 은혜를…… 어찌 갚아야 할지……."

"은혜라. 갚을 방법이야 많지. 암, 많고말고."

한유림 교수는 이죽거리는 강혁을 뒤로하고 중환자실을 빠져나왔다. 정재민 교수도 그와 어깨를 나란히 한 채 밖으로 나왔다. 그러곤 한유림 교수의 어깨를 두드리며 물었다.

"예산 어쩌려고. 벌써 승인 난 건데. 너 홍재훈 선배 성격 모르냐?"

"알지, 내가 모르겠어? 벌써 그 양반 뒤치다꺼리한 게 몇 년인데……."

"그런데 예산을 덜컥 약속해? 너 미쳤냐?"

"그럼 어떡해. 지영이를 살려준 사람인데."

"음."

정재민 교수는 그만 입을 다물었다. 한유림 교수는 그런 정재민 교수의 팔을 툭툭 쳤다.

"나도 알지. 네가 나 걱정하는 거……."

왜 모르겠는가. 정재민은 그의 인생을 통틀어서 제일 친한 놈인데. 한지영이 그를 향해 스스럼없이 삼촌이라고 부를 수 있는 사람이 아닌가.

"그래도 대강 부드럽게 해결할 방법이 있기는 해. 너무 걱정할 필요는 없어."

"무슨 방법이 있어?"

"일단 항문외과 예산을 덜어야지."

"너희 과?"

"응. 원래는 펠로우 둘로 늘리고, 투시 장비 하나 사려고 5억 정도 배정받았거든. 그거 포기하면 돼. 내년에 받지 뭐."

"너……."

정재민 교수는 뭐라 말하려다 말았다.

'투시 장비는 연구용이라고 하더니…….'

다시 말하면 논문을 쓰기 위한 장비란 얘기였다. 그게 없으면 원래 쓰려 했던 논문이 나오지 못하는 건 당연했다.

"그렇게 하고…… 다른 분과 쪽 예산도 최대한 조정해봐야지."

"반발이 장난 아닐 텐데? 너 기조실장 되려면 외과는 꽉 잡고 있어야지, 인마."

"네가 내과 잡아주고 있잖아. 그리고 이거 하나로 날 어떻게 하기엔 지금까지 내가 너무 많이 해줬어."

"하긴 뭐…… 그건 그렇지."

정재민 교수는 여태 한유림 교수가 외과 교수들에게 해주었던 여러 일을 떠올렸다.

'특히 지금 은퇴 앞둔 교수님들은 얘 배신하면 안 되지.'

한유림 교수는 선배 교수들에게 김장철 되면 배추 날라다주고, 명절마다 인사 챙기고, 지인 수술이라도 있다고 하면 자기 일처럼 나서서 도와주었다.

강혁은 한지영에게 연결된 인공호흡 기기, 즉 벤틸레이터 조정을 완전히 마친 참이었다.

"좋아. 일단은 이렇게 두고."

강혁은 정해진 주기를 따라 오르내리는 한지영의 가슴을 보며 말을 이었다.

"포터블 엑스레이 불러다 찍고, 심장내과에 초음파 요청해놔. 수술 부위는 내가 보면 되니까 그건 됐고 심장 기능이나 봐주면 된다고 해."

"네, 교수님."

"한지영 씨는 이만하면 됐어."

강혁은 아까 나간 혈액 검사 결과를 보며 고개를 끄덕였다. 이상 수치를 나타내는 빨간색 숫자가 여기저기 눈에 띄는데 강혁이 '됐다'라고 한 말에 재원은 이해할 수 없는 표정을 지었다.

"저, 교수님."

"왜."

"혈색소 수치는 이거 괜찮나요? 약간 부족해 보이는데…… 수혈 2팩은 더…… 들어가야 하지 않을까요?"

재원은 지금 수혈되고 있는 혈액 팩을 보며 물었다.

"어이구. 어이구, 우리 노예……."

"왜, 왜요……."

강혁은 한지영에게 들어간 수액의 양과 혈액의 양들을 고려해 이미 계산을 마친 후였다.

'그래…… 가르쳐야지. 몰라서 이런 걸 어쩌겠어.'

그는 깊은 한숨을 내쉬곤 재원을 향해 입을 열었다.

"병원 내원 후 지금까지 들어간 수액의 총량이 몇이냐."

"어……."

재원은 당황한 기색으로 얼어붙어 대답을 망설였다. 수액 양을 다 계산하면서 수술을 하는 사람은 거의 없었기 때문이었다.

다행히 눈치 빠른 장미가 간호 기록을 확인한 후 재원에게 종이 쪽지에 숫자를 적어 보여주었다. 장미는 강혁의 뒤에 있었기 때문에 천하의 강혁도 재원이 커닝했다는 것을 눈치채진 못했다.

"아. 5,500ml입니다."

"오. 기본은 하네. 근데 이런 질문을 해……?"

다만 이상하다는 듯 고개를 갸웃거릴 따름이었다.

"거기까지 알고 있으면 뭔가 감이 안 오냐?"

"네? 아, 아!"

강혁은 재원을 보며 시큰둥한 어조로 말했다.

"다행히 완전 바보는 아니네."

"그렇구나. 희석돼서 그런 거라고 보면 되겠군요? 그래서 부족한 게 이렇게 많게 보이는구나."

"그래. 그런 거야. 그러니까…… 이 심근 효소도 적다고 마냥 좋아할 일은 아니란 거지. 뭐 어차피 육안으로 파열된 심장을 확인했으니까 크게 걱정할 필요도 없지만."

"그렇네요. 아. 희석이…… 되는구나."

재원은 유레카라도 외쳐야 할 것 같은 표정이었다.

"그러니까 됐고. 이기영 씨나 보자."

이기영 환자는 재원이 위닝을 하다만 탓에 자발 호흡 반, 기계 호흡 반을 유지 중이었다. 의식이 완전하지는 않아도 어느 정도 돌아와 있었다. 자신에게 다가오는 강혁을 똑바로 응시할 정도였다. 묻고 싶은 게 아주 많아 보이는 표정이었다. 재원은 그런 이기영 환자를 향해 미소를 지으며 다가갔다. 그러고는 이기영 환자 입에 꽂혀 있는 튜브를 가리켰다. 입안 깊숙한 곳까지 튜브가 들어가 있어 이물감이 상당히 심한 상황이었다.

"이거 이제 뺄 거예요. 알아들으셨으면 눈 한 번 깜빡여보세요."

듣던 중 반가운 소리라는 듯 이기영 환자는 급하게 눈을 깜빡거렸다. 동시에 고개까지 끄덕거렸는데, 무의식중에 살짝 움직인 것이지만 목에 들어가 있는 튜브 때문에 어마어마한 자극이 될 수 있다. 재원은 급작스럽게 고통을 호소하는 이기영 환자의 어깨를 다독여주며 잠시 기다렸다.

그사이 강혁은 이기영 환자에게 들어가고 있던 진통제를 끊었다. 레미펜타닐이라는 이름의 약이었는데, 반감기가 짧아서 끊고 나면 곧 약효가 떨어지는 아주 유용한 약이었다. 더구나 '진정 작용'보다는 '진통 효과'가 더 큰 약이라 환자의 의식 유지나 회복에도 도움이 되는 편이었다. 실제로 이 약을 쓴 환자들은 다른 약을 쓴 환자들과 비교했을 때 섬망(Delirium: 정신착란) 등의 부작용도 적고, 수술 후 회복도 더 빨랐다.

'하지만 이 약도 우리 과 적자의 큰 요인이겠지.'

부작용도 적고 수술 후 회복이 좋다면 꽤 좋은 약이지만 그만큼 비싼 편이었고, 훨씬 싼 약으로 대체할 수도 있다. 환자만 생각한다면 당연히 레미펜타닐이 좋겠지만, 나라 입장에서는 더 많은 환자에게 혜택을 주기 위해 더 싼 약을 권장할 수밖에 없었다. 이해는 가는 일이되, 의사로서 기분 좋은 일은 아니었다.

"자, 그럼 이제 튜브 뺄 건데…… 숨을 참고 있으셔야 해요. 안 그러면 굉장히 불편합니다."

재원의 말에 환자가 필사적으로 눈을 깜빡였다. 재원은 환자가 눈 깜빡이는 것을 확인한 뒤 튜브 안쪽의 풍선에서 바람을 뺐다. 목에서 튜브가 빠지지 않게 고정하고 있던 풍선이 쭈그러들자 꽉 끼어 있는 느낌이었던 게 헐거워졌다.

"자, 뺍니다. 계속 숨 참고 있어주세요."

재원은 그렇게 말하면서 천천히 튜브를 밖으로 빼내었다. 튜브에 묻어 있는 짙은 가래가 그동안 이기영 환자 혼자 이겨냈어야 했던 고통을 대변하는 듯했다.

"쿨럭쿨럭."

그와 동시에 이기영 환자는 밭은기침을 내뱉었다. 강혁은 오늘 아침에 찍었던 엑스레이상 폐렴이나 기타 감염의 증거가 전혀 없었다는 걸 떠올렸다.

'걱정할 이유는 없겠지.'

게다가 기침할 때 흩날리는 가래와 침방울의 색, 냄새 또한 감염을 걱정할 상황은 아니었다. 다른 의사들도 이 정도로 감별할 수 있는 건 아니었지만, 강혁은 가능했다. 강혁은 만족스러운 표정으로 웃으며 이기영 환자 앞에 섰다. 곧 이기영 환자의 기침이 멎었고, 강혁은 그를 향해 인사를 건넸다. 만난 지는 꽤 오래된 둘이었지만, 이렇게 마주 보고 대화를 하는 건 처음이었다. 외상 외과에서의 의사와 환자 관계는 대개 이런 식이었다.

"이기영 씨. 저는 이기영 씨를 수술한 백강혁입니다."

"아…… 수술……. 그럼 여긴?"

보통 중환자실에 있는 동안엔 환자 스스로 시간의 흐름이나 현재 상황을 정확히 파악하기 어려웠다. 중환자실은 24시간 불 켜진 채 돌아가는 병동인 데다가 각종 약물이 의식을 흐리게 만들기 때문이다. 그나마 이기영 환자는 그 절대적 기간이 아주 길지는 않았는데도 기억이 또렷하지 않았다.

"한국대병원입니다. 이기영 씨의 아버지께서 입원해 계셨던 병원이죠."

"아. 그래……. 그래, 맞아. 아버지가……."

이기영 씨는 아주 오래전 잊고 있었던 기억을 떠올리기라도 하는 듯한 얼굴이 되어 있었다. 그는 그렇게 한참을 중얼거리다 강혁을 향해 물었다.

"아버지는 어떻게 되었죠?"

"돌아가셨습니다."

"그…… 그렇군요……."

다행히 충격이 아주 큰 것 같진 않았다. 대강은 예상했던 반응이었다. 강혁은 진료 차트를 보고 이기영 환자 아버지의 병력을 알 수 있었다. 지금 와서 슬픔을 느끼기에는 아버지가 너무 오래 아팠고, 상황도 절망적이었다.

'다음 소식을 들으면 어떨까.'

강혁은 아마 지금과는 다를 거라 생각하며 입을 열었다. 나쁜 소식을 전하는 보통 의사들과는 달리 별 망설임은 없었다. 어차피 알게 될 일이고, 또 알아야 하는 일이라면 빨리 알려주는 게 좋다는 게 그의 생각이었다.

"기억하십니까? 아버지가 뇌사 상태에 빠진 날을?"

"아……."

이기영 환자는 강혁의 말에 입을 조금 벌렸다. 뭔가 기억이 난다는 듯한 얼굴이었다. 하지만 명확하진 않은 듯했다. 또렷하지 않은 건 당연했다. 엄청난 출혈이 있었으니까. 머리에 제대로 혈액 공급이 되었을 리가 있겠는가. 그 와중에 기억을 제대로 하고 있다면 그게 더 이상한 일이었을 것이다.

"이기영 씨는 가족들과 함께 이곳 한국대병원에 오기 위해 영동대교를 건너던 도중 사고를 당했습니다. 눈 덮인 길에 과속하던 트럭이 차량 후미를 덮쳤죠."

"아…… 그래. 그……."

"당시 추돌로 인해 이기영 씨는 복부에 심각한 부상을 당하고 본원의 응급실로 이송되었습니다."

"네……."

이기영 환자는 사고 당시 누구와 같이 있었는지 바로 떠올리지 못했다. 자신의 배에 가해졌던 어마어마한 충격만 떠올릴 수 있었다. 그와 동시에 앞 유리를 깨고 밖으로 튕겨 나갔던 자신의 여동생이나, 뒷좌석에 있다가 트럭에 의해 뭉개진 아내와 매제는 전혀 기억하지 못했다. 강혁은 자신의 배를 복잡한 얼굴로 바라보고 있는 이기영 환자를 향해 계속해서 말을 이었다.

"응급실에 도착했을 당시 출혈이 심했고, 저혈량성 쇼크가 있어 바로 수술에 들어갔습니다."

"네……."

일반인은 잘 알아듣기 힘든 이야기였다. 이기영 환자는 그저 자신의 배만 보며 고개를 끄덕였다.

"들어가서 보니 혈관이 터진 곳이 있어 즉시 재건했습니다. 다만 재건 불가능한 곳에서도 출혈이 있었습니다. 간입니다."

"간이요……?"

그제야 이기영 환자의 시선이 강혁을 향했다.

"네. 간. 거의 간을 통째로 잘라내야 하는 수준의 부상이었습니다."

"그럼 제가…… 제가 어떻게……?"

"그대로 두었으면 반드시 죽었을 상황이었습니다."

강혁의 말에는 한 치의 거짓도 섞여 있지 않았다.

"어떻게…… 산 겁니까? 제가……."

"이기영 씨 배 속에 있는 간, 아버님 겁니다. 제가 이식했습니다."

"이식을……? 저한테요?"

"네. 그것밖에 방법이 없었습니다."

"여기에 아빠의 간이……."

이기영 환자는 아까보다 한층 더 복잡해진 눈빛으로 자신의 배를 어루만졌다. 아버지의 뇌사 소식을 듣고 아버지를 만나러 병원에 오다가 사고가 나서 죽을 뻔하게 되었고, 한편으로는 아버지의 뇌사 덕에 장기를 이식을 받아 살게 된 몸이 아닌가. '공교롭다'는 말도 부족할 정도로 지독한 우연이었다. 그는 그렇게 잠시 말없이 있다가 이내 고개를 들었다. 눈빛이 꽤 명료하게 변해 있었다. 강혁도 웬만하면 묻지 않았으면 했던 그 질문을 꺼냈다.

"그 차에 저만 있던 게 아닌데……. 나머지는, 나머지는 어떻게 되었습니까?"

"아이고."

재원은 저도 모르게 고개를 돌렸다. 나쁜 소식 전하기란 의사에게 있어서 늘 도전 과제처럼 인식되었다. 더구나 이번에 재원이 속한 중증외상팀이 이기영 환자에게 전해주어야 하는 소식은 그냥 '나쁘네' 할 수준이 아니었다.

'차라리…… 개인 한 명에 관한 불행이면 또 모르겠는데.'

의외로 들릴지 모르겠지만 환자들은, 특히 나이가 좀 있는 사람들은 대개 자기 자신에게 닥친 불행은 꽤 담담히 받아들이는 편이었다. 하지만 그 불행이 자신의 가족에게 닥쳤을 땐 많이 달라졌다. 그래서 의사들은 차라리 환자 본인에게 얘기하는 것을 더 신호하는 편이었다. 즉, 지금 상황은 의사들이 가장 꺼리는 상황이라고 볼 수 있었다.

"아……."

하지만 강혁은 별로 고뇌하는 듯한 표정이 아니었다. 그저 '물어보니까 답해줘야지' 하는 얼굴이었다. 실로 단순 무식한 사고방식이라고 할 수 있었다. 무식하면 용감하다는 말이 있지 않은가. 강혁은 그 말을 증명이라도 하겠다는 듯 냅다 질렀다. 재원이나 장미가 말릴 새도 없었다.

"당시 추돌로 인해 뒷좌석에 타고 있던 남녀는 사망, 운전석에 있던 이혜영 씨와 이기영 씨는 각기 심각한 부상을 당한 채로 본원 응급실로 이송되었습니다."

"교, 교수님!"

재원이 다급하게 달려들어 강혁이 더는 떠들지 못하도록 입을 틀어막으려 했다. 장미 또한 마찬가지였다. 급작스럽게 오르고 있는 환자의 혈압과 심장 박동 수를 가리키면서였다.

"아니, 교수님! 제정신이세요? 그런 말을…… 그런 말을 막 하면 어떡해요?"

하지만 강혁은 둘의 제지를 너무도 가볍게 뿌리쳤다.

"어차피 지금 이기영 씨한테 저 정도 혈압이나 심장 박동 수는 크게 문제가 안 돼."

그리고 인간으로서 가져야 할 무언가가 결핍된 인간이기도 했다. 그의 말에 재원이 어처구니없다는 얼굴로 말했다.

"그게 문제가 아니잖아요. 심리적으로……."

"죽고 사는 문제 아니면 떠들지 마."

"아니 뭔……."

"비켜, 환자랑 얘기 중인데 누가 끼어들어."

"이상한 얘기를 하시니까 그렇죠."

"야, 지금 환자가 궁금해하는 거 안 보여?"

사실 당연한 일이긴 했다. 방금 아내와 매제가 죽고, 여동생은 크게 다쳤다는 말을 들은 상황 아닌가. 충격과 동시에 애간장이 바짝바짝 타고 있을 것이었다.

'이런 망할.'

재원은 왜 강혁이 이런 말을 대뜸 꺼내리란 것을 미리 알지 못했을까 하고 자책하며 비켜주었다. 강혁은 왜인지 모를 득의양양한 얼굴로 그런 재원을 저만치 밀어내고 다시 이기영 환자 앞에 섰다.

"제…… 아내가 죽었다고요?"

이기영 환자는 참았던 질문을 던졌다. 강혁은 별 표정 변화 없이 고개를 끄덕였다.

"네."

"매제도……."

"네."

"여동생은…… 여동생은 응급실로 와서 어떻게 됐습니까? 살았습니까?"

"살았습니다."

"아."

이기영 씨는 웃어야 할지, 울어야 할지 모르겠다는 표정이었다. 강혁은 그런 이기영 씨를 보며 말을 이었다.

"이혜영 씨는 다른 곳도 문제가 있긴 했지만…… 급성 신부전이 가장 심각했던 상황이었습니다."

"신부전?"

"아. 신장 기능이 떨어졌다는 뜻입니다."

"그럼…… 큰일 아닙니까?"

"그대로 두었으면 죽었겠죠."

"그럼 어떻게……."

이기영 씨는 고개를 갸웃거리다가 자신의 배에 난 상처를 바라보았다. 그리고 곧 '설마' 하는 얼굴로 강혁을 향해 물었다.

"혹시 혜영이도?"

"네. 아버님의 신장을 이식받았습니다. 지금 신장내과 병동에서 회복 중입니다."

"아……."

이기영 환자는 정말 뭐라고 해야 할지 모르겠다는 얼굴이었다. 본인과 여동생이 사고를 당했는데 죽다 살아난 것은 물론 다행한 일이었다. 그렇게 만들어준 강혁에게 감사를 표해야 마땅한 일이기도 했다. 하지만 아버지와 아내 그리고 매제를 한 번에 잃은 것은 대체 무슨 재앙이란 말인가.

"잠시…… 잠시만 혼자 있고 싶습니다."

강혁의 말을 듣고 난 후, 이기영 환자는 미안하다는 표정과 함께 강혁에게 이만 물러나라는 뜻의 손짓을 해보였다. 재원과 장미는 잘되었다는 얼굴로 뒤로 물러섰다. 하지만 강혁은 이번에도 의외로 고개를 저었다.

"안 됩니다."

"네?"

설마 이런 반응을 보일 줄을 몰랐던 이기영과 재원 그리고 장미는 거의 동시에 같은 말을 내뱉으며 강혁을 바라보았다. '이 사람이 도대체 왜 이러는 걸까?' 하는 얼굴인 것도 같았다. 하지만 늘 그렇듯 강혁에게는 의학적인 이유가 있었다.

"환자분은 기계 호흡 장치를 끊은 지 이제 겨우 20분밖에 지나지 않았습니다. 오늘 하루 동안은 면밀한 관찰이 필요합니다."

"아……."

"그러니까, 조폭."

"네?"

뜬금없는 '조폭'이라는 소리에 이기영 환자가 놀란 표정을 지었다. 강혁은 그런 이기영 환자를 향해 허허 웃으며 장미를 가리켰다.

"아니, 담당 간호사가 조폭입니다. 하하."

"아……. 네……."

이기영 환자는 무슨 표정을 지어야 할지 모르겠다는 얼굴을 하고 있었다. 장미는 거의 얼굴이 터질 듯이 붉어져 있었다. 다른 사람도 아니고 담당 환자 앞에서 조폭이라는 소리를 들었으니 당연한 얘기였다.

"교, 교수님. 조폭이라니 대체 그게 무슨 소리세요."

"음? 조폭. 내내 가만히 있다가 왜 그래."

"아니……. 환자분 앞에서……."

"그냥 별명인데 뭐. 그리고 조폭 같은 건 사실이잖아."

장미는 점점 손해 보는 것 같은 상황이었고, 언젠가 재원이 했던 말이 탁 떠올랐다.

'백 교수님하고는 그냥 말을 오래 하면 안 돼.'

그땐 무슨 말인지 잘 와닿지 않았는데 직접 당하고보니 확실히 알 수 있었다. 정말 백강혁과는 말을 오래 섞으면 안 된다는 것을.

"그…… 뭐…… 알겠습니다……."

장미는 아무 말도 못 한 채 결국 그냥 고개를 숙이고 말았다. 강혁은 그런 장미를 가리키며 이기영 환자에게 말했다.

"그래. 좋아. 아무튼, 이기영 씨. 여기 조폭이 아주 잘 봐줄 겁니다. 불편한 거 있으면 다 말씀해주세요."

"네, 그러죠……."

조폭이 잘 봐줄 거라니. 이게 병원에서 환자에게 할 말인가. 결국 장미는 환자를 보기 위해 이기영 환자 옆에 남게 되었다. 강혁과 재원은 그 둘을 놓고 중환자실을 곧장 빠져나왔다.

드르륵, 문이 열리자마자 재원은 강혁을 향해 한숨을 쉬었다.

"교수님……. 환자 앞에서 그렇게 안 좋은 얘기 하시면……."

가족들이 죽은 얘기를 아무 여과도 없이 하다니. 이 정도면 '고객의 목소리'에 항의가 올라와도 할 말 없는 상황이었다.

"응? 무슨 안 좋은 얘기?"

하지만 강혁은 뭐가 문젠지 전혀 모르겠다는 얼굴이었다. 그 얼굴을 보고 있자니 울화가 한층 더 치밀어 올랐다.

"아내랑 매제랑 아버님 돌아가셨단 얘기는 좀 나중에 하셔도 되잖아요……."

"그럼 살아 돌아오신대?"

"아니, 그건 아닌데……."

재원은 이번에도 강혁에게 말릴 것을 예감하며 고개를 저었다.

"야, 넌 의사야. 의사는 의학적인 판단만 해. 네가 판사냐? 철학자야?"

"그렇진 않죠……."

"그럼 나머지 사안에 관해서는 그냥 있는 그대로의 사실만 전달해. 그 사실에 네 사견 넣지 말고. 죽었으면 죽었다. 다쳤으면 다쳤다. 이렇게."

"음……."

듣고보니 틀린 말은 아닌 것 같았다.

"내가 볼 땐 말이야 '나쁜 소식 전하기' 같은 수업은 할 필요가 없어. 괜히 그런 이상한 걸 해서 어린 의사들 해골만 복잡하고 말이야."

"네, 네……."

'왜 항상 이렇게 설득만 당하는 걸까?' 하는 생각도 들었고.

"이기영 씨도 봐. 얼마나 의연하게 받아들이시냐. 내가 뭐 틀린 말 했냐?"

"아뇨, 아닌 거 같습니다."

'더 얘기가 길어지면 안 되는데' 하는 생각도 들었다. 그때 마침 강혁의 핸드폰이 울렸다. 마치 구세주처럼. 강혁은 곧장 전화를 받았다.

"외상 외과 백강혁입니다."

"아…… 네. 저 김선웅입니다."

"김선웅?"

강혁의 반응에 김선웅 교수는 한숨을 쉬었다. 어떻게 된 놈인지, 벌써 통화를 열댓 번은 했는데 번호 저장도 안 하고 있었다.

"그, 이혜영 씨 담당하고 있어요."

"아아. 신장내과. 네. 무슨 일이죠?"

"의식 완전히 회복되어서요. 이기영 씨를 좀 보고 싶어 하는데……. 가능합니까? 아직 좀 어렵겠죠?"

김선웅 교수도 이기영 환자의 상태가 이혜영 환자에 비해 더 심하다는 것을 잘 알고 있었다. '간 이식'이라는 대수술까지 받지 않았는가. 아직 이혜영 환자와 만나는 건 무리일 거라 짐작했다. 보통은 기계 호흡을 일주일간 유지하는 수술이었으니. 하지만 강혁은 흔쾌히 고개를 끄덕였다.

"안 될 건 없죠. 의식은 여기도 명료하니까. 다만 감염이 걱정인데……. 직접 접촉만 안 하면 되죠, 뭐."

"아, 깼어요?"

"네. 대화도 잘합니다."

"그럼 만나게 해드려야겠네요. 이게 참…… 이런 상황은 처음이라."

"그러죠. 거기 아직 투석 중이면 이쪽에서 중환자실로 가죠."

"네. 그렇게 해주시면 감사하겠습니다."

"그럼 이만."

"아, 잠시만요."

"왜요?"

"장기조직기증원에서 연락이 왔는데요. 거기서도 이런 경우는 처음이기는 한데……."

"저는 말 흐리는 거 별로 안 좋아하는데."

"아, 네. 질병관리본부 산하 조직이지 않습니까, 거기가. 질병관리본부가 따로 예산을 편성해서 고인 세 분의 장례 비용을 부담하고, 두 유가족의 치료비도 일부 지원한다고 합니다."

"오, 잘됐네."

"대신……."

김선웅 교수는 또 한 번 말끝을 흐렸다. 강혁은 말끝 흐리는 것도 싫어하지만, '대신'이라는 단어 또한 싫어했다. 뒤에 안 좋은 말이 튀어나올 것이 뻔하니까.

"대신? 아, 나 말 흐리는 거 싫어한다니까요. 정말 마음에 안 드네."

“이 사연을 환자와 고인의 이름은 가명으로 해서 기사화하는 걸 조건으로 내걸었습니다. 병원이랑 저희는 실명 그대로 나가고요.”

“음…….”

“어떻게 생각하세요?”

“잠깐, 잠깐만.”

“네. 천천히 생각하세요. 저는 개인적으로…….”

“좀 조용히 해줄래요? 생각 중이니까.”

“어휴. 그러시죠.”

강혁은 김선웅 교수의 어이없다는 듯한 한숨을 뒤로한 채 잠시 생각에 잠겼다.

‘언론이라……. 뭔가 기회가 될 수도 있을 것 같은데?’

제발, 제대로 된 의사이기를

"너, 너 괜찮아?"

"오빠는? 진짜 크게 다쳤다더니……."

의식을 잃은 채 회복 중인 한지영을 제외하면, 중환자실에 있는 사람들 모두 둘의 사연을 아주 잘 알고 있었다. 자연스럽게 주변은 눈물바다가 되고 말았다. 장미는 아예 대성통곡하고 있었고, 재원은 그런 장미의 뒤에 숨어서 배어나오는 눈물을 옷소매로 콕콕 찍어냈다. 심지어 신장내과 김선웅 교수도 헛기침을 하며 중얼거렸다.

"커흠, 흠. 뭔 중환자실에 먼지가 이렇게 많아."

그 와중에도 무표정을 유지하는 사람은 역시나 강혁뿐이었다. 그는 팔짱을 낀 채 두 남매의 기적적인 상봉을 보고 있었다. 심지어 약간 불만이 있는 듯한 표정이었다.

'저렇게 울다가 상처 잘못되면 어쩌려고. 혈압도 오르고……. 음……. 논문에는 분명 좋다고 나와 있는데, 이게 정말 좋은 게 맞나?'

애착과 유대감이 있는 보호자와의 대면이 회복에 도움된다는 것은 여러 논문에 실린 내용일 뿐만 아니라 이제는 거의 학회의 정설로까지 밝혀져 있었다. 하지만 여태 살면서 누군가와 애착, 유대감 같은 관계를 맺어본 기억이 거의 없는 강혁은 그런 논문을 완벽히 이해하기 어려웠다.

"에이……."

강혁은 고개를 절레절레 흔들며 뒤로 물러섰다. 그때, 어찌할 줄 모르던 강혁을 구원해준 사람은 장기조직기증원 홍보팀에서 나온 직원이었다. 기자들도 꽤 많이 부른 모양인데, 모두 중환자실 바깥쪽에 있었다. 아무리 좋은 일이라 해도 중환자실에 외부인을 들일 수는 없었기 때문이다.

찰칵. 찰칵. 홍보팀 직원은 이기영 씨와 이혜영 씨 남매의 감격스러운 상봉을 열심히 찍고는 강혁과 김선웅 교수에게 다가왔다.

"두 교수님은 밖으로 가시죠. 기자들 모여 있는데, 거기서 한 말씀해주시면 감사하겠습니다. 양재원 선생님도 같이 가시죠."

"그러지."

곧장 밖으로 나가는 강혁과는 달리 김선웅 교수는 직원에게 몇 가지 사항에 관해 물었다. 특별히 언급하면 좋을 내용이 있는지였다. 직원은 무척 고마워하는 얼굴로 재빨리 답했다.

"아무래도 장기 기증을 통해 두 분이 살았다는 걸 강조해주시면 감사하겠습니다. 세간에 알려진 것과 달리 기증자에 대한 예우도 철저하게 지키고 있다는 것도요."

"음. 알겠습니다. 그럼."

"네. 감사합니다, 교수님. 백 교수님께도 그렇게 전해주십시오. 생방송으로 나가는 곳도 있는데……. 알아서 잘해주실 거라 믿습니다!"

"네, 뭐……."

김선웅 교수는 강혁의 뒷모습을 보며 자신 없다는 표정을 지었다. 그러곤 곧 강혁과 함께 어깨를 나란히 한 채 중환자실 앞에 섰다. '응급 중환자실'이라고 큼지막하게 쓰인 곳이었다.

기자는 기껏해야 다섯 명 정도였지만, 그래도 이만한 기회를 얻은 게 어딘가 싫었다.

“백강혁 교수님. 저 ‘TV 고려’의 박상은 기자입니다!”

고개를 돌려보니 꽤 노련해 보이는 기자 한 명이 손을 들고 있었다. 강혁은 질문하라는 의미로 고개를 끄덕였다.

“두 분 사연에 관해서 간략히 전해 들었는데요. 처음 진료하신 백 교수님께서…….”

하지만 곧 전화 벨소리와 함께 강혁의 표정이 굳었다. 응급실에서 걸려온 전화 벨소리였기 때문이다. 박상은 기자는 황당한 표정이 되었다.

“저, 백 교수님? 전화는 좀 이따가 받으시는 게 어떨까요? 저희 생방송입니다.”

“아, 입 좀 닫아줄래요? 응급 환자라.”

“저……. 일단 이것부터 좀 하고…….”

“아, 닥치라고! 어, 어. 아냐. 아냐. 무슨 환자라고?”

일단 환자가 생겼다는 얘기를 들으면 환자만 보이는 사람이 백강혁 아닌가. 이번에도 예외는 아니었다. 그 바람에 박상은 기자와 김선웅 교수 그리고 죄없이 강혁 옆에 바짝 서 있던 재원 모두 입을 쩍 하고 벌렸다.

“네?”

“아…….”

“망했…….”

김선웅 교수는 ‘허허, 참’ 어색하게 웃으며 강혁의 어깨를 잡아 응급의학과 문 안쪽으로 들이밀었다.

“백 교수님. 전화 안쪽에서 받으셔요, 제발.”

강혁은 순순히 안으로 들어갔다.

"하하. 자, 질문받겠습니다. 질문."

김선웅 교수는 강혁이 들어가는 즉시 문을 닫은 채 기자들을 바라보았다. 한 신문사 기자가 질문을 던졌고, 김선웅 교수는 아주 품위 넘치는 답변을 내놓았다. 당연한 일이었지만 강혁을 겪은 다음에 보니 김선웅 교수의 인품이 아주 대단해 보였다. 덕분에 황망한 표정이 되었던 박상은 기자도 다시 용기를 내어 인터뷰를 요청했다.

"교수님. 왜 그러신 거예요……."

재원은 문 하나를 사이에 두고 급격히 화기애애해진 바깥 풍경을 보며 강혁에게 물었다. 강혁은 이미 통화에 초집중한 상황이었기 때문에 그의 말을 듣지도 못했다.

"교수님, 진짜 왜 그러셨냐니까요."

재원은 답답한 마음에 한 번 더 물었고, 뒤통수를 냅다 얻어맞았다.

"귓구멍이 막혔냐. 통화하니까 조용히 하란 말 못 들었어?"

"지, 지금 그게 문제입니까? 교수님 방금 생방송에서……."

"그게 뭐가 문제야. 지금 환자가 죽게 생겼다는데."

"아무리 그래도 그렇지……. TV 카메라에다 대고 그런 말을 하시면……."

"야, 네가 의사지 방송인이야? 방송이 중요해, 환자가 중요해?"

"언제는 방송 나가게 된 김에 외상 외과 홍보…… 억."

방금 재원이 한 말은 사실이었다. 하지만 강혁에게 거슬리면 뒤통수를 맞는 것이었다.

"아, 노예."

"네? 네."

"우리 헬기 타게 생겼다."

"네?"

전화를 건 이는 다름 아닌 구급 요원 중헌이었다. 중앙 소방청 긴급구조팀장인 그는 각 격오지의 재난 및 사고에 관한 보고를 가장 먼저 받게 되는 사람이었다. 대개는 해당 지역 구조팀을 파견하는 것으로 해결되었지만, 그게 안 되는 곳도 있었다.

"어, 어디로요?"

"백령도."

"백령…… 도?"

이름은 무척 익숙한 곳이었다. 워낙 뉴스에서 많이 접하는 지명이니 그럴 수밖에 없었다. 하지만 정확히 어디에 있는지 아는 사람은 드물었다. 재원도 마찬가지였다.

"그래, 거기서 훈련 중이던 해병대 보트가 뒤집히면서 사고가 발생한 모양이야. 군의관들이 있기는 하지만…… 뭐, 너도 대충 알겠지? 어떨지는."

"네, 그럼요……."

강혁과는 달리 재원은 군의관으로 복무를 했었다. 그렇기에 군의료에 관해서 어느 정도는 알고 있었다.

'절대…… 외상에 대해 대처할 수 없어.'

물론 군의관들은 대부분 대학 병원에서 최소 5년간 수련을 받은 전문의였다. 하지만 그들을 백업할 만한 장비나 인력이 없는 게 문제였다. 아무리 신경외과 전문의를 뽑아놓으면 뭐하겠는가. CT도 없고, 응급 수술실도 돌릴 수 없는데.

"노예, 그러니까 한시가 급해. 가서 조폭한테 필요한 물품 준비하라고 해."

"교, 교수님은요?"

“멍청아. 나도 같이 가야지. 한지영 환자 오더도 확인하고.”

“아, 네.”

아직 몇 명이 다쳤고, 얼마나 다쳤는지는 모르는 상황이었다. 하지만 중앙구조팀에서 연락이 왔다는 사실 하나만으로 둘은 부리나케 달렸다. 군에서 난 사고가 소방청으로 연락이 갔다는 것부터가 이미 상당히 급한 상황이라는 것을 의미했기 때문이다.

“아, 교수님. 잘하고 오셨어요?”

이제야 눈물이 멎은 장미가 해맑은 얼굴로 물었다.

“어어, 대강.”

강혁은 기자 면전에 대고 입 다물라고 한 주제에 잘도 이렇게 말했다.

“조폭, 이제 한 7분 정도 후면 헬기가 오거든? 우리 출동용 가방 좀 챙겨줘.”

“아, 네.”

장미는 잠시 어리둥절한 표정을 짓다가 이내 고개를 끄덕였다. 꽤 자신 있다는 투였다. 강혁이 과장으로 오면서 응급 출동용 가방을 직접 만들어둔 덕이었다. 장미 또한 그가 시킨 대로 매일 가방을 점검했기에 준비는 완벽하다고 볼 수 있었다.

“이번엔 환자가 한 명이 아닐 수도 있으니까, 여분으로 둔 세트 있으면 다 챙겨.”

그사이 재원은 제세동기와 큼지막한 배낭 하나를 들고 왔다. 원래 병원에서 구비해줬어야 할 가방이지만 현장 경험이 없는 사람들이 예산을 편성했던 탓에 강혁이 쓰던 가방을 써야만 했다. 그나마 다행인 것은 강혁이 외국의 아주 우수한 외상 처치팀의 헤드였다는 점이었다. 그 덕에 그가 가지고 있는 물품 중에는 국내 어디에서도 구하기 힘들 정도의 상등품이 많았다.

"교수님, 세트 총 두 개씩이고, 일반 절개 배농 세트는 3개입니다."

잠깐 사이에 장미가 구조 가방 하나와 나머지 세트를 들고 나타났다. 무게가 거의 20kg은 될 텐데도 장미는 거뜬해 보였다. 재원은 장미의 저런 모습을 볼 때마다 솔직히 '조폭'이란 별명이 완전히 틀린 것은 아니란 생각도 들었다.

"흠. 두 개씩이라."

강혁은 짐들을 보며 잠시 고민했다. 정말 아주 잠시뿐이었다. 헬기가 이곳으로 오고 있기 때문이다.

"뭐, 되는 대로 가져가지. 거기도 뭐가 있기는 하겠지, 설마."

강혁이 알기로 백령도에 주둔하고 있는 해병대는 사령부급이었다. 즉 그곳에 있는 의무대도 아주 허접한 규모는 아닐 터였다.

"네, 그럼 가실까요?"

재원은 자기가 더 마음이 달떴는지, 배낭을 멘 채로 서둘렀다. 강혁은 그런 재원을 보며 고개를 절레절레 저었다.

"야, 넌 여기 환자들은 안 보이냐?"

"아……."

"처방 정리하고 가야 할 거 아냐. 네가 이기영 씨 처방 좀 봐."

"네, 교수님."

재원은 그제야 부리나케 빈 컴퓨터 앞에 앉아 처방을 정리했다. 다행히 이기영 환자는 몸이 중환자실에 있을 뿐, 진짜 중환자는 아니었다. 이미 모든 고비를 성공적으로 넘겼기 때문이었다.

"조폭, 여기 잘 봐야 해. 알았어?"

그에 반해 한지영은 중환자 중의 중환자였다. 심장이 터졌으니 당연한 일이었다.

"네. 교수님."

장미도 바짝 긴장한 채로 강혁의 말을 들었다. 강혁은 모든 지시와 준비를 마치고 중환자실을 나섰다. 창밖을 내다보니, 저 멀리서부터 헬기가 오고 있는 것이 보였다. 기체 특성상 소음이 심한 기종이라 소리는 아까부터 들리는 중이었다.

"좋아, 노예. 가자."

"네, 교수님!"

둘은 부리나케 중환자실 문을 열고 밖으로 뛰어나왔다. 드르륵. 김선웅 교수가 한창 자신이 어떻게 이혜영 환자를 살렸고, 거기에 백 교수가 어떤 도움을 주었는지 설명하고 있던 때였다. 그리고 'TV 고려'에서도 중단되었던 생방송을 다시 송출하고 있던 시점이기도 했다.

"어어."

박상은 기자와 카메라맨과 김선웅 교수는 중환자실 문 바로 앞에 서 있었다. 강혁과 재원의 경로에 무척이나 방해되는 곳이었다.

"어떤 미친놈들이 중환자실 앞에 이렇게 모여 있어! 비켜!"

- 와우.

- TV 고려 진짜 미쳤네?

이미 인터넷 커뮤니티를 통해 강혁의 '입 다물라고!' 영상이 퍼지는 상황이었다. 뒤늦게 상황을 접한 사람들은 예상했던 것보다 심심하게 진행되는 김선웅 교수의 인터뷰를 보고 있던 참에 갑자기 강혁이 카메라를 밀치고 나타난 것이다. 화면은 사정없이 흔들렸고, 방향이 틀어져 황망하기 그지없는 박상은 기자의 얼굴을 비추고 있었다.

"교, 교수님! 저걸 치면 어떡해요!"

재원의 목소리였다. 강혁은 그를 향해 뒤돌아보며 답했다.

"시끄러워! 시간 없어! 헬기 오는 소리 못 들었어?"

"아무리 그래도……."

"누가 멍청하게 중환자실 앞에 있으랬나? 혹시 카메라 부서졌으면 나한테 청구해! 한국대학교 병원 백강혁이다!"

"아이고."

재원은 이마를 짚으면서도 강혁의 뒤를 따랐다. 어쨌거나 저쨌거나 헬기가 거의 다 왔다는 것은 사실이었기 때문이었다.

- 미친. 패기 보소.

- 자기한테 청구하래.

- 근데 헬기는 왜 타는 거임?

- 의사 아님? 헬기를 왜 탐? 진심 궁금해서 묻는 거임.

'TV 고려' 시사저널 실시간 채팅창은 시청자들의 댓글로 난리가 난 상태였다. 프로그램 편성 이래 처음 있는 일이었다. 이쯤 되자 담당 PD도 계획을 바꿔야 했다.

"이, 이 미친놈. 어디 가는 건지 찍으라고 해!"

"네? 김선웅 교수 인터뷰는요?"

"그건 서면으로 받아서 진행해도 되잖아! 지금 시청자 반응 보라고! 누가 김선웅 교수 얘기 듣고 있어?"

"아, 하긴……. 그건 그렇습니다."

조연출은 머리를 긁적이며 실시간 채팅창을 바라보았다. 초당 몇 개씩으로 글 올라오는 속도가 어마어마했다. 이 정도 반응이면 대박 드라마나 초인기 예능 프로그램 수준이었다.

조연출은 즉시 박상은 기자에게 전화를 걸었다. 그때까지도 넋 놓고 있던 박상은 기자는 핸드폰 진동이 몇 번이나 더 울린 후에야 전화가 온 것을 알아챘다. 물론 이 모습도 모두 생방송으로 송출 중이었다.

"박상은 기자입니다."

"어, 박 기자!"

"아, 조연출님."

"PD님이 지금 당장 백강혁 교수 따라가라고 하셨어."

"네? 저놈……. 아니, 저분을 따라가라고요?"

박상은 기자는 기절이라도 할 것 같은 얼굴로 말했다. 그러자 잠시 식어가던 실시간 채팅방에 다시 불이 일었다.

- 개꿀. 빨리 따라가!

- 와, 뭔 시사 생방송이 이렇게 흥미진진하냐.

- 나 이거 처음 보는데 언제까지임? 지금 끝나면 오늘 잠 못 잘듯?

- 20분 남았음. 빨리리리리리리.

조연출은 채팅방을 실시간으로 확인하며 고개를 격렬하게 끄덕였다.

"어, 지금 당장!"

"아이……."

"빨리! 지금 반응 장난 아니라고!"

"아, 알겠습니다."

박상은 기자는 내키지 않는다는 표정이었지만 어쩌겠는가. 월급 주는 데서 까라면 까야지. 그녀는 곧 카메라 감독과 함께 부리나케 강혁의 뒤를 쫓기 시작했다. 벌써 강혁 팀이 출발한 뒤로 1분 정도 지체되었기에 따라가는 것부터 무척 험난한 일이었다. 그나마 강혁과 재원이 무거운 짐을 짊어지고 있었기에 망정이지, 그렇지 않았다면 분명 놓쳤을 상황이다.

"저, 저기!"

박상은 기자는 막 중앙 복도 끝에 모퉁이를 돌아 사라지는 재원의 뒷모습을 가리켰다. 그러자 실시간 채팅방은 더욱 난리가 났다.

- 무슨 예능보다 더 재밌어.

- 잡아라, 잡아.

- 원래 병원에서 저렇게 뛰어도 됨?

- 엄청 급한 거 같은데?

박상은 기자는 쉬지 않고 달렸다. 그에 반해 재원은 체력이 달려 중간중간 숨을 헐떡이며 벽을 짚고 서 있어야만 했다. 그때마다 강혁이 구박했지만 별 소용이 없었다.

"교, 교수님. 전 틀렸어요."

"지랄 마. 너 고작해야 200미터도 안 뛰었어."

"이거, 이거 들고 뛰었잖아요."

재원은 억울하다는 얼굴로 자신의 배낭을 보여주었다. 구급 박스와 여분의 의료 장비 세트, 그리고 제세동기가 모조리 들어간 배낭이었다. 완전 군장과 비슷한 무게이거나, 더 나갈 것 같았다. 이걸 메고 뛰는 것 자체가 말이 안 되었다.

"노예가 엄살은. 저기 보라고!"

타타타타. 헬기 소리가 가까워졌다. 곧 주변에 있던 나무들이 부러질 듯 흔들리기 시작했고, 흙먼지가 미친 듯이 휘날렸다. 이제 1, 2분이면 헬기가 내려올 거고, 그때까진 도착해야 했다. 후들거리는 다리로 또 달릴 생각을 하니 욕이 절로 나왔다.

"이런 시바……."

"뭔 바?"

"아뇨, 아닙니다."

"너 급하니까 봐준다. 이따 타면 뒈졌어."

"그런 말 하지 마세요. 진짜 죽일 거 같으니까."

"진심이야. 너 사람 마음을 읽을 줄 아는구나? 아무튼, 따라와. 노닥거릴 시간 없어. 이러다 환자 죽어."

"네네. 갑니다, 가."

둘은 연신 투덜거리며 재차 발걸음을 재촉했다. 박상은 기자는 거의 두 사람에게 근접해 있었기 때문에 그들의 대화는 고스란히 전국에 방송되었다.

- 와 욕 찰진 거 보소.

- 근데 뭔 환자가 죽는다는 거?

- 그건 모름.

- 헬기가 진짜 왔네.

- 개시끄럽네 ㄹㅇ.

실시간 채팅방의 열기는 계속되고 있었다. 그 열기가 뜨겁다 못

해 주요 포털 사이트까지 퍼졌고, 실시간 검색어를 장악하기 시작했다.

'백강혁'

'백강혁 의사'

'한국대학교 병원 백강혁'

'백강혁 막말'

백강혁과 관련된 검색어들이 검색어 상위로 올라갔다.

그 와중에 헬기는 거의 땅바닥에 내려앉고 있었다. 제대로 만든 착륙장이었다면 이미 착륙하고도 남았겠지만, 사방으로 흙먼지가 휘날리는 데다 바닥도 울퉁불퉁해서 두 배 가까운 시간이 소요되었다. 이 또한 지원받은 예산이 쓸데없는 곳에 쓰이고 말았다는 방증이었다.

"이제 배낭 벗어!"

헬기의 프로펠러는 세차게 돌아가고 있었다. 강혁과 재원이 타면 바로 다시 이륙하기 위함이었다. 이런 상황에 배낭을 메고 허리를 숙이는 건 금물이다. 혹 가방의 부속물이라도 날개에 걸리면 큰 사고가 날 수 있었다.

"에이, 왜 이렇게 느려. 그거 나 줘."

갑갑함을 느낀 강혁은 재원이 메고 있던 배낭을 빼앗아 들고는 헬기를 향해 달렸다. 프로펠러가 도는 방향과 정확히 같은 방향으로 돌면서였다. 언제 봐도 기가 막힌 솜씨였다.

"의사야 군인이야……."

재원은 잠시 감탄사를 뱉더니 이내 강혁의 뒤를 따라 뛰었다. 배낭이 없어져서 그런지 한결 나았다.

"그것 이리 주십시오!"

헬기 안에 대기 중이던 중헌이 강혁의 배낭을 받아 들었다. 생각했던 것보다 훨씬 무거웠는지 몸이 휘청거렸다.

'아니, 이걸 그렇게 가볍게 들고 뛰었단 말이야?'

중헌은 '끙' 소리를 내며 생각했다. 방금 그에게 배낭을 건네준 강혁이 헬기 위로 뛰어오르고 있었다.

"노예! 손잡아! 기장, 바로 뜹시다!"

"오케이, 이륙합니다."

기장은 강혁의 말을 듣자마자 헬기를 띄우기 위해 움직였다. 조금 느려져 있던 프로펠러가 다시 격렬하게 돌아갔다. 아직 한 발은 스키드에, 다른 한 발은 탑승 계단에 걸치고 있던 재원이 비명을 질러댔다.

"네? 저 타고 띄워요!"

"당겨줄게!"

"이, 이런 미친놈아!"

"이 새끼는 툭하면 교수한테 욕을 하네?"

"안 하게 생겼습니까아아악!"

재원은 고래고래 외치다 말고 헬기 안으로 끌어올려졌다. 강혁이 한 손으로 그를 들어올렸기 때문이다. 매번 느끼지만 무시무시한 괴력의 소유자였다. 재원은 방금 자기가 이런 사람에게 욕했다는 사실을 상기하고 진땀을 흘렸다.

"아깐 죄송했습니다, 교수님."

"아오. 이걸 확 밀어?"

"아뇨. 제발……."

강혁이라면 정말 밀고도 남을 위인이었다. 하지만 강혁은 곧 자리로 돌아가 미리 앉아 있던 중헌에게 질문했다.

"환자 상태는 어떻대요?"

"네, 중상자는 총 둘입니다. 경상자 둘은 군의관 선에서 치료 가능하다고 연락 왔습니다."

"둘……. 흠."

그나마 좀 나은 상황이라 할 수 있었다. 셋이라면 재료도 인력도 부족할 테니까.

"어쩌다 다친 겁니까?"

"아직 그쪽도 파악 중입니다. 다만 훈련 중에 동력 보트가 뒤집혔고, 프로펠러에 다친 거 같습니다."

"이상한데? 동력 보트 프로펠러면 동시에 둘이 다치기엔 너무 작지 않나?"

"다른 한 명은 뒤집히면서 어딘가에 머리를 부딪친 것 같습니다."

"머리라. 거기 CT가 있나?"

강혁의 말에 중헌이 미친 소리 하고 있다는 듯한 표정으로 대꾸했다.

"있겠습니까?"

"이런 망할. 여기서 얼마나 걸리지?"

"대략 한 시간 반은 걸립니다."

"너무…… 오래 걸리는데?"

"일단 그쪽 의료진이 응급 처치는 하겠다고 하니, 최대한 빨리 가보죠. 소식 업데이트하겠습니다."

"음."

강혁과 중헌이 대화하는 사이, 박상은 기자는 멀어져가는 헬기를 카메라에 담고 있었다.

"네, 백강혁 교수가 탄 헬기가 이륙했습니다. 저 헬기는 도대체 어디로 가는 걸까요? TV 고려에서 한번 추적해보도록 하겠습니다."

이미 PD와 조연출은 '시사저널' 방송 시간이 끝나고도 이 생방송을 이어나가기로 작심한 상황이었다. TV 고려의 유튜브 채널을 통해서였다. 예상대로 반응은 뜨거웠고, 구독자가 2,000명도 안 되던 채널의 라이브 영상을 무려 만 명이 넘는 사람들이 시청하고 있었다.

- 방금 봤냐? 헬기 뜨는데 사람 타는 거?
- 영화 찍는 줄?
- 대박! 뭔 의사들이 저래?

당연하게도 실시간 검색어 순위는 점점 더 요동치기 시작했고, 급기야 1위에 올라간 관련 검색어도 있었다.

'백강혁 막말'

이쯤 되니 병원 홍보팀에서도 모르기가 어려웠다. 병원 교수 관련 검색어가 주요 포털에서 1위를 찍고 있는데 모르면 직무유기 아니겠는가. 그냥 알고만 있는 것도 직무유기감이었기에 일단 기조실장 홍재훈 교수에게 알렸다.

"뭐? 이런 미친……! 뭔 짓을 했는데?"

"그건 저희도 파악 중입니다."

"이런 제기랄……. 빨리 조치 취해!"

"네, 실장님."

홍재훈 교수는 그 즉시 포털 사이트에 접속했고, 과연 실시간 검색어 순위에 '백강혁'이라는 이름으로 도배되어 있는 것을 확인할 수 있었다. 관련 검색어로는 '닥치라고'와 '시바'가 떠 있었다.

"후……."

한숨을 푹 쉬고 있으려니 누군가 문을 두드렸다. 그의 심복이자 외과 과장으로 있는 한유림 교수였다.

"어, 마침 잘 왔네. 들어와."

"네, 형님. 긴히 드릴 말씀이 있어서요."

"뭐, 짧게 해. 나 백강혁 때문에 골 아파."

"아 저도 백강혁 교수 얘기하러 왔는데……."

"뭐, 또 사고 쳤어?"

"아, 아뇨. 예산편성을 외상 외과 측에 좀 더 밀어줘야…… 할 것 같아서요."

한유림 교수의 말이 끝나자마자, 홍재훈 교수의 얼굴이 도깨비처럼 구겨졌다.

"너, 미쳤냐?"

인터넷에서 난리가 나든 말든, 헬기는 서쪽 바다를 향해 빠르게 날아가고 있었다. 그나마 다행인 것은 겨울인데도 바람이 세게 불지 않는다는 점이었다. 덕분에 빠른 속도로 날아가는 중에도 기체의 진동이 그다지 심하지 않았다.

"우욱."

물론 헬기 타는 것에 익숙지 않은 재원에게는 엄청난 진동으로 느껴졌고, 거의 죽을 것 같은 표정으로 창문가에 얼굴을 내밀고 있었다.

"너 인마 그러다 목 잘려."

재원은 강혁의 말에 더욱 속이 안 좋은 듯 '우욱' 구역질을 했다.

"아니, 이 정도면 거의 흔들리지 않는 건데 왜 저래?"

"뭐, 뭐가 안 흔들려요……. 진짜 죽겠는데."

재원은 사정없이 떨려오는 바닥을 가리켰다. 바닥에 있던 모래알들이 마구잡이로 튀고 있었다.

"사람이 촌스러워서 그래. 뭔 헬기 타면서 멀미를 하고 그래."

"교, 교수님이 이상한 거예요. 이게 익숙하다니……."

멀미는 머리가 기억하고 있는 내부 장기의 위치와 실제 장기 위치가 다를 때 발생한다고 알려져 있다. 그래서 진동이나 시각 왜곡이 심한 경우에 주로 발생했다. 이걸 극복하려면 머리가 헬기 진동에 익숙해져야만 했고, 그만큼 많이 타보는 수밖에 없었다. 재원은 강혁을 보며 분명 헬기를 많이 타봤을 거라 생각했다.

"나는 처음부터 괜찮았는데."

강혁은 재수 없게도 이렇게 말했고, 재원은 뭐라 대꾸도 못 하고 구역질만 해댔다.

"우웁."

"어휴. 저 등신, 저거."

그때쯤 강혁과 재원을 태운 헬기가 백령도를 향해 날아가고 있다는 사실을 알아낸 이들이 있었다. 바로 TV 고려였다. 동원할 수 있는 모든 인맥을 동원해 알아본 바, 중앙 소방청 구조팀 소속 헬기라는 것을 알아낸 것이다.

"속보입니다. 한국대학교 병원 외상 외과 백강혁 교수가 탄 헬기는 현재 백령도를 향해 날아가고 있다고 합니다. 어떤 이유로 그곳으로 가고 있는지는 현재 조사 중입니다."

박상은 기자는 '자신이 왜 이런 것을 얘기해야 하는 걸까' 하는 의문이 들었지만 일단 카메라를 향해 또박또박 말했다. 라이브 시청자 수는 처음의 절반도 채 안 되는 5천 명 정도였다. 하지만 반응만은 여전히 뜨거웠다.

- 백령도?

- 설마 뭐 쏜 거 아님?

- 미쳤냐? 지금 분위기에서 포 쏘게?

"그 미친놈한테 예산을 더 주자고? 오늘 뭔 짓을 했는지 알아?"

"네? 아니……. 왜 그러세요."

한유림 교수는 거의 반 미친 사람처럼 소리를 지르고 있는 홍재훈 교수를 보며 고개를 갸웃했다. 그도 물론 인간 백강혁이 딱히 좋지는 않았다. 그의 딸을 살려준 은인이긴 하지만, 그것과는 별개로 인성이 개판이라는 것은 너무나도 잘 알았다. 하지만 아무리 백강혁이라고 해도 그 짧은 시간 안에 뭔 짓을 했을 것 같지는 않았다.

"왜 그래? 왜 그래? 이거 봐봐!"

홍재훈 교수는 광분한 상태로 자신의 책상 위에 올려져 있는 모니터를 거칠게 돌렸다. 그제야 한유림 교수는 모니터에 떠 있는 인터넷 창을 확인할 수 있었다. 국내 최대 포털인 초록 창이었다.

"뭘…… 봐요?"

"눈이 삐었어?"

홍재훈 교수는 성을 내며 모니터 한쪽을 쿡쿡 찔러댔다.

"아, 이거……. 어?"

한유림 교수는 검색어 순위에 백강혁 이름이 거의 절반 이상 끼어 있는 것을 확인했다.

"이, 이게 뭡니까? 백강혁 막말, 백강혁 닥치라고, 백강혁 시바……?"

"어디 방송에서 욕을 한 모양이야. 이것 좀 보라고!"

홍재훈 교수는 홍보팀 직원이 자신에게 보낸 카톡을 보여주었다. 강혁이 닥치라고 외치는 영상을 따로 편집한 유튜브 영상의 링크가 떠 있었다.

"아니, 이 사람이 왜…… 이런 짓을……."

"난들 아나? 미친놈이 미친 짓을 하는데 이유가 있겠어? 잘라야 해, 이거."

"아……, 거참."

한유림 교수는 강혁 때문에 분노한 홍재훈 교수에게 예산편성 얘기는 꺼내놓지도 못하고 있었다. 그때 홍재훈 교수의 핸드폰으로 링크가 하나 더 도착했다. 마찬가지로 홍보실 직원이 보내온 것이었다.

- 교수님, 지금 TV 고려에서 백강혁 교수 특집으로 라이브 방송 중입니다.

그 문구를 보자마자 홍재훈 교수는 고함을 터뜨렸다.

"이런 개놈들이! 우리가 매년 뿌리는 돈이 얼만데 하이에나처럼 달라붙어서 지랄이야, 지랄이!"

"왜, 왜요. 형님. 고혈압도 있으신데……. 너무 화내지 마시고……."

"내가 화가 안 나세 생겼어? 지금 TV 고려에서 라이브로 백강혁 이놈 뒤를 쫓아서 방송하고 있다잖아!"

버퍼링 때문에 아직 화면은 뜨지 않았지만, 현재 시청하고 있는 사람들의 채팅은 실시간으로 올라오고 있었다.

- 오, 참의사 아님?

- 그러고보니까 아까 그냥 욕한 건 아닌 거 같음.

- 미쳤……. 그럼 환자 살리러 ㄹㅇ 헬기 탄 거임?

아직 화면이 뜨지 않아 어떤 상황인지 몰랐지만 시청자들의 반응은 꽤 괜찮았다.

"저, 형님."

"뭐, 인마! 나 이제 원장님 찾아갈 거야. 아니, 대체 어디서 이런 놈을 데려온 거야?"

"잠시만요. 이것 좀 보세요."

"뭘 봐. 성질만 나지. 나 고혈압인 거 알면서 이래?"

"아니, 반응이 좋아요."

"뭔 반응이……. 음?"

그제야 홍재훈 교수는 쉴 새 없이 화면을 채우고 있는 댓글을 보았다. 한유림 교수의 말대로 반응이 꽤 좋았다. 다들 칭찬하는 내용이었다.

"뭐야……?"

"일단 조금만 기다려보죠. PC로 들어가는 게 나을 거 같아요."

"주소가……. 에이, 네가 해봐."

한유림 교수는 PC 인터넷 창에 방금 받은 주소를 입력해 들어갔다. 곧 모니터로 영상을 볼 수 있었다. 화면의 박상은 기자는 뜬금없이 헬기에 타 있었다.

“지금 저는 백강혁 교수의 목적지로 추정되는 백령도로 향하고 있습니다. 제보에 따르면 백령도에 주둔 중인 해병대 사령부 훈련 중 장병 여럿이 다쳤고, 이를 치료하기 위해 백 교수가 가고 있다고 합니다!”

박상은 기자는 그렇게 말하면서도 얼떨떨한 표정을 감출 수가 없었다. 이제 겨우 TV 고려에 입사한 지 두 달도 채 되지 않는 햇병아리 기자가 아닌가. 그런 그녀가 벌써 수십 분째 단독 샷을 받으며 방송 중이라니 믿기지 않는 일이었다. 심지어 중계용 헬기까지 지원받았다. 이건 일개 새끼 기자로서는 꿈도 꾸기 어려운 호사였다. 이쯤 되니 아까 자신에게 욕설을 퍼부었던 강혁을 응원까지 하게 되었다.

‘제발…… 제발 정말 제대로 된 의사이기를…….’

그때 기장 쪽에서 다급한 외침이 들려왔다.

“전방에 돌풍! 선회한다. 날씨가 너무 안 좋아. 이대로는 무리야! 앞으로 못 들어가!”

“안 돼요! 백 교수 따라가야 합니다!”

“이것 봐! 백 교수인지 뭔지도 저거 못 뚫어. 어디 착륙해서 배로 이동하고 있을 거야!”

그 시각, 강혁의 헬기 역시 돌풍과 마주하고 있었다. 강혁이 탄 헬기의 기장도 다급히 외쳤다.

“일단 착륙하고, 배로 이동해야 합니다! 너무 위험해요!”

하지만 강혁은 박상은 기자와는 전혀 다른 반응을 보였다.

“배로 이동하면 시간이 서너 시간이 더 걸릴 텐데, 그럼 환자 죽어요.”

"이대로 가면 우리가 죽는다니까?"

"아니, 안 죽어요."

"뭐, 뭐야. 당신 또, 또 운전하려고 그러지! 안 돼! 안 돼!"

기장은 정말이지 필사적으로 저항했다.

강혁은 늘 그렇듯 기묘한 손놀림으로 두 건장한 사내를 제압한 뒤 뒷자리로 던져버렸다. 그 바람에 뒤쪽에서 강혁을 말리던 중헌과 그 부하 요원들까지 죄다 넘어지고 말았다.

"어……."

재원은 그 무참한 광경을 보며 신음을 흘렸다. 공교롭게도 강혁이 지나려는 길목에 서 있는 중이었다.

"왜, 노예. 네가 막을 거야?"

"아, 아뇨."

재원은 거의 필사적으로 고개를 저었다.

"그래, 잘 생각했어."

강혁은 재원의 어깨를 툭툭 쳐주곤 조종석으로 향했다. 천천히 옆으로 돌고 있던 헬기가 다시 정면으로 날아가기 시작했다.

"아, 안 돼!"

그제야 정신을 차린 기장이 겨우 몸을 일으켰고, 강혁을 막기 위해 앞으로 달려나갔지만 여의치가 않았다. 흉포한 돌개바람이 기체를 때리고 있었기 때문이다. 걷기는커녕 서 있기도 어려울 지경이었다.

그사이 강혁이 몰고 있는 헬기는 돌풍 지대 한가운데로 돌입했다. 그렇지 않아도 시끄럽던 헬기 내부는 거센 바람 소리가 더해져 귀를 막아야 할 정도로 소음이 심했다. 기장은 이 상황이 얼마나 위험한지 잘 알았기 때문에 안 들릴 줄 알면서도 소리쳤다.

"미친놈아! 지금이라도 빠져나와!"

조종이란 온몸의 감각을 총동원해야 하는 일이었다. 아무래도 시각이 제일 중요했는데, 지금처럼 바람 때문에 시계가 불안정할 때는 시각에만 의존하다간 낭패를 보기 십상이었다. 특히 바다가 하늘인 줄 알고 곤두박질치는 경우도 많았다.

"계기판, 계기판만 봐!"

기장은 거의 기어서 가다시피 하면서 외쳤다. 지금처럼 감각에만 의존할 수 없는 상황에는 계기판에 의존할 수밖에 없었다. 하지만 이마저도 말처럼 쉬운 일은 아니었다. '비행 착각'이라는 현상 때문이다.

"지금 머리로 느끼는 거랑 실제랑 다를 수 있어! 계기판을 봐!"

비행 착각에 빠지게 되면 제아무리 베테랑 조종사라 해도 실수를 하기 마련이었다.

"좋아."

강혁은 필사적으로 외치고 있는 기장의 목소리를 전혀 듣지 못했다. 바람을 정면으로 맞는 앞 좌석이라 소음이 훨씬 심했다.

'조금 더 아래로……. 바람이 그나마 약하군.'

기장의 우려와는 달리 강혁은 비행 착각에 빠지지 않았다. 오히려 더없이 안정적으로 비행 중이었다.

'좋아. 난 보여. 난 보인다고.'

강혁은 다른 사람 같았으면 벌써 눈을 질끈 감았을 상황에서도 침착하기만 했다. 정상을 한참 넘어선 수준으로 발달한 그의 시력 덕분이었다. 강혁은 거의 수면 위에 닿을락 말락 한 수준으로 고도를 낮추었다. 그리자 계속해서 헬기 옆변을 때려대고 있던 바람이 잦아들고, 사정없이 흔들리던 기체 또한 안정을 되찾고 있었다.

"후."

그제야 겨우 몸을 일으킨 기장이 한숨을 내쉬었다.

"이런 미친놈이……."

기장은 욕설과 함께 터덜터덜 앞으로 걸었다. 그러곤 눈앞에 펼쳐진 광활한 서해에 할 말을 잃었다.

"지, 지금 어디야!"

그의 말에 강혁은 너무나도 여유로운 표정으로 뒤를 돌아보았다.

"서해지, 어디긴 어디예요."

"앞 봐! 앞!"

"바다에 뭐가 있다고……."

"앞 보라고! 제발! 불안해 죽겠어!"

기장은 후들거리는 다리를 주무르며 애처롭게 외쳐댔다. 강혁은 그제야 다시 앞을 돌아보았다.

기장은 문에 난 창을 통해 아래를 내려다보았다. 헬기 스키드가 해수면에 거의 닿을 듯 말 듯 하고 있었다. 바다 위를 미끄러지듯 날아가는 중이었다. 기장은 갑자기 공포를 느꼈다. 강혁이 어쩐지 고도를 더 낮출지도 모르겠단 생각이 들었기 때문이다.

"이, 이, 미친놈아! 내리지 마! 내리지 마!"

"안 내려요. 아까부터 자꾸 욕을 하시네? 공무원이 막 이래도 되나?"

"미, 미친 짓을 하니까 그러지. 다 죽게 생겼는데!"

"죽기는 누가 죽어요. 재수 없게. 이제 다 와가는구만."

강혁은 앞 유리창을 가리켰다. 그의 말대로 바다 위로 섬이 하나 보이기 시작했다. 백령도였다.

"알았으니까, 이제 고도 올려! 배가 너무 많잖아!"

기장의 말대로 섬 근처에는 배가 상당히 많이 몰려 있었다. 해상 날씨가 급변한 탓에 서둘러 섬으로 기항한 듯했다. 지금 곧바로 헬기를 몰았다간 도착할 때까지 적어도 서너 대의 배를 침몰시킬 판이었다.

"오케이. 올라갑니다. 아무 데나 꽉 잡으시고."

기장은 그 모습을 보며 신음을 흘렸다. 불안해했던 것이 조금 민망하게 여겨질 정도로 부드러운 주행이었기 때문이었다.

'대체 어디서 비행을 해본 거야…….'

이 정도면 비행시간이 기장인 자신보다도 더 길었을 텐데.

'대체 어디서 이런 괴물이…….'

기장은 어처구니가 없다는 얼굴로 고개를 가로저었다. 그사이 헬기는 무사히 섬 상공에 도달했다. 강혁은 아무것도 걸리는 것이 없는 곳임을 확인한 후, 재차 뒤를 돌아보았다.

"정확한 위치도 모르고, 내릴 준비도 해야 하니까 교대하죠?"

"아……. 그래, 그러지……."

기장은 서둘러 앞 좌석으로 달려갔다. 조종간을 놓은 강혁은 안전띠를 매고 얌전히 앉아 있던 재원 옆으로 돌아왔다.

"노예, 별로 안 무섭지?"

"무섭죠, 그걸 말이라고 합니까? 가던 도중에 기장이 바뀌었는데……. 하이재킹이잖아요, 이건."

"하이재킹은 개뿔이. 그냥 교대한 거지."

"교대를 누가 그렇게 폭력적으로……."

"쉿. 이제 짐이나 챙겨. 내려서 환자 봐야 할 거 아냐."

"어……. 그런데 바로 이송 안 합니까?"

재원은 저번 헬기 출동을 떠올렸다. 그땐 헬기 안에서 머리를 열었었다. 그 미친 짓 덕에 사람이 살았고. 그래서 이번에도 당연히 도착하는 즉시 환자를 싣고 귀환할 줄 알았다. 하지만 강혁은 고개를 가로저으며 뒤편을 가리켰다.

"저거 봐라. 저건 나도 못 뚫어."

"에……? 헉."

강혁의 손이 가리키는 방향으로 고개를 돌린 재원은 눈앞에 펼쳐진 먹구름에 눈을 동그랗게 떴다. 조금 전까지만 해도 바람만 불던 날씨였는데 어느새 먹구름이 잔뜩 끼어 있었다.

"비까지 오잖아. 번개도 치고. 일단 내려서 응급 처치하면서……. 상황 봐야 해."

"자, 그럼 착륙합니다."

잠시 고민하는 사이 기장은 해병대 사령부에 마련된 헬기 착륙장에 내려서기 시작했다. 동시에 프로펠러 돌아가는 속도가 크게 줄어들었다. 시계를 보니 병원을 떠나온 지 이제 겨우 한 시간 반도 채 지나지 않은 상황이었다.

중헌 요원은 곧장 문을 열고 밖으로 뛰어내렸다. 이미 헬기 내에 비치되어 있던 기구들과 들것을 들고 있었다. 강혁 또한 재원과 함께 헬기에서 뛰어내렸다. 그들 앞에는 해병대 사령부 소속 의료진 몇이 대기 중이었다. 그중 한 명은 얼굴이며 팔, 다리 할 것 없이 피칠갑을 하고 있었다. 계급은 대위였는데 아무래도 첫 처지를 담당했던 군의관인 듯했다.

"필승! 대위 이강행입니다! 경상자 처치는 끝났고, 중상자는……. 현재 처치 중입니다! 제가 안내하겠습니다!"

이강행 대위는 붉은 벽돌로 지어진, 참 멋대가리 없는 건물 안으로 들어갔다. 위를 올려다보니 현판에 '응급실'이라고 쓰여 있었다.

바닥에는 붉은 핏자국이 밖에서부터 안쪽으로 쭉 이어져 있었다.

"노예, 빨리 들어가자. 아무래도 느낌이 별로야."

강혁은 중상자를 둘이나 두고 있는 응급실인데 비해 너무도 조용한 건물 안쪽을 가리키며 발걸음을 재촉했다. 재원은 강혁의 말뜻을 온전히 이해하진 못했지만, 그의 뒤를 따라 달렸다.

"좀 어때?"

이 대위는 안으로 들어서자마자, 그와 마찬가지로 피 칠갑을 한 다른 군의관에게 물었다. 환자의 좌측 위팔에 번 거즈를 대고 있는 것으로 보아 정형외과 한지훈 대위인 듯했다.

"출혈 부위 직접 잡아보려고 했는데……. 이게 잘 안 되네."

한지훈 대위 맞은편에 있는 대위 한 명도 고개를 절레절레 흔들었다. 이름표에 이비인후과 이종익이라고 쓰여 있었다. 보아하니 외과계 군의관은 죄다 나와 있는 듯했다.

"다른 환자는?"

강혁이 의료용 장갑을 끼며 물었다.

"여기 있습니다. 아무래도 뇌압 상승 소견을 보이는 것 같아서……."

"만니톨하고 스테로이드를 주고 있네. 지금 처치하는 건 그것뿐인가?

"네. 내과 군의관이 보고 있기는 한데……. 아무래도 이게……."

"활력 징후는?"

강혁의 말에 지금껏 환자를 보고 있던 내과 군의관 김동현 대위가 곧장 답해주었다.

"네, 혈압 160에 110이고, 심박동 수는 52회……. 호흡수는 18회로 약간 뜹니다."

"흠."

강혁은 장갑을 바짝 조여서 끼고는 잠시 고민했다. 환자가 한 명이라면 고민하고 말 것도 없이 바로 달라붙으면 될 일이었다. 하지만 지금은 둘이었다. 강혁의 몸은 하나였고.

'겉으로 보기엔 팔 쪽이 더 위급하겠지.'

저쪽은 피가 사방으로 튀어나가지 않았는가. 수액을 주고 있는데도 혈압은 뚝뚝 떨어졌다. 하지만 강혁이 볼 때 정말 위급한 환자는 머리 다친 쪽이었다.

'눈 주변에 부자연스러운 다크서클. 저건 라쿤스 아이 사인(Racoon's eye sign: 두개저 골절을 시사)이야. 그 와중에 혈압이 저렇게 뜬다는 건…….'

골절만 있는 게 아니라, 머리 안에도 어떤 출혈이 있단 뜻일 터였다. 그렇지 않고서야 지금까지 의식이 안 깨어날 리가 없으니까.

"좋아. 노예. 넌 저쪽 팔 다친 환자 쪽으로 가."

"아, 네."

재원은 강혁의 명이 있는 즉시 김 일병에게로 달려갔다. 아직도 우측 위팔 쪽에서는 붉은 피가 쭉쭉 빠져나오고 있었다. 어디 동맥이나 큰 정맥이 찢어진 것이 분명해 보였다.

"지금 수액만 들어가고 있지? 군번줄 보면 혈액형 나오잖아. 지금 당장 사령부 전체에 공지 띄워. 같은 혈액형인 병사 오라고."

"수혈부터 진행하고. 혈압 올라가기 시작하면 천천히 지혈 시도해봐."

"네, 그럼 교수님은……."

"난 이 환자 봐야지. 이쪽이 훨씬 급해."

"네, 알겠습니다."

겉으로 보기엔 김 일병 쪽이 훨씬 급해 보였지만 강혁의 의학적 판단이 그렇다면 그게 맞는 거다. 강혁은 재원이 그의 말을 따르는 것을 확인한 직후, 이강행 대위를 돌아보았다.

"아까 이비인후과 쪽 장비도 있다고 했던가?"

"아, 네."

"내시경 장비 좀 끌고 와줘."

"내시경을…… 요?"

"그래. 이 환자 딱 보면 모르겠어? 두개저 골절에 혈압 떨어지고 있잖아. 안에서 뭐가 누르고 있다고."

"그걸 여기서…… 해결하시려고요?"

"그럼 어디서 해?"

강혁은 이제 천둥 번개까지 쏟아지고 있는 밖을 가리켰다. 이런 날씨에는 그 어떤 운송 수단도 이용이 불가능했다. 이강행 대위는 잠시 입술을 꾹 물고 있다가 이내 고개를 끄덕였다.

'그래……. 어차피 우리 손은 떠났어. 지금은 지시에 따르자. 우리 책임은 없는 거야……. 저 사람은 한국대학교 병원 외상 외과 과장이잖아. 뭔가 다르긴 하겠지.'

어째 좀 이상한 사람인 거 같은 느낌도 있긴 했지만, 여기까지 이 악천후를 뚫고 와준 사람이 아닌가. 이 대위는 부리나케 병원 안쪽으로 달렸다. 그사이 강혁은 환자의 얼굴을 가만히 내려다보았다. 느낌 탓인지는 몰라도 아까보다 '라쿤 아이'가 더 심해진 것 같았다.

그때, 한 무리의 군인들이 응급실 안쪽으로 우르르 들이닥쳤다. 그와 동시에 응급실 안에 있던 모든 군인이 그쪽을 향해 경례를 붙였다.

"필승!"

그러자 새로 들어온 무리의 중심에 있던 중년 사내가 귀찮다는 듯 손사래를 치고는 외쳤다.

"이송 안 가고 뭐 해!"

그의 어깨 견장에는 별 한 개가 박혀 있었다. 아마 백령도에 주둔 중인 해병대 사령부의 사령관인 듯했다. 그 주변으로 의무대대장과 현재 다친 인원이 속한 중대의 중대장, 그 위의 대대장 등 수많은 영관급 장교들이 모여 있었다.

"아, 안녕하세요. 중앙 구조단 팀장을 맡고 있는 안중헌입니다."

그들을 이대로 두면 치료에 방해가 될 것은 뻔한 상황이었다. 방금 소리쳤던 강동희 준장이 중헌을 향해 말했다. 상당히 불만스러운 표정이었다.

"보고받기로 부상이 심하다고 하던데, 빨리 이송해야 하는 거 아닙니까?"

말투에서 초조함이 느껴졌다. 무려 별을 단 몸이니까 그럴 만도 했다. 백령도 해병 사령부는 요직 중의 요직이었다. 지금 다친 두 병사가 잘못된다면 그의 군생활은 여기서 그냥 끝날 수도 있었다.

중헌은 헛웃음을 지으며 밖을 가리켰다. 바다 날씨는 변화무쌍하다더니, 이제는 비까지 미친 듯이 쏟아지고 있었다. 거기에 더해 천둥번개까지 휘몰아치는 중이었다.

"날씨가 이런데…… 어떻게 헬기를 띄울 수 있겠습니까."

강동희 준장도 머리로는 알고 있었다. 이 날씨에는 어떤 운송 수단도 운용이 불가하다는 것을. 하지만 그의 입장에서 가만히 있는 것도 어려웠다.

"중앙 구조단이면 어떻게든 방법을 간구해야지! 그냥 이렇게 오기만 할 거면 뭐 하러 왔습니까?"

"네? 뭐 하러…… 왔냐고요?"

중헌의 황당하다는 듯한 반응에 옆에 서 있던 부관과 의무대대장 등은 아차 싶은 표정을 지었다. 앞에 있는 이 사람은 군부대 내의 부하가 아니라 민간인이다. 강준희 준장의 언동은 매우 무례했지만 본인은 깨닫지 못한 듯했다.

"이럴 거면 우리 쪽에서 이송하는 게 낫잖아? 안 그렇습니까?"

다들 그렇지 않다는 것을 잘 알고 있었다. 특히 의무대대장은 너무나 잘 알고 있었다. 해병대가 보유하고 있는 헬기로는 중상자를 결코 이송할 수 없다는 것을. 그 헬기 안에서는 어떠한 조치도 불가했다.

"좀 흥분하신 거 같은데……. 아무튼, 지금 이송은 불가합니다. 그렇죠, 기장님?"

중헌의 말에 기장이 고개를 격하게 끄덕였다. 사실 이 섬 안에 들어온 것만도 기적이라고 생각하는 중이었다.

"안 되지. 절대 불가야."

"기장님 의견도 같습니다. 현 상황으로는 이송은 불가합니다."

"이런 망할."

강 준장은 욕설과 함께 도리질을 쳤다. 그의 분노는 곧 의무대를 향했다.

"김 중령! 자네는 한국대 위탁 교육까지 받은 사람이 여태 뭐하고 있어? 그깟 부상 하나 못 고쳐서 이 사달을 내?"

현 의무대대장이자, 내과 전문의인 김낙출 중령은 낭패한 표정을 지었다.

'그깟…… 부상이라니.'

아무리 무식하면 용감하다지만, 이건 좀 정도가 심하지 않은가. 하지만 여기는 군대였다.

"죄송합니다. 하지만 부상이 너무 심합니다. 의무대 시설로는 치료가 어렵습니다."

"그럼 저 의사들은 여기 뭐하러 온 거야! 어차피 여기선 치료가 안 된다며!"

"그게…… 원래는 이송할 목적으로 오신 분들 아닙니까. 하지만 날씨가……."

"자네는 지금 누구 편을 들고 앉아 있어? 어쩔 수 없으니까 이해하라 이거야?"

"아, 거 더럽게 땍땍거리네."

결국, 강혁의 입에서 험한 말이 나오고 말았다. 이제 막 자원한 병사에게서 피를 뽑아 수혈을 진행 중이던 재원이 이마를 짚었다.

'내가 웬일로 조용히 넘어가나 했다…….'

강준희 준장의 고개가 강혁 쪽으로 돌아갔다. 아직 내시경이 도착한 상황은 아니었고, 강혁은 그저 다친 병사의 얼굴을 갈색 베타딘 소독액으로 닦아 내기만 하는 중이었다.

"뭐, 땍땍? 당신 지금 뭐라고 했어?"

강준희 준장이 강혁에게로 다가갔다. 그의 욱하는 성정을 익히 잘 알고 있는 부관이 부리나케 그를 말리려 들었지만 불행히도 강혁은 그보다 훨씬 빠른 사람이었다.

"누가 환자 보는 곳에서 잡소리를 내!"

"자, 잡소리? 감히 내가 누군 줄 알고……!"

강혁은 코웃음을 치며 강동희 준장의 명찰을 가리켰다.

"강동희 준장. 거기 쓰여 있네. 누굴 장님으로 아나."

"그걸 알면서 이렇게 나와?"

"이봐, 군바리. 당신 눈엔 내가 군인으로 보여?"

"아니……. 아니지."

때마침 이강행 대위가 내시경 기기를 끌고 응급실로 돌아왔다. 그걸 보자마자 강혁은 이제 강동희 준장과의 대화는 끝났다는 듯 손사래를 쳤다.

"아저씨는 이제 저리 가서 입 다물고 계셔. 난 수술해야 해서, 좀 바쁘거든."

"여기선 아무것도 못 한다고 했잖아! 그런 주제에 무슨!"

"내가? 나는 그런 말 한 적 없는데."

그런 말을 한 사람은 의무대대장이었다. 다시 한번 강 준장의 눈이 김낙출 중령을 향했다.

"그, 그렇습니다. 저희 설비론……. 역시 어렵습니다."

김낙출 중령은 비록 환자를 직접 보는 임상의 노릇을 관둔 지 오래되긴 했지만, 내과 전문의였다. 팔 다친 김 일병이야 어떨지 몰라도, 머리를 부딪친 이 병장의 상황이 얼마나 심각한지 잘 알고 있었다.

'두개저 골절이야……. 저런 건 대학 병원급에서도 어려워.'

그러니 의무대대급에서는 당연히 불가능하다는 의견은 상식적이었다.

"우리 대대장이 그렇다잖아!"

"그거야 대대장이 그런 거고. 나는 할 수 있어."

"당신이 뭔데!"

"나? 외상 외과 전문의 백강혁. 이제 슬슬 짜증 나려고 하니까, 그만 말 걸고 뒤로 빠져. 안 그럼 가만 안 놔둔다."

강혁은 있는 대로 짜증을 내더니 가운을 훌훌 벗어 던졌다. 애초에 수술복 위에 가운 하나만 걸치고 있었기 때문에 그의 우람한 팔뚝과 문신이 만천하에 모습을 드러냈다.

"뭐, 뭐야. 이 새끼."

강 준장은 설마하니 대학 병원 의사 몸에 저런 게 새겨져 있으리라고는 상상도 못한 사람에게서 볼 수 있는 전형적인 반응을 보였다. 강혁은 잠시 욕설을 내뱉은 그를 노려보다가 이내 내시경 쪽으로 고개를 돌렸다.

"빨리 설치하자고. 여기 이비인후과 세트도 있는 거지?"

그의 말에 저 멀리서 김 일병의 팔을 누르고 있던 이비인후과 이종익 대위가 고개를 끄덕였다.

"네. 비중격 교정술 세트랑 부비동 내시경 세트는 다 있습니다."

강혁은 내시경을 집어 들더니 누워 있는 이 병장의 코안에 쑥 하고 집어넣었다. 모니터 영상으로 콧속 모습을 볼 수 있었다. 자연스럽게 근처에 있던 사람들의 시선이 모니터를 향했다. 내시경은 하비갑개를 지나 중비갑개 너머로 들어갔다. 그러자 모니터가 급작스럽게 붉게 물들기 시작했다.

"역시 개판이군."

모니터를 보고 있던 모두가 당황했지만, 강혁은 이미 예상했다는 듯, 석션을 집어넣어 아주 부드럽게 핏덩이를 제거하기 시작했다. 핏덩이가 제거되자 코의 천장이 모습을 드러냈다. 달리 말하면 머리의 바닥이었다. 뇌를 받치고 있는 아주 중요한 구조물인 바닥 뼈에 여기저기 균열이 간 상태로, 그 사이에서는 뇌수가 흘러나오고 있었다. 거의 최악의 상황이라고 할 수 있었다. 하지만 강혁의 표정은 밝았다.

"좋아. 이 정도면 여기서도 가능해."

그 말을 듣고 나서야 의무대대장 김낙출 중령은 강혁이 여기서 응급 처치를 넘어선 무언가를 하려고 한다는 것을 깨달을 수 있었다.

'마……. 말려야 하는 거 아닌가? 저러다가 사고라도 치면…….'

그가 망설이고 있는 동안에도 강혁은 쉬지 않고 움직였다.

"이강행 대위라고 했지? 환자 허벅지 좀 닦고 있어봐."

"허, 허벅지요?"

"그래. 저거 재건하려면 필요해."

"재건……."

이 대위는 그게 여기서 가능할까 하는 생각이 들어 말끝을 흐렸다. 하지만 자신에게 지시를 내리자마자 내시경으로 미세한 뼛조각을 일말의 망설임도 없이 제거하고 있는 강혁을 보고 있자니 어쩌면 가능할지도 모르겠단 생각이 들었다.

"알겠습니다."

이강행 대위는 서둘러 강혁의 주문대로 움직이기 시작했다. 친절하게 옷을 벗겨낼 시간 따위는 없었기에 군복 바지는 가위로 잘라내야만 했다.

"저, 저……!"

강동희 준장은 성스러운 군복이 저런 식으로 다뤄지는 것에 대해 불만 가득한 신음을 흘렸다.

"사령관님, 저 화면에 보이는 저게 바로 머리의 바닥 뼈입니다."

강혁 앞에 켜져 있는 모니터를 가리키면서 김낙출 중령이 말했다. 모니터에는 김낙출 중령의 말처럼 머리의 바닥 뼈가 노출되어 있었다. 어마어마한 충격에 의해 산산조각이 나 있었다.

"저게 머리뼈라고? 그게 어떻게 그냥 코안으로 쑥 들어가지?"

강동희 준장은 고개를 갸웃거리며 물었다. 다들 티를 내고 있지는 않았지만 다른 군인들도 비슷한 표정이었다. 세상에 코를 통해 머리로 들어간다니.

"원래 코의 천장이 머리의 바닥 뼈라서 그렇습니다. 실제로 저런 식으로 머리 수술을 많이 합니다."

"그래? 음. 그럼 저건 뭐야."

강 준장은 방금 조각난 뼈 사이로 주르륵 새어 나온 무언가를 가리켰다. 맑고 투명한 액체였다.

"저건……. 어, 저거?"

김낙출 중령은 반쯤 넋 나간 듯한 표정이 되었다. 지금 줄기차게 새어 나오고 있는 액체는 절대로 저런 식으로 새어 나와서는 안 되는 거였기 때문이다.

하지만 지금은 줄줄, 그냥 마구잡이로 새어 나오고 있었다.

"왜 그러나?"

"뇌, 뇌척수액이……."

"뭔 액? 그거 중요한 건가?"

사람 몸에서 제일 중요한 부위가 어디겠는가. 머리와 허리 아니겠는가. 그 머리와 허리의 핵심이 바로 뇌와 척수인데, 두 단어가 딱 붙어있는 '뇌척수액'이라고 하면 안 중요할 수 없는 이름이었다.

"중, 중요합니다. 자, 잠시만."

김낙출 중령은 재빨리 강혁에게로 다가갔다. 강혁은 그가 다가오는 것은커녕 조금 전까지 감시하듯 지켜보고 있었던 것도 전혀 모르는 것 같았다.

'좋아. 2분간 40ml가량 나왔군. 이 속도면…… 앞으로 5분 정도는 눈을 떼어도 무방해.'

새어 나오는 뇌척수액을 눈으로 대략 계산하고 있었기 때문이었다. 어떻게 그냥 보는 것만으로 계산이 가능하냐고 묻는다면 딱히 해줄 말이 없었다. 그저 '너도 천재가 되어본다면 알게 될 거야'라는 재수 없는 말 밖에는.

"다리는 얼마나 됐지?"

강혁은 시간을 많이 주기라도 한 듯 아래를 내려다보았다. 이강행 대위는 이제 겨우 베타딘을 싹 바르고 난 다음이었다. 그에게 주어진 시간이라고 해봐야 고작 5분도 채 되지 않았으니 당연한 상황이었다.

"아, 이 정도……."

"마르지도 않았네?"

"네. 옷 자르고 뭐 그러느라……."

"외과라고 했지?"

"네, 외과 전문의입니다."

이강행 대위는 왠인지 모르게 자부심이 잔뜩 묻어나는 표정으로 답했다. 하지만 그와는 반대로 강혁의 얼굴엔 비웃음만이 가득했다.

"그래……. 무슨 분과 할 거야?"

"아직 생각 중입니다. 군의관 3년 차라서요."

"그래? 일단 외상은 하지 마라. 손이 너무 느리다, 너."

"네, 네?"

"아, 비켜. 성가시게 하지 말고."

강혁은 상처 주는 말을 아무렇지도 않게 질러 넣고선 이 대위를 옆으로 밀쳤다.

"다, 당신 지금 뭐 하는 거야!"

그때였다. 김낙출 중령이 끼어든 것은.

"눈이 뼜나. 수술 중이지, 아니면 뭐 하는 중이겠어?"

"수술 얘기를 하는 게 아니라!"

"그럼 뭐."

"저, 저기 머리에서……."

"나오는 게 뭐냐고? 가슴에 마크 의무병과 아닌가? 근데 몰라?"

강혁은 김낙출 중령 가슴에 박힌, 뱀이 지팡이를 돌돌 감고 있는 형태의 문장을 가리키며 고개를 갸웃거렸다. 아주 실망했다는 기색이었다. 김낙출 중령은 새빨개진 얼굴로 황급히 손사래를 쳤다.

"아니, 알지. 알죠!"

"그럼 뭐야. 방해하지 마. 시간 없어."

강혁은 그리 대꾸해놓고는 메스를 집어 들었다. 그러곤 곧장 이강행 대위가 닦아둔 환자의 허벅지를 주욱 하고 그었다. 언제나 그렇듯 완벽한 절개였다.

"거기 멍하니 보고 있을 거야? 빨리 안 튀어 와?"

"아……. 네, 네."

저만치 물러나 있던 이강행 대위가 부리나케 달려와서 절개 부위를 쫙 벌렸다. 그냥 장갑만 낀 상황이었지만 어쩔 수 없었다. 때론 멸균이니, 소독이니 하는 것들보다 그냥 칼로 째는 것이 더 급할 때도 있는 법이었으니.

"그, 그."

김낙출 중령은 겨우 자신이 뭔가 말하려고 했었단 사실을 떠올렸다. 그사이에도 강혁의 절개는 계속되는 중이었다. 이번엔 메스가 아니라 전기칼로.

"어……."

이강행 대위는 딱 지방 조직만 갈라낸 절개를 보고 입을 다물지 못했다. 강혁은 그런 이강행 대위를 보며 고개를 저었다.

"입 열 거면 마스크 써."

"죄, 죄송합니다."

"말하지 말라는 뜻인데, 내 말이 어렵나?"

"……."

이강행 대위는 입을 여는 대신 고개만 저었다. 그렇게 짧은 대화를 하는 와중에도 강혁의 손은 멈추지 않았다.

지이익. 강혁의 손에는 어느 틈에 전기칼 대신 메스가 쥐어져 있었다. 그는 메스와 작은 핀셋을 이용해 허벅지 측면에 붙은 무언가를 슥슥 벗겨내기 시작했다.

'어떻게……. 이럴 수가 있지.'

이강행 대위는 차마 입은 열지 못한 채 속으로 감탄하고 있었다. 절개할 때 잠깐 흘러나온 핏물을 제외하면 지금까지 피가 거의 한 방울도 나지 않고 있었기 때문이었다. 신의 경지라는 것이 존재한다면 바로 이런 것을 말하는 것이 아닐까 하는 생각이 들었다.

그때 잠시 밀려나 있던 김낙출 중령이 외쳤다.

"저기 뇌척수액이 계속 흘러나오고 있지 않습니까! 저걸 저대로 두면……."

"저대로 두면, 뭐? 얼마나 흘러나왔는지는 알아?"

"에? 꽤 많이……."

"의사 맞아? 그렇게 부정확한 단어 써도 돼? 많음의 기준이 뭔데?"

"그……."

김낙출 중령은 예상외로 뻔뻔하게 나오는 강혁 때문에 적잖이 당황스러웠다.

“저, 저렇게 계속 새어 나가다간 뇌에 손상이 간다고!”

“아, 계속 두면 그렇지. 하지만 지금은 오히려 이득인데.”

“이득……?”

김낙출 중령은 잠시 고개를 갸웃거렸다. 뇌척수액이 새어 나와서 이득인 경우가 대체 어디에 있단 말인가.

‘아, 있긴 있구나.’

바로 뇌압이 너무 높을 때. 실제로 정신을 차려보니 이 병장의 활력 징후가 많이 회복되어 있었다. 뇌압이 정상화되면서 눌려 있던 뇌의 기능이 돌아오고 있다는 뜻이었다. 하지만 그렇다고 해서 지금 상황이 마냥 긍정적인 건 아니었다. 이대로 두면 환자는 ‘반드시’라고 해도 좋을 정도의 확률로 죽을 테니까.

“그래도! 저거……. 저거 막아야죠! 대체 어떻게 할 셈입니까?”

뇌압을 강하시키려는 목적으로 뇌척수액을 빼려면 척수를 통해서 빼거나, 머리에 구멍을 내는 것이 일반적이었다. 코안으로 들어가는 것은 일반적이지 않은 정도가 아니라 전례를 찾아보기 힘들 지경이었다. 하지만 강혁은 너무나도 여유로운 얼굴이었다.

“이걸로 막지.”

어느새 그의 손에는 허벅지 측면에서 떼어낸 단단하고, 굵고, 질기고, 커다랗기까지 한 근막이 쥐여 있었다.

“그건…….”

김낙출 중령은 어느새 강혁의 손에 들려있는 근막을 보며 말을 잇지 못했다. 분명 다리에 칼 대는 걸 보기는 봤다. 한 4분 전에. 보통 의사라면 이제 겨우 지방 조직 가르고 안에 뭐 있나 헤집어볼 정도의 시간인데, 벌써 손에 근막이 들려 있다고? 마치 마술 쇼라도 보는 것 같았다. 그것도 개연성 전혀 없는 막장 쇼를.

"이것도 뭔지 몰라? 위탁 교육생 수준 많이 떨어졌네."

지금 강혁이 들고 있는 것은 대퇴근막이라는 이름을 가진 의사들 사이에서는 제법 유명한 구조물이었다.

'나도 몇 번인가 채취해본 기억은 있어…….'

딱히 운동선수처럼 다리를 혹사하지 않을 거라면 필요 없는 구조물인 동시에 채취가 아주 쉬운 구조물이기도 했다. 즉 떼어다가 다른 곳을 재건하는 데 쓰기에 제격이란 얘기였다. 외과 의사라면 누구나 한 번쯤은 채취해봤을 녀석이기도 했다. 하지만 이강행 대위는 지금처럼 말끔하게 떨어져나온 대퇴근막은 본 기억이 없었다.

"뭐야, 너도 몰라? 대한민국 의료계 장래가 참 밝네. 밝아."

강혁은 김 중령과 마찬가지로 입만 벌리고 있는 이강행 대위를 보며 고개를 내저었다. 정말이지 큰일이라는 표정이었다.

"대퇴근막이잖아. 이걸 모르면 안 돼. 진짜 안 되는 거야."

강혁은 혀를 차며 방금 자신이 뗀 근막을 가위로 서걱서걱 잘라내기 시작했다. 워낙 갑작스러운 일이었기 때문에 누구도 그를 말릴 생각도 하지 못했다. 그저 바라만 보고 있었다. 그나마 용기를 낸 사람은 멀리 있던 재원이었다.

"저, 교수님. 그거 안 대어보고 그냥 자르시게요?"

"응? 뭘 대봐? 모니터로 보이잖아."

강혁은 코안으로 밀어 넣은 채 고정해둔 카메라를 가리켰다. 그 덕에 모니터에는 여전히 뇌척수액이 흘러나오는 두개골의 바닥 뼈가 비치고 있었다.

"아니……. 모니터로 보는 거랑 실제 크기가 다르잖아요. 한 번이라도 대보시는 게……."

재원의 말에 김낙출 중령도 이강행 대위도 고개를 끄덕였다. 하지만 강혁은 별로 그럴 마음이 없어 보였다.

"뭐라는 거야. 이 멍청이가……. 아까 나 저기 건드리는 거 못 봤어?"

"그건 봤죠."

"근데 그런 질문을 하냐?"

"그……. 네?"

재원은 뭐가 잘못인지 모르겠다는 얼굴이었다. 자기만 잘못 알고 있는 건가 싶어 다른 이들의 표정을 살폈는데, 그건 아닌 것 같았다. 다른 군의관들도 모조리 뭔 소린지 모르겠다는 얼굴이었으니까.

"너 수술 도구 크기는 알 거 아니야."

"아, 알죠."

"그거랑 저 상처 부위. 수술하다보면 딱 비교 안 되냐?"

"아……."

"멍청한 표정 짓지 말고. 이게 딱 맞는 거야."

강혁은 어느새 가위질을 마친 상태였다. 핀셋으로 둥근 형태의 근막을 들고 있었는데, 500짜리 동전보다 살짝 더 컸다.

'안 맞으면 대박인데…….'

재원은 불안해 죽겠다는 얼굴로 그 근막을 바라보았다. 다른 사람들도 비슷한 심정이었다. 태연한 사람은 딱 한 명, 강혁뿐이었다.

"잘 보라고."

강혁은 들고 있던 근막을 코안으로 쑥 밀어넣었다. 근막을 떼다 쓰면 딱딱하게 말라버리는 것이 보통인데, 이건 떨어져 나온 지 얼마 안 된 조직이라 그런지 신축성이 남아 있었다. 덕분에 좁은 콧구멍을 통과해 들어가는데도 전혀 어려움이 없었다.

바닥 뼈 구멍에서는 계속해서 뇌척수액이 흘러나오고 있었다. 거의 500원짜리 동전만 한 구멍이 뚫려 있으니 당연한 일이었다. 하지만 강혁은 만족스러운 표정이었다.

'역시 어느 정도 빠져나와서 그런가, 힘이 떨어졌군.'

뇌척수액이라는 게 실시간으로 만들어지긴 하지만, 빠져나온 양만큼 만들어내진 못했다. 즉 지금 뇌를 감싸고 있는 액의 양은 상당히 줄어들어 있었고, 그만큼 압력이 떨어진 상태였다.

'그럼 근막을 밀어내는 힘도 떨어지지.'

즉 재건에 도움이 된다는 말이었다.

"잘 봐. 특히, 노예. 너. 넌 나중에 해야 하는 몸이니까."

"아, 네네."

재원은 방금 자신이 수많은 사람 앞에서 노예라고 불렸던 사실조차 잊은 채 모니터를 응시하고 있었다. 아주 천천히 근막 조각이 바닥 뼈 구멍을 향해 전진 중이었다. 만약 구멍에 비해 크다면 다행이지만, 작다면 큰일이었다. 다시 근막을 채취해야 할 테니까.

'아니, 그게 문제가 아니지. 애초에…… 내시경으로 저런 거 집어넣는 게 쉬운 일인가?'

강혁은 손을 멈추지 않았고, 근막은 드디어 구멍 난 바닥 뼈 사이로 눌려 있는 뇌를 건드렸다.

"으."

저 허여멀건 한 조직이 뇌라는 것을 알고 있는 김낙출 중령은 저도 모르게 인상을 쓰며 고개를 돌렸다. 그러자 넋을 놓고 모니터를 응시하고 있는 강동희 준장의 얼굴을 볼 수 있었다. 의학이라곤 개뿔도 모르는 사람이 저러고 있을 줄이야.

강혁은 뇌를 조금 더 밀어내며 아주 천천히 근막을 밀어넣고 있었다. 뇌와 바닥 뼈 사이의 미세한 틈새가 벌어질 때마다 뇌척수액이 왈칵 흘러나왔다. 하지만 그래봐야 처음 기세와 비교할 수 있을 정도는 아니었다.

슥. 덕분에 근막은 그다지 저항을 받지 않고 틈새 사이에 맞물릴 수 있었다.

'다음은 저쪽으로.'

어느새 동전만 하던 구멍은 보이지도 않았다. 사실 다른 의사들은 '이제 다 된 거 아닌가?' 하는 생각까지 들 지경이었다. 하지만 강혁은 모두가 끝났나 하고 생각했을 때부터도 5분여간을 더 씨름하고 나서야 집게를 코안에서 빼내었다.

"좋아."

아주 흡족한 기색이었다. 그도 그럴 수밖에 없는 게, 이젠 구멍이 아예 턱 하고 막혀 있었다. 더 새어 나오는 뇌척수액은 없었다. 더구나 뇌압 상승으로 인해 마구잡이로 날뛰던 혈압이나 심장 박동수도 안정된 지 오래였다.

'어쩌면 이 병장이 살 수도 있겠어…….'

이강행 대위는 그제야 희망 어린 눈빛으로 활력 징후 모니터를 바라보았다. 솔직히 조금 전까지만 해도 김 일병은 몰라도 이 병장은 죽을 거라 확신하고 있었거늘. 이젠 웬만해서는 살 것만 같았다.

"패킹(코안을 채우는 행위)할 것 좀 줘."

"아, 네."

강혁의 말에 마찬가지로 넋을 놓고 있던 간호장교가 부리나케 달려가 메로셀(Merocel: 패킹에 쓰이는 거즈 종류)을 가져왔다. 물에 젖으면 부피가 커지는 성질을 가지고 있어서 뭔가를 눌러놓는 데

적격이었다.

강혁은 메로셀을 대강 잘라서 모양을 만들더니 코안으로 쑥 밀어 넣었다. 별로 주의를 기울이는 것 같지도 않은데 막상 들어가는 모양을 보면 완벽하기 그지없었다. 제멋대로 조각난 듯한 메로셀들이 마치 테트리스를 하듯 완벽한 형태를 이루었다. 그와 동시에 방금 들어간 근막이 있는 부위를 단단하게 눌러 주는 패킹이 완성되었다.

"됐어. 야, 노예!"

"네, 네!"

재원은 한시도 지체하지 않고 손을 들며 답했다. 그 덕에 응급실 안에 있던 모두가 아까부터 강혁이 노예라고 부르던 인물의 정체가 재원임을 확신하게 되었다.

"거긴 어때. 의식 돌아왔어?"

"아, 네. 수혈 들어가고 거의 바로 돌아왔습니다. 활력 징후도 안정적입니다."

"그건 다행이군."

출혈은 외상 외과의라면 언제든 만만하게 생각해서는 안 되는 증상이었다. 출혈이 심해지면 결국 저혈압으로 이어지기 마련이었고, 저혈압은 곧 다발성 장기 부전으로 이어지니까. 다발성 장기 부전까지 진행한 환자가 다시 돌아오는 건 정말 드문 일이었다. 강혁이 손을 대었다고 해도 크게 다르진 않았다.

"어, 어!"

그때 뒤쪽에서 소란이 일었다. 돌아보니 중헌이 그답지 않게 호들갑을 떨고 있었다.

"해난다, 해!"

창밖을 보니 드디어 돌풍이 멎고, 비가 그치고 있었다. 헬기를 띄울 수 있는 날씨가 돌아오고 있었다.

강혁을 비롯해 응급실에 있던 모든 이들이 창문 밖을 보고 있었다. 좀 전까지 미친 듯이 휘몰아치던 비바람이 거짓말처럼 느껴질 정도로 평화로워 보였다. 물러난 먹구름 사이로 드러난 화창한 햇살은 삭막하고도 멋대가리 없는 군부대 전경조차 일순 아름답게 해주고 있었다.

"뜰 수 있겠는데."

역시 강혁은 풍경에 대한 감상보다는 환자 이송에 대한 의견을 꺼내놓을 따름이었다. 그의 말에 중헌이 고개를 끄덕이며 기장을 돌아보았다.

"뜰 수 있지. 그럼."

기장 또한 강혁의 의견에 동의한다는 듯 고개를 끄덕였다. 그렇다면 더 지체할 이유가 없었다. 해서 중헌과 함께 중앙 구조단에서 파견 나온 모든 이들이 부리나케 움직이기 시작했다. 정작 강혁은 우두커니 서 있기만 했다.

'둘을 한 번에 헬기로…….'

보통의 구조대라면 당연히 그렇게 해야 할 것이었다. 현지에서 치료가 불가한 환자를 무슨 수를 써서든 빨리 치료가 가능한 병원으로 옮기는 것이 목표였으니까. 하지만 강혁의 생각은 달랐다.

"잠깐!"

조용히 생각에 잠겼던 강혁이 갑자기 손을 번쩍 들고 외쳤다. 강동희 준장을 제외하고, 중앙 구조단에서 나온 사람 중에선 강혁의 말을 허투루 넘길 사람은 없었기에 자연히 모두의 시선이 그를 향했다.

"왜 그러시죠?"

팀장 중헌이 그에게 다가와 물었다. 표정에 다급함이 묻어났는데, 당연한 일이었다. 조금 전까지 휘몰아치던 비바람이 돌연 물러났고, 언제 다시 비바람이 몰려와도 이상하지 않은 날씨였다. 실제로 먹구름은 그저 조금 물러났을 뿐 완전히 사라지진 않은 채였다.

"노예, 김 일병 의식 돌아왔다고 했지?"

강혁은 중헌의 물음에 답하는 대신 재원을 불렀다. 그때까지 김 일병에게 수혈하고 있던 재원이 급히 답했다.

"네. 수혈 시작하고 거의 바로 돌아와서 현재 명료한 수준을 유지하고 있습니다."

"그래? 다행이구만."

강혁은 작게 중얼거리면서 김 일병에게로 다가갔다. 재원이 말했던 대로 김 일병은 의식이 명료한 상황이었다.

왼쪽 팔이 프로펠러에 갈렸는데, 해당 부위에 대해서는 딱히 치료를 받지 못했으니 혈압과 심장 박동 수가 약간 높은 건 당연했다. 김 일병이 느끼는 통증은 어마어마할 터였다. 재원이 정맥 주사의 라인을 통해 진통제를 투여하고 있긴 하지만 거의 매분, 매초 팔이 잘려나가는 듯한 통증을 견뎌야만 했다.

"이름이……. 오바로크 좀 잘 치지. 성밖에 못 알아보겠네."

강혁은 그런 김 일병을 내려다보며 말을 이었다.

"김 일병. 내 손 한번 잡아봐."

그러곤 자신의 큼지막한 손을 김 일병의 다친 손아귀 근처에 갖다 대었다. 김 일병은 잠시 머뭇거리다가 이내 고개를 끄덕였다. 의사소통이 가능한 것으로 볼 때 확실히 의식 상태는 명료했다.

하지만 김 일병은 신음만 흘릴 뿐 강혁의 손을 제대로 잡지 못했다. 재원은 날카로운 눈빛으로 김 일병을 내려다보고 있는 강혁에게 말했다.

"교, 교수님. 아파서 못 하는 거 아닐까요?"

"정말 그렇게 생각해?"

강혁은 김 일병의 애쓰는 모습과 고통스러워하는 모습을 담담히 쳐다보며 대꾸했다. 재원은 이건 또 무슨 함정인가 하는 생각이 들었지만 이내 고개를 끄덕였다.

"네, 네. 당연하죠. 이거 보세요……."

재원은 지금도 핏물이 왈칵 스며 나오고 있는 김 일병의 상처를 가리켰다.

"넌 환자 진단할 때 표정으로 진단하냐? 아픈 곳이 팔인데?"

"팔만 봐서는 얻을 수 있는 정보가 없지 않습니까. 지금 근전도 같은 게 있는 것도 아니고."

"눈은 뒀다가 어디 쓸 건데?"

"네? 눈이요?"

재원은 맨눈으로 도대체 뭘 더 알 수 있겠냐는 듯한 얼굴이었다. 사실 그를 탓할 만한 일도 아니었다. 극도로 발달한 현대의학에서는 예전에 중요했던 진단 툴이 점차 잊히고 있었으니까.

"잘 보라고, 노예. 얼빠진 표정 짓지 말고."

"아, 네."

재원은 강혁의 으름장에 얼른 정신을 차리고 강혁의 시선을 따라갔다. 강혁은 지금 김 일병의 팔뚝의 어느 한 부분을 내려다보고 있었다. 손과 손가락들을 움직이기 위한 근육이 시작되는 지점이라고 할 수 있는 곳이었다.

"자, 다시. 내 손 쥐어봐."

"끄읍."

김 일병은 고통을 무릅쓰고 강혁의 말에 따랐다. 그는 정말로 최선을 다하고 있었다.

"자, 봐. 뭐 변하는 게 있어?"

"음……. 아뇨. 아무것도……."

재원은 미동도 하지 않는 팔뚝을 보며 답했다.

"이번에도 잘 봐. 손 펴봐. 최대한."

"어?"

재원의 놀란 목소리가 김 일병의 신음을 뚫고 흘러나왔다. 이번에는 확실히 팔뚝에 움직임이 있었다. 아주 미세하지만, 확실히 있었다. 특히 새끼손가락 쪽에.

"뭔가 딱 감이 안 오냐?"

"설마……."

"정중 신경이 다쳤어. 가만히 있을 때도 손이 펴져 있잖아. 손가락은 다른 근육들보다 굽힘근의 힘이 더 강력한 대표적인 기관이라고."

"그, 그럼……."

정중 신경이란 손목의 중앙을 지나는 아주 굵직한 신경을 말했다. 우리 몸에서 이유 없이 굵은 혈관이나 신경은 없었다.

"이대로 두면 영영 손을 못 써. 빨리 수술해야 해."

"자, 잘된 일 아닙니까? 헬기로 이송하면 두 시간 이내에 어떻게든……."

강혁이 재원의 들뜬 목소리를 툭 자르고 입을 열었다.

"아니. 이미 시간이 많이 흘렀어."

그러곤 벽에 걸린 시계를 바라보았다. 이강행 대위가 작성한 일지를 보면 사고 발생 시각은 대략 오전 10시. 구조와 긴급 조치 후 군 응급 의료센터에 알린 것이 10시 50분. 강혁과 재원이 이곳에 도착한 것이 오후 1시. 이렇게만 해도 벌써 세 시간이었다.

'거기에 이 병장 수술 시간 한 시간까지 하면 네 시간이군.'

신경 손상의 골든 아워를 이미 넘겼다고 볼 수 있었다. 그런데 여기 두 시간을 더 더하라고? 그건 그냥 손 없이 살라는 말과 같았다. 비슷한 계산을 마친 재원의 얼굴이 급속도로 어두워졌다.

"그, 그럼……. 어쩌시려고요? 헬기에 둘 태우면, 거기선 도저히 수술은 불가합니다."

두 환자를 앉혀서 이송한다면 얘기가 달라지겠지만, 지금 이 병장을 앉혀놓았다가는 머리 쪽에 또 어떤 문제가 생길지 알 수 없었다. 최악의 경우 뇌간이 밀려 척추강 쪽으로 내려올 수도 있었다. 그렇게 되면 강혁도 살릴 수 없는 상황이다. 그러니 이 병장은 반드시 누워서 가야만 했다.

"나도 알아, 그건."

"그럼 대체 뭘 어쩌시려고……."

아마 보통의 외상 외과의였다면 그냥 헬기에 태웠을 터였다. 사실 김 일병은 이제 죽을 고비는 넘기지 않았던가. 하지만 강혁은 결코 보통의 외상 외과의는 아니었다.

"노예. 너 뇌압 상승 환자 이제 많이 봤지?"

"보기야 많이 봤죠."

"그럼 네가 이 병장 데리고 헬기로 복귀해. 가서 신경외과, 신경과에 협진 요청하고 중환자실에서 환자 봐."

"그, 그럼 교수님은요?"

들어올 때 헬기 타고 온 양반이 헬기를 보내면 대체 어찌 섬을 나온단 말인가. 재원은 도무지 영문을 모르겠다는 눈빛으로 강혁을 바라보았다.

“나는 배 타고 갈게. 가면서 수술한다. 그래야 그나마 가능성이 있어. 손 쓰게 해야지”

“아…….”

“뭐하고 서 있어? 이 병장 쪽은 시간이 느긋한 줄 알아? 방금 한 수술이 두개저 재건술이야! 넋 놓고 있을 시간 없어!”

“네, 네! 알겠습니다! 그럼 병원에서 뵙겠습니다!”

‘두개저 재건술’이란 말에 정신이 번쩍 난 재원이 부리나케 고개를 숙였다. 그러곤 중헌과 기장에게 결정된 바를 얘기해주었다. 둘은 잠시 놀란 표정을 지었으나, 그 말을 꺼낸 사람이 강혁이란 사실을 떠올리고는 곧 고개를 끄덕였다.

“그럴 수 있죠, 저 사람은.”

“어, 어! 잠깐! 왜 쟤는 두고 가! 여기 있다가 무슨 일 나면 어쩌려고!”

강동희 준장의 목소리는 상당히 다급했고, 또 절절했다. 탄탄대로를 걸어온 그의 군인 인생이 끝날지도 모르겠단 직감을 했기 때문이었다.

“어이, 거기! 사람이 묻잖아! 왜, 왜 안 가냐고!”

해서 강혁을 향해 삿대질하며 외쳤다. 강혁은 그저 코웃음을 칠 따름이었다.

“쓸데없는 말에는 대답 안 해. 꽥꽥대지 말고 그냥 비키지 그래?”

“뭐, 뭐? 이 자식이 정말!”

강혁은 씩씩대고 있는 강동희 준장 대신 누워 있는 김 일병을 향해 입을 열었다.

"이봐."

"네, 넵."

"아까 대강 들어서 알지? 팔 수술 빨리해야 해. 하루 이틀이 아니라 일 분이라도 더 빠르면 좋아."

"이, 이해했습니다!"

"좋아. 근데 여긴 백령도야. 수술이 잘된다고 해도, 수술 후 처치할 만한 설비도 인력도 없어. 무조건 나가야 해."

"네!"

"헬기는 갔고, 이제 남은 건 배야. 배 위에서 수술할 건데, 괜찮겠지?"

강혁은 그리 말하면서 억지 미소를 지었다. 그야말로 부자연스러움의 극치라 할 수 있는 표정이었다. 맨날 의식 없는 환자들 대상으로 치료하던 사람이라 오히려 두 눈 똑바로 뜬 채 의사소통이 되는 환자가 낯설었다.

"배요……?"

"뭐, 별거 아냐. 그냥 터진 혈관 잡고, 신경 하나 이어주면 끝나."

"음……."

그의 말에 옆에 다가와 묵묵히 듣고만 있던 이강행 대위와 정형외과 대위가 신음을 흘렸다. 혈관과 신경의 문합술을 배 위에서 하겠다고 하다니. 현미경을 이용해도 어려운 수술 아닌가. 그걸 파도치는 바다에서? 그냥 '미친 짓'을 길게 풀어 쓴 것에 불과해 보였다. 하지만 더 환장할 노릇인 건 '이 사람이면 어쩌면 가능할지도 모르겠다'는 생각이 든다는 점이었다.

'아까 두개저 골절 재건술은……. 그런 건 아무도 못 하는 거야.'

물론 같은 수술명의 수술을 본 적은 있었다. 하지만 저런 식은 아니었다. 아까 강혁이 한 것보다 몇 배는 더 오래 걸렸고, 몇 배는 더 지저분했었다.

"아무튼, 그래서 배가 하나 있어야 하는데……."

강혁은 그리 말하면서 김낙출 중령을 돌아보았다.

"댁은 의사니까, 대충 알죠? 일 어떻게 돌아가는지."

"그……."

김낙출 중령은 어떻게 말해야 할지 몰라 잠시 머뭇거렸다.

"설마 모르나? 지금 댁의 병사 하나가 병신 되게 생겼다고."

"압니다, 아주 급하다는 건."

"그래. 그러니까 배 하나랑 수술 도구, 저기 이강행 대위, 그리고 간호장교 둘만 좀 부탁해."

"네? 그건 제가 단독으로……."

"중령이 그런 권한도 없나? 그럼 뭐 하러 군에 있어. 나와서 의사하지."

아주 무례하기가 이를 데 없는 말이었다. 하지만 김 일병의 상태를 생각하면 강혁이 말한 방법밖에 없긴 했다.

'그리고 이런 말을 할 자격이 있다고 보긴 해야겠지.'

김낙출 중령은 아까 보았던 거의 기적과도 같은 수술을 떠올리며 고개를 주억거렸다. 그가 한국대학교 병원에서 수련받던 시절에도 저렇게 손 좋은 의사는 한 번도 본 적이 없었다.

"그, 잠시만. 잠시만요."

김낙출 중령은 모처럼 용기를 내어 강동희 준장을 돌아보았다. 강 준장은 여전히 씨근덕대고는 있었지만 아까보다는 한결 풀이 죽어 보였다. 육체적으로 지친 것도 있기는 했지만, 강혁의 말을 어느 정도는 알아들었기 때문이었다.

'병신이 된다 이거지?'

그건 안 될 일이었다.

"말해봐."

강동희 준장은 치밀어 올랐던 화를 애써 꾹 누르고 김낙출 중령에게 말했다. 이미 뭘 원하는지 다 알고 있었지만, 그냥 다 해주기엔 자존심이 허락지 않았다.

"네, 장군님. 김준하 일병 이송 건으로 참수리급 고속정 한 척 및 예하 인원 그리고 군의관 하나, 간호장교 둘, 수술 기구 등의 사용을 요청드립니다."

"참수리급……. 우리 지금 당장 나갈 수 있는 게 있나?"

강동희 준장의 물음에 부관이 즉시 앞으로 나섰다. 사령관의 부관이면 얼마나 눈치 빠른 사람이겠는가. 지금까지 그들의 대화로 정황을 파악한 후 이미 배를 수배해놓은 참이었다.

"네, 지금 바로 출항 가능합니다."

"음. 근데 고속정 위에서 수술이 가능한가? 참수리급은 아주 작은 배인데."

"그건……."

김낙출 중령은 고개를 갸웃거렸다. 해병 소속이긴 하지만 중위, 대위를 모두 레지던트를 하며 보냈다. 소령 군의관은 보통 배를 타지 않았다.

"할 수 있어."

답한 사람은 강혁이었다.

"타본…… 적이 있나? 군 생활을 해군에서 했어?"

강동희 준장은 반가움 반, 짜증 반 섞인 말투로 물었다. 그러자 강혁은 가벼운 미소와 함께 고개를 저었다.

"아니, 해군 소속은 아니었어. 하지만 타본 적은 많아. 위에서 수술한 적도 있고."

"음……."

강동희 준장은 신음을 흘렸다. 이놈이 거짓말을 하는 건지 아닌 건지 전혀 알 수 없었다. 하지만 지금으로서는 믿을 수밖에 없었다. 게다가 시간이 흐르면 흐를수록 손을 못 쓰게 될 확률이 커진다고 하지 않은가. 강동희 준장은 거의 울 것 같은 얼굴로 고개를 끄덕였다.

"알았네."

그러곤 지금까지와는 조금 다른 표정과 말투로 말을 이었다. 두 눈은 똑바로 김낙출 중령과 이강행 대위를 향해 있었다.

"288호의 출항을 허가하겠다. 목표는 김준하 일병의 안전한 이송이다. 임무 완수하길 빌겠다."

"필승!"

김낙출 중령은 목소리 높여 경례를 붙였다. 그에 반해 강혁에 의해 징발된 것이나 다름없는 이강행 대위의 얼굴은 굳어 있었다. 배에 타는 것도 모자라 그 위에서 수술이라니, 긴장이 안 되는 것이 이상한 일이었다.

"괜찮아. 그냥 벌리기만 하면 돼. 나머지는 내가 알아서 해."

강혁은 그런 이강행 대위의 어깨를 툭툭 두드려주고는 김 일병에게로 다가갔다.

"이제 가자. 수술은 가면서 해주지."

"네, 네."

"너무 얼지 말라고. 어찌 됐든 죽지는 않을 거야."

"네, 알…… 겠습니다."

이제 겨우 스물한 살쯤 먹었을까 싶은 김 일병은 강혁의 말에 고개를 끄덕였다. 이강행 대위와 김낙출 중령은 그런 김 일병의 눈을 똑바로 보지 못했다. '죽지 않아 다행'이라는 말을 듣기엔 너무 젊은 나이 아닌가.

"자, 그럼 빨리빨리 배로 가자고! 꾸물거리지 말고!"

요란한 소리를 내며 김 일병이 누운 침대가 응급실을 빠져나갔다. 그러자 밖에서 대기 중이던 구급차에서 의무병 둘이 뛰어와 그를 안쪽으로 실었다. 강혁은 너무도 익숙하게 김 일병의 옆에 앉으며 그의 팔을 꾹 잡아 눌렀다.

"으, 으."

"조금만 참아. 이렇게 있어야 피가 멎어."

"으……."

김 일병은 신음을 흘리면서도 고개를 끄덕였다. 죽을 만큼 아팠지만 고통을 참을 만한 가치가 있었다.

'대, 대단하긴 해…….'

다른 의사들이 누를 때와는 달리 그의 팔에서는 피가 단 한 방울도 새어 나오지 않았다.

구급차는 곧 항구 앞에 멈춰섰다. 고속정은 이미 대기 중이었다. 탑승구가 열려 있었기 때문에 일행은 차에서 내리는 즉시 배 위에 오를 수 있었다. 제일 빨리 위로 뛰어오른 사람은 역시나 강혁이었다. 강혁은 연신 출렁거리는 배 위에서도 한 치의 흔들림이 없이 서 있었다.

"뭐 해! 빨리 올라와! 환자 올라오는 즉시 출항하고, 수술도 시작한다!"

"응?"

참수리급 고속정 288호의 정장 김영재 대위는 자신의 귀를 의심했다. 누군가 자기 대신 '출항'이라는 단어를 입에 올렸기 때문이었다. 돌아보니 웬 의사 가운을 걸친 처음 보는 사람이었다.

"뭔 미친……."

해서 막 화를 내려는데, 누군가 그를 가로막았다. 바로 김낙출 중령이었다.

"필승."

김영재 대위는 뼛속까지 군인이었고, 또 뱃사람이었다. 때문에 중령 계급장을 보자마자 일단 각 잡고 경례부터 하고 보았다. 김낙출 중령과는 군 교회에서 매주 보는, 아주 친한 사이였다.

"아. 그나마 자네라서 다행이네. 최대한 빨리 가줘. 인천항까지."

"인천항……. 알겠습니다. 그런데 저 인간은 대체 뭡니까?"

김영재 대위는 불만 가득한 얼굴로 강혁을 가리켰다.

"아, 저 사람."

김 중령은 김영재 대위가 왜 기분 나빠하는지 다 알겠다는 표정을 지으며 고개를 끄덕였다. 배는 폐쇄적인 공간이었고, 동시에 위험한 공간이었다. 이 안에서만큼은 결코 지휘권이 흔들려서는 안 되었다. 정장이란 곧 배의 주인이나 다름없는 존재였다. 그런 사람을 제쳐두고 명령을 내렸으니 당연히 기분이 언짢을 터였다.

"중앙 구조단에서 같이 온 한국대학교 병원 외상 외과 의사야."

"외상 외과? 처음 들어보네요."

"나도 처음 봐. 나 수련받을 땐 없었거든."

"근데 왜 저렇게 설쳐요? 그냥 환자 싣고 나가는 거 아닙니까?"

고속정이 환자 수송에 쓰이는 게 아주 드문 일은 아니었다. 백령도에 있는 모든 배 중에 제일 빠른 배였으니까.

"아. 그냥 나가진 않을 거야."

"그냥…… 안 나가요? 아니, 저거 뭐야."

김영재 대위는 급기야 갑판에 의료용 스탠드 등까지 설치되고 있는 것을 보곤 질겁했다.

"수술할 거야."

"수술……? 배 위에서요?"

"그래."

"중령님. 이거 고속정입니다. 엄청나게 흔들린다고요."

"나도 알아. 저 사람도 안다고 했고. 배는 그냥 인천항까지만 몰아달래. 자기가 알아서 한다고."

"중령님……."

"어서. 우리 병사 팔이 안 움직인다고. 서둘러야 해."

"아, 알겠습니다."

김영재 대위는 하는 수 없다는 표정으로 고개를 끄덕였다. 그러곤 예하 부사관들과 병사들에게 명령을 내렸다.

"288호 출항!"

"필승!"

곧 여기저기에서 경례 소리가 들려왔고, 배는 천천히 항구를 떠나 백령도 앞바다를 향해 전진하기 시작했다.

그 시각 강혁은 정신이 멀쩡한 김 일병을 내려다보고 있었다. 신음을 흘리고는 있었지만, 의사소통이 될 정도로 의식은 멀쩡했다. 환자 상태로만 보면 아주 좋은 일이었다. 하지만 수술을 앞둔 상황에서는 그리 달갑지만은 않았다.

'아무리 그래도 신경 접합술을 정신이 온전한 상태에서 할 수는

없지. 재워야겠어. 문제는…….'

병원에서 들고나온 휴대용 모니터링 기기의 배터리가 간당간당했다. 제아무리 고속정이라 해도 인천항까지 가려면 적어도 세 시간 이상 걸리는 거리였다.

'뭐……. 꼭 기기가 있어야 산소 포화도를 알 수 있는 건 아니지.'

입술 색을 비롯한 여러 지표가 있지 않던가. 게다가 강혁에게는 남들은 상상도 할 수 없는 방법도 있었다.

"일단 재우자. 거기 진통제부터 놔줘."

"아, 페치딘으로 놓을까요?"

"그래."

"알겠습니다."

강혁의 말에 이강행 대위가 재빨리 페치딘을 주사했다. 마약성 진통제로 약간의 진정 효과도 동반하는 약이었다. 물론 이것만 놓고 수술하는 것은 미친 짓이었다.

"미다졸람도 줘."

"네? 그건 못 챙겼……."

"내가 챙겼어. 이거 놔."

강혁은 가운 주머니에서 앰풀 하나를 꺼내 강행에게 건네주었다. 이 대위는 대체 왜 이런 향정신성 약품이 주머니에서 아무렇지도 나오는 걸까 하는 의문을 품지도 못한 채 시키는 대로 했다.

미다졸람의 위력은 대단해서, 김 일병은 곧 눈을 감고 코를 골아대기 시작했다.

"혈중 산소 포화도는 어떻지?"

"93%입니다. 앰부 짤까요?"

"아냐, 됐어. 뒤에 간호장교한테 대기만 해달라고 해."

"알겠습니다."

산소 포화도는 100%이 정상이었지만 인간의 몸은 80%까지 넉넉히 견딜 수 있었다. 그 밑으로 내려가도 당장 큰일이 생기지는 않았다.

강혁은 소독액을 집어 들었다. 평소처럼 거즈로 문지르는 게 아니라, 그냥 들이부었다. 다량의 베타딘 액이 상처에 닿았지만 김 일병은 거의 미동도 하지 않았다. 완전히 잠에 빠진 모양이었다. 강혁은 퍽 만족스럽다는 표정으로 고개를 끄덕였다.

"좋아. 내가 잡고 있는 곳, 보이지?"

그러곤 김 일병의 상처 부위를 꽉 붙잡고 있는 자신의 왼손을 가리켰다. 이강행 대위는 그렇지 않아도 단지 누르는 것만으로 피가 멈춰 있는 것이 신기했던 터였다.

"네."

"내가 신호하면 거기 바짝 당겨. 위아래로."

"위아래……."

"그래. 피가 좀 나올 건데. 너무 놀라지는 말고."

"네, 네."

이강행 대위는 바짝 긴장한 눈빛으로 상처를 응시했다. 하지만 강혁은 곧장 신호를 보내진 않았다. 대신 마냥 거기만 보고 있는 이 대위를 타박했다.

"신호 주면 하라고. 아직 마취도 안 했는데 덥석 째겠어?"

그때 고속정 288호가 드디어 백령도 앞바다를 빠져나가 망망대해에 진입했다. 아무리 화창해진 날씨라 해도 바다는 거칠기 짝이 없었다. 끝도 없이 밀려오는 파도가 철썩거리며 고속정의 옆면을 사정없이 두드려댔다. 그때마다 고속정은 속절없이 흔들렸다. 이강행 대위가 예상했던 수준을 뛰어넘었다.

'여기서…… 수술이 되나?'

"뭐 해? 신호 주려면 아직 시간 있으니까, 거즈 들어."

"아, 네. 근데 뭘……."

"마취 안 하냐? 그냥 째? 해병대 정신이냐?"

"아, 아뇨. 아닙니다. 마취…… 하셔야죠."

"그래, 거즈로 상처 주변 당겨."

"네, 네?"

이강행 대위는 얼떨결에 시키는 대로 하려다 말고 눈을 치켜떴다. 그러자 날카롭기 그지없는 주사기를 든 강혁이 그를 노려보았다.

"미쳤어? 빨리 안 당겨?"

"아, 아니……. 이렇게 흔들리는데요. 그러다 제 손 찌르면 어쩌시려고……."

"하, 나 이거야, 원."

강혁은 상당히 심각해 보이는 이강행 대위를 보며 코웃음쳤다. 뭔가 알겠다는 듯한 얼굴로 고개를 끄덕였다.

"아……. 너 혹시 항문외과 지망이야?"

"네? 아니, 뭐……. 지망은 하고 있는데……."

"그래서 그렇구나. 내가 이해해야지. 그래."

"그럼 안 잡아도 됩니까?"

"아니. 잡아, 새끼."

"네, 네."

이강행 대위를 눈빛으로 제압한 강혁은 곧 마취에 돌입했다.

철썩. 아주 중요한 순간이었지만 바다는 무심하기만 했다. 단 한 시도 쉬지 않고 배를 때려댔다. 하지만 강혁은 마치 수술실에 있기라도 한 것처럼 아주 평온한 기색으로 주삿바늘을 찔러넣었다. 한치의 오차도 없이 딱 자신이 노렸던 그 위치였다.

"휴."

이강행 대위는 그저 자신의 손가락이 뚫리지 않았음에 안도의 한숨을 내쉬었다. 마취는 계속해서 진행됐다. 강혁은 10분정도 더 지나서야 마취를 끝마칠 수 있었다. 평소에 비하면 거의 10배는 족히 걸린 셈이었다. 장갑 안쪽에서 땀이 느껴졌다. 긴장감. 강혁에게는 꽤 낯선 느낌이었다.

"어유. 수고하셨습니다."

속도 모르는 이강행 대위는 하얗게 변해버린 상처 주변을 보며 너스레를 떨었다. 강혁은 그를 향해 고개를 내저었다.

"이제 마취한 거야. 호들갑 떨지 마."

2권에서 계속

중증외상센터
골든 아워 I

초판 1쇄 발행 2020년 8월 18일
초판 5쇄 발행 2021년 12월 28일

지은이 한산이가(이낙준)
펴낸이 김선식

경영총괄 김은영
책임편집 한나래 **디자인** 박수연
콘텐츠사업6팀장 이호빈 **콘텐츠사업6팀** 임경섭, 박수연, 한나래, 정다움
마케팅본부장 권장규 **마케팅3팀** 이미진, 배한진
미디어홍보본부장 정명찬 **홍보팀** 안지혜, 김민정, 이소영, 김은지, 박재연, 오수미
뉴미디어팀 허지호, 박지수, 임유나, 송희진, 홍수경 **리드카펫팀** 김선욱, 염아라, 김혜원, 이수인, 석찬미, 백지은
저작권팀 한승빈, 김재원 **편집관리팀** 조세현, 백설희
경영관리본부 하미선, 박상민, 윤이경, 김재경, 이소희, 최완규, 이우철, 이지우, 김혜진

펴낸곳 다산북스 **출판등록** 2005년 12월 23일 제313-2005-00277호
주소 경기도 파주시 회동길 490 다산북스 파주사옥
전화 02-704-1724 **팩스** 02-703-2219
이메일 dasanbooks@dasanbooks.com
홈페이지 www.dasan.group **블로그** blog.naver.com/dasan_books
종이 · 출력 · 제본 ㈜갑우문화사

ISBN 979-11-306-3080-9(04810)
979-11-306-3079-3(세트)

· 이 도서의 국립중앙도서관 출판예정도서목록(CIP)은 서지정보유통지원시스템 홈페이지(http://seoji.nl.go.kr)와 국가자료종합목록 구축시스템(http://kolis-net.nl.go.kr)에서 이용하실 수 있습니다.(CIP제어번호:CIP2020030568)